U0165759

論文寫作不藏私
文史哲教授通通告訴你

THESIS
WRITING

林香伶、蔡家和、朱衣仙、王政文、李佳蓮、黃繼立、郭章裕、鍾曉峰、陳木青◎等著

形天的筆在哪裡？

　　從大學階段開始，一直到取得博士學位，我都受教於輔仁大學中國文學系。其實當初考取的中國文學系，並不是我的第一志願，就讀的心態也僅止於不排斥。即使大學畢業前的最後一學期，我仍然如此認為。那時候，我已經因為系上王初慶老師的引介，以及系友羅肇錦老師的推薦，在《中國時報・人間副刊》兼職兩年，以為自己將來可能會在傳播媒體工作一輩子。就在輔大研究所報名的最後幾天，教授「訓詁學」課程的李添富老師將我叫出教室，著實鼓勵訓勉了一番，希望我不要因為考取預官而志得意滿。之後，我才匆匆前去報名。

　　今天回想起來，確實深慶自己的幸運。在學校師長和報社長官的呵護栽培之下，給予我相當寬廣而豐沛的成長機會與學習空間。也由於這樣的機會與空間，讓自己接觸了更多的學科典籍，刺激了更多的文化思考，同時也增長了更多的知識見聞。就在自己逐漸樂在其中之餘，開始主動的準備報考博士班。所以，我的學習心態成長比較晚：考取大學，是一窩蜂的跟著同學們考，最多只是為了滿足家人對我的期待；考取碩士，是師長的鼓勵，以及自己的不排斥；直到報考博士班，才是真正屬於自己的決心。

　　自己願意報考博士班的背景原因其實很多。其中，學習心得受到肯定以及指導教授的影響，應該是最為主要的。碩士班一年級的時候，選修了李毓善老師的「史漢專題研究」。李毓善老師要求我們多閱讀、多整理原典，吸收之後再從中領悟心得，並希望我們嘗試對外發表。翌年，我將「史漢專題研究」的學期報告〈史記禮書概說〉投稿到《國立編譯館館刊》，竟幸運的被錄用刊登，拿到第一筆因發表論文而獲得的稿費。那筆兩萬多元的稿費，對我當時而言，如同天文數字，不可思議。之後，又經

過甄選、筆試、面試，申請到了全國只有十名獲獎者的第一屆趙廷箴研究生獎學金十五萬元。凡此，彷彿都在告訴我說：「繼續努力吧，這是一條可以安身立命的道路。」當時雖然沒有日後擔任大學教職的想法，但是不可否認的，對於那時候的我，這些確實是很大的鼓舞，也增添了許多的自信心。《國立編譯館館刊》的刊載，對我影響甚鉅。

　　我的碩、博士畢業論文的指導教授，都是任教於日本福岡西南學院大學的王孝廉先生。認識王孝廉老師，是因為林明德老師的關係。林老師是我大一、大二的導師，一直帶領我們修習太極導引、參與民俗研究工作。大學時期，我曾經多次因為系學會的活動，向林老師請益，並央請林老師幫忙推薦來系的學者講演名單。其中一次，就是邀請王孝廉老師演講「神話與文學」之類的主題。這是我第一次與王老師接觸。王老師是神話學者，也是著名的文藝作家。在《人間副刊》任職時，又與王老師多次聯繫。王老師待人親切熱情，提攜後進更是不遺餘力。但是當我向王老師提出請求，希望能請王老師指導碩士論文時，卻遭到王老師的拒絕。之後大約過了有三個月的時間。其間，我將刊載於《國立編譯館館刊》的〈史記禮書概說〉一文寄到日本給王老師，事實上並沒有抱持著多大的希望，也沒有再去思考指導老師的問題。結果王老師居然就答應了。直到現在，王老師為什麼會答應的真正原因，我仍然不清楚。也許寄給老師的那篇論文，是很大的助力吧。

　　其實我一直在探索自己的研究興趣。大學時期，對文字學、古典小說、《詩經》、《禮記》、《史記》等課程領域都有莫名的熱情，而當時也喜歡文藝創作。但是到了大四必修課「論文指導」需要撰寫畢業論文時，卻難以訂定研究方向和主題。在《山海經》的〈海外西經〉裡，記載著這麼一段故事：「形天與帝爭神，帝斷其首，葬之常羊之山，乃以乳為目，以臍為口，操干戚以舞。」意思是說，形天跟天帝對抗，被天帝斬斷了頭顱，頭顱埋葬在「常羊之山」這個地方，但是形天仍然堅持著自己的意志，雖然沒有了頭顱，形天的雙乳變成眼睛，肚臍變成了嘴巴，繼續拿著武器與天帝戰鬥。我很喜歡這一則神話故事。曾經有人問我說：「你那

論文寫作不藏私

麼喜歡讀神話故事，到底是為了什麼？」我經常回答說：閱讀神話充滿著尋找的樂趣；尋找什麼？尋找形天的頭顱。尋找形天的頭顱？也許我說得太玄了，其實，我的意思是：尋找我自己的頭顱，尋找我自己。我的一生渾渾噩噩，彷彿是沒有頭顱的形天，遇到該做決定的時候，總有首鼠兩端的空白。大學四年如此，考慮碩士學位論文主題時，尤其如此。

　　「論文指導」和大一國文是我最初在大學授課的兩門課。「論文指導」採小班制，全年級開設四個班，由四位教師授課。聽說相較於他班，我的班被認為是百家爭鳴的一班，因為學生的論文題目多采多姿。舉凡打算撰寫動漫的、電影的、民俗的這些跨域論文的喜好者，總會在我的班出現。雖然也常覺得這些學生都是形天，只有虛泛的喜好，缺少落實的根柢，但是我總認為他們的方向感還是比我當初要明確、堅定。於是作為一個授課者的工作，除了和學生一起尋找真正屬於學生自己的頭顱之外，更要和學生一起尋找形天的「筆」。容易找到「筆」嗎？是沉重的筆，還是輕盈的筆？我和學生通常先從一起蒐集各式各樣的藏寶圖開始，之後才展開似乎存在目標的探索之旅。一如我的求學歷程。

　　本書主編林香伶教授是我大學時期的直屬學妹，聰慧的資質與積極的努力都百倍於我，對於學術研究和教學服務的熱情則勝於我千萬倍。本書的出版是一群古道熱情的學術先進提供有志者的導引，其中內容給予我許多啟發。拜讀之餘，引起我對於個人成長的一些回憶，冗贅絮語之間，其實是一種呼喚。

鍾宗憲

謹識師大國文系　2017/10/26

金針度人

　　「金針度人」容或有出處爭議[1]，但對於尺幅錦繡，拈揉交織，經緯錯綜，願意分享針線心法，指引方向，是出於無私的心。

　　以前長輩告訴我們不可輕易立說，是對於「立言」的謹慎，也是希望學術要有蘊釀、要有沉潛，期待學術於後終有定見，說法再無後悔，對於學術，必須出於信仰，對於立論，要有信念。只是隨著時代發展，過往的堅持與貞定，似乎只能放於心中，各種指標，逼著我們必須汲汲營營於議題、論旨、材料、前人說法、各種思潮、各種研究方法、各種切入角度、不同的學術脈絡、不同的學科要求當中，持續前行，既驚慌失措，又寂寞無比，孰令致之，誰生厲階，似乎已經難以尋得答案，但每位學人在這個共同風潮之中，進亦憂、退亦憂，無人可以避免。唯一幸運的是，中文學門始終是溫厚而具有情感，許多學者在學術精進之餘，也不吝分享心得，學術既是公器，信念轉化為關心，願意接受不同觀點、不同立場、不同主張、不同看法，也包容年輕學者相歧的見解，甚至樂於指引後學，提供進一步的材料，引導更深一層的看法，甚至在許多審查意見當中，看到的不僅是意見的陳述，更有殷殷盼望，以及寫作的指引，可見在共同的困境當中，實在有許多的學人，正在一點一滴嘗試改變，以更為開闊的態度，更為溫厚的眼光，為目前學術量化的枷鎖，製作解脫的鑰匙，為未來學術發展，提供指引的明燈。

　　《論語‧述而篇》子曰：「默而識之，學而不厭，誨人不倦，何有

1　元好問撰〈論詩三首〉之三：「暈碧裁紅點綴勻，一回拈出一回新。鴛鴦繡了從教看，莫把金針度與人。」《元好問全集》（太原：山西古籍出版社，2004年1月）上冊，頁348。不過「金針」一詞，可以溯及於唐，出處可能更早。

於我哉？」²《孟子・公孫丑章句上》載「昔者子貢問於孔子曰：『夫子聖矣乎？』孔子曰：『聖則吾不能，我學不厭而教不倦也。』」³可見「學」與「教」是孔子一生的信念所在，孔子指出學者應有的態度，時時而學，會有新的見解、新的材料，成為我們必須掌握的知識；另一方面，我們也了解許多問題會有不同層次的觀點，可以更深一層，更進一步，既期許自己精進，也容許別人可以有初步的答案，學術在共同的努力中，更為豐厚充實，對於結論可以商量，但對於推論的形式，必須嚴謹而清晰，則是視為基礎的訓練。因此，如何有效操作學術論文寫作方式，嫻熟操作模式，善於運用學術資源，藉由不同領域，不同學科，不同視角，深化觀點，從而於學術當中，汲取養分，確保論點可以經得起檢證，持續在學術議題當中，深化觀察，深刻論旨，甚至是結合同道之人，共同推進學術視野，形成學術社群，共同經營，共同突破，也就成為未來學術場域可以預見的情況，學術不再成為個人生命的束縛，反而成為大家可以共享的知識媒介，無疑是可以期待的事情。

　　以往陳寅恪在〈陳垣敦煌劫餘錄序〉中提到：「一時代之學術，必有其新材料與新問題」⁴，只有用這些新材料、研究新問題，才能進入這個潮流，稱為「預流」，否則就「不入流」，這個宣言，指出一個時代有一個時代學術趨向，學者只能趕趁趨風，唯恐跟不上學術流行，於是一波又一波，各有學者引領風騷，然而時隔百年，一波又一波之後，學術卻又顯然有主流，也有伏流，王汎森先生援取丸山真男「執拗的低音」概念，揭示民國以來被新派論述所壓抑的聲音，其實並未消失。⁵可見潮流也者，也會過去，隱沒也者，後世仍會有知音，然而學術應是回歸個人追尋知識的過程。多元時代，每個想法都可貴，每個研究都有意義，學術相互對

2　朱熹撰《論語集注》卷4〈述而篇〉，《四書章句集注》（臺北：長安出版社，1991年2月），頁93。

3　朱熹撰《孟子集注》卷3〈公孫丑章句上〉，《四書章句集注》，頁233。

4　陳寅恪〈陳垣《敦煌劫餘錄》序〉，《金明館叢稿二編》（上海：上海古籍出版社，1980年），頁236。

5　王汎森撰《執拗的低音──一些歷史思考方式的反思》（臺北：允晨文化實業公司，2014年3月），頁15。

話，學科彼此融通，眾聲喧譁，而唯有說服自己，與自己競爭，學術才能持續向前，知識才能有效的推進，似乎這才是學術真正的目的。

　　以個人研究經驗，原想梳理清代以來漢、宋學術分野問題，只是頭緒既多，線索分歧，大家之見，各有不同，以此為方向，殊無自信。從2001年以來，全新紀元引起重新檢討的風潮，馬丁・阿爾布勞（Martin Albrow）《全球時代：超越現代性之外的國家與社會》以「全球時代」來概括當前歷史性的巨大變革[6]；也有認為全新世紀就是第二軸心時代（the Second Axial Age）的來臨。[7]臺灣學界參與其中，國科會人文中心委由羅宗濤教授主持「臺灣近五十年來中國文學研究成果報告」，林慶彰教授主持「臺灣近五十年來經學研究成果報告」，整理過往，展望未來，逢源有幸參與其中，負責整理「四書」研究成果，近兩年蒐輯工作，蒐購前人論著，影印相關篇章，按覈線索，逐步補足，不敢言其全面，但臺灣五十年來學者用心所在，半個世紀臺灣四書學研究風貌，約略可見，於是撰成〈臺灣近五十年（1949～1998）四書學之研究〉一文，作為檢討過往的依據[8]。臺灣四書學具有特殊的歷史淵源，四書不僅是日據時期保存漢文化的共同主張[9]，也是臺灣光復後傳承大陸學術，立志中興的主要內容，作為臺灣思想基礎所在，四書具有本土與核心的雙重文化價值，前輩學者闡揚四書義理多矣，只是考校訓詁與闡釋義理，各行其是，整體意義，未見梳理。《四書》的經典地位，必須要有學術脈絡的檢討，方能證明其價值，《四書》成立，必須溯自朱熹撰成《四書章句集注》，

6　馬丁・阿爾布勞撰，高湘澤、馮玲譯《全球時代：超越現代性之外的國家與社會》（香港：香港商務印書館，2001年8月）。

7　晚近北京宗教文化出版社，出版一系列叢書，包括王志成撰《全球宗教哲學》（北京：宗教文化出版社，2005年1月）、汪建達撰《在敘事中成就德性：哈弗羅斯思想導論》（北京：宗教文化出版社，2006年7月）等，即是以「第二軸心時代文叢」為名。另外，魏明德撰《新軸心時代》（臺北：利氏文化有限公司，2006年7月），也援取此一名稱，概括新時代的來臨。

8　參見拙撰〈臺灣近五十年（1949～1998）四書學之研究〉，收入《朱熹與四書章句集注》頁411-499。

9　吳文星撰〈日據時代臺灣書房之研究〉，《思與言》16卷3期（1978年9月）頁267-269。葉榮鐘撰《日據下臺灣政治社會運動史》（臺北：晨星出版社，2000年8月）下冊，頁349。

才有清楚的了解，前輩學者努力既多，然而根源之間，似乎尚未明晰，朱熹《四書章句集注》宜有更進一步的檢討，此為筆者思考的起點，因此持續思索，梳理細節，從歷史價值、撰作歷程、思想體系、注解體例、援據來源、義理內涵等，面對經典，逐步深入，嘗試化解義理與考據的分歧，其中可以發掘之處，遠超乎想像，議題是無窮無盡，層層深入，並無止境，朱熹注《大學》「知止」云：「止者，所當止之地，即至善之所在也。」[10]「至善」之所在似乎就存在學術長河中遙遠的彼方，時時召喚。

與林香伶教授相識於研究所階段，在大家還在埋頭書堆時，在一篇一篇論文的習作當中，林香伶教授就展現無比的熱情與活力，她個性直爽明快，具有俠氣豪情，她先從唐代游俠詩研究，轉而研究南社文學，卓然成家。她任教於東海大學，以無限的學術熱情，推動閱讀與寫作計畫。更擬編纂一部指導論文寫作的參考用書，上編「基礎觀念篇」，嘗試建構由抽象到具象的文史論文寫作知識，分享個人研究過程當中的心得；下編「寫作實務篇」，則是網羅林香伶、蔡家和、朱衣仙、王政文、李佳蓮、黃繼立、郭章裕、鍾曉峰等八位教授之大作，從不同的學術主題，介紹個人寫作經驗，全然貢獻個人從事學術研究的心路歷程，無私分享，這正是學術為公的表現。有觀念、有實務，兩相配合，而其內容，兼有不同學門，不同學科，取徑多元，具有激盪思想與拓展視角的作用，其間已有跨領域之學群概念。林香伶教授統籌規劃，親力親為，用心所在，更可見「金針度人」的學術信念。個人淺陋，既不足以襄助其功，然而於此書之用心，豈能不稱讚表彰。是以誠摯推薦，也期待許多有志於此的年輕學人，可以藉此在學術長河中，乘一葉扁舟，達於彼岸。

陳逢源

政治大學中文系書　於指南山下2017/10/4

---

10 朱熹撰《大學章句》，《四書章句集注》，頁3。

一直在路上，寫作仍要繼續

林香伶

關於這首自選曲

　　為什麼念文學院？為什麼念中文系？文學院畢業可以做什麼？這些問題從學生時代一直到成為中文系教師，一直在我的耳際盤旋。我曾經被長輩問，被同儕問，被朋友問，有時我也拿來問自己，問和我一樣選擇文學院，選擇中文系的E世代新新人類們。其中，總有個答案會是：從事學術研究！啥？「從事學術研究」，這完全是一條仰之彌「艱」（臺灣文學院碩士養成少則三年，多至六年；拿到博士少則四年，「八年抗戰」、「十二年國教」，甚至半途而廢的人也有不少）、鑽之彌「高」（正所謂「高處不勝寒」，可以通過審查的申請書、計畫書、學位論文、期刊論文，每一件都是高手過招，沒有高見無法吸睛，其中難產、投遞無門、下落不明的數目，心酸只能往肚裡吞）的漫漫長路，耐不住寂寞，忍受不了孤獨的人，很難堅持走下去。

　　在學術圈拚搏的師友們都知道：論文刊登順利、計畫申請通過，絕不會是一勞永逸、一次就好，這好比登山客，爬上一座高峰後，必須攀登另一座山巒；這也像是美食家，嘗過一道名菜，還會期待下一道美味。那些文學獎的常勝軍們，也絕不可能不經歷退稿、不用練筆就可以坐擁江山。想說的是，「學無止境」用在學術界絕對是真實而殘酷的，沒有人會因為高分通過博士論文口試，就不用再撰寫論文，更不可能因為升等教授就不用再念書、不必提計畫、不用指導學生。也許是受到大學師長「文史哲不分家」的觀念影響太深，大學成績單上羅列理則學、哲學概論、中國近代

史等科目的修課分數，結交歷史系、哲學系的朋友，旁聽歷史系、哲學系的課程，就連這本原為中文系（所）論文寫作指導而構思的書，也一定要邀請同在一棟樓、同是一家人的歷史系和哲學系師長共同撰寫。因為光憑我一個人的力量，根本不可能面面俱到，寫論文，尤其是寫一篇好的、優質的文學院論文，真的不簡單！

　　身為主編，讓我先以自身為例，話說從頭吧！……

　　轉益多師是我從大學（輔大）—碩士（政大）—博士（臺師大）的學習經歷。回想起第一次撰寫學術論文（也許只能勉強稱為學術報告）的記憶，其實是在很久以前——大二選修廖棟樑教授（當年廖師是全系最年輕的講師，現在已到政大中文系擔任教授多年）開設的中國古典小說課，那時我以「唐代俠義小說析論」為題，很認真地讀了文本，仔細做了分類，嘗試寫出自己的「發現」，那篇用六百字稿紙一字一字謄寫的文章，得到老師的讚許和肯定，也讓初出茅廬的我，自以為已經具備撰寫學術論文的能力。那一次，也是第一次，在大學眾多課程中，少數不是由老師指定題目和方向，自苦自力地完成文章。現在回想起來，那篇文章寫得坑坑巴巴，實在有些難為情，但那個膽子大、夠勇敢的荳蔻少女，能夠靜下心來念書、書寫，總是值得紀念啊！大學最正式的論文寫作訓練課程，其實是大四的必修課——「論文指導」，當時在學長姐（其中一位是在輔大念到博士，後留系任教，已轉任臺師大國文系多年的鍾宗憲教授）的建議下，我選了在系上素來以嚴謹聞名——王令樾老師（王老師以經學見長，是系上有名的硬課）開的班。從選題方向、大綱擬定，一直到論文格式、架構理路的鋪陳、參考書目的羅列，老師的提點不少，可想而知，修改意見更多。最初，我只不過是想寫個《莊子》（配合大四選修課和選考研究所的專書）的討論，沒想到被老師刪刪改改，最後定稿時，只處理了一個「游」字。在老師看來，小題大作更可以看出學術功力，我原本以為，自己在既有基礎上可以游刃有餘，最後才發現學術研究並非一蹴可幾，比我想像的難上好幾倍。也因此，從郭象、向秀的注本，到現代學者陳鼓應、黃錦鋐、史次耘、莊萬壽等人的論文、專書，只得一篇篇看，一本本讀，

主編序　一直在路上，寫作仍要繼續

(11)

一次又一次的做筆記，慢慢地調整寫作理路。我不敢說自己做到「上窮碧落下黃泉」的地步，但當時惟恐文獻掛一漏萬的兢兢業業，應該算得上竭心盡力了。在政大念碩士的必修課程中，謝海平教授開設「治學方法」，這不僅是同班同學見面的重要時刻，更是每週的「華山論劍」，既緊張又刺激。老師要我們學做治學卡片（為此我們買了一包又一包的卡片，還為他們穿孔繫線）、撰寫研究大綱，實際來個論文發表會，同學間彼此點評、盡情批判（這個習慣我一直延用到自己開設的研究生課程，學生在課程結束前的最後一堂課，必定要來個真人版的期末論文發表會），這一堂課比大四的論文指導更讓人加速腎上腺素的分泌，現在回想，同學相互切磋的過程，不只讓友誼快速升溫，更為我們這群學術菜鳥，打下紮實的基礎。諸般回憶，著實難忘，更是學術生涯中值得紀念的一段！

　　碩士論文和博士論文的寫作則是完全不同的兩種狀態（即便是同一位指導教授）。我相信，身為指導教授、口試委員，面對兩個不同階段的學位論文，期待與要求也有所歧異。我一直覺得，自己在寫作學位論文這件事上，是個極其幸運的人，我的恩師羅宗濤教授（曾任政大中文系主任、研究所所長，政大文學院院長、教務長，後轉任玄奘大學中文系、宗教所任主任、所長，前幾年以講座教授身分榮退）學養深厚，為人溫潤良善，他不僅是我的經師，更是我的人師。我是個內在膽子小，卻喜歡冒險的人，碩士寫唐代游俠詩，博士處理近代南社文學，一跨就是好大一步。從碩士論文到博士論文的寫作過程，老師對於我的論題選擇完全尊重，但在大綱擬定上則帶著我小小心心、亦步亦趨。老師不會拘泥細節，挑剔我的字字句句，但對我不可原諒的錯別字、大意出槌的年代，或是邏輯不通的毛病們，會特別在意。博士論文從唐代跨到近代，老師非但沒有為難我，還幫我去詢問他認識的近代史學者，最終得到幾部極為重要的中國近代史參考用書。老師說：「這方面我們都不熟，一定要請教真正的專家！」雖然我做了唐代的叛徒（這是幾個唐代學會的師友一直叨叨念念的話），但因為有恩師的支持和鼓勵，使我能堅持學術的真心不悔，持續走下去，從唐代游俠到革命黨人，我掌握的原則是：一定要愛上研究對象、一定要找

出研究對象的價值、一定要活出研究對象的特質。每一次的論文寫作（從學位論文、研討會論文、期刊論文、學術專書），我很清楚自己的有限，也知道為什麼選擇這些方向，如果沒法和研究對象談場戀愛（少則幾個月，多則十幾年）、無法確立研究對象的定位（特別是在歷史意義的詮釋）、研究發現沒法自圓其說（特別是寫些前無古人的論題時）……我會停下腳步，重新檢視寫作的環節到底出了什麼錯？這幾年，學術論文愈寫愈多（就某個層面來看，其實也愈寫愈難，愈弄愈複雜），即使沒辦法毀其少作，湮滅證據，但龜毛如我，總會自我要求，精益求精，想想，這個特質其實是從大學—碩士—博士一路內化的習性啊！有一回，我為了一個文本中的「發」字（簡體發、髮都是发），反反覆覆、來來回回找了堆積如山的資料，最後才確定是「發」，論文完成後，投稿期刊仍被打了回票，足足讓我抑鬱好一陣子。還有一回，研討會準備發表論文，臨上場時才知道考證不足，完全搞錯對象，當時差點沒臉發表，決定直接跟在場的學者們說聲抱歉，直陳錯誤。其實，更多的論文寫作事實是，在來回順稿的過程中，愈看愈不滿意，修修補補大戰好幾次，最後還因諸事纏身，一拖又是好幾年，等到找齊需要補足的資料，竟出現「再回頭已百年身」的錯覺。

在好長一段時間的「課外閱讀」[1]記憶裡，我嘗試用近似一心一意的方式專注在必要的寫作思路中。碩士論文研究唐代游俠詩，偏向主題學的研究，《全唐詩》是主要的研究文本，「俠」字對我而言，不僅是未來被收到「全國博碩士論文資料網」（http://datas.ncl.edu.tw/theabs/1/）一定要出現的關鍵詞（key words）之一，在閱讀任何材料時，只要「俠」一出現，我都感覺對方（「俠」）在召喚我。博士論文處理社員上千人的南社，挑戰更大，我的腦容量頓時暴增，除了二十二巨冊的社刊《南社叢刻》，南社社員的字、號、別名、籍貫、參加過的社團、編輯過的刊物，誰和誰去了哪？為什麼吵架？我親愛的上帝啊！關鍵詞一百個都不夠！

---

[1] 指與任教科目無關，也不是規劃中的學術閱讀。

雖然我還是學術的小小咖（這絕對不是謙虛之詞，學界的長輩仍大有人在），升等教授也才剛進入第四個年頭，但二十多年來所經歷的學術洗禮和考驗也算不少了。從學位論文修改版正式出書，投稿研討會、期刊的論文被退稿、被刊登，申請的計畫被拒絕、被接受……，昨日種種，應該可以給有志走向這條路（或正在這條路上踽踽獨行）的讀者們一些分享，少些冤枉，多些鼓舞。

　　因此，這本書主要是為了論文寫作的學習者而寫。包括文史哲科系在學的大學生、研究生，只要是對從事學術研究有興趣、需要撰寫畢業論文、學位論文，或是需要在研討會、期刊發表，持續累積學術能量的人。其次，這本書也是為了指導論文寫作的教學者而寫。包括認同這本書的寫作理念、應用於實際的寫作教學，可作為上課教材的教師們。第三，這本書還為了陪伴持續寫作論文的學術新兵而寫。包括經常被莫名退稿、計畫未能通過、仍有升等需求，長期、持續寫作學術論文的朋友。簡單來說，這本書的寫作，真心希望可以給予以上的讀者一些指引與分享。當然，若您是學術論文寫作的好奇者，有意一窺文史哲師生的日常生活，本書應該也是一個傾囊相授、友善體貼的解說員。

　　必須說明的是，詩無達詁，文無定法，基於「文史哲不分家」的理念，文史哲專業的論文寫作，確實有不少的相通之處，在現今強調跨領域合作的研究機制下，吸納不同學門老師的寫作經驗，絕對是值得思考與努力的方向。本書分兩大單元。「基礎觀念篇」主要由我執筆，[2] 逐一開展從抽象到具象的文史哲論文寫作知識，包含「關於文史哲學門的Capstone course：學術論文寫作的必要與需要」、「盍各言爾志：文史哲論文的種類、結構與格式」、「工欲善其事，必先利其器：文史哲研究資料庫的運用與操作」、「諸事待辦：投稿與發表／畢業與升等」四章。除了說明文史哲論文寫作的意涵、種類、生成背景、結構與格式外，也將常用的文史

---

[2] 有關文史哲電子資料庫的運用則由嶺東科技大學兼任講師，國立中興大學中文研究所博士生陳木青老師主筆，我協助潤色、修正。

哲資料庫予以分類，概述內容，提供具體的實務操作方法，最後再針對論文寫作最實際的「出路」──投稿與發表／畢業與升等，收集相關辦法與申請表單，以「深碗式」的案語，進一步「與君細論文」、「且把金針度與人」。「寫作實務篇」則由本校林香伶、蔡家和、朱衣仙、王政文、李佳蓮、黃繼立、郭章裕、鍾曉峰八位文史哲教授分頭撰寫，[3]具體提供個人寫作的實戰經驗。為使體例一致，每篇再分「說書人簡介」、「前情提要」、「如何炒這盤論文的菜」、「給讀者的話」單元，讀者若搭配實體論文閱讀，研究作者「知無不言、言無不盡」的分享與解析，舉凡論文寫作的發想、相關背景、構思、動機、進行模式、論題的確定、理論與方法的採用、材料的收集與整理、文獻的探討與反思、寫作遭遇的困難與解套、投稿單位的選擇、投稿策略與心路歷程、順利刊登後的修繕，以及後續與課程、其他論文寫作計畫的連結等內容，文史哲論文寫作操作的祕辛與技巧應可瞭然於心。相較於一般的論文寫作指導專書，本書除了提供文史哲論文寫作的基礎概念與知識技巧外，更強調與論文實務的對應，滿足實際的需求。在此，感謝所有參與此書撰寫的夥伴朋友，更希望透過本書作者的無私分享，誘發不同學習者的興趣，提供一道CP值甚高的論文資訊餐點。以下，就請讀者跟隨本書的腳蹤，細心品嘗吧！

---

3 此八篇按論文主題處理的時代順序羅列，可使讀者依歷史脈絡，見識到不同專長與學術訓練的文史哲教授特色。

CONTENTS
目　錄

寫作實務篇：八位文史哲教授的實戰經驗

從抽象到具象的論文知識

第一章

關於文史哲學門的Capstone course

學術論文寫作的必要與需要

林香伶

近年來，臺灣高等教育廣泛討論如何提升學生學習成效（student learning outcomes），並被視為評量大學辦學績效的方法之一。過去傳統的評鑑觀察教什麼？怎麼教？即使取消校際科系的繁瑣評鑑，在面臨少子化，搶學生如搶錢的現實壓力下，所謂教學輸入（input）與過程（process）的強調，逐漸高舉產出與成果（outcome）的數據，教授們的論文發表要能質量均優，學校與產業界的「產學合作」要提供實習與工作機會。各校更是奇招盡出，舉凡創意開發、國際化、在地化、**深碗課程**、[1]**議題松**、[2]Top Maker、翻轉教室（Flipped Classroom）、[3]共授課程等等在過去二十年、十年很少提及的方向與名詞，隨著現代教學平臺的科技化，對實際的教學現場也產生極大的改變。

---

[1] 「深碗課程」強調以問題導向（Problem based）為課程設計基礎，實踐跨科際整合教育（Transdisciplinary），幫助學生建立正確的學習態度。相對於學生「淺嘗、貪多」但不深入的「淺碟式」的修課方式，可能挑選容易過關或可得高分的「營養學分」，由於對課程用功度不夠，平均一門課程課後所花的時間過少，最後無法真實運用知識，也浪費學習資源。

[2] 「議題松」是「議題導向黑客松」的簡稱。「黑客松」（Hackathon）則是「研究和解決問題（Hack）與馬拉松（Marathon）」兩字結合，意指「一群人不眠不休研究並解決問題」。團隊組成沒有任何議題限制和規定，可以在連續時間內（約一至二天），不眠不休地針對特定議題實做解決方案，以做出來為目的。

[3] 「翻轉教室」（Flipped Classroom）是由國外引進，藉由科技技術衍生的教學方式，可汗學院、磨課師、均一平臺、洋蔥數學等線上自學課程都屬此類。翻轉之說或因人而異，基本精神則是指將課堂「知識講授」和學生回家自行練習「作業」的順序對調。實際作法是教師先將課堂講授的部分錄製為影片，再讓學生在課前先行觀看，將課堂時間用於練習、問題解決或討論等教學互動，以提升學習的成效。

本書的寫作是與論文專題寫作課程相互搭配的，自我定位則以朝向「**總整課程**」設計為思考。總整課程原文為Capstone course，Capstone（合頂石），意指建築體上最頂端，最後擺放的一塊石頭。如果建築結構穩固，將Capstone擺放之後，也代表整個建築體的竣工。Capstone course目前被引申至高等教育之中，臺灣不少大學科系開設Capstone course，以作為檢視「大四經驗」是否穩固的課程。讀者只要以畢業製作、畢業專題、論文寫作、專題製作等關鍵詞為查詢條件，不難發現Capstone course的類型一直在調整與變化。不可否定的是，文史哲學門的Capstone course，可以分門別類的方式呈現，絕對不會只有靜態的論文寫作，以畢業製作的模式來看，戲劇演出、文字創作、文案設計等，都可以結合所學。目前Capstone course的實施多半以四年級居多，部分學系則在大三就開始實施，形式則以專題計畫、學士論文、專題討論、實習、綜合考試、學習歷程檔六類為主，文史哲科系亦可依學生需求，設計合宜的課程，以下簡單說明之：

1. **專題計畫**：針對特定的問題或議題，藉由執行計畫，尋求解決方法。目前科技部設有大專生專題計畫的申請，一般而言，大三下學期申請是最恰當的時機點。通過計畫申請的學生可經由計畫撰寫，提出自己在學習過程所發現或已形成的問題，進而提出解決問題的方法，並運用合宜的理論，在老師的指導下去執行。最後則以書面論文為成果報告，呈現一具體成品，若能配合口頭報告，為未來晉身研究生預作準備。

2. **畢業論文**：針對特定議題，進行學術研究，可以與學有專長的教授請益，從事「近身」式的學習。由於畢業論文重視研究方法與學術寫作的能力，通常以學術論文為實際的成品，臺灣以畢業論文作為必修課程要求的科系雖有之，但大陸學系的畢業論文從選題、開題、撰寫、答辯的設計，頗值得借鏡。這種形式尤其適合有意繼續攻讀研究所的學生，也是人文社會科學領域較常看到的總整課程形式。

3. **專題討論**：針對各種廣泛性的議題，進行資料的收集、閱讀、討論、

論辯與分享，進而建立對議題的個人論點，同時可延伸、整合所學的知識，多數也以書面或口頭報告作爲最終成品的呈現。

4. **實習**：提供學生直接進到未來職場環境的機會，以目前所學向現場工作者近距離學習。這些提供實習的單位（如：出版社、廣告公司、書店、地方文化機構等）不僅會定期評估學生表現，學生也可藉此了解自己，反思學習經驗，爲未來做規劃。實習在過去是醫學或管理相關領域學系較常使用的形式，近年強調產學合作的實務經驗累積，文史哲科系的實習模式正在逐漸拓展中。

5. **綜合考試**：這是最傳統的模式，以考試檢視學生掌握專業知識的能力與程度，一般是紙筆測驗，也有以口試或展演方式呈現，同時搭配證照與門檻的設定。

6. **學習歷程檔**：鼓勵學生記錄大學各階段、不同面向的學習活動與成果，同時可加上反思報告，最後集結爲歷程檔案。由於學生具備多媒體數位的能力較過去更強，學習歷程檔的形式也日新月異，東海大學每年舉辦校內學習歷程檔的競賽，文史哲科系學生多次取得不錯的成績，對於就業、升學的資料統整，也是一大助力。

　　從文史哲（中文、歷史、哲學）不分家的概念來說，以上所列舉的課程形式，其實還有不少可能的合作與發展空間，若再加上現今常談的跨領域學習，各學系除了可以依照自己的特色與屬性，設計合適的課程類型外，學生更可依據自己的學習經驗，主動形成一個虛擬的總整課程成果。簡言之，從整合大學所學經驗（integration）出發，爲大學學習做個漂亮的收尾（closure），進一步反思大學學習經驗（reflection）的優勢或不足，最後完成從大學過渡至下一階段（transition）的準備，不僅是現代大學教育發展的重點，更是因應未來的必經過程。

　　行筆至此，讀者是否發現，在目前文史哲Capstone course課程模式中，無論是專題計畫、學士論文、專題討論、實習、綜合考試、學習歷程檔中的哪一類，文字表述與專業能力的結合是極爲重要的主軸。學術論文的寫作，表面上看起來好像只跟計畫攻讀研究所的族群有關，其實與專題

計畫、學士論文、專題討論、學習歷程檔都是可以形成有機的結合。再者，文字表述與專業能力的結合，本來就是文史哲學生「當仁不讓」的亮點，經由學術論文寫作的學習、演練，到最終端出論文的成果，仍然是回顧大學學習經驗極為適切的模式。到了研究生階段，研討會論文、期刊論文的投稿與發表、學位論文的撰寫，在在都需要一步一腳印的積累。如果博士畢業，順利進到學術單位、大專校院任職，持續不輟的投稿與發表研討會、期刊論文，以及研究計畫、學術專書的撰寫，更與升等、評鑑、學術聲望等環環相扣。因此，學術論文寫作的必要與需要，自然與文史哲學門Capstone course的設計關係深厚，自然也無須多言。

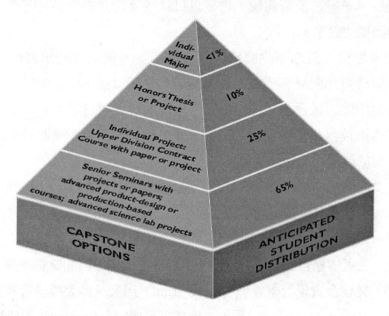

圖片來源：UCLA's Capstone Initiative

（網址：http://www.capstones.ucla.edu/criteria.htm）

1. Individual Major：個人完成的主要論文或計畫（學士學位論文）

2. Honor`s Thesis or Project：榮譽論文或計畫

3. Individual Project：Upper Division Contract Course with paper or project→更為高階且具契約形式（效力）的課程與計畫

4. Senior Seminars with projects or papers；advanced product-design or production-based courses；advanced science lab projects→專題論文（計畫）討論、高階實務導向課程、高階科學專題計畫

總體課程（Capstone course）

UCLA's Capstone Initiative

Individual Major — 專案學士論文

Honor's Thesis — 學士論文

Individual Project: — 專案計畫
Campus research; Civic or corporate internship; （研究報告、產業實習、國外實習）
Community-based or study-abroad project

專題討論、專案實驗課
展演歷程檔、群體研究報告
（證照檢定）

Senior seminar with paper; Advanced product-design class;
Senior performance or art portfolio; Group project in an advanced science lab with paper

Capstone 合頂石 — 總體課程（大三、大四）

總體課程
專業核心｜專業領域

Keystone 核心石 — 核心課程（大二、大三）

基礎核心
共同課程｜通識課程
新生入門

Cornerstone 奠基石 — 基礎課程（大一、大二）

圖片來源：莊榮輝——臺灣大學之教學評鑑制（http://www.aca.ntu.edu.tw/sec/evaluate/104-1050129-%E8%A9%95%E9%91%91%E8%AA%AA%E6%98%8E%E6%9C%83%E8%AC%9B%E7%BE%A9%E7%AC%AC1%E5%A0%B4.pdf）

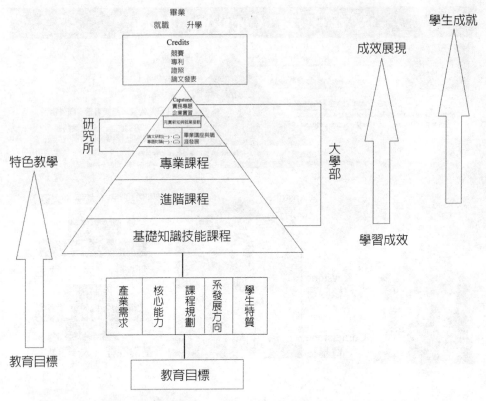

參考圖片來源：德明財經科技大學資訊管理系「學生學習成效與成效展現作法」（http://www.mis.takming.edu.tw/cht/underg6.asp）

第二章

盍各言爾志：文史哲論文的種類、結構與格式

林香伶

第一節　文史哲論文的種類與生成

　　所謂的學術論文，從發表地點和形式來看，基本上可分：**會議論文、期刊論文、學位論文、學術專書四類**。[1]若進一步來看，此四類的發表性質、族群、用途、作用與評價也不盡相同，一般剛接觸學術論文的寫作者，也絕少細分，甚至全無概念。

　　以**會議論文**而言，自然與研討會的關係最為密切。以臺灣文史哲類科的研討會議來看，可粗分為小規模和大規模二類；若從發表者和參與者身分區分，則可分為一般學術研討會和國際學術研討會。規模大小，主要以參加者人數為參照，以筆者參加過的研討會來看，人數規模從幾十人至上百人均有，舉行場次少則一場，多則數十場，天數從半天、一天、二天至三天都有。學術研討會與國際學術研討會從會議名稱有無「國際」二字，可簡單判斷之。其中冠以「國際」二字的研討會，會議參加人員不見得很多，但因有國外學者的參加，有助於學術視野的拓展與交流，如中央研究院就經常舉辦此類會議。目前國內文史哲研究生在學期間多數規定要出席學術會議數場，始能取得畢業資格，部分學校更進一步要求寫作會議紀錄或心得，學生間更流行以「好寶寶貼紙」、「好寶寶印章」為會議認證單

---

[1] 報紙、網站、雜誌也有一些具備學術屬性的文章，但因學術規範較不統一，不在本書討論範圍，讀者可根據撰寫論文的需求自行參考，但仍應以期刊論文、學位論文、學術專書等有審查機制的論文為引用準則。

命名。筆者以爲，論文寫作的初學者，若可報名研討會實地觀摩學者論文發表與講評、討論的實況，對自己寫作能力的提昇升是極有助益的。參與自己系上主辦的研討會，除了有地利之便、節省交通時間等「地主優勢」外，若能擔任研討會會務人員，不僅可近距離向學者請益，也能藉機刷刷存在感，讓學者留下印象。至校外參加研討會，除了事先報名，掌握交通、時間外，建議事先對發表論文的學者背景有所了解，可加速會議議題的融入，對學者近日的研究現況也能有所掌握。

　　期刊論文意指收錄至學術期刊的論文，目前文史哲**學術期刊**有所分級，臺灣和大陸期刊審查制度雖有不同，但仍有相通之處。以臺灣而言，可以科技部人文社會科學研究中心公布爲據，[2]依照「臺灣人文及社會科學期刊評比暨核心期刊收錄實施方案」，每年由各評比學門依四項指標進行期刊分級，並經聯席會議議決後，依實施方案規定公布分級結果及核心期刊名單。這些名單都是向科技部人文社會科學研究中心提出申請且經實施方案評比通過者。目前評比通過的期刊共分爲三級，受評爲第一與第二級者，收錄爲臺灣人文及社會科學核心期刊（簡稱「人社核心期刊」）。其中歸屬人文學領域者，爲人文學核心期刊（簡稱THCI）；歸屬社會科學領域者，爲社會科學核心期刊（簡稱TSSCI）。受評爲第三級者即非人社核心期刊。以下依中文、歷史、哲學三個學門，羅列目前公布的三級期刊名單：

第一級

一、中文學門

《中國文哲研究集刊》（中央研究院中國文哲研究所）

《文與哲》（國立中山大學中國文學系）

《成大中文學報》（國立成功大學中國文學系）

《政大中文學報》（國立政治大學中國文學系）

《國文學報》（國立臺灣師範大學國文學系）

2　詳見科技部網站http://www.hss.ntu.edu.tw/model.aspx?no=354

《清華中文學報》（國立清華大學中國文學系）

《臺大中文學報》（國立臺灣大學中國文學系）

《臺灣文學研究學報》（國立臺灣文學館）

二 歷史學門

《中央研究院近代史研究所集刊》（中央研究院近代史研究所）

《中央研究院歷史語言研究所集刊》（中央研究院歷史語言研究所）

《新史學》（新史學雜誌社）

《臺大歷史學報》（國立臺灣大學歷史學系）

《臺灣史研究》（中央研究院臺灣史研究所）

三 哲學學門

《東吳哲學學報》（東吳大學哲學系）

《國立政治大學哲學學報》（國立政治大學哲學系）

《國立臺灣大學哲學論評》（國立臺灣大學哲學系）

第二級

一 中文學門

《中正漢學研究》（國立中正大學中國文學系）

《中國現代文學》（中國現代文學學會）

《中國學術年刊》（國立臺灣師範大學國文學系）

《東吳中文學報》（東吳大學中國文學系）

《東亞觀念史集刊》（《東亞觀念史集刊》編審委員會、國立政治大學
《東亞觀念史集刊》編輯部、韓國翰林大學翰林科學院、日本關西大學東
西學術研究所）

《東華漢學》（國立東華大學中國語文學系、華文文學系）

《淡江中文學報》（淡江大學中國文學學系）

《臺灣文學學報》（國立政治大學臺灣文學研究所）

二 歷史學門

《中國文化研究所學報》（香港中文大學中國文化研究所）

《成大歷史學報》（國立成功大學歷史學系）

《明代研究》（中國明代研究學會）

《東吳歷史學報》（東吳大學歷史學系）

《法制史研究》（中國法制史學會、中央研究院歷史語言研究所）

《國史館館刊》（國史館）

《國立政治大學歷史學報》（國立政治大學歷史學系）

《臺灣文獻》（國史館臺灣文獻館）

《臺灣師大歷史學報》（國立臺灣師範大學歷史學系）

《歷史人類學學刊》（廣州中山大學歷史人類學研究中心、香港科技大學華南研究中心）

三 哲學學門

《臺大佛學研究》（國立臺灣大學文學院佛學研究中心）

第三級

一 中文學門

《漢學研究集刊》（國立雲林科技大學漢學應用研究所）

《臺北大學中文學報》（國立臺北大學中國文學系）

《臺灣詩學學刊》（臺灣詩學季刊雜誌社）

《輔仁國文學報》（輔仁大學中國文學系）

《興大中文學報》（國立中興大學中國文學系）

《靜宜中文學報》（靜宜大學中國文學系）

二 歷史學門

《史學彙刊》（中國文化大學史學研究所暨史學系）

《早期中國史研究》（早期中國史研究會）

《臺灣風物》（臺灣風物雜誌社）

《輔仁歷史學報》（輔仁大學歷史學系）

三 哲學學門

《玄奘佛學研究》（玄奘大學宗教與文化學系）

《揭諦：南華大學哲學與生命教育學學報》（南華大學哲學與生命教育學系）

《華人宗教研究》（國立政治大學華人宗教研究中心）

《華嚴學報》（中華民國佛教華嚴學會）

《新世紀宗教研究》（財團法人世界宗教博物館發展基金會附設出版社）

《當代儒學研究》（國立中央大學文學院儒學研究中心）

《輔仁宗教研究》（輔仁大學宗教學系）

　　和臺灣學術期刊相比，中國大陸的分級和刊物更為繁複，一般可透過「中國期刊網」等期刊資料庫下載全文。現今兩岸學術交流頻繁，論文寫作參考大陸學者研究，或至對岸期刊投稿者也時有所見，因此，對中國大陸學術期刊也需有所認識。目前所見，如：北京大學圖書館「中文核心期刊」、南京大學「中文社會科學引文索引（CSSCI）來源期刊」、中國科學院文獻情報中心「中國科學引文資料庫（CSCD）來源期刊」、中國科學技術資訊研究所「中國科技論文統計源期刊」（又稱「中國科技核心期刊」）、中國社會科學院文獻資訊中心「中國人文社會科學核心期刊」、中國人文社會科學學報學會「中國人文社科學報核心期刊」、萬方資料股份有限公司「中國核心期刊遴選資料庫」等，乃中國大陸七大核心期刊遴選體系。其中又以北京大學圖書館「中文核心期刊」、南京大學「中文社會科學引文索引（CSSCI）來源期刊」被視為**最權威的兩個核心期刊體系**，[3]以下將中國大陸文史哲著名期刊／集刊羅列部分如下：

一 中國文學學科

《文學評論》（中國社會科學院文學研究所）

《文學遺產》（中國社會科學院文學研究所）

---

[3] 中國大陸學術期刊說明詳見http://bbs.pinggu.org/thread-4791530-1-1.html、http://cssrac.nju.edu.cn/a/cpzx/zwshkxwsy/sjkjj/20160226/1141.html、http://www.cauc.edu.cn/xb/25.html等處。

《文藝爭鳴》（吉林省文學藝術界聯合會）

《文藝理論研究》（中國文藝理論學會、華東師範大學）

《古代文學理論研究》（華東師範大學中文系、華東師範大學出版社）

《詞學》（華東師範大學中文系、華東師範大學出版社）

《中國詩學》（人民文學出版社）

《文學評論叢刊》（南京大學文學院、南京大學出版社）

《中國文學研究》（復旦大學中國古代文學研究中心、復旦大學出版社）

《中國詩歌研究》（首都師範大學中國詩歌研究中心、社會科學文獻出版社）

《現代中國文化與文學》（四川大學中國文化與文學研究中心、巴蜀書社）

《新詩評論》（北京大學中國新詩研究所、北京大學出版社）

《域外漢籍研究集刊》（南京大學域外漢籍研究所、中華書局）

《當代作家評論》（遼寧省作家協會）

《中國比較文學》（上海外國語大學、中國比較文學學會）

《中國現代文學研究叢刊》（中國現代文學館）

《文藝理論與批評》（中國藝術研究院）

《南方文壇》（廣西文聯）

《民族文學研究》（中國社會科學院民族文學研究所）

《揚子江評論》（江蘇省作家協會）

《新文學史料》（人民文學出版社）

《當代文壇》（四川省作家協會）

《魯迅研究月刊》（北京魯迅博物館）

《小說評論》（陝西省作家協會）

《紅樓夢學刊》（中國藝術研究院）

二 歷史學學科

《魏晉南北朝隋唐史資料》（武漢大學中國三至九世紀研究所）

《歷史地理》（復旦大學歷史地理研究中心等）

《唐史論叢》（中國唐史學會）

《宋史研究論叢》（河北大學宋史研究中心）

《近代中國》（上海中山學社、上海社會科學院出版社）

《北大史學》（北京大學歷史學系、北京大學出版社）

《民國研究》（南京大學中華民國史研究中心、社會科學文獻出版社）

《唐研究》（唐研究基金會等、北京大學出版社）

《歷史文獻研究》（中國歷史文獻研究會、華東師範大學出版社）

《歷史文獻》（上海圖書館歷史文獻研究所、上海古籍出版社）

《中國社會歷史評論》（南開大學中國社會史研究中心、天津古籍出版社）

《近代史學刊》（華中師範大學中國近代史研究所、華中師範大學出版社）

《史學理論與史學史學刊》（北京師範大學史學理論與史學史研究中心、社會科學文獻出版社）

《傳統中國研究集刊》（上海社會科學院、上海人民出版社）

《新史學》（中國人民大學清史研究所、中華書局）

《全球史評論》（首都師範大學全球史研究中心、中國社會科學出版社）

《歷史研究》（中國社會科學院）

《近代史研究》（中國社會科學院近代史研究所）

《中國史研究》（中國社會科學院歷史研究所）

《中國農史》（中國農業歷史學會等）

《清史研究》（中國人民大學清史研究所）

《史學月刊》（河南大學、河南省歷史學會）

《史學集刊》（吉林大學）

《當代中國史研究》（當代中國研究所）

《中國歷史地理論叢》（陝西師範大學）

《史學理論研究》（中國社會科學院世界歷史研究所）

《史林》（上海社會科學院歷史研究所）

《中華文史論叢》（上海世紀出版股份有限公司古籍出版社）

《抗日戰爭研究》（中國社會科學院近代史研究所等）

《安徽史學》（安徽省社會科學院）

《文史》（中華書局）

《中國邊疆史地研究》（中國社會科學院中國邊疆史地研究中心）

《史學史研究》（北京師範大學）

《歷史檔案》（中國第一歷史檔案館）

《西域研究》（新疆社會科學院）

《華僑華人歷史研究》（中國華僑華人歷史研究所）

《民國檔案》（中國第二歷史檔案館）

《世界歷史》（中國社會科學院世界歷史研究所）

《古代文明》（東北師範大學世界古典文明史研究所等）

《歷史教學》（歷史教學社）

《文獻》（國家圖書館）

《東南文化》（南京博物院）

三 哲學學科

《哲學研究》（中國社會科學院哲學研究所）

《哲學動態》（中國社會科學院哲學研究所）

《自然辯證法研究》（中國自然辯證法研究會）

《道德與文明》（中國倫理學會、天津社會科學院）

《世界哲學》（中國社會科學院哲學所）

《自然辯證法通訊》（中國科學院研究生院）

《倫理學研究》（湖南師範大學倫理學研究所）

《現代哲學》（廣東哲學學會）

《周易研究》（山東大學、中國周易學會）

《孔子研究》（中國孔子基金會）

《中國哲學史》（中國哲學史學會）

《科學技術哲學研究》（山西大學、山西省自然辯證法研究會）

《外國哲學》（北京大學外國哲學研究所、商務印書館）

《馬克思主義美學研究》（上海交通大學人文學院、中央編譯出版社）

《哲學門》（北京大學哲學系、北京大學出版社）

《哲學評論》（武漢大學哲學學院、武漢大學出版社）

《馬克思主義哲學研究》（武漢大學馬克思主義哲學研究所、湖北人民出版社）

《經典與解釋》（中國人民大學文學院古典文明研究中心、華夏出版社）

《中國詮釋學》（山東大學中國詮釋學研究中心、山東人民出版社）

《法蘭西思想評論》（同濟大學法國思想研究中心、同濟大學出版社）

四 綜合性人文社會科學

《國學研究》（北京大學國學研究院、北京大學出版社）

《原道》（湖南大學嶽麓書院、東方出版社）

《國際漢學》（北京外國語大學中國海外漢學研究中心、大象出版社）

《漢學研究》（北京語言大學首都國際文化研究基地、學苑出版社）

《中外文化與文論》（中國中外文藝理論學會等、四川大學出版社）

《人文論叢》（武漢大學中國傳統文化研究中心、中國社會科學出版社）

《文化研究》（首都師範大學文學院等、廣西師範大學出版社）

《中國學術》（清華大學國學研究院、商務印書館）

《思想與文化》（華東師範大學中國現代思想文化研究所、華東師範大學出版社）

《文化與詩學》（北京師範大學文藝學研究中心、北京大學出版社）

《中國文化產業評論》（上海交通大學國家文化產業創新與發展研究基地、上海人民出版社）

《知識分子論叢》（華東師範大學思勉人文高等研究院中國現代思想研究中心、華東師範大學出版社）

《都市文化研究》（上海師範大學都市文化研究中心、上海三聯書店）

《中國經學》（清華大學人文學院經學研究中心、廣西師範大學出版社）

《華中學術》（華中師範大學文學院、華中師範大學出版社）

《中國社會科學》（中國社會科學院）

《學術月刊》（上海市社會科學界聯合會）

《社會科學》（上海社會科學院）

《江海學刊》（江蘇省社會科學院）

《開放時代》（廣州市社會科學院）

《江蘇社會科學》（江蘇社會科學雜誌社）

《浙江社會科學》（浙江省社會科學界聯合會）

《學術研究》（廣東省社會科學界聯合會）

《讀書》（生活・讀書・新知三聯書店有限公司）

《南京社會科學》（中共南京市委宣傳部等）

《社會科學研究》（四川省社會科學院）

《社會科學戰線》（吉林省社會科學院）

《學習與探索》（黑龍江省社會科學院）

《天津社會科學》（天津社會科學院）

《文史哲》（山東大學）

《學海》（江蘇省社會科學院）

《廣東社會科學》（廣東省社會科學院）

《江西社會科學》（江西省社會科學院）

《探索與爭鳴》（上海市社會科學界聯合會）

《浙江學刊》（浙江省社會科學院）

《東南學術》（福建省社會科學界聯合會）

《東嶽論叢》（山東社會科學院）

《學術界》（安徽省社會科學界聯合會）

《河北學刊》（河北省社會科學院）

《國外社會科學》（中國社會科學院文獻資訊中心）

《中州學刊》（河南省社會科學院）

《人文雜誌》（陝西省社會科學院）

《山東社會科學》（山東省社會科學界聯合會）

《中國社會科學院研究生院學報》（中國社會科學院研究生院）

《學術論壇》（廣西社會科學院）

《學術交流》（黑龍江省社會科學界聯合會）

《社會科學輯刊》（遼寧社會科學院）

《福建論壇》（人文社會科學版）（福建社會科學院）

《湖北社會科學》（湖北省社會科學界聯合會等）

《社會科學家》（桂林市社會科學界聯合會）

《北京社會科學》（北京市社會科學院）

《思想戰線》（雲南大學）

《甘肅社會科學》（甘肅省社會科學院）

《蘭州學刊》（蘭州市社會科學院等）

《河南社會科學》（河南省社會科學界聯合會）

《雲南社會科學》（雲南省社會科學院）

《學習與實踐》（武漢市社會科學院）

《湖南社會科學》（湖南省社會科學界聯合會）

《江漢論壇》（湖北省社會科學院）

《江淮論壇》（安徽省社會科學院）

《貴州社會科學》（貴州省社會科學院）

《內蒙古社會科學》（內蒙古自治區社會科學院）

《求索》（湖南省社會科學院）

《中國高校社會科學》（教育部高等學校社會科學發展研究中心）

《新疆社會科學》（新疆社會科學院）

五. 高校綜合性學報

《中國人民大學學報》中國人民大學

《浙江大學學報》（人文社會科學版）浙江大學

《華中師範大學學報》（人文社會科學版）華中師範大學

《北京師範大學學報》（社會科學版）北京師範大學

《南京大學學報》（哲學・人文科學・社會科學版）南京大學

《中山大學學報》（社會科學版）中山大學

《清華大學學報》（哲學社會科學版）清華大學

《吉林大學社會科學學報》吉林大學

《北京大學學報》（哲學社會科學版）北京大學

《復旦學報》（社會科學版）復旦大學

《中國地質大學學報》（社會科學版）中國地質大學

《華中科技大學學報》（社會科學版）華中科技大學

《上海師範大學學報》（哲學社會科學版）上海師範大學

《南開學報》（哲學社會科學版）南開大學

《上海大學學報》（社會科學版）上海大學

《廈門大學學報》（哲學社會科學版）廈門大學

《南京農業大學學報》（社會科學版）南京農業大學

《武漢大學學報》（哲學社會科學版）武漢大學

《四川大學學報》（哲學社會科學版）四川大學

《山東大學學報》（哲學社會科學版）山東大學

《上海交通大學學報》（哲學社會科學版）上海交通大學

《南京師大學報》（社會科學版）南京師範大學

《西安交通大學學報》（社會科學版）西安交通大學

《華東師範大學學報》（哲學社會科學版）華東師範大學

《中國農業大學學報》（社會科學版）中國農業大學

《重慶大學學報》（社會科學版）重慶大學

《華南農業大學學報》（社會科學版）華南農業大學

《湖南科技大學學報》（社會科學版）湖南科技大學

《陝西師範大學學報》（哲學社會科學版）陝西師範大學

《西北大學學報》（哲學社會科學版）西北大學

《山西大學學報》（哲學社會科學版）山西大學

《湘潭大學學報》（哲學社會科學版）湘潭大學

《暨南學報》（哲學社會科學版）暨南大學

《蘭州大學學報》（社會科學版）蘭州大學

《東南大學學報》（哲學社會科學版）東南大學

《天津師範大學學報》（社會科學版）天津師範大學

《湖南大學學報》（社會科學版）湖南大學

《大連理工大學學報》（社會科學版）大連理工大學

《河南師範大學學報》（哲學社會科學版）河南師範大學

《蘇州大學學報》（哲學社會科學版）蘇州大學

《求是學刊》黑龍江大學

《北京工商大學學報》（社會科學版）北京工商大學

《華南師範大學學報》（社會科學版）華南師範大學

《東北師大學報》（哲學社會科學版）東北師範大學

《東北大學學報》（社會科學版）東北大學

《湖南師範大學社會科學學報》湖南師範大學

《西北師大學報》（社會科學版）西北師範大學

《福建師範大學學報》（哲學社會科學版）福建師範大學

《安徽大學學報》（哲學社會科學版）安徽大學

《首都師範大學學報》（社會科學版）首都師範大學

《新疆師範大學學報》（哲學社會科學版）新疆師範大學

《華東理工大學學報》（社會科學版）華東理工大學

《南通大學學報》（社會科學版）南通大學

《鄭州大學學報》（哲學社會科學版）鄭州大學

《雲南師範大學學報》（哲學社會科學版）雲南師範大學

《深圳大學學報》（人文社會科學版）深圳大學

《西北農林科技大學學報》（社會科學版）西北農林科技大學

《湖北大學學報》（哲學社會科學版）湖北大學

《北京理工大學學報》（社會科學版）北京理工大學

《西南大學學報》（社會科學版）西南大學

《四川師範大學學報》（社會科學版）四川師範大學

《北京聯合大學學報》（人文社會科學版）北京聯合大學

《武漢大學學報》（人文科學版）武漢大學

《中南大學學報》（社會科學版）中南大學

《海南大學學報》（人文社會科學版）海南大學

《同濟大學學報》（社會科學版）同濟大學

《西藏大學學報》（社會科學版）西藏大學

《河南大學學報》（社會科學版）河南大學

《河海大學學報》（哲學社會科學版）河海大學

《新疆大學學報》（哲學人文社會科學版）新疆大學

　　筆者不厭其煩地羅列以上名單，仍只是兩岸學術期刊／集刊的鳳毛鱗爪，建議讀者可依自己的需求親自翻閱、查詢、參考，若能定期閱讀，應有所獲。

　　一般而言，寫作者投遞較爲嚴謹的學術期刊，若能順利接受刊登，學術評價相對也會提高。論文寫作更不免引用學者研究成果，除了載明出處外，引文參考的論文「等級」，也反應出讀者的閱讀傾向與習慣。過去寫作論文必須直接到圖書館複印資料，網路時代來臨後，透過電子論文資料庫，寫作者取得期刊論文的方式也較過去方便。

　　學位論文意指碩士與博士階段的畢業論文，這些雖然是以學生身分完成的論文寫作，但在指導教授的指引、督導下，往往是人生歷練的黃金階段，在寫作論文相關議題的單篇論文時，也頗具參考價值。以年輕學者而言，若碩士論文或博士論文成果倍受肯定，出版社有時也會主動約稿，正式出版爲學術專書。

　　學術專書大致可分四類：一是作者歷年發表的會議或期刊論文的結

集，如：楊儒賓《儒門內的莊子》（臺北：聯經出版事業股份有限公司，2016年）、[4]紀大偉《同志文學史：臺灣的發明》（臺北：聯經出版事業股份有限公司，2017年）、[5]林香伶《反思‧追索與新脈：南社研究外編》（臺北：里仁書局，2013年）；[6]二是改寫自學位論文的學術專書，

---

[4] 該書導論源自於〈道家之前的莊子〉，《東華漢學》第20期（2014年12月），頁1-46；第一章取自〈莊子與東方海濱的巫文化〉，《中國文化》第24期春季號（2007年4月），43-70；第二章源自於〈儒門內的莊子〉，《中國哲學與文化》第4輯（桂林：廣西師範大學出版社，2008年12月），頁112-144；第三章源自於〈遊之主體〉，《中國文哲研究集刊》第45期（2014年9月），頁1-39；第四、五章源自於〈莊子的「卮言」論——有沒有「道的語言」〉，《中國哲學與文化》第2輯（桂林：廣西師範大學出版社，2007年11月），頁12-40；〈無盡之源的卮言〉，《臺灣哲學研究》第6期（2009年3月），頁1-38；第六章源自於〈技藝與道——道家的思考〉，《原道》第14輯（北京：首都師範大學出版社，2007年11月），頁245-270；第八章源自於〈莊子與人文之源〉，《清華學報》新41卷第4期（2011年12月），頁587-620。

[5] 該書第一章與第二章部分內容源自於〈如何做同志文學史：從一九六〇年代台灣文本起頭〉，《台灣文學學報》第23期（2013年12月），頁63-100；第三章部分內容源自於〈愛錢來作伙：一九七〇年代台灣文學中的「女同性戀」〉，《女學學誌》第33期（2013年12月），頁1-46；第四章部分內容源自於〈誰有美國時間：男同性戀與一九七〇年代台灣文學史〉，《台灣文學研究學報》第19期（2014年10月），頁51-87；第六章部分內容源自於〈翻譯公共性：愛滋、同志、酷兒〉，《台灣文學學報》第26期（2015年6月），頁75-112。

[6] 該書第一編第一章〈回顧與前瞻——中國南社研究析論（1980-2004）〉原載於《中國學術年刊》第28期（春季號）（2006年3月），頁1-27；第一編第二章：〈百年有成：論南社研究的傳承與新變〉原載於《南京理工大學學報》（社會科學版）第23卷第2期（2010年4月），頁119-124；第一編第三章：〈繼往之必要，開來之可能——南社文學研究新論〉為2012年4月周莊舉行之「首屆中華南社學論壇」會議論文；第二編第一章：〈時代感懷與國族認同——柳亞子「南明書寫」研究〉原載於《政大中文學報》第5期（2006年6月），頁105-138；第二編第二章：〈鄉邦意識與族群復興——陳去病「南明書寫」研究〉原載於《東華人文學報》第10期（2007年1月），頁181-232；第二編第三章：〈歷史記憶重建的現代性意涵——論《國粹學報》的史傳書寫〉收入於《墨痕深處——文學‧歷史‧記憶論集》（香港：Oxford University Press，2007年8月），頁111-151；第三編第一章：〈覺世與再創——論歷史敘述在晚清新小說的運用〉原載於《東海中文學報》第21期（2009年8月），頁113-148；第三編第二章：〈信史與傳奇：論陳去病《莽男兒》之敘述策略與人物型塑〉為2012年3月23日淡江大學中文系主辦之「2012通俗與武俠文學」學術研討會會議論文；第四編第一章：〈近代新派詩話的遺珠——高旭《願無盡廬詩話》析論〉原載於《彰化師大國文學誌》第21期（2010年12月），頁69-110；第四編第二章：〈「超人」之鑑——林庚白《子樓詩詞話》與《麗白樓詩話》的書寫策略與

如：王政文《臺灣義勇隊：臺灣抗日團體在大陸的活動（1937-1945）》（臺北：台灣書房出版有限公司，2011年）、[7]郭章裕《古代「雜文」的演變：從《文心雕龍》到《文苑英華》》（新北市：致知學術出版，2015年）、[8]黃繼立：《「神韻」詩學譜系研究——以王漁洋爲基點的後設考察》（新北市：花木蘭出版社，2008年）、[9]林月惠《良知學的轉折：聶雙江與羅念菴思想之研究》（臺北：臺大出版中心，2005年9月）、[10]張俐璇《建構與流變：「寫實主義」與臺灣小說生產》（臺北：秀威資訊，2016年）；[11]三是學術研討會結束後的論文匯集，如：東海大學中文系審訂，鍾慧玲主編《女性主義與中國文學》（臺北：里仁書局，1997年）、東海大學中文系編《旅遊文學論文集》（臺北：文津出版社，2000年）、黃繼立〈「所謂汝心，亦不專是那一團血肉」：陽明學以「水」喻「心」的隱喻原型〉，收錄國立屏東教育大學中國語文學系主編《聯藻於日月，交彩於風雲——2010近現代中國語文國際學術研

理論價值〉收入香港大學中文學院主編：《詩話學第十一輯：東方詩話學專刊——東方詩話學第七屆國際學術研討會論文集》（臺中：文听閣圖書有限公司，2012年），頁853-895；第四編第三章：〈創傷記憶與革命召喚——甯調元《太一叢話》析論〉爲2012年3月29日至4月2日，由中國近代文學學會、湖南大學文學院主辦「中國近代文學研究三十年回顧與前瞻學術研討會暨中國近代文學學會第十六屆年會」之會議論文；第四編第四章：〈革命‧離散‧詩語：雷鐵厓及其詩話、詩作析論〉爲中國近代文學學會南社與柳亞子研究會、民革雲南省委員會、雲南省文學藝術聯合會、雲南省南社研究會主辦「昆明：紀念辛亥革命一百周年『辛亥革命與南社』兩岸三地學術研討會」之會議論文。

7　改寫自王政文：《臺灣抗日團體在大陸地區之活動（1937-1945）——以臺灣義勇隊為個案研究》（嘉義：國立中正大學歷史研究所碩士論文，2000年）。

8　改寫自郭章裕：《古代「雜文」的演變——從《文心雕龍》、《昭明文選》到《文苑英華》》（臺北：國立政治大學中國文學系博士論文，2011年）。

9　改寫自黃繼立：《「神韻」詩學譜系研究——以王漁洋為基點的後設考察》（臺南：國立成功大學中國文學系碩士論文，2002年）。

10　改寫自林月惠：《良知學的轉折：聶雙江與羅念菴思想之研究》（臺北：國立臺灣大學中國文學研究所博士論文，1995年）。

11　改寫自張俐璇：《建構與流變：「寫實主義」與臺灣小說生產》（臺南：國立成功大學臺灣文學系博士論文，2014年）。

討會論文集》（臺北：五南圖書出版股份有限公司，2011年11月），頁
1-25、王政文〈改宗與日常：十九世紀臺灣第一代基督徒的日常生活〉，
收入李勤岸、陳龍廷主編：《臺灣文學的大河：歷史、土地與新文化——
第六屆臺灣文化國際學術研討會論文集》（高雄：春暉出版社，2009年
12月），頁202-248、蔡家和〈宋明理學之典範轉移——從〈原性〉一文
見朱子到戴山論性之轉變〉，收入李瑞騰、孫致文主編：《典範轉移：學
科的互動與整合》（中壢：國立中央大學文學院，2009年9月），頁109-
122；[12]四是以祝壽、紀念會等名義的論文結集，如：李佳蓮〈小徒兒與
大師父〉，收入王安祈、李惠綿主編：《醉月春風翠谷裡：曾永義院士之
學術薪傳與研究》（臺北：萬卷樓，2017年4月），頁165-168；嚴瑋泓
〈「迦羅」（Kala）或「三摩耶」（Samaya）？——以「時間」議題論
《大智度論》批判實在論的哲學問題〉，收入陳平坤主編：《從印度佛學
到中國佛學：楊惠南先生七十壽慶論文集》（新北市：Airiti Press Inc.，
2012年7月），頁125-174；林維杰編：《文本詮釋與社會實踐：蔣年豐
教授逝世十週年紀念論文集》（臺北：臺灣學生書局，2008年）、[13]徐秀
慧、胡衍南編：《前衛的理想主義：施淑教授七秩晉五壽慶論文集》（臺
北：臺灣學生書局，2015年）。

　　上述四類學術專書中，前兩種為個人著作，後兩種則為群體著作。持
續有學術論文寫作計畫者，可朝專書出版為目標，至於出席學術研討會寫
作的會議論文，除了可投稿有審查機制的會議論文集，更可參酌講評者意
見，修改後投稿學術期刊，逐步累積自己的研究成果。

---

[12] 2007年11月17、18日，中央大學主辦第二屆兩岸三地人文社會科學論壇，以「典範移轉」為主題，
臺、中、港三地學者發表哲學、文學、史學、社會科學論文，會議論文集在兩年後正式出版，共收錄
三十一篇論文。

[13] 蔣年豐教授曾任教於東海哲學系。

第二節　論文的結構與格式

　　寫作論文前，應先對論文寫作形式、格式有所了解，投稿不同屬性的研討會、期刊、出版社時，也需因應不同的格式規定加以調整。

一、結構與形式

　　一般文史哲的論文寫作結構，大致由**摘要**、**正文**、**注釋**、**參考書目**四部分組成。

　　摘要是全文的簡要介紹，提供讀者快速瀏覽文章大義，一般以三百至五百字為宜，因應期刊規定與學位論文等要求，摘要會以中、英文兩版本呈現，最末再搭配三至七個關鍵詞。以筆者所見，初學者若不諳論文寫作，往往會直接（一字未改）摘取前言或本文中的重要段落至摘要之中，這種畫重點式的摘要，並非正規摘要。理想的摘要需能提供論文的重要訊息，含主要內容梗概、問題意識、研究方法等。**關鍵詞**則是讀者查詢論文的重要線索，設定關鍵詞的基本方法約有幾種：採用題目的重要詞彙、提取論文的研究對象和文本，或以研究對象的時代、文類為參考。例如：朱衣仙〈餘園中的「殘紅新綠／如意天香」──中國知識分子的啟蒙心史與悖論美學圖景〉（《中外文學》第44卷第4期，2015年12月）一文的關鍵詞有：中國園林、知識分子、文革、悖論、〈如意〉、《天香》六個，其中「知識分子」、「悖論」、「〈如意〉」、「《天香》」都是取自題目，該文屬於中國園林的研究，故將「中國園林」列入關鍵詞之中。又如施柔妤《東瀛視域：日本明治時期《支那文學史》研究》，[14]關鍵詞中的「笹川臨風」、「古城貞吉」是該論文的重要研究對象，而「明治」、「支那文學史」則是從題目中提取，「文學史」則是考量論文的研究類型而列入關鍵詞之中。

---

[14] 東海大學中文研究所碩士論文，2017年6月。

論文寫作不藏私

26

正文通常是由「前言」—「本文」—「結論」—「參考書目」為脈絡，此乃基本寫作路數。無論是獨立發表，少則七、八千字，多則三萬多字的會議論文、期刊論文，抑或是動輒七、八萬，多至三、四十萬的學位論文、學術專書，大致上也是依循這個結構進行。一般而言，作者會先在「前言」闡明寫作背景、動機、研究方法、文獻探討，進一步提出對研究主題的問題意識，但標題不一定使用「前言」二字，**有時以「緒論」、「問題的緣起」、「導言」等詞取代**，作為寫作開端的起始段。「**本文**」是整篇論文的主要血肉，但不宜以「**本文**」作為標題，[15]需以探討的內容為線，透過合乎邏輯思維的次第安排進行，單篇論文建議規劃二至三段的本文內容，前後需能相互環扣，理出論述的理路；若是學位論文，碩士一般安排五章、博士則有七至八章的內容，去除前後二章的緒論、結論，碩士論文建議最好有三章本文，博士論文約有五至六章的本文。「**結論**」乃總結式的論述，不宜複製本文內容，應以研究成果的歸納為主，亦可加入研究檢討與未來展望。

論文結構繁瑣之處不少，必須進一步觀察。如：既是論文，必有「論點」的闡發，但想要聞所未聞，恣意抒發驚人之語則萬萬不可；既是論文，必須「引用」前賢研究成果，何時適用「獨立引文」？何時以引號簡單帶過？何時在注釋論述對前賢研究的看法？需斟酌處理；既是論文，必有文本依據，決定文本在何處出現，以何種形式和長度，都是經驗的積累，隨興不得。

此外，學習論文寫作時，不僅需注意正文的結構，**注釋**的寫法也需多加留意。目前文史哲論文寫作大多採取當頁注釋，方便讀者閱讀、參照，初學者經常忽略注釋寫作的變化，致使注釋僅有「注明出處」的作用，相當可惜。另有些論文則是注釋和正文不分，時而出現一頁幾乎被注釋占領的現象，也不甚合宜。

---

15 筆者見過不少大學部學生直接以「本文」作為標題，論文僅前言、本文、結論三段，極為粗疏。

二、論文格式

學生時期，筆者旁聽過幾次學長姐的學位論文口試，進入中文學界服務後，也有多次親臨口試現場的經驗。口試委員有些面帶慈容，說起話來卻針針見血；有些則聊天說地，不知與論文何干；有些則看似怒目金剛，但用語輕柔，處處為學生設身著想……。還有一種口試委員，學生老師都不甚喜歡，總覺建設性不大，但提點的內容卻是論文不得不顧的——格式。

格式說來無趣，卻是學習寫作論文者不得不知、不能不熟稔的必要模式。若說公文的主旨、說明、辦法是基本寫作程式，則格式比作寫作論文的程式，應該也是恰當的。然而若將文史哲論文與理工論文拿來比較一番，文史哲論文的格式彈性與變化其實更大。何以見得？除去必要的題目、摘要、關鍵詞、參考書目等，文史哲論文與理工論文最大的差異在於論文主體的設計有所不同。若讀者有機會翻閱理工論文，在本文的結構設計上，理工論文大致涵蓋理論基礎、資料收集、分析方法（或實驗設計）、結果討論等內容，且幾乎千篇一律都採用極為「固定」的標題。相較之下，文史哲論文會隨著研究對象、方法、思路的「不盡相同」，在結構的設計上較有彈性。必須說明的是，文史哲的論文寫作仍得依循邏輯推論的合理性，層層論述，尤其文史哲著重內在思辯的能力表達，在實際的寫作難度上，遠勝於理工論文格式的依樣畫葫蘆。

大體而言，無論是學術期刊、學術研討會、學位論文等負責單位，都會對外公開論文寫作格式。讀者只要掌握基本的寫作要求，格式似乎不是問題，但若仔細追究，不把格式當一回事的寫作者仍然大有人在。以下援引《漢學研究》寫作格式說明為架構，以對話模式介紹之：[16]

---

[16] 《漢學研究》寫作格式請參見國家圖書館之漢學研究中心網站http://ccs.ncl.edu.tw/publish1.aspx，原始寫作規範以粗體顯示，筆者說明則以「香案」注記。

㈠ 來稿請用正體字，橫式（由左至右）書寫。

> **香案一：**
>
> 　　一般而言，論文書寫以橫式呈現，不是問題，但寫作者對「正體字」即是繁體字的概念則不一定具備。近年來，不少大陸學者投稿臺灣期刊，往往以簡體字投稿，審查委員雖未提出，但因為不是以正體字寫作，極易造成未來校對和排版上的困難（尤其有不少作者直接以電腦轉檔處理，如云／雲，里／裡，后／後，台／臺，余／餘，于／於，复／複、復，钟／鐘、鍾，干／乾、幹，范／範……繁簡轉換經常出現的別字也未發現）。反之，若投稿大陸期刊，在繁簡轉換過程中，尤其需要細心校勘，以免影響出刊時間，或因此造成個人學術形象的粗鄙。

㈡ 每篇論文均需包含前言、結論，無論長短，視為一節。中間各節請自擬小標題。各章節下使用符號請依一、㈠、1.、(1)……等序表示為原則。

> **香案二：**
>
> 　　此點說明的是論文的基本架構，「前言」和「結論」無論長短，都需獨立為一節，此與大陸學術期刊要求的格式略有不同。[17] 在自擬小標題部分，寫作者可依論題的大小予以規劃，但就目前所見，一般期刊論文投稿，寫作者基本上是依一、㈠、1.、(1)……順序表示「為原則」。不過有時因應不同收稿單位的要求，也可再做調整。寫作者可留意一個細節，即所有標點都需用全形打字，但在數字使用上，則以半形「為原則」。

---

17 大陸論文寫作前言、結論一般獨立成段，但不給予標題，即非獨立成一節的格式。

（三）書刊名、篇名之符號：

1. 中文書名、期刊名、報紙、劇本為《 》；論文篇名、詩篇為〈 〉。學位論文等未出版者請採用「 」。

2. 單指一書中某篇文章時兩者並用，如《史記》〈項羽本紀〉，《詩經》〈豳風‧七月〉。

3. 西文書名採用斜體，如無法作斜體處理時，請在書名下畫線；篇名則採用" "。

> **香案三：**
>
> 　　此處說明引用書刊注記的方式，內容有三：首先是指篇幅較大的書籍、期刊、報紙、劇本等名稱，都以《 》標示；篇幅較小的單篇論文、詩歌，篇名，都以〈 〉標示。但在學位論文等未出版者以「 」標示，則與一般期刊格式略有不同，如《臺大中文學報》格式說明，針對學位論文體例則是：
>
> 　孔仲溫：《類篇研究》（臺北：政治大學中國文學研究所博士論文，ooo先生指導，1985年），頁466。
>
> 　　《臺大中文學報》與《漢學研究》標示學位論文的方式不同，還需說明由哪位先生指導。關於不同學術期刊的格式差異，寫作者可自行參酌調整。
>
> 　　其次，有關某書某篇文章兩者並用的方式，《漢學研究》舉出《史記》〈項羽本紀〉及《詩經》〈豳風‧七月〉兩種。事實上，如《論語‧學而》，將書名與篇名以音節號區隔，再以書名號並列，也是經常使用的標示法。
>
> 　　第三，有關引用西文書以斜體或畫線方式，基本上不包含日、韓等國，寫作者可再留意。

㈣引文：短引文可用引號直接引入正文，長引文可作**獨立引文**，不加引號，但每行起首均縮入三格。引文部分請忠於古版之原文。

香案四：

　　此處將引文分爲長、短兩類，看似簡單，不難理解，事實上，多數寫作者未必確知長、短的具體標準。就筆者寫作經驗而言，專有名詞、單一句子、重要概念的詮釋等多屬「短引文」；長篇論述、需仔細援引的原文、超過三行等多屬「長引文」。以「多屬」言之，則是考量寫作實際情況的「兩難」。如研究古典詩時，將五言絕句以獨立引文處理，容易顯得單薄；研究小說時，若遇長篇情節，獨立引文處理不當則有冗贅之感。又如新詩需考量分行，短引文可以「／」符號區隔，獨立引文時則可還原原貌，但不需再加引號等，寫作者細心觀察便知。此外，獨立引文每行統一內縮三格，始末都不加引號，與短引文在內文出現的格式不同，寫作者也需留意。

㈤**注釋方式以採用傳統文史方式爲原則。惟語言學、人類學之論文可採用社會科學方式。**[18]

　1. 傳統文史方式

　　　文章內以阿拉伯數字爲注碼，無須加括號，置於標點符號之後。注碼請以全篇作一計算單位，使用同一順序，注文則置於注碼當頁下方（隨文注）。文稿內引用文字之注釋應詳列出處於注文內，請勿放於行文中，包括：引述之著作者姓名，篇名或書名（出版地：出版者，出版年），卷期及頁碼等。其格式例示如下：

　⑴宋‧歐陽修、宋祁，《新唐書》（北京：中華書局，1975），卷4

---

[18] 本書撰寫以文史哲論文為主，語言學、人類學論文等社會科學注釋方式不再做說明，僅羅列於此，供讀者參考。

〈則天皇后本紀〉，頁81。

(2)宋・朱熹，〈禮一・論考禮綱領〉，宋・黎靖德編，《朱子語類》
（臺北：正中書局，1970），卷84，頁3453。

(3)清・孫奇逢，〈復彭了凡〉，《夏峰先生集》（《四庫禁燬書叢
刊》，北京：北京出版社，2000），卷7，頁189。

(4)周法高，〈董妃與董小宛新考〉，《漢學研究》1.1(1983.6): 10-
11。

(5)李豐楙，「魏晉南北朝文士與道教之間的關係」（臺北：政治大學
中文所博士論文，1978.6），頁15-20。

(6)（英）李約瑟（Joseph Needham）著，杜維運等譯，《中國之科學
與文明》第3冊（臺北：臺灣商務印書館，1995），頁192。

(7)（日）森鹿三著，金立新譯，〈論居延出土的卒家屬廩名籍〉，載
於中國社會科學院歷史研究所戰國秦漢史研究室編，《簡牘研究譯
叢》第1輯（北京：中國社會科學出版社，1983），頁100-102。

(8)衣若芬，〈不繫之舟：吳鎮及其「漁父圖卷」題詞〉，「元明文人
之自我建構與審美風尚學術研討會」論文（臺北：中央研究院中國
文哲研究所，2004.12.16）。

(9)黃仁宇，〈大歷史帶來的小問題〉（上），《聯合報》1994.1.10，
37版〈聯合副刊〉。

(10)賈麗英，〈漢代有關女性犯罪問題論考——讀張家山漢簡札記〉，
《簡帛研究》網站，2005.12.17，http://www.jianbo.org/admin3/list.
asp?id=1449（2006.1.9上網）。

(11)Lewis Mayo, "The Order of Birds in Guiyi Jun Dunhuang," *East Asian
History* 20 (2000.12): 45-48.

(12)Jaroslav Prusek, *The Lyrical and the Epic: Studies of Modern Chinese
Literature* (Bloomington: Indiana University Press, 1980), pp. 109-
110.

(13)Tsi-an Hsia, "Aspects of the Power of Darkness in Lu Hsun," in Hsia,

The Gate of Darkness: Studies on the Leftist Literary Movement in China (Seattle: University of Washington Press, 1968), pp. 146-162.

⒁ Donald Holzman, "Juan Chi and His Poetry" (Ph.D. diss., Yale University, 1954), pp. 50-59.

2. 社會科學方式

　　語言學、人類學之論文可採用。在正文中直接列出作者、文獻出版年分、頁碼（出版資料於文後「引用書目」中呈現）。

例一：而在這冷門的領域中，誠如中央研究院李壬癸教授（1997: 202）所言：「南島語言學更是冷門中的冷門。」因此，國內語言學界（包括語言教學）雖有四百多位學者專家，然而根據施玉惠等人（1995: 16-20）之調查報告，研究臺灣南島語言之學者僅有十三位；即便是現在，距離前項調查時間已有五年之久，國內積極從事這個領域研究的學者仍只有二十人左右。

例二：例如，在社會現象廣受關切、社會學理論鋒出的十九世紀末，Saussure受到Hippolyte Taine、Emile Durkheim等社會學家的影響，發展出從當代社會角度審視語言的理論，自屬無可避免，也早已為語言學史家所論定（Dinneen 1967: 196-199; Culler 1976: 70-79; Aarsleff 1982: 356-371）。

例三：而婚後住在男家的模式也加強了這一傳統，媳婦是屬於公公家庭的（R. S. Watson 1991a）。說到權利，婦女與其兄弟及丈夫完全不平等。她們不能繼承遺產，也無緣分得家族產業。她們處置嫁妝的法定權力也有所限制（R. S. Watson 1984; 1985: 107, 126, 129, 135; 1986; 1991）。

香案五：

上述說明示例舉證相當充足，寫作者可依樣畫葫蘆，按時代、作者、書名、出版地、出版公司、出版年月、卷次、頁碼等順序羅列清楚，基本誤差不致太大。[19]所謂「傳統文史方式」，各學刊體例不同，如引用古籍時，或細分為古籍原刻本、古籍影印本兩種，前者如：

> 宋・司馬光：《資治通鑑》（南宋鄂州覆北宋刊龍爪本，約西元12世紀），卷2，頁2上。

後者如：

> 明・郝敬：《尚書辨解》（臺北：藝文印書館，1969年，百部叢書集成影印湖北叢書本），卷3，頁2上。

在此提醒，寫作者可留心學刊規定，作者與書名（或篇名）間要以逗號或冒號區隔，也有差異。另外，注碼使用「文章內以阿拉伯數字為注碼，無須加括號，置於標點符號之後。」一說，乃一般通則，若遇連續出現標點符號時，注碼則需緊接最後一個標點符號之後，在下一個國字出現之前。[20]至於當頁注的方式，不同學刊的注釋編碼也有差異，臺灣學刊多採用連續性注碼，大陸學刊則是當頁注碼連續，次頁則另啟注碼編排。

(六) 同一本書（或資料）只需在第一次出現時寫明出處，以後則可省略。若再引注過的資料，只寫作者、書名（篇名）、頁碼，或「同上注，頁X」即可。

---

[19] 筆者建議年月字樣都應出現，出版社、校名等出版資料也以全名標示較為完整。

[20] 請參考本章注釋標記注碼方式便知。

香案六：

此條即寫作論文資料「再次徵引」的處理模式，爲多數學刊採用，屬於簡單式。所謂「只寫作者、書名（篇名）、頁碼」指再次徵引的注不接續時，則省略出版資料；「同上注，頁X」（或「同前注，頁X」）則是指再次徵引的注接續時，僅注明頁碼即可。若再次徵引內容完全相同且注碼接續，則以「同上注」（或「同前注」）標記即可。雖然有部分學刊接受再次徵引的注不接續時，可以「④同注①，頁5」的傳統方式表示，但就讀者而言，翻閱甚爲不便，且實際寫作時難免增刪，再次徵引以同注X方式處理，經常會造成校對上的不便，也容易出現注碼標示的錯誤。

(七) 文內數字以採用阿拉伯數字爲原則，如：西元年、月、日，及部、冊、卷、期數等。

香案七：

此條說明簡潔易懂，惟阿拉伯數字應統一以半形標示。至於年、月、日，國字一、二、三標示亦無不可，故言「爲原則」，尤其涉及古今、中西曆法不同的標示時，國字與阿拉伯數字使用可略做調整，如：清光緒二十四年四月二十三日（1898年6月11日）。

(八) 論文中所出現之重要相關人物，第一次出現時請在括號內注明生卒之公元紀年。皇帝亦注明在位之公元紀年。外國人名、地名及專有名詞均請附注原文。

香案八：

　　此條説明亦清楚明白。據筆者所見，寫作者有時對「論文中所出現之重要相關人物」並未界定清楚，不是全篇無一人物生卒年的注記，就是只要出現人名，都加上生卒年，甚至重複標記某人物的生卒年，凡此現象，不再一一舉證，讀者可自行參閱論文資料，即可自我提醒。除此，若遇重要人物生卒年資料不全，或有二説等情況，建議可以注釋援引相關研究，或羅列不同説法補充，較爲整全。至於「外國人名、地名及專有名詞均請附注原文」乃基本要求，同時也應注記生卒年。除此，外國人名、地名及專有名詞等資料，有時會産生翻譯的歧出，爲表負責，也應一併羅列，或以注釋説明，更爲妥貼。

(九) 文末請附「引用書目」，分「傳統文獻」和「近人論著」兩部分。前者以時代先後排序，後者以作者姓氏筆畫或英文字母排序，其格式例示如下：

1. 傳統文獻

漢・司馬遷，《史記》，北京：中華書局，1969。

三國・吳・韋昭注，上海師範學院古籍整理組校點，《國語》，上海：上海古籍出版社，1978。

宋・朱熹著，宋・黎靖德編，《朱子語類》，臺北：正中書局，1970，據明成化九年江西藩司覆刊宋咸淳六年導江黎氏刊本影印。

宋・楊傑，《無爲集》，《景印文淵閣四庫全書》第1099冊，臺北：臺灣商務印書館，1983。

清・孫奇逢，《夏峰先生集》，《四庫禁燬書叢刊》集部第118冊，北京：北京出版社，2000，據清道光二十五年大梁書院刻本影印。

2. 近人論著

衣若芬　2004　〈不繫之舟：吳鎮及其「漁父圖卷」題詞〉，「元明文人之自我建構與審美風尚學術研討會」論文，臺北：中央研究院中國文哲研究所，2004.12.16。

李壬癸　1997　《臺灣南島民族的族群與遷徙》，臺北：常民文化公司。

（英）李約瑟（Joseph Needham）著，杜維運等譯　1995　《中國之科學與文明》第3冊，臺北：臺灣商務印書館。

施玉惠、徐貞美、黃美金、陳純音　1995　《語言學學門人力資源現況分析及調查後續研究》，國科會研究計畫報告 NSC 84-2411-H003-006。

湯廷池　1986　〈關於漢語的詞序類型〉，「第二屆國際漢學會議」論文，臺北：中央研究院。收錄於湯廷池（1988）《漢語詞法句法論集》，臺北：臺灣學生書局，頁449-537。

黃仁宇　1994　〈大歷史帶來的小問題〉（上、下），《聯合報》1994.1.10-11，37版〈聯合副刊〉。

賈麗英　2005　〈漢代有關女性犯罪問題論考——讀張家山漢簡札記〉，《簡帛研究》網站，2005.12.17，http://www.jianbo.org/admin3/list.asp?id=1449（2006.1.9上網）。

鄭毓瑜　2002　〈流亡的風景——〈遊後樂園賦〉與朱舜水的遺民書寫〉，《漢學研究》20.2: 1-28。

Aarsleff, Hans. 1982. "Taine and Saussure." In Hans Aarsleff, *From Locke to Saussure, Essays on the Study of Language and Intellectual History*. Minneapolis: University of Minnesota Press, pp. 356-371.

Hanan, Patrick. 2000. "The Missionary Novels of Nineteenth-Century China." *Harvard Journal of Asiatic Studies* 60.2: 413-443.

Holzman, Donald. 1954. "Juan Chi and His Poetry." Ph.D. diss., Yale University.

Hymes, Robert P., and Conrad Shirokauer. 1993. *Ordering the World: Approaches to State and Society in Sung Dynasty China.* Berkeley: University of California Press.

Wang, John C. Y. 1977. "Early Chinese Narrative: The *Tso-chuan* as Example." In Andrew H. Plaks, ed., *Chinese Narrative: Critical and Theoretical Essays.* Princeton: Princeton University Press, pp. 3-20.

香案九：

　　本條目說明文末「引用書目」羅列資料的方式。一般而言，又有以「重要參考書目」、「徵引書目」、「參考書目」等名稱之，凡「引用」、「徵引」字樣，即是注釋出現過的資料，筆者建議在注釋時，即可同步備份至書目羅列，一來不僅可節省寫作時間，更可減少錯誤機率。

　　此外，就筆者所見，很多寫作者對「傳統文獻」與「近人論著」的區分甚為混淆。以《漢學研究》格式說明為例，應指在民國之前出版的書籍，至於民國之後重新排版的現代古籍，有以為原作者乃民國以前之人，應列入「傳統文獻」，亦有以點校者為民國以後學者，應進「近人論著」之列，或可再做討論。至於民國之後出生者的著作，理應可列「近人論著」；出生於清，卒於民國者，能否列入「近人論著」，則要以論文規模大小再做調整。簡言之，若參考書目僅分兩類，生於清末、卒於民初的作者，應列「近人論著」；若參考書目甚多，中文書籍依朝代分類時，生於清末、卒於民初的作者，如梁啟超（1873-1929）、蘇曼殊（1884-1918）等人著作，可獨立以「近代論著」羅列，更形細緻。至於「前者以時代先後排序，後者以作者姓氏筆畫或英文字母排序」之說，也需留意作者生卒年的「易代」事實，配合生年為序排列。至於年代注記，要以明、（明）、〔明〕、

【明】哪種模式標記，則依各學刊規定調整即可。此外，「以作者姓氏筆畫或英文字母排序」乃目前常見的書目排序方式，寫作者只要操作寫作軟體的排序功能，便可一次到位。少數文史哲學報要求以出版年為排序方式，寫作者亦可悉心照辦，困難度不高。在此提醒寫作者，若書目資料較長，或可在第二行稍做縮排，如：

林香伶，〈沿襲與新創：論晚清敘事詩長歌當哭現象及其敘事模式〉，《東海中文學報》第25期（2013.7），頁139-176。
林香伶，〈近代新派詩話的遺珠——高旭《顧無盡廬詩話》析論〉，《彰化師大國文學誌》第21期（2010.12），頁69-110。

　可改為：

林香伶，〈沿襲與新創：論晚清敘事詩長歌當哭現象及其敘事模式〉，《東海中文學報》第25期（2013.7），頁139-176。
林香伶，〈近代新派詩話的遺珠——高旭《顧無盡廬詩話》析論〉，《彰化師大國文學誌》第21期（2010.12），頁69-110。

㈩ 英文稿件請參照*The Chicago Manual of Style*之格式撰寫。[21]

　　文史哲論文的種類、結構與格式可談的部分還有不少，本章以基礎寫作經常會遇到的要點，分享實際經驗，讀者可參酌本書其他作者論文對照研讀，以達事半功倍之效。

---

[21] 此部分不再加案語，相關說明詳見各刊物附件要求。

第三章

工欲善其事，必先利其器：文史哲研究資料庫的運用與操作

林香伶、陳木青

說書人簡介

　　陳木青，臺灣苗栗人，東海大學中國文學系碩士，嶺東科技大學兼任講師、國立中興大學中國文學系博士生，研究興趣爲近代文學與文化、臺灣文學等領域。曾於國立政治大學、國立中央大學、國立中興大學、國立東華大學、東吳大學、東海大學、上海華東師範大學等校研討會發表論文。著有《南社、報人與哀情——以姜可生作品爲例（1912-1919）》（臺中：東海大學中文研究所碩士論文，2014年）、〈覺知與跨界——論《眉語》圖像中的身體凝視與情愛想像〉、〈女力在花蓮——論方梓《來去花蓮港》的族群書寫與土地認同〉、〈論鹽分地帶詩人群的地方意識〉、〈「道通爲一」的再思考——以嚴復《評點老子道德經》爲討論中心〉、〈不安於室——論紀大偉〈膜〉的酷兒式空間書寫〉、〈缺席與在場——論《2003／郭強生》的親情、空間與書寫策略〉等文。

第一節　迎接寫作資料的數位化時代

　　以跨領域、數位化議題愈來愈受重視的時代趨勢來看，人文社會學科想要獨創一格，無論是資料查詢、思考面向，絕不能固守一端、坐井觀天。換言之，經常與不同層面、學科知識做深度的連結與合作，有其必要性。一般而言，文、史、哲科系各有天地，雖然在學科建制、訓練方法

不盡相同，但所謂「文史哲不分家」一說，並非虛言，三者的文獻與史料經常可互通共用，例如：一部《舊唐書》，可同時供應唐詩、唐史、唐代思想等不同文史哲學者所需的研究資料。再者，在資訊技術日新月異的現代社會，電子資料庫逐漸取代傳統大部頭、動輒數十本的套書、辭書與類書，已成爲文史哲學者寫作論文時的便利工具。隨著被數位化、檔案化的文件、書籍、影像、音訊陸續問世，研究者往往不用千里迢迢地跑到館藏地一探究竟，只要在網路世界中瀏覽、下載，彈指之間，便能得到所需的資訊。因此，如何找尋研究所需的適合資料，便是本章撰寫的初衷。

　　就筆者所見，「學術資源數位化」，無論在東方或西方，都是目前大學、學術機構極力推動的方向，例如：臺灣科技部鼓勵學者申請從事數位人文研究計畫、臺灣大學成立數位人文研究中心等，不僅是落實人文研究資料數位化的願景，也讓文史哲學者在跨領域的合作面向更爲多元。坊間出現數位故事力發展研究中心、數位博物館等機構，顯見大數據與數位化對文史哲研究的影響與開發是與日俱增的。又如：臺灣中央研究院、故宮博物院、國家圖書館、臺灣大學、政治大學、臺灣師範大學；中國國家圖書館、上海圖書館、北京大學、復旦大學；日本東京大學、早稻田大學、京都大學；美國哈佛大學、哥倫比亞大學、加州大學、康乃爾大學等學術機構，早已建置不少重要的電子資料庫，但受限於國家資料管理規範、地方使用權限、著作版權等原因，部分資料仍需到當地圖書館才能瀏覽、下載，有些則需事先申請帳號、密碼，才有使用「身分」。換言之，並非所有資料庫的檢索、下載都不用出門就可獲取，想在家就可坐擁移動圖書館，指望透過網路就「一切搞定」，事前仍需做足準備。至於大量且尚未數位化的研究資料，仍需一步一腳印，眞正進到實體圖書館才能查詢、運用。

　　本章以電子資料庫檢索經驗分享爲主，不涉及傳統圖書館查詢資料說明，[1]建議讀者可對所在地的圖書館先行了解，掌握寫作資源，就近取材

1　林慶彰：《學術論文寫作指引：文科適用》（臺北：萬卷樓圖書股份有限公司，2015年）一書對於文

是最基礎的工作。必須說明的是，電子資料庫類別甚繁，部分資料庫亦非單屬一類，為考量讀者參酌的便利性，依照傳統典籍、報刊、學術論文、檔案史料、影像、工具類與綜合等類別區分，建議讀者依自己需求擇選使用，下節介紹的資料庫將涵蓋東、西方不同資料來源，簡述資料庫與文史哲研究領域的使用方法與經驗。

第二節　文史哲資料庫分類與內容

一、傳統典籍

　　文史哲領域研究古典文學、古代歷史與哲學時，瀏覽古籍是極為重要的「基本功」，事先確認所在地的圖書館有無館藏，則是絕對必要之事。然而何以現代大學圖書館、研究機構要將館藏的古籍善本、珍藏本予以電子化、檔案化？其實是考量使用需求的。在此之前，古籍或稀有典籍因年代久遠、製作手法等原因，保存不易，尤其受到溫度、紙質、環境等條件的限制，不適合讓使用者頻繁借閱，早期圖書館曾採用玻璃櫃「標本式」的展示古籍，不僅占用空間，讀者「隔空閱讀」也相當不便；現代數位化技術進步後，古籍數位化不僅有助於研究利用，也間接讓古籍以現代化的新貌與讀者見面。因此，建立完善的古籍、善本資料庫，設計良好的查詢系統，提供給現代研究者使用就更形重要，例如：「上海圖書館古籍書目查詢」、「祕籍琳琅：北京大學數字圖書館古文獻資源庫」、「香港大學馮平山圖書館藏善本書錄」、「新亞研究所典籍資料庫」、「傅斯年圖書館珍藏善本圖籍書目資料庫」、「國立故宮博物院善本古籍資料庫」等，都設有古籍、善本的查詢功能，讓使用者可事先查詢該館有無自己需要的資料。另外，研究古籍經常會遇到版本學的問題，如因古籍傳抄產生不同

史哲學門資料收集方法、圖書館、工具書與電子資源的利用、資料整理和摘記、寫作方法等有詳細的說明，筆者在此不敢掠美，讀者可自行參酌。

第三章　工欲善其事，必先利其器：文史哲研究資料庫的運用與操作

43

的刻本、抄本、石印本等，透過典籍的數位化，可使不同版本間的文本、個人評點、序跋等內容，進行科技化的比對與研究。以《紅樓夢》為例，上海圖書館藏有三讓堂、臥雲山館等版本，北京大學圖書館則藏有藤花榭、東觀閣、萃文書屋等版本，透過文本數位化，不僅可縮短兩地奔波的時間和距離，甚至藉由網際網路，就能同時看到不同版本、館藏地點的藏書。

《四庫全書》乃文史哲研究極重要的文獻，這部完成於乾隆年間，分經、史、子、集四部，包含三千多種書籍，將近八萬卷的歷史鉅著，雖存在不少資料問題，截至目前，仍是匯聚古籍大全的代表。在現有資料庫中，「文淵閣《四庫全書》電子版」較常被研究者使用。此外，宗教議題也是文史哲研究會通的重要議題，在查找佛教、基督教的相關文獻時，例如：「CBETA漢文大藏經」、「國立臺灣大學佛學研究中心——佛學數位圖書館暨博物館」、「香港浸會大學圖書館基督教古籍資料庫」等，都可加以利用，網站上提供宗教古籍與經典的數位檔案，研究者可逕自閱讀，部分檔案也能下載存查。

在臺灣相關研究方面，中研院臺史所建有「臺灣研究古籍資料庫」，業已將重要的舊籍、舊期刊數位化，來源包括臺灣總督府圖書館、南方資料館及臺灣省圖書館購藏帝大教授藏書、後藤文庫、姊齒文庫等內容，對日治時期的臺灣研究提供極重大的效益。國立臺灣文學館建置「全臺詩‧智慧型全臺詩資料庫」，收錄明鄭至日治時期許多傳統漢詩，並重新點校，乃研究者的一大福音。

另外，在日本、西方等國的中文典籍藏書方面，像是：「東京大學東洋文化研究所漢籍善本全文影像資料庫」、「東京大學東洋文化研究所所藏——雙紅堂文庫全文影像資料庫」、「早稻田大學古籍綜合資料庫」、「京都大學人文科學研究所東方學電子圖書館（東方學デジタル圖書館）」、「哈佛燕京圖書館善本特藏資源庫」、「耶魯大學館藏中文善本圖書電子資源」、「巴伐利亞國家圖書館東亞數字資源庫」、「East Asian Digital Library」（普林斯頓大學圖書館）、「Chinese Rare Books from the James Legge Collection」（紐約公共圖書館）、「明清婦女著作」（Online digital archive of Ming-Qing Women's Writings）等資料庫，不僅具備網路檢索、全文瀏覽等功能，更使原本在西方世界才能看到的特藏文獻，藉由數位化的技術，讓文本在世界各地現身，「天涯若比鄰」一語在今日學術研究者看來，不再是遙不可及的神話。

二、報刊

　　報刊意指晚清以降新興的報紙和雜誌。在近現代研究中，報刊絕對是不能忽略的重要材料。自晚清伊始，報刊在上海地區蓬勃發展，不僅呈現當時思想、文化、娛樂的豐富面貌，更成爲公開發表言論的場域。因此，報刊資料庫便成爲深入近現代媒體資料研究的重要查詢工具。「全國報刊索引——晚清、民國時期期刊全文數據庫」爲目前學界較常使用的近代報刊資料庫，收錄年代爲1833年到1949年，對晚清民國政治、經濟、文學、思想文化等方面，提供了豐富的研究材料。另外，愛如生系列的「中國近代報刊庫」亦收有許多大型的近代刊物，並分爲大報與要刊系列：大報系列收有《申報》、《民國日報》、《益世報》、《大公報》、《晨鐘報》、《晨報》、《中央日報》、《新華日報》、《順天時報》等；要刊則分三輯，收有《東西洋考每月統紀傳》、《中外紀聞》、《點石齋畫報》、《新民叢報》、《浙江潮》、《安徽俗話報》、《新小說》、《東方雜誌》等數百種刊物，提供近代研究者極重要的資料根據。

　　除了上述綜合性的報刊資料庫之外，針對特定類型（或主題）報刊而建置的資料庫也有不少，例如中研院近史所建置的「近代婦女期刊資料庫」、「《婦女雜誌》檔案」、「近代城市小報資料庫」等，幫忙研究者從事女性地位、時尚、廣告、商品與圖像，以及近代城市（如上海、蘇州）的風俗面貌時，更容易聚焦、掌握代表性資料。「民國佛教期刊文獻集成書目資料庫」收錄上百種民國佛教期刊，並提供作者、原書相關資料，是從事民國佛教研究不可或缺的重要資材。

　　國外建立的報刊資料庫方面，在此舉三套爲例。一是「海德堡大學

中國小報資料庫」（Chinese Entertainment Newspapers），時期涵蓋了1890年代到1930年代，資料庫內容多取材自小報或娛樂報，並聚焦在演員、戲劇、電影、明星部分。二是「Chinese Commercial Advertisement Archive」，由萊斯大學（Rice University）進行數位化工作，收錄《漢口中西報》相關資料，可作爲湖北地方研究的重要文獻。三是「Ling Long Women's Magazine」（《玲瓏雜誌》），由哥倫比亞大學（Columbia University）設置，此雜誌出版於1931至1937年間，內容以記錄三〇年代的女性生活、社會娛樂爲主。

此外，從事臺灣相關研究時，報刊的倚賴度也相當高。日治時期臺灣創辦的多種報刊，都可在「日治時期期刊影像系統」查詢，此系統由國立臺灣圖書館數位化完成，來源包括《銀鈴》、《臺灣新文學》、《華麗島》、《臺灣地方行政》、《風月報》、《南瀛佛教會會報》（後改名《南瀛佛教》、《臺灣佛教》）等刊物，若深入研究，可掌握臺灣當時社會、宗教、娛樂、文藝等方面的樣貌。再又如漢珍數位圖書提供的《臺灣日日新報》、《漢文臺灣日日新報》等資料庫，可助於了解日治時期總督府的政策與社會風氣，對當時時事、文化現實能有所掌握。至於現當代臺灣文學方面，則可使用「臺灣文學知識庫」，此爲2017年新推出的整合性文學刊物資料庫，目前收有《聯合文學》、《文訊》、《聯合副刊》等臺灣文學重要刊物，並提供全文檢索及原刊閱讀功能，便利性和功能性均佳。

三、學術論文

撰寫報告、論文時，查詢、研讀學術論文乃必要途徑，除了學術專書外，刊登於各大學學報、學術期刊，乃至研究生的學位論文、會議論文等，都是極爲重要的研究取徑，具備搜尋這些材料的能力，不只是爲了寫進論文中的「文獻探討」，經由有次第、主題、年代等統整方式，可與學術論文作者進行對話與論辯，也能經由學術論文徵引的參考書目，「借力使力」去找到更豐富的研讀資料。

因此，如何運用廣收各大學學報、學術期刊、會議論文、學位論文的資料庫，便不容小覷。在臺灣建置的資料庫中，「臺灣博碩士論文知識加值系統」乃國家圖書館免費提供的學位論文資料庫，是國內極重要的學術資訊網站。「基於學位授予法，國家圖書館為國內唯一之學位論文法定寄存圖書館，負有收集、典藏與閱覽我國學位論文的職責。」[2]每一位研究生在畢業之前，規定要將自己的論文資訊上傳至該網站，以便他人查詢。學位論文可按學校、系所、學年度、學科等項目進行瀏覽，亦可按論文名稱、研究生、指導教授、口試委員、關鍵字、摘要、參考文獻與不限欄位等選項來檢索、篩選研究所需的學位論文。一般而言，除年代久遠、特殊考量、作者延緩開放查詢[3]等因素，「臺灣博碩士論文知識加值系統」多可提供電子全文下載，如果網站上沒有開放，也可嘗試到該研究生畢業的學校圖書館網站查詢（有些電子全文可能會先在原校先行開放）。[4]除了查詢學位論文，若要找尋大學學報、學術期刊論文，「臺灣期刊論文索引系統」、「臺灣人文及社會科學引文索引資料庫」都在國家圖書館網站上可進行檢索，但因著作權考量，多數論文僅可在網上得知作者、論題及摘要，論文全文需透過館際合作或親自至圖書館複印，方可取得。此外，成立於西元2000年，原以藝術資料庫為主，後跨足學術領域，建構期刊、論文、電子書等的「華藝線上圖書館」，則提供論文全文檢索與下載，是目前臺灣重要的學術資料網站之一，寫作者可自行操作運用。

2　「臺灣博碩士論文知識加值系統」原為教育部委託國家圖書館執行的專案計畫，國家圖書館自民國59年起著手編印「中華民國博士碩士論文目錄」，民國83年正式執行「全國博碩士論文摘要建檔計畫」，民國86年9月提供Web版線上檢索系統，民國87年9月開發完成「全國博碩士論文摘要檢索系統」。民國89年2月再於原有之「全國博碩士論文摘要線上建檔系統」新增電子全文上傳與電子全文授權書線上印製之功能，進一步地整合既有線上資料庫服務。有關「臺灣博碩士論文知識加值系統」發展歷程，可參考http://ndltd.ncl.edu.tw/cgi-bin/gs32/gsweb.cgi/ccd=EK8Z2c/aboutnclcdr說明。

3　目前學位論文資料庫開放下載時間由作者自行決定，可在畢業後兩年、畢業後一年開放，作者仍可修改抽換檔案，至於不願開放、立即開放的作者也有不少。

4　若網站資料庫未能收錄，寫作者必須至國家圖書館查詢實體論文，或就近查詢所在學校圖書館有無電子檔或實體論文。

兩岸交流熱絡，文史哲論文寫作參考的學術論文，自然也不能局限在臺灣學者的研究成果上。因此，善加運用「CNKI中國知網系列資料庫」與「萬方數據知識服務平臺」，即時掌握大陸學界的重要研究成果，將可成為寫作時的重要利器。這兩個資料庫內容涵蓋範圍甚廣，收錄學術期刊、學位論文、會議論文、報紙、外文文獻、年鑑、百科、辭典、統計數據、專利等內容，又細分哲學、政治、法律、經濟、文藝、科學、農業、醫藥衛生等類別，提供複合檢索的服務，讓用戶只要透過一個界面，就可以達到以上所有項目的檢索結果。

在此提醒讀者，海內外大學自行建置的學術論文資料庫其實相當豐富，寫作者可至各大學圖書館網站瀏覽，自行感受意外收穫的美好。

四、檔案史料

在文史哲學者從事研究過程中，為了深入研究對象當時的地方社會、歷史文化、風俗思想等「實情」，方志、文書檔案、家譜、奏摺公文、日記等材料的掌握，絕對是極為重要的參考來源。目前從事這些資料數位化的圖書館，已頗有建功。

方志方面，經由「萬方數據庫——新方志」、「中國數字方志庫」、「中國大陸各省地方志書目查詢系統」等資料庫，使用者能自由查詢地方志內容，與其相關的山水、水利、園林、邊疆和外國地理志等資料也能一併搜尋，提升對各地風土民情的掌握度。

文書檔案方面，如中研院近史所「近代史全文資料庫」收有《清代經世文編》、《近現代中國史事日誌》、《總統蔣公大事長編初稿》、《王世杰日記》等書，資料亦涵蓋工具書、史料、文書、日誌等許多類型，有助於了解近代中國的社會、政治與文化。另外，近史所還建立「近代史料全文資料庫」，區分為「清代經世文編」、「近代中國對西方及列強認識資料彙編」、「清末百科全書」、「袁氏家藏近代名人手書」、「盛宣懷函稿」、「近代中國城市」、「近代工商資料」等部分，內容相當豐富，操作亦容易上手。

家譜方面，上海圖書館建置「家譜數據庫」，收錄約三百多個姓氏，地區範圍包括二十多個省市，其中又以浙江、江蘇、安徽、湖南最多。收藏的家譜集中於清代、民國，深具研究近代上海、江南地區重要史料價值及意義。

　　奏摺方面，中研院近史所建置「清代奏摺檔案」，主要分為財稅經濟與刑事案件紀錄兩部分。財稅經濟檔案可顯現清朝的財政狀況，其中內務府的帳目紀錄較為特殊，藉此可了解皇室的財務狀況；刑事案件紀錄則可從中看到清代的法律與判例，用來考察當時的犯罪、裁罰與審判。此外，國立故宮博物院設有「清代宮中檔奏摺及軍機處檔摺件資料庫」，收錄清代特有的文件。軍機處檔摺件多為「奏摺錄副」（經皇帝批閱後，交給軍機處抄錄的副本，以備日後查閱），少數則為原摺附件，例如清單、諭旨等，研究價值甚高。「大清國史人物列傳及史館檔傳包傳稿目錄索引資料庫」，也由國立故宮博物院建置，將清代國史館（1690-1911）與民國清史館（1914-1928）撰述的傳記人物一一建檔，來源包括「傳包」、「傳稿」以及《進呈本‧大清國史人物列傳》，約一萬餘位，提供清代歷史與人物研究極大助益。

　　在臺灣公文檔案庫方面，中研院臺史所建置「臺灣總督府公文類纂查詢系統」，該系統由中研院與國史館臺灣文獻館合作，收有臺灣總督府的公文檔案，呈現臺灣當時的社會、生活、土地、買賣面貌。此外，臺史所亦建有「臺灣史檔案資源系統」、「臺灣文獻叢刊資料庫」。前者收錄個人文書、照片、手稿、畫作、族譜等檔案；後者則分成叢刊與方志，叢刊有《臺灣割據志》、《小琉球漫誌》、《東征集》等三百多種，方志則有《臺灣志略》、《苑裏志》、《臺灣府志》等四十餘種，對臺灣歷史與地方事務均有詳細記載。

　　在臺灣研究資料庫的建置上，國立臺灣大學執行「深化臺灣研究核心典藏數位化計畫」，將淡新檔案、伊能嘉矩手稿、臺灣古碑拓本、田代文庫、狄寶賽文庫與歌仔冊進行數位化，以期呈現臺灣的社會、司法、民俗、植物學、中美交流狀況。此外，臺大圖書館執行「古契書特藏計畫」

時，將新竹鄭利源號古契書、臺灣南部古契書、臺北市文獻委員會古契書建檔，以顯現早期臺灣不同地區的商業經營、土地買賣與拓墾情形。

值得一提的是，前人日記也經常是文史哲學者重要的研究材料，透過日記的閱讀與理解，讀者可感受作者當時的心境與生活。由中研院臺史所建置的「臺灣日記知識庫」，收有林獻堂（1881-1956）、張麗俊（1868-1941）、簡吉（1903-1951）、黃旺成（1888-1979）等十餘人的日記，以及《熱蘭遮城日誌》，讀者可在資料庫的日記材料中找尋所需的資訊，貼近作者內心世界，進一步感受當時的社會情境。

五、影像

在強調多元、跨界的新興文史哲研究開發中，影像素材也是值得參考的資產，例如繪畫、地圖、照片等，讓文史哲的研究除了關注在文字文本外，也多了視覺、圖像等新興文本的考量，以擴增研究視野與闡釋新的議題。隨著照相技術在晚清民初的中國逐漸興起，愈來愈多的外國人來到中國，透過相片、影像等形式的文本，使當時的風土民情得以保存下來。目前整理、數位化近現代影像史料的圖書館、研究單位不少，多數也提供網路瀏覽的功能。例如上海圖書館設置「上海年華圖片庫」，並建有介紹近代上海各類史事、地景與人物的「滬瀆掌故」，以及世博會、辛亥革命、明星電影公司、中國話劇百年等專題，讓使用者能藉由相片，感受上海在近代以來的變遷。

在國外影像資料庫方面，則有「Bucklin China Archive」、「The Hedda Morrison Photographs of China」、「Edwards Bangs Drew Chinese Maritime Customs Service Photographs」、「Sidney D. Gamble Photographs」、「Bain Collection」等資料庫，為近代中國的風土民情、人物寫真、宮中情景，留下不少珍貴史料。

值得注意的是，這些影像資料庫的照片多半由外國人所拍攝，多數的外國人一開始帶著獵奇的心態抵達中國，他們所留下的影像資料卻成為後人返回歷史現場的重要素材，得以研究當時的生活環境與風俗文化。因

此，閱讀影像資料時，可從時人如何面對這種新技術？擺出什麼姿勢？視線看往哪裡？穿什麼服裝？參加什麼活動等提問，探討照相技術的影響，產出有別於傳統文史哲論文的寫作思維。

六、工具類

　　論文寫作過程中，遇到文本中陌生的語詞、人物時，透過工具書的查詢，可獲取語義、字號、家世、官職、歷史背景等資料。一般而言，工具書通常碩大難翻，不僅圖書館參考室中的工具書乏人問津，即使是文史哲學者自己的工具書也經常束諸高閣，翻閱率極低。加上Google、 Yahoo奇摩、百度、維基百科、搜狐、互動百科等搜索引擎使用便利，未受過工具書使用訓練的文史哲學生往往用而不察，察而不識，更遑論對語言使用、變遷有進一步的了解。因此，工具類資料庫的建立便相形重要，善加運用此類資料庫，除了可使寫作者的思維更為縝密，論文內容也能更為準確、完整。

　　人物方面，近史所建置「近現代人物資訊整合系統」，來源有「『近代史全文資料庫』人物索引」、「中國人物傳記資料」、「上海地區工商界人物錄」、「楊建成《日治時期台灣人士紳資料庫（1915-42）》」、「日文人名錄（1910-1960）」、「檔案館人物權威檢索系統」六類，收錄臺灣與中國在晚清民國時期重要的人物資料，並可依籍貫、生卒年、學經歷等不同類別篩選。另外，該所還設有「清季職官表查詢系統」，可依照組織、時間、官職、人名等分類查詢，用以了解清代職官的性質、歷任人員與任職情形。臺灣方面，臺史所建有「臺灣總督府職員錄系統」，收錄日治時期臺灣總督府歷年的職員名單，分為府內、所屬與地方三類，再依各不同單位與地區區分，這個資料庫系統提供單位內的人員名單及變革紀錄，史料價值極高。在佛教人物工具資料庫建置方面，中華佛學研究所設有「宋元明清漢傳佛教人物資料庫」，收集唐代至民國，及日本、高麗等國的佛教相關人物資料，並提供著述、史傳與學術研究資訊，內容十分豐富，為佛教人物研究提供完善的資料。

除了建置人物的工具類資料庫外，近史所還設有「近代商號資料庫」與「清代糧價資料庫」，也值得一提。前者在各城市史料中，進一步收集商號資料，是一套以近代商業為主題的資料庫，提供商號所在地、經營類目及執事人的相關資料，查詢後可見城市中的商業組織網絡與商人在各城市的活動情形；後者的糧價資料指清代自1736年起，各省、府及直隸州廳的主要糧食價格，資料還可以點狀圖或柱狀圖呈現，便於了解當時的糧價與社會民生狀況。

在語料資料庫方面，近史所設有「英華字典資料庫」，收錄1815年至1919年間具有代表性的英華字典，內容有中英詞彙的對照，且例句內容亦兼採書面語與白話，語料繁富，可為當時語言的變遷與交流提供絕佳的資訊平臺。此外，北京語言大學建有「Bcc語料庫」，語料包含報刊、微博、文學作品等來源，藉由關鍵詞的輸入，可得知詞語在各媒介中的使用情形，看出用詞在社會各層面的使用方式以及語意變化。

七、綜合類

本類指該資料庫具有許多資訊與功能，並非只有圖書、報刊或影像等單一來源，建置者將不同類別的資料數位化後，再建立綜合檢索系統，便於使用者查詢。例如「讀秀中文學術搜索」、「列國志資料庫」、「上圖館藏數字資源開放平臺」、「皮書數據庫」等，其中包含政治、經濟、歷史、地理、文化、軍事、社會、外交等主題，並有報告、論文、檔案、圖書、圖表、資訊、影像等呈現類型。

中研院史語所設有「數位資源整合檢索系統」，將眾多資料庫整合為一個搜尋介面，包括「考古資料數位典藏資料庫」、「歷史語言研究所藏漢代簡牘資料庫」、「傅斯年圖書館藏善本古籍數位典藏系統」、「傅斯年圖書館藏印記資料庫」、「中國西南少數民族資料庫」、「史語所藏內閣大庫檔案資料庫」、「歷史語言研究所藏甲骨文拓片資料庫」、「歷史語言研究所藏青銅器拓片資料庫」、「歷史語言研究所藏漢代石刻畫象拓本資料庫」、「歷史語言研究所藏佛教石刻造像拓本資料庫」、「歷史語

言研究所藏遼金元拓片資料庫」、「明清人名權威資料庫等資料庫」等，為使用者提供一個極為方便的平臺，使查詢更為快速。另外，國家圖書館建置「古籍與特藏文獻資源」，分別將「古籍影像檢索資料庫」、「中文古籍聯合目錄」、「臺灣家譜聯合目錄資料庫」、「金石拓片資料庫」等內容加以整合，具有相當大的便利性與學術價值。

香港相關的資料與研究方面，例如「香港大學學術庫」、「香港科技大學圖書館古籍及特藏閱覽」、「香港文學資料庫」、「香港城市大學邵逸夫圖書館電子典藏」等資料庫系統，收錄各大學圖書館館藏的學位論文、圖書、古籍、期刊，以及與香港有關的書刊、手稿、公文、影像，對從事香港文史、社會等研究課題者，提供相當豐富的資料。

日本與歐美等地的圖書館資源，則有「国立国会図書館デジタルコレクション」、「京都大學電子圖書館——貴重資料畫像」、「東南亞華人歷史文獻」（新加坡國立大學圖書館）、「Europeana Collections」、「BnF Gallica」、「Chinese in California, 1850-1920」、「e-Asia Digital Library」、「Shansi:Oberlin and Asia Digital Collection」、「Project Gutenberg」、「WorldCat - OCLC.org」等資料庫，若可熟稔這些資料庫的操作方法，不僅可對中西交流及其他國家文化、社會與環境的了解有所提升，或可激起探索興趣，延展研究領域。

第三節　電子資料庫實務操作：以近代文學為例

本節的操作說明，是以筆者較熟悉的近代文學為例，示範如何查詢「全國報刊索引——晚清、民國時期期刊全文數據庫」。

首先，筆者先預設一個研究論題——探討胡適與《新青年》之間的關係，寫作前的資料收集內容除了研讀胡適著作外，相關研究的學術期刊、學位論文自然不可排除在外。其中，「**胡適在《新青年》中發表了哪些內容？**」則是此研究能否深入與成功的重要關鍵。以下即進入操作示範：

在進入「**全國報刊索引——晚清、民國時期期刊全文數據庫**」網站

後，檢索條件已有多種選項，例如檢索字段有分類號、題名、作者、作者單位、刊名、期、主題詞、基金項目、摘要、全字段等；時間選擇最早爲1833年，最新則爲目前的2017年；檢索詞有「模糊」與「精確」兩種選項，「精確」選項列出的資料內容，會集中在搜索的字詞，但「模糊」選項則可能出現其他不相關的資料。簡言之，檢索字段、年分、檢索詞等各種類別下的子項目，都可依照個人需求設定後輸入檢索字詞。

若以「題名」爲檢索條件，再輸入「新青年」一詞，便會列出在選取的年分範圍內，所有關於「新青年」的文章標題。畫面左邊有文獻來源，告訴查閱者資料來自哪些刊物，並統計各個刊物的數量。例如：1916到1926年間創辦的《新青年》中，以新青年爲題名的資料便有二十筆（見圖3-1）；同時也可發現到在1940年左右，又有其它同樣名爲《新青年》的刊物，讀者可從中了解，歷史上實際存在的《新青年》並非只有陳獨秀（1879-1942）創辦的《新青年》。另外，在文獻來源下方列有年分，比如1924年，以「新青年」題名的資料就有一百六十五筆，1925年則有二十二筆（見圖3-2）。在列出的資訊中，也可按照相關度、年分與文獻來源排列，檢索結果會將具有高度相關度，或相同年分及文獻來源置列在一起，以方便瀏覽與統計。

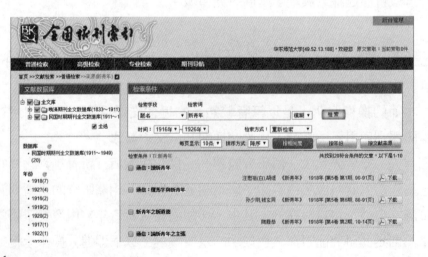

圖3-1

圖3-2

　　若以「刊名」作為搜尋條件，輸入「新青年」後則可得到四千八百二十一筆資料（見圖3-3），按照來源可以發現不同時期、不同地區都曾有《新青年》發行，例如上海、瀋陽與天津等地。另外還會出現《新青年周刊》、《佛化新青年》等有「新青年」字樣的刊物，可見在民國時期，「新青年」此一詞彙對社會及刊物命名的影響。

圖3-3

　　若想進一步了解胡適在當時發表了哪些文章，便可以「胡適」作為關鍵詞，將條件選擇為「作者」進行搜尋。由搜尋結果可知，胡適在《新青

年》、《北京大學日刊》、《獨立評論》等刊物都發表過文章，搜尋者若要做較爲全面的胡適研究，這些發表文章都不能視而不見。另外，若以「胡適」作爲關鍵詞，並以「題名」進行篩選，可以得到一千八百六十三筆資料，來源有《北京大學日刊》、《興華》、《新上海》、《民國日報·覺悟》等眾多刊物，藉此便可了解當時人物在報刊發表對胡適的評價和意見有何不同。

　　上述爲普通的檢索功能，若要更精確或是加上更多條件，則可利用高級檢索來查詢。此功能的檢索除了可以「題名＋題名」、「作者＋作者」、「刊物＋刊物」等相同項目來檢索之外，亦可搭配「作者＋題名」、「作者＋刊物」、「題名＋刊物」等不同組合。例如以「作者『胡適』＋題名『新青年』」爲例，便可搜索到十筆資料（見圖3-4），來源有《新青年》、《北京大學日刊》、《秦鐘》等刊物，類別則有通信、雜錄與論述等。若以「題名『胡適』＋刊名『新青年』」爲條件，則可得到六筆資料，類別有討論、通信以及個人讀後感（余元濬〈讀胡適先生文學改良芻議〉）。若以「刊名『新青年』＋作者『胡適』」進行搜尋，便可得到九十九筆資料（見圖3-5），當中有通信、詩歌、論述等，可了解胡適在當時的文學與創作觀。

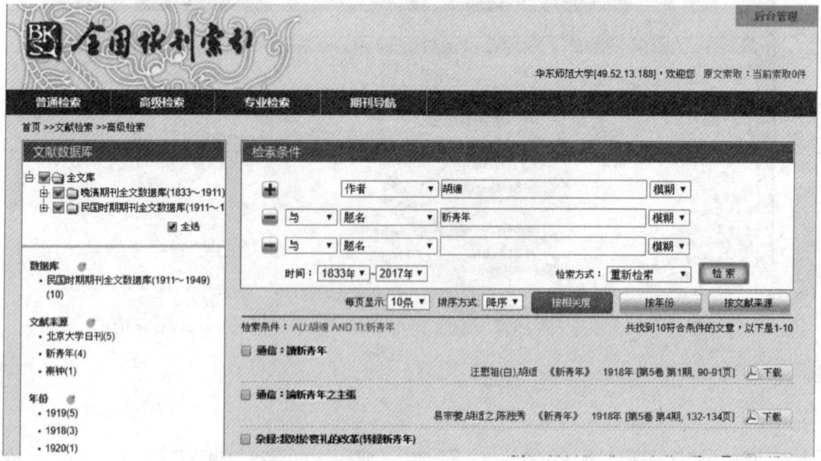

圖3-4

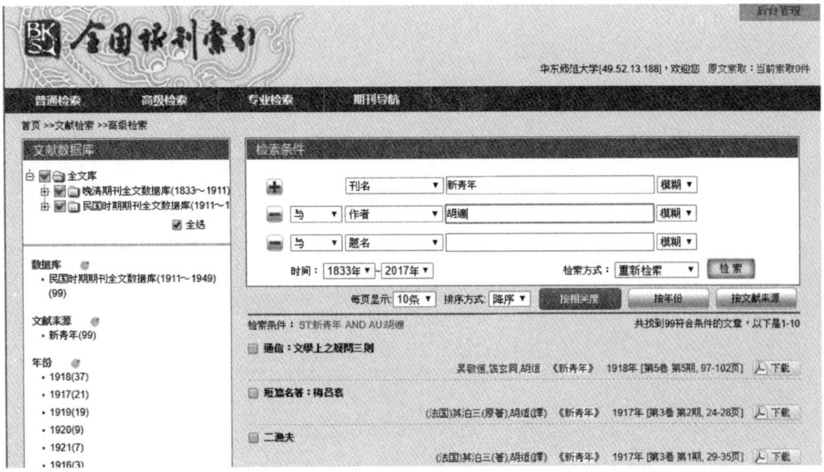

圖3-5

　　以上只是初步示範如何將自己有興趣的議題與報刊資料庫使用相互結合，以獲得寫作時所需的資訊。整體而言，掌握好關鍵詞、作者、作品等相關要件，再帶入資料庫提供的查詢條件即可，有時也能從資料中獲得進一步深入研究的興趣與靈感。

　　在撰寫文史哲論文時，除了紮實地閱讀文本、思考論題的開展性外，隨著愈來愈多的電子資料庫、檢索系統的出現，這些資源不可不熟悉，如能善加運用，可為自身知識的充實、視野的擴展，增添更多元的刺激與思考。本章介紹關於傳統典籍、報刊、學術論文、檔案史料、影像、工具類與綜合資料庫及檢索系統，期能對文史哲論文寫作者提供實用的管道及訊息，在找尋研究資料時更加快速與便利，達到事半功倍的效果。必須提醒的是，資料庫的資訊或檔案並非都是完全正確，有時會有誤植的情況產生，使用者仍需多方注意、比較，仔細辨別各文獻、史料之間的差異，進一步培養資料的判斷力和學術文獻的敏銳度。

第四章

諸事待辦：投稿與發表／畢業與升等

林香伶

　　透過前幾章的內容，讀者對文史哲論文的種類、結構與格式，以及資料庫的運用與操作應有所理解。不過，真正著手撰寫論文的準備絕對不只於此，基本上，從事文史哲論文寫作也和其他學門一樣，都是從研究主題、題目擬定開始切入。其餘像是前言、文獻探討、寫作語言、結論、研究方法、研究發現與分析、架構安排、問題解決等細部問題，將由「寫作實務篇」八位任教於文史哲科系的教授們，以親身經歷「各自表述」不同專業的論文寫作方式與路徑。再者，在本書之前，由小處著眼，鉅細靡遺的專著已有不少，讀者可自行參閱，舉一反三，多方比對，應有所獲。[1]而政治大學臺文所紀大偉老師在其〔研究生青紅燈〕部落格，[2]經常以一針見血式的活潑文字發表研究建言，例如〈文科paper如何「更好一點」〉、〈文學paper也應該提出「訴求」〉、〈研究所老師在乎什麼？錯字嗎？不是〉、〈七個招式：避免自己「被誤會抄襲」〉等文，頗值得參考、反覆咀嚼，推薦讀者直接上網研讀。

　　言歸正傳，既然文史哲論文寫作實務的骨幹要由下篇的八位作者「細

---

[1] 諸如：林慶彰，《學術論文寫作指引──文科適用》（臺北：萬卷樓圖書股份有限公司，2015年8月）；周春塘，《撰寫論文的第一本書》（臺北：五南圖書出版股份有限公司，2016年9月）；畢恆達，《教授為什麼沒告訴我──2010年全見版》（臺北：小畢空間出版社，2017年1月）；蔡柏盈，《從字句到結構：學術寫作指引》（臺北：臺大出版中心，2017年2月）；蔡柏盈，《從段落到篇章：學術寫作析論技巧》（臺北：臺大出版中心，2014年2月）等書，都是寫作文史哲論文極佳的入門指導書。

[2] 完整內容詳參https://medium.com/@taweichi

說分明」，本章的主要任務則是與讀者分享寫作論文最最現實的「諸事」——投稿與發表／畢業與升等，間接任務仍會兼及論文論題、學術性、結構、方法等概念的說明。

第一節　交集、分叉還是平行：投稿與發表

　　投稿與發表看似兩個並立相連的語詞，二者之間有時產生交集，相輔相成，無任何違和感；有時又像分叉的十字路口，僅有短暫的「互放的光芒」；或如兩條平行線，各行己路，永無交集。

　　事實上，筆者投稿遭遇滑鐵盧的紀錄不知凡幾，每每將嘔心瀝血的論文投遞出去，心中大石非但沒有消失，有時也會因石沉大海，或是收到嚴厲批評的審查意見而灰心自卑，甚至產生質疑自己的研究能力，久久無法釋懷。長久下來，遭遇投稿挫敗後，除了自我勉勵，鼓起勇氣就教學界師友意見外，重新調整寫作結構、補充欠缺的材料，修改後「重振旗鼓」、「另起爐灶」，幾乎已成研究生涯的日常。然而，重新審視退稿產生的負面能量，經常是揮之不去的，若改以細讀各個徵稿單位的啟事、說明，甚至將長年建檔的學術審查表單好好檢視一番，投稿與發表的距離，其實是可以縮短的。

　　一般而言，論文完成後，「投稿」絕對是「發表」論文必要的動作（除非德高望重，成果豐碩的重量級學者才有被邀稿的機會）。早期筆者完成論文寫作，第一個動作就是直接投稿學術期刊，如此一來，接受與退稿，一翻兩瞪眼，倒也乾脆。但在某次與學界前輩閒談時得知，投稿的祕辛不少，前輩的投稿撇步實是值得借鏡的。寫過論文的讀者應該都知道，除非自我審視能力強大，否則寫完論文之際，往往腦力用盡，根本沒有反思的餘力。因此，學界前輩建議論文初稿完成後，先行擱置、沉澱，過些時日，等待頭腦清明與靈光再現時，再進行論文的二次修繕與補強，如此修整過的論文較為成熟，碰壁的機會也會降低。又或者，寫好的論文初稿可先行投稿至學術研討會，在聽取講評人和與會學者的意見後，再施行如

上的步驟，修改完成才投稿學術期刊。又或者，逕行投稿也無妨，A刊不接受，可收集至少二份審查意見，詳讀審查意見後，持續施行如上步驟，修改後轉而投稿B刊，若B刊仍未接受，再將A、B刊的四份審查意見交叉比對，重新理出論文問題，進行解決，如此反覆修改的論文，質地絕對優於最初的稿件，被刊物接受的可能性也大大提高。筆者曾遇過幾個學界朋友，個性固執，堅決退稿後再走回頭路，非投A刊（即某Thci級刊物）不可，結果來回數次，均遭回絕，審視意見表內容發現，幾乎都是落入同一批審查委員手中，最後雖然自認倒霉，但無法取得青睞的挫敗感也影響寫作的動力。又有一例，筆者曾接到同一篇論文投稿不同學報的審查邀請，在臺灣學界，一稿二投本為大忌，一稿多投的投機行徑更不可取，非但不是寫作論文的正確態度，更容易讓自己形象破損，同時也造成刊物編輯委員會和審查委員的困擾，萬萬不可。

投稿至學術期刊，接受與否，除了與自身論文寫作品質有關，有時也與審查委員的學術認定標準、學刊屬性與等級、稿件數量、當期專題、投稿資格限制[3]等要件環環相扣。至於投稿至學術研討會，接受與否，「案情」也略有不同。一般而言，學術研討會的規劃最少在一年左右，投稿者只要留意徵稿時間，填寫個人資料，適時投寄論文題目、摘要與關鍵詞的電子檔，舉辦單位必然會在具體的時間期限內回覆（接受與否）。然而，若個人資料、論文題目、摘要與關鍵詞等大會要求都正常繳交，資格認定並無問題，自認論題與大會主題相關，仍然「經年」遭受拒絕，此時或許需靜心研究、反思，其中隱情必不單純。

就筆者所見，投稿者可略分為學生、教師兩種身分，學生又可細分為碩士生、博士生兩類，教師又可再細分為年輕教師、資深教師兩類。站在主辦方立場，雖然希望對待稿件都能力求公平，實際上仍有不同的規範和考量，比如：經費來源由不同單位提供，合辦單位也不只一個，各校會協

---

[3] 目前學術刊物投稿資格多不以專任教師為限，也兼收兼任教師、博士班研究生，但因各刊規定不同，投稿時應稍加留意。

調商議，分配一定比例的發表名額，若再加上預先邀請的演講者和發表人所占的「額度」，外來學者的投稿過多，可能就得排除在外。又或者會議性質屬於大型的國際研討會，國外學者需占一定比例，臺灣知名學者受邀發表也已安排確認，以上學者幾乎不用通過「投稿審查」的關卡，[4]因此，眞正按照會議徵稿要求繳交論文題目和大綱的投稿者，則需通過各主辦方的籌備會議討論後決定，名額自然也不會太多。事實上，任何一場研討會的籌辦，考量因素甚多，要能面面俱到，當屬不易，主辦方多半希望管控會議論文品質，力邀知名學者出席，雖然容易排擠投稿名額的安排，但有一定的「吸睛」效果，不僅可使會場星光會聚，與會者多半也以「朝聖」心情參與，賓主盡歡，也是美事一樁。如此看來，學術研討會的投稿是否順利，似乎都得任由主辦方決定、安排，若再考量人脈、經費、人際等投稿者無法掌握的因素，投稿學術研討會也有一定難度，如何突圍，則是筆者在此分享的重點。

　　首先，若投稿者身分是學生，目前臺灣文史哲系所經常舉辦研究生學術研討會，除了少數是以校內研究生爲徵稿對象外（如東海大學「文史哲三系研究生論文聯合發表會」、彰化師範大學「國文經緯」研討會），多校合辦，或以聯合徵稿方式的「全國性」研究生學術研討會，選擇機會更多（如中興大學中文系主辦的「麗澤全國中文研究生學術研討會」、東海大學中文系、東吳大學中文系等校合辦的「有鳳初鳴學術研討會」、臺灣大學中文系主辦的「中國文學研究」研討會、政治大學中文系主辦的「道南論衡——全國研究生學術研討會」、中央大學中文系主辦的「金聲全國研究生論文研討會」、中正大學中文系主辦的「子衿論衡：中文青年學者論壇」、國立臺灣文學館主辦的「全國臺灣文學研究生學術研討會」、東華大學中文系「『奇萊論衡』全國研究生文學研究暨文藝創作研討會」等）。

---

[4] 主辦方仍會要求受邀者按會議籌備程序提交論文題目及大綱，但因屬邀請性質，基本上不會有拒絕來文的情況產生。

在此建議還在學的研究生，可先從校內小型研討會投稿開始，壯大膽量後再「出征」校外研究生學術研討會，日後與各校研究生交流學習，表現會更沉穩，成長也會更爲快速。[5]不過，一般文史哲科系學士班學生撰寫的學術論文，發表機會沒有研究生多，若授課老師給予「期末報告式」的論文寫作要求，不妨先參照基本論文格式的規定，同時向修課教師請益論文主題、大綱等內容，先從較小的議題入手，若能言之有物，論辯深入，建議存檔備用，保留老師的評點意見，可作爲日後參加研究所甄試、就業資料的學習檔案，若議題、視角特別、發展性高，也可作爲科技部大專生計畫申請的基礎資料。[6]再者，臺灣文史哲研究生畢業條件多半有「論文發表」的要求，若能先在研究生層級的研討會投稿成功，未來也有機會投稿至《中國文學研究》、《輔大中研所學刊》等刊物正式發表。一般而言，博士生投稿學術刊物的管道會多過於碩士生，多數的大學院校學報都可接受博士生投稿，若已在研討會發表，會議上評價不差，再經過講評者指點修正，會議後的論文集也可列入投稿的考量，不會因爲學生身分而被排擠。

其次，若投稿者身分是教師，在一般研討會的投稿機制上與學生差異不大，當然也不再有機會以研究生身分在研究生研討會發表論文（專兼任講師，同時兼具博士生身分者則不在此限）。以教師身分投稿研討會或學術期刊前，除了參考上述說明外，建議選擇主題性明確或與自身研究興趣較爲相近的研討會或學術期刊，如此一來，若投稿接受，論題集中，不僅

---

[5] 國外文史哲系所主辦的研討會有時也接受研究生稿件，研究生若有機會與指導教授一同出席國外會議，可嘗試申請在研討會中發表論文的資格。

[6] 科技部大專學生研究計畫需填寫申請書，擬定十頁爲限的研究計畫內容（含摘要、研究動機與研究問題、文獻回顧與探討、研究方法及步驟、預期結果、參考文獻、需要指導教授指導內容）。通過計畫申請的學生，多以大三學生爲主，除了已具備專業知識底蘊，也有意繼續往學術研究之路邁進。此計畫執行時間爲期約八個月，以繳交完整論文作爲結案成果，是最爲完美的方式。本書附錄提供相關說明及表格供讀者參考，實際內容若有變動，可查詢科技部網站資料。

可與同道相互切磋，與會時的扞格感也會降低。[7]再者，投稿論題明確的學術期刊，若稿件順利接受，也可提升自身的學術能見度。

第二節　論文發表的另類思考——一個學術審查者的視角

　　上一節和讀者分享投稿與發表兩者的微妙關係，本節則分享筆者審查學術論文的經驗，作為投稿者不同視角的參考。

　　在學術圈摸索多年，每每投稿的論文被告知通過審查時，當下無不興奮自喜，感謝上蒼在茫茫人海中，給予知音相挺。不過伴隨回覆審查意見與修改內文的時間壓力下，「發表」（此處指學術期刊正式刊登）的欣喜往往來得快、去得急。為使已被接受的文稿盡可能「一次到位」，減省修繕時間，也希望提升讀者投稿「發表」（此處指被學術研討會或學術期刊接受）的接受機率，以下藉由期刊審定的學術審查表做一說明。

　　一般而言，學術會議徵稿時，會要求投稿者繳交論題、大綱、關鍵詞等內容，收件後再進行內部會議討論，最後決議發表者名單後，僅會告知當事人結果，絕少提供審查意見。[8]因此，投稿者想收到審查者的書面審查意見，基本上還是以正式出版的學術刊物才會提供。以下先羅列空白審查表單，再從筆者的審查視角分享。[9]先看《XX研究》審查意見表：

7　有些研討會主題包山包海，論題不易聚焦，可對論文提出建言者相對不多，學界有以「大拜拜」稱之，讀者不難領略。

8　就筆者所知，部分研討會要求講評學者在會議前後提供書面審查意見，但若只在發表者名單的初步篩選階段，一般不會針對摘要給予審查意見。

9　學術論文審查採匿名審查機制，為免造成各學術刊物困擾，以下舉例皆隱匿期刊名稱，僅就筆者審查經驗分享。

《XX研究》審查意見表	
題　目	
審查意見：（務請具體列述優點、缺點暨修正或建議事項）	
評分：	推薦等級： □極力推薦，原文刊登　　（92分-89分） □推薦，修改後直接刊登（88分-85分） □勉予推薦，修改後再審（84分-80分） □不推薦　　　　　　　　（79分以下）
	審查人簽名：
編輯委員會決議：	

請　先生於　　年　　月　　日㈠前將本表電子檔郵寄至XXX@gmail.com或擲回系辦公室
《XX研究》信箱，若有任何疑問，請與主編XXX聯絡：09XXXXXXX；再次感謝　先生撥冗
協助！

《XX研究》[10]是一份廣收研究生稿件，園地公開的半年刊。由於是臺灣某頂尖大學中文系主辦，各大研究生投稿競逐激烈，熱門情況不下於THCI等級的一級期刊。投稿者需要注意的是，**「翻譯類或已發表、已出版之稿件概不受理（已通過之學位論文及網路文章皆視同已發表）」**的基本條件。再者，投稿者也被要求必須先參加該所舉辦的論文發表會（請注意：若未先在該所舉辦的會議上發表，稿件絕對沒有機會送交至刊物審查人的手上）。會後再經主辦單位開會討論，通過審定的稿件才交由審查人審查（採雙審制），待撰稿人依審查意見修改後，才會被視為「定稿」。換言之，計畫投稿此份刊物的研究生，不僅需事先熟悉稿約內容和撰稿格式，也需通過該所論文發表會的「入場門票」，取得一席「發聲權」。其次，論文在發表會現身時，也得讓與會者（特別是講評者）「一新耳目」，才有機會在期刊候選名單「列席」、「出線」。因此，在筆者看來，能夠進入到期刊出版前最後的候選名單的作者，其實已是個中好手，即使最後未能通過審查推薦，參酌委員意見再做修正，「重新出發」也是不錯的選擇。

　　現在，讓我們回過頭來，談談這份審查表單的內容吧！

　　審查委員審閱完成後，必須勾選極力推薦、推薦、勉予推薦、不推薦四個選項，無論意見高低、多寡如何，「極力推薦，原文刊登」的零缺點評價，出現機率極低；「勉予推薦」，因需「修改後再審」，不僅曠日費時，更徒增煩惱，多數委員也絕少勾選。因此，多數出現的結果，基本上只有「推薦」和「不推薦」兩種，簡言之，就是接受和不接受，刊登和不刊登。至於分數的高低，就筆者經驗，參考意義不是太大，若委員給予邊緣分數，易惹爭議，在編輯會議上也會以等第決議。由於學術刊物多以雙審制為主，若兩位委員意見無太大歧異（都勾選「極力推薦」和「推薦」，或集中「勉予推薦」和「不推薦」選項），稿件能否刊出的議決不難產生；若兩位委員意見一位給予「極力推薦」，另一位卻給予「勉予推

---

10 讀者可參考如《中國文學研究》，該刊「稿約」及「撰稿格式」可至http://www.cl.ntu.edu.tw/下載。

薦」或「不推薦」，一般會再送第三位審查委員，取多數決的意見後，再做刊登與否的決定。投稿者獲此審查意見時，結果已定，若接受刊登，則盡力修改，若未獲接受，心中對審查意見還有「意見」，建議無須再做申覆，仔細校正修繕之後，另行「擇木而棲」，仍然大有機會。

　　在審查意見欄目上，編輯委員注記「務請具體列述優點、缺點暨修正或建議事項」，筆者見此，一般會以概括的方式，先大略表彰文稿在論題、選材上的優點，若遇格式、文本資料上的錯謬，也會盡力指出。至於決定審查能否通過的關鍵，筆者以為，乃在於缺點和修正程度的多寡。承前所言，此文稿已通過至少兩個關卡的檢核，理應在水準之上，不予通過的可能性應該不高，即使行文有缺點，應該也在「闖關」階段進行過修改，至此，審查委員所能給予的，就是進行細部的檢核與對話，或試圖給予不同角度和方法的建言，可能是題目的設定是否與內文扣合、段落安排是否因應思路再做微調、引用材料有無失當、校對是否確切等「吹毛求疵」的意見。因此，若讀者稿件已進入如《XX研究》近乎「嚴苛」審查機制的刊物送審行列，通過率應該是極高的。

　　以下，再看《XX學報》[11]審查意見表內容：

「XX學報」論文審查意見表

稿件編號		類別		
稿件名稱				作者姓名（匿名）
審查意見				
審查意見：可依(1)題目和摘要(2)緒言、理念、文獻評述(3)研究方法(4)結果和討論(5)一般性格式				
【敬請提供審查意見至少300字以上。審查意見如為手寫，敬請連同領據一併寄回；如為電子檔，請email至j.ntnu@ntnu.edu.tw】				

---

[11] 讀者可參考如《師大學報》的相關表單，http://jntnu.ord.ntnu.edu.tw/jll/Graphic.aspx?loc=tw&ItemId=36

	著作審查參考項目				
項目	題目和摘要 1.題目是否適切的描述了論文的內容？若否，應如何修改？ 2.摘要內容是否簡要並充分表達論文的重要內容？	緒言、理念、文獻評述 1.研究的背景、理念和重要性的敘述是否簡明扼要？ 2.研究的目的和研究的問題或研究假說的敘述是否明確適當？ 3.文獻的評述是否周詳適切？有無遺漏重要文獻？	研究方法 1.就研究問題的性質言，採用的研究方法是否適切？ 2.與研究有關的變因是否考慮周詳並適當加以控制？ 3.研究過程和取樣方法是否適當？ 4.研究工具的信度和效度是否理想？ 5.研究的內在（Internal）和外在（External）效度是否充分考量？	結果和討論 1.數據的統計分析、處理和呈現是否簡明適當？ 2.圖表的內容、格式和說明是否清楚適當？ 3.結果的解釋、推論、結論和討論是否合理適切？ 4.研究結果的解釋和推論是否考慮研究的限制？有無推論過度的現象？	一般性格式 1.論文格式是否合乎規定？ 2.標題、段落是否適當？ 3.文句是否清晰易讀？ 4.使用的專有名詞、術語是否適當？ 5.論文的組織與結構是否嚴謹？理論是否有系統，具說服力？
評審結果	□極力推薦　　　□推薦　　　□勉予推薦　　　□不予推薦 （4個選項中請勾選1項）				
	□經修改後交原審稿人再決定　□經修改後建議逕行接受刊登（2個選項中請勾選1項，不予推薦免勾選）				
審查人簽名		審畢日期 （年／月／日）			
備註	審查意見電子稿請e-mail給承辦人，謝謝。				

承辦人：略　　　聯絡電話：略　　　傳真：略　　　e-mail：略

地址：臺北市XX區XX路X段XX號　XX大學研究發展處

將《XX學報》審查意見表和《XX研究》相比，審查意見的「項目」顯然條目清楚甚多，無論是「題目和摘要」、「緒言、理念、文獻評述」、「研究方法」、「結果和討論」、「一般性格式」都有說明，讀者可自行參考，在此不再贅述。比較值得注意的是，當審查者拿到此表格時，宣判文稿的標準雖然可依此五項逐一檢視，但各項標準的比重拿捏似乎並未明說。於此，筆者先羅列《XX論衡》與《人文XX期刊》兩份刊物的審查表於下，之後再就個人審查經驗做說明。

「XX論衡第　期」論文審查意見書

論文標題		編號	
審查意見：			
（本欄如不敷填寫請用背面或另紙繕附）			

評分項目及標準

項目	(一)文字： （10%） 文字用詞是否通順達意，敘述是否清楚。	(二)組織： （10%） 組織架構、章節分量是否適當。	(三)參考資料： （15%） 資料之引用出處及處理是否完整可靠且恰當。	(四)研究方法： （30%） 研究方法及推理是否恰當嚴謹。	(五)學術理論或實用價值： （35%） 是否具有創新性或重要發現且在學術或實用上有價值與貢獻。
得分					

總評（可複選）	優點 □内容充實　見解創新 □研究方法恰當　推理嚴謹 □所獲結論具學術或實用價值 □觀點正確　有學理依據 □取材豐富　組織嚴謹 □研究能力佳 其他：	缺點 □無特殊創見 □學術或實用價值不高 □析論欠深入 □内容不完整 □研究方法及理論均弱 □有抄襲之嫌（請於審查意見欄内指出具體事實） 其他：	□准予發表 □修改後發表 □拒絕發表
審查人簽章		審畢日期	年月日

附註：審查結果請代為保密。

《人文XX期刊》審查意見表

論 文 題 目	
審查人評分： 一、學　術　性（30%）　　　　　分 二、原　創　性（25%）　　　　　分 三、資料引用（20%）　　　　　分 四、組織結構（15%）　　　　　分 五、文字運用（10%）　　　　　分 　　總　　　分（100%）　　　　　分 　　（總分七十分為通過）	
審查人建議：（請勾選一項） 【初審】 □1.原稿採用 □2.修改後採用，不需複審（參考審查意見，修改、補充） □3.修改後送原審查人複審 □4.不宜採用（總分未達七十分者）	

論　文　題　目	
審查意見：（請具體陳述，以供作者修改之參考）	
1.	
審查人簽名：	審畢日期：

將《XX學報》、《XX研究》、《XX論衡》、《人文XX期刊》四份審查意見表逐一檢視後不難發現，前面兩刊雖未明白規定審查標準（或項目）的比重，審查者卻仍能給予意見，做出審查判斷。原因在於（熟練的）審查者其實握有一把學術量尺，要做出刊登通過與否的決定，有其法則可循。在《XX論衡》審查表中，明定「研究方法」占30%，「學術理論或實用價值」則占35%；《人文XX期刊》審查表中，明定「學術性」占30%，「原創性」占25%，以上兩份學報隸屬技職校院的刊物，徵稿對象不限於文史哲專業，也有「通識」屬性的考量，除了論文寫作基本的文字運用、組織結構與資料引用外，決定論文能否刊登的最大因素，即是鑑定有無學術價值，是否具備作者的原創性。如此看來，出現在《XX學報》審查表中的「緒言、理念、文獻評述」、「結果和討論」兩項，就是審查委員認定有無學術價值的關鍵所在。至此，建議投稿者不妨在完稿後先行檢視文字有無失當、思考結構能否調整、確認題目是否合宜、格式有無符合規定外，更可參酌以上表單內容，提出如下問題，自我檢視試試：

1. 研究的背景、理念和重要性的敘述是否簡明扼要？
2. 研究的目的和研究的問題或研究假設的敘述是否明確適當？
3. 文獻的評述是否周詳適切？有無遺漏重要文獻？
4. 數據的統計分析、處理和呈現是否簡明適切？
5. 圖表的內容、格式和說明是否清楚適當？
6. 結果的解釋、推論、結論和討論是否合理適切？
7. 研究結果的解釋和推論是否考慮研究的限制？有無推論過度的現象？
8. 是否具有創新性或重要發現且在學術或實用上有價值與貢獻？

就筆者所見，部分學術刊物並未明定審查項目或評分比重，投稿者也未必有機會完整看到審查表單的具體內容。建議投稿者獲知投稿結果後，

可稍加研究審查表單，一來可作爲寫作論文的參考要件，若有機會擔任學術會議論文講評人或審查委員時，也能有所依循，言之成理，做出客觀判斷。

第三節　畢業論文與升等論文

　　基本上，學術論文寫作需在學科知識成熟後，透過相當程度的寫作訓練方能完成。本書既是與論文專題寫作課程相互搭配，定義以「總整課程」設計爲目標，首要的服務對象就是在校學生，具備學生身分的寫作者，往往涉及能否完成畢業論文，順利取得學位。寫作者若是現職教師，無論專、兼任，都得面臨升等論文的提交問題，爲此，本節則再分畢業論文與升等論文兩項說明。

一、畢業論文

　　「畢業論文」，就其名稱來看，應與學生能否取得學位資格關係密切，一般文史哲科系的研究生，無論碩士、博士，都需完成「一部」學位論文。不過對於未將「畢業論文」設定爲學士班必修學分，大學部學生畢業與否就不在此限。有鑑於近年臺灣大學文史哲科系規劃Capstone course時，多將寫作「畢業論文」作爲重要考量。大陸學系規定撰寫畢業論文行之多年（學士、碩士、博士不同階段的畢業論文要求也不盡相同），以下先以「華東師範大學中文系2013級本科生畢業論文工作規程及評審細則」爲例，兼及碩博士論文寫作說明，其餘相關格式要求、工作規程等內容，讀者可參考本書附錄提供的資料。

㈠畢業論文的組織和安排時間

　　畢業論文選題與撰寫時間安排在第七、八學期內進行。具體安排如下：

時間	工作安排	備註
第7學期 15-17週	開題輔導。	學生將選題思路交指導教師備閱。
1月3日前	確定論文題目。	交教務辦公室備案。
寒假期間	學生準備論文所需資料，教師輔導。	
2月27日前	畢業論文開題。	學生將開題報告交指導教師審閱，由指導教師所在教研室安排開題答辯，答辯結束後，將開題報告交教務辦公室備案。學生將指導教師審閱通過的開題報告上傳至公共資料庫。
4月8日前	學生撰寫論文初稿，教師提出意見。	至少進行一次論文進展彙報，並提交至公共資料庫，由指導教師批閱。
4月28日前	學生修改論文，最終定稿。	將定稿的論文上傳至公共資料庫。
第12周	所有論文重複率檢測，校外專家抽查論文。	
5月5-19日	論文答辯	答辯時間、地點教務辦公室備案。

香案一：

　　華東師範大學選定在大四上學期開始進行畢業論文的寫作。下學期開學前（即寒假結束前），學生必須在老師指導下完成論文題目的確定、論文相關資料的研讀以及開題準備。下學期一開學，即進入畢業論文開題的答辯階段，四月初完成論文初稿後，再參照指導老師意見進行修改、定稿。尤其重要的是第12週（約五月初），定稿的論文還需通過重複率檢測，確認無抄襲之嫌，才能申請最後的論文答辯，通過後才能取得畢業資格。

　　臺灣文史哲系所研究生在撰寫畢業論文之前，當然也必須找定指導教授，與指導教授商議後，訂定研究方向和主題。目前臺灣不少學校也設有開題機制，甚至將開題資料送交外校老師審查。開題則採公開發表方式，研究生必須準備好相關資料，與在場師生相互對話，才可進入實際的論文寫作階段。

㈡畢業論文的選題

1. 選題應在本學科範圍內，結合興趣和實際水準，對某些基礎理論和學術問題進行探討。

2. 選題應考慮自身的專業基礎和實際水準，題目不宜過大，應以能在短期內經過努力基本完成或可以相對獨立地做出階段成果的課題為宜。

3. 一人一題，要求每個畢業生選做一個題目，並在教師指導下獨立撰寫論文。如一個教師指導多名學生，應確保每個學生選題不同。

3. 畢業論文選題不能與學年論文相同，不能是學年論文的簡單擴充。如果研究物件或研究材料與學年論文相同，但研究角度不同則是允許的。

香案二：

　　有關畢業論文的選題規定，筆者比對過不少大陸學校資料，一般都希望能展現大學本科所學知識，設定在「本學科範圍內」，要求切合學生本身學科興趣與學術能力。此項規定特別明白指出：題目不宜過大、一人一題，希望即使是同一名老師指導完成，也要有不同面貌，顯見對論文能否顯現個人特色、不同的研究視角有所要求。初次嘗試論文寫作的讀者可依此標準，練習「小題大作」式的深度論文寫作，較易上手。

㈢開題報告內容

1. 選題的背景與意義（對與選題有關的國內外研究現狀、進展情況、存在的問題等進行調研，在此基礎上提出選題的研究意義）。

2. 課題研究的主要內容、方法、技術路線。

3. 課題研究擬解決的主要問題及創新之處。

4. 課題研究的總體安排與進度。

5. 參考文獻。

香案三：

　　開題能否成功，取決於論題選擇能力的強弱，由於有指導老師從旁輔導，學生對於基礎研究文獻的掌握一般問題不大，若能詳加閱讀參考文獻（接受老師建議或自行尋找），羅列書目應該也不是問題。據筆者訪查大陸學生得知，學生多數對自己的研究興趣和能力了解不足，因此在開題之前，頻繁與指導老師多次謀合，時間與體力的付出，腦力的激盪、共振，絕對是必要的。尤其在主要內容與研究方法、理論的確認後，就可具體擬定出論文寫作的研究意義與價值，為將來的論文寫作奠定穩當的基石。

(四)論文結構

1. 標題（中英文）

標題應盡量簡潔明瞭，能反映所要研究的基本問題。

2. 論文摘要（中英文）

論文摘要需對論文的研究背景、基本研究問題和內容、研究方法、研究結果、主要結論進行概括性論述，避免泛泛而談。中、外文摘要一般各為三百至五百字

3. 關鍵字（中英文）

應有三個左右的關鍵字。

4. 正文

行文過程中，要求觀點明確，論據充實，條理清楚。要求按科研論文體例規範撰寫。字數要求在八千字以上。

5. 參考文獻

論文寫作過程中所參閱的各種資料，應附在論文末尾加以說明。

此點說明論文寫作的基本格式要求，不難理解，讀者應可自行參閱。值得一提的是，題目、摘要、關鍵詞都要求中英文對照，顯見華東師範大學對畢業生在中英文能力的基本要求。至於要求論文字數在八千字以上，但未設定確實的字數上限，據筆者所知，一般大陸本科學生畢業論文字數也控制在此數字上下，此與大陸學報刊物的刊登要求也是相符的。此外，為了解學生寫作論文參考的資料來源，要求在論文末尾稍加說明，除了有交代出處的作用，同時也是學術倫理的基本訓練。

至於研究生畢業論文的章節、字數要求，基本上並無明文規定。一般而言，仍有「潛規則」可供參考：即不計緒論、結論、參考文獻、附錄、中英文摘要、謝誌等，碩士論文正文約二至三章，字數介於六至十萬之間不等，博士論文正文約四至六章，字數介於十至三十萬之間不等。但以筆者所見，大陸研究生畢業論文章節、字數較臺灣學生輕薄短小，畢業時間相對比臺灣來得早些。不過，兩岸研究生畢業論文的良窳優劣，絕不可以字數定高下，仍應以學術論題價值判斷之，這方面，讀者可自行查閱研判。

(五)畢業論文的指導

1. 畢業論文一般由講師以上有教學和科研工作經驗的教師指導。

2. 論文指導教師的職責如下：

　　(1)指導或幫助學生確定論文選題，分析課題意義，提出明確要求。

　　(2)介紹參考書目，進行文獻檢索使用指導；審閱學生的論文開題報告；指導學生擬定論文寫作提綱。

　　(3)檢查學生論文進展情況，定期進行具體指導。重視「教書育

人」和科學思想、科學精神、科學方法的薰陶，培養學生實事求是的科學態度和勇於創造的進取精神。

香案五：

此條說明大學部畢業論文指導老師的資格和職責，從其中文字記載可知，一般任教於大學院校的老師多數都有紮實的學術訓練，在取得學歷和任教資格後，指導大學生從事畢業論文寫作，資格認定問題不大（臺灣大學專任教師名額有限，不少具博士學歷的兼任教師，其實也有豐富的論文寫作經驗，建議學生從事論文寫作時，也可就教兼任教師）。就筆者所知，部分學生對某些特殊議題興趣濃厚，想逕自在校外找尋「業師」指導，但因是畢業論文，關乎學位取得與否，故而在學校體制規範下，仍需有所限制。

在研究生的指導機制上，一般學校多半設定一名教師同年級以指導不超過兩名學生為原則，不過部分學校師資若不充沛，或某位老師過於熱門，[12]也設有彈性規範。此外，臺灣研究生指導教授也有雙指導、跨校指導等情況，一般而言，若就讀學校已有論文研究相關專長的師資，不建議雙指導或跨校指導，以免產生指導教授間的不同意見，學生成夾心餅乾的尷尬場面。然而若有特殊考量和需求時，建議需與就讀學校事先取得協商，本校、外校各一名指導教授，以共同指導的模式申請，萬萬不可私相說定，違反就讀學校的既有規範。

---

[12] 以適性揚才角度來看，學生選擇指導教師應有其自由度。但因學生來源、興趣年年不同，若考量教師指導負擔壓力過大、論題過於集中，各系教師應可再做協調，或由研究生擔任指導助理，一來可分散教師指導的工作量，二來也可讓學長姐與學弟妹雙向交流，提升學術研究風氣。

㈥畢業論文的撰寫

1. 學生應按畢業論文的要求按時完成論文的撰寫。

2. 論文撰寫應包括確定課題、調查研究、查閱和整理資料、撰寫開題報告、論文撰寫等各個環節。

3. 論文要求觀點明確，論據充實，條理清楚。要求按科研論文體例規範撰寫。

4. 論文題目確定，開題後一般不得中途變更。每篇論文不得少於八千字。每篇論文需有三百到五百字的論文摘要，並應附有所查閱的文獻資料目錄及重要參考文獻目錄。

5. 論文及相關材料必須完整：要求包括論文封面、開題報告、學校考核意見表（包括論文答辯紀錄、指導教師評語、評閱人意見、成績考核）、三百到五百字的論文摘要、論文主體及參考文獻目錄和附件

6. 論文一律用A4紙張小4號字體列印，費用學生自理，畢業論文封面由學校統一印發（裝訂線一律在左面）。

7. 論文裝訂順序：開題報告－中期報告－封面－目錄－中文摘要－英文摘要－正文－參考文獻－致謝－附錄－考核意見表

香案六：

　　上述要點已將畢業論文的撰寫流程和要求詳盡說明，筆者無須再做贅述，依此標準來看，與研究生畢業論文的撰寫流程和要求差別不大。值得注意的是，畢業論文題目底定後，一般不宜再做更改，這不僅關係寫作時程與進度的安排，有時題目變動過大，超出指導教授專業，還需申請更換指導教授，不僅造成寫作時間的延宕，有時更不免破壞師生關係，造成教師相處的困擾，損人亦不利己。

此外，要點5中，提醒將論文答辯紀錄、指導教師評語、評閱人意見、成績考核等表逐一收集，筆者甚為同意。據筆者經驗，學生與指導教授晤談時，除了事先準備好論文相關資料（如完稿、提問等）外，更需準備紙筆，當場記錄，若徵得指導教授同意，也可錄音存檔，完整記錄晤談內容，以利論文寫作。

(七)畢業論文的答辯

1. 畢業論文答辯由教研室主任安排。答辯小組由三人組成，其中一位可以是指導教師。具體時間、地點報教務辦公室備案。
2. 論文及相關材料必須完整：要求包括論文封面、開題報告、學校考核意見表（包括論文答辯紀錄、指導教師評語、評閱人意見、成績考核）、中英文論文摘要、論文主體及參考文獻目錄和附件。
3. 答辯小組需列出優秀畢業論文的排列次序，供教學委員會評選系和校優秀畢業論文時參考。
4. 答辯、評分有爭議時，提交系教學委員會討論決定。

香案七：

　　論文寫作完成，若僅停留在書面文字，雖可評斷學生學習效果、文字表述能力，但容易流於分數與評語的紀錄，更缺乏思考與表達能力的呈現。因此，筆者極為欣賞答辯制度的設計。在大學部畢業論文完成後，學生可依次上臺報告論文大要，再由答辯小組委員針對論文提出問題，最後選出「優秀畢業論文的排列次序，供教學委員會評選系和校優秀畢業論文時參考」的安排，則可發揮見賢思齊的效果，學弟妹也有學習的示範可以依循。

　　整體而言，研究生畢業論文的答辯方式，兩岸大不相同。大陸研究生無論碩、博士，答辯方式與大學部極為接近，差別在於

答辯小組委員的人數及身分、提問的難易以及答辯時間的長短。臺灣研究生畢業論文的正式答辯則是行之多年的學位論文口考，一般而言，碩士論文口試委員三名（含指導教授）、博士論文口試委員五到七名（含指導教授），口試時間約自二小時至五小時不等，採考生與口試委員直接面對面，直接對話的方式進行，口試期間，研究生可在口試委員同意下進行錄音。口試進行前，口試委員推選一名口試委員為主試教授（多以外校或資深教師擔任），再由主試教授向考生說明流程才開始進行。一般而言，以①考生報告論文要點（含研究動機、簡要內容、研究發現與成果說明）—②現場口試—③總結（指導教授回應口試委員意見或補充說明）—④評分，四階段進行。此外，若非必要，指導教授一般不會干預其他口試委員的提問和評分，也不會替考生回答問題，如此才能客觀評定學生的思辯力、表達力與臨場抗壓的反應力，顯示口考過程的公正性，以及對口試委員的尊重。

(八)畢業論文的評分標準

論文的成績評定採用「五級記分制」（即優秀、良好、中等、及格、不及格），每篇論文需經三名教師（包括指導教師）評閱，撰寫評語和評定成績，與論文答辯紀錄一起經教研室主任審核，優秀畢業論文排序後交系主任審定。評分應嚴格掌握評分標準，優秀論文一般不超過論文總數的10%。

1. 優秀

能在論文課題範圍內，較全面地查閱國內外的有關文獻，資料詳實；有自己的學術見解，或在資料方面有新的發現和重大訂正；論文需內容豐富、論點正確、結構嚴謹、文字簡潔。

2. 良好

能在論文範圍內認真查閱文獻，占有較多的可靠資料並運用得當；在

理論或實際問題的分析上有一定深度，或在資料整理方面有一定價值；論文需條理清楚、文字通順、觀點正確。

3. 中等

能查閱與論文有關的基本資料，使用適當；論文觀點基本成立，圍繞觀點展開論證，基本上達到文從字順的要求。

4. 及格

能查閱與論文有關的必要資料，使用無重大差錯；論文觀點尚成立；論證欠缺；論文寫作尚能達到原定課題的最低要求。

5. 不及格

論文觀點有重大錯誤，寫作能力差；未能達到原定的最低要求。

香案八：

此則將論文評定分為優秀、良好、中等、及格、不及格五等，並規定優秀論文不超過論文總數的10%，如此清楚的等第區分說明，自然也降低爭議的可能性。一般而言，學業成績的評定標準，學士班以60分（含）以上為及格，研究生則以70分（含）以上為及格，論文寫作亦然。

就臺灣研究生畢業論文成績評考而言，目前多採取書面及口試兩階段評分平均計算。撰寫者只要在寫作期間盡心努力，經指導教授簽定口試申請書後，再於口試過程流暢對答，論文分數或因口試委員標準有高、低之別，各校評定等第略有不同外，順利通過畢業論文的考試，應非難事。

㈨畢業論文獎懲措施

1. 中文系每年由教學委員會從獲得優秀等級的畢業論文中評選出一定比例的中文系優秀畢業論文，給予指導教師一定的獎勵，學生可獲得優秀畢業論文證明。

2. 以下情況論文評分為不及格，不予受理答辯：

 ⑴在規定時間內未按時完成畢業論文。

 ⑵指導教師初評不及格，或其他教師評閱不及格。

 ⑶專家抽查論文成績不及格，複製比超出院系規定30%（含）。

 ⑷專家抽查論文提出修改意見，複製比在10%-30%之間，且在規
  定時間內經修改論文品質仍不合格。論文評分不及格者，不能
  獲得畢業證書和學位證書，可申請延長學習期或結業、肄業，
  具體參見學校管理規定。

3. 學生如有下列違紀情況之一者，經答辯委員會與指導教師認定，
 畢業論文成績一律以不及格計，必須重修，上報教務處備案，並
 根據學校《本專科學生違紀處分辦法》給予相應的紀律處分：

 ⑴抄襲他人畢業論文。

 ⑵論文資料和資料造假。

 ⑶請人或雇人代寫論文。

香案九：

　　此則是畢業論文表現的獎懲措施說明，雖未明言要給予優秀
畢業論文的指導教師何種「一定的獎勵」，教師也不見得在意實
質的獎勵，且教學成果更不能以量化或「業績」衡量。然而，校
方若能明立獎勵機制，對熱心指導論文的教師給予肯定，也能間
接慰藉指導期間的勞瘁身心。至於給予學生「優秀畢業論文證
明」，不只是學生時期的光榮紀錄，也可用在未來升學、就業的
歷程檔案。[13]

---

[13] 東海大學文學院設有優秀論文獎項，分學士班、研究生二大類，由文學院各系先行徵件、選拔，待入
　選名單產生後，再推薦至院內，經教師小組審定後，特優者除給予獎狀證明，前三名也有獎金獎勵。
　此外，若學術論文參與校外競賽得獎，校方對指導教師、學生都設有獎勵機制。

此外，對畢業論文做出「不及格」的判定，羅列的條件有：未完稿、未通過教師評定、抄襲、資料造假、代寫論文等，這不僅是為了杜絕剽竊他人成果必要的「明文規定」，更是為了維護學術著作的神聖性。網路時代來臨，資料取得較過去容易，寫作工具也更為便利，但為學踏實、深耕努力的精神，學術倫理的顧及，仍是不變的道理。

(十)論文複製比超出院系規定的處理辦法

1. 複製比超過30%（含30%），一律延期答辯。
2. 複製比在20-30%之間（含20%），責令學生修改論文，並由指導教師寫出修改說明，經所在專業教學委員會成員同意後方可進入論文答辯。
3. 複製比在10-20%的（含10%），由指導教師寫出情況說明，並提交系教學委員會。如果論文確實需要修改，指導教師必須督促學生並嚴格把關，以保證本科論文的品質。

香案十：

　　此則是針對論文抄襲認定的說明。就筆者所知，大陸目前有三大論文比對系統：**一是「學術不端文獻檢測系統」**（Academic Misconduct Literature Check，簡稱AMLC）：以「中國學術文獻網路出版總庫」、互聯網與合作資源、用戶自建資源為參照資料庫，可針對抄襲、剽竊、篡改等行為進行檢驗，也可對結果進行統計分析。[14]**二是「萬方論文相似性檢測系統」**：該系統針對本科生、碩博生、學術論文等進行檢測，並透過大量學術資源的比對（如期刊、學位論文、會議論文、學術網頁等），提供簡明

---

[14] 臺灣部分學校與單位也有購買此套系統。

版、詳細版與全文版等不同版本的檢測報告，以及相關的統計與分析資訊。三是「維普論文檢測系統」：此系統透過大量的資料庫來源（如期刊、碩博士論文、數據資源等）進行比對，並可按照文獻時間依序排列，按字詞句段逐一比對，且會產生圖表、數據的相關分析，可作爲論文原創性重要的判準與依據系統。臺灣的大學圖書館大多使用「Turnitin論文原創性比對系統」，資料比對的來源有網頁資料、學術出版資料、指標性的查詢資料庫、曾於此系統儲存的論文報告等，可依此比對論文的原創性以及是否有抄襲情況。[15]

寫作文史哲論文時，爲使論證有據，引文材料往往過於冗長，在進行系統比對時，若不能做適宜的剪裁，很可能被系統判定爲抄襲。筆者在此建議，行文論述若不是自己的創見，必須載明出處，同時也需學習精實論證，剪裁文本的能力。

以上兼及學士、碩士、博士不同學生身分畢業論文寫作的相關規定與資訊，下段則將論文寫作的主角轉向有升等需求及壓力的文史哲教師們。

二、升等論文

每位取得大學任教資格的教師，必然通過不同階段的升等申請，各個大專院校也都會制定教師升等辦法，且適時修正。大致說來，各校內規雖不盡相同，基本上是循著系教評會—院教評會—校教評會，同步送交外部委員審查，即所謂「三級三審」模式。而大學教師分爲講師—助理教授—副教授—教授四個職等，準備提出晉升到下一個職等的申請，最快以三年爲度，部分學校甚至還會給予專任教師限期升等的壓力，至於是否接受兼任教師升等申請的委託，各校法規則不盡相同，無法一概而論。近年教育

---

[15] 此系統適用於文字文件的比對，而無法針對圖表、方程式、公式或加密文件進行比對是其仍待突破的局限。

部開放各校研擬教師多元升等辦法，有些著力教學成效的老師也期待不用再仰賴撰寫學術論文升等。然而，若想在學術界擁有一席之地，沉潛於專長領域的研究，適時、持續發表學術論文，絕對是與學界互動、分享研究成果的不二法門。再者，若能使研究成果（指已正式出版的學術論文）與升等申請巧妙結合，獲致相得益彰的效應，雖不致名利雙收，至少也能名實相副。過去有些教師不慕名分，雖曾專注於某些課題的研究，但絕少將所得撰寫論文正式發表，最後以「萬年講師」身分退休，在筆者看來，不免可惜。因此，前節爲學生身分的畢業論文說明，本節則與教師相關的升等論文分享個人經驗。

㈠升等論文的準備

有關教師升等的規定，各校不盡相同，在此無法一一羅列。但在升等論文代表著作要求的標準上，需對以下文字有基本認識：

> 申請升**助理教授**者應有相當於博士論文水準之著作並有獨立研究之能力；申請升**副教授**者應在該學術領域內有**持續性著作**並有具體之貢獻；申請升**教授**者應在該學術領域內有**獨特及持續性著作**並有**重要具體之貢獻**。

上列文字並未提及講師一級，原因在於目前大專校院任教師資，多數已取得博士學位，可直接申請助理教授職級。一般而言，除了早期以碩士學歷進入大學校院任教的「舊制講師」外，目前講師申請以「業師」[16]和以碩士學歷申請的兼任教師（多數是仍在學的博士研究生）爲主，簡言之，各校升等辦法的規定也以專任教師爲主要對象。

首先，申請升等**助理教授**職級者，「**應有相當於博士論文水準之著作並有獨立研究之能力**」，意味提出的論文可展現其獨立研究的能力，最

---

[16] 指未取得碩士（含）以上的學位，但在業界已享有聲名和影響力，受學校之邀擔任課程講師，或指導學生從事專題製作的教師。

具體的內容無疑就是博士論文，因此，一些大學校院的新進教師，若是剛取得學位的新科博士（或已自博士畢業多年，但仍未申請過助理教授升等者），即使通過三級三審的教評會聘任投票，取得專任資格，校方仍需協助取得助理教授職級的教師證書。由於此職級的教師資格，主要條件是「相當於博士論文水準之著作」，申請者既取得學位，博士論文已通過考試，取得口試委員的正式認證，升等申請一般也會「快速通關」，順利達成。在此分享筆者處理過的一個個案，申請者當時並未取得博士學位，但著作「相當於博士論文水準」，既有專書一部（近似於博士論文的質量，且由有嚴謹審查機制的出版社正式出版），又已發表若干篇優質的學術期刊，已均達審查標準之上，筆者自然給予高分，無理由刁難。又有一案，申請者雖提供專書一部，但未檢附任何審查意見，書中章節也未曾在任何學術期刊發表，仔細審閱發現不過是申請者碩士論文的修改、增修，最後只能評定不及格，無法讓申請者如願。

其次，申請升等**副教授職等者，「應在該學術領域內有持續性著作並有具體之貢獻」**一語，可拆解成三個重點：「該學術領域」，可以是博士論文相關的領域，如唐詩學、古典戲曲、宋明理學……；「持續性著作」，則是指持續有學術產能，多數以五年為度；至於「具體之貢獻」，最好可舉證論文的學術價值和創見，如採行新的研究方法，獲取不同於過去的研究發現等。就筆者審查經驗來看，有些申請者未能通過的原因，往往與代表著作未能達到「該學術領域內有持續性著作並有具體之貢獻」的標準有關。曾有一例，申請者雖然提供一部分量不輕的專書為代表作，且附有三份審查意見證明，但篇什各自獨立，看不出任何「持續性」的議題，加上學術性不足（都是近似於文章鑑賞的性質），勉強算是論文的拼湊，且參考著作都是尚未正式刊登的會議論文，最後仍得給予不及格的評定。又有一例，申請者是舊制講師（即在1994年之前取得講師資格，可直接申請副教授資格），代表著作送交在職進修期間取得的國外博士論文，其研究主題與該任教系所的師資結構無關，除博士論文外，也未提供任何參考著作說明在「該學術領域內有持續性著作」的表現，筆者在仔細

比對副教授資格標準後，雖無法給予資格通過，但給予另外申請助理教授職等的建議。

第三，申請升等**教授職等**者，**「該學術領域內有獨特及持續性著作並有重要具體之貢獻」**一語，則是在取得副教授資格的基礎上，晉升到教師資格的最高階段，學術貢獻與價值的要求，標準也最高，仍可拆解成三個重點：「該學術領域」，可以是助理教授階段持續延展的研究領域，也可以是副教授階段另外開拓的研究領域；「獨特及持續性著作」，除了與副教授職等同樣要求持續有學術產能外，此處所指的「獨特」，更著重突顯個人研究的創發性；至於「重要具體之貢獻」，則在於研究成果能否成一家之論，且為學界肯定。所謂「重要具體之貢獻」，在人文學界較難量化，建議申請者可從自身研究成果的不可取代性和獨到眼光去說明，應可達及格標準。筆者曾接觸一例，該校內規規定送審教授需提供一部不得少於三十萬字的專書作為代表著作，五篇以上的核心期刊論文作為參考著作，且都需在三年內發表，此規定雖較一般規定嚴苛也不近人情，但因申請者送交的部分資料發表超過三年，在校內教評會審查即不予通過，更遑論有送交外審委員審查的機會。

以上就申請升等助理教授、副教授、教授三個職等的升等論文要求，做一概括性的說明。一般而言，各校自有「內規」，所謂系、院、校三級教評會在研究、教學、行政、輔導四項評量的比例分配上，也會依不同職等而有區別。此外，學界朋友經常會在升等論文的數量上有所討論，到底要準備幾篇期刊論文才夠？THCI等級的期刊論文幾篇才會安全過關？升教授專書一本夠不夠？代表作一定要是專書形式嗎？……凡此種種問題，筆者無法一一回答，讀者可參考國立臺北教育大學教育經營與管理系張芳全教授的相關研究，應可得到不少解答。[17]就筆者看來，申請者應仔細閱讀任教學校制定的辦法，必有所獲。一般而言，發表於「SCI、SSCI、

---

17 張芳全：〈大學教師升等心得分享——申請者疑義意見的處理〉，《臺灣教育評論月刊》2014，3(1)，頁37-42。

TSSCI、EI、A&HCI、THCI Core等索引收錄之學術性期刊論文」，自然是最無疑義的，而發表於「各學院認可之國內外具審查制度之學術或專業刊物之論文」、「在國內外具正式審查程序之研討會發表之論文經集結成冊公開發行者」、「經審查通過並出版之專書」等，也都可作爲送交審查的論文。

在此要提醒申請者，「**代表著作**」及「**參考著作**」需自行擇定，只要屬於系列的相關研究者（指單篇的期刊論文），是可以合併爲「代表著作」，不一定要以專書出版的形式送交審查。[18]再者，「**代表著作**」應「非爲曾以其爲代表著作送校辦理外審者」、「爲送審人取得前一等級教師資格後及送審前五年內之著作」則是必須具備的基本常識。「**參考著作**」指「送審人取得前一等級教師資格後及送審前七年內之著作」，無須貪多，至多五篇即可（代表作除外），其餘已經發表或出版的學術性著作，則以列表方式附送即可。筆者曾審查過一例，申請者的參考著作質量明顯優於代表著作，致使未能取得最佳的成績，由於評分是以代表著作爲主要考量，申請者在送交論文時，應審慎評估，以免損及個人權益。

(二)關鍵表格說明：「專科以上學校教師資格審查意見表」

無論各校升等規定辦法如何，各個職等教師資格升等申請的通過與否，最後都必須在兩個表格中見眞章。因此，以下以「專科以上學校教師資格審查意見表」[19]人文社會學門專用的甲、乙表爲例，補充說明升等論文的準備重點。先列表如下：

---

[18] 部分學校會要求代表著作仍以專書爲宜，建議申請者擬定寫作計畫時，可先做系統主題的設計，個別文章先行在期刊或會議上發表，之後仍可結集成專書。

[19] 表單來源請參見教育部網站，http://depart.moe.edu.tw/ed2200/News.aspx?n=5E9ABCBC24AC1122&page=4&PageSize=20。

專科以上學校教師資格審查意見表

表格甲：（人文社會）

著作編號		送審學校		送審等級	□教授 □副教授 □助理教授 □講師	姓名	
代表著作名稱							

※本案及格底線分數為 ⸺70⸺ 分。

說明：1.若送審人未採計教學服務成績者，其著作審查成績及格分數為70分。

2.若送審人採計教學服務成績，則依學校所訂教學服務及研究成績比重（20-30%）計算其著作審查及格分數；其計算方式如下：「70-教學服務成績＊比重」／研究成績所占比重，但及格分數最低不低於65分。

代表著作（五年內及前一等級至本次申請等級間） 評分項目及標準					七年內及前一等級至本次申請等級間個人學術與專業之整體成就	總分
項目	研究主題	文字與結構	研究方法及參考資料	學術或應用價值		
教授	10%	5%	20%	25%	40%	
副教授	10%	10%	25%	20%	35%	
助理教授	10%	15%	25%	20%	30%	
講師	10%	20%	35%	15%	20%	
得分						
審查人簽章			審畢日期	年　　　月　　　日		

※審查評定基準：

1.教授：應在該學術領域內有獨特及持續性著作並有重要具體之貢獻者。

2.副教授：應在該學術領域內有持續性著作並有具體之貢獻者。

3.助理教授：應有相當於博士論文水準之著作並有獨立研究之能力者。

4.講師：應有相當於碩士論文水準之著作。

※附注：1.以整理、增刪、組合或編排他人著作而成之編著不得送審。

2.送審代表著作不得為學位論文或其論文之一部分。惟若未曾以該學位論文送審任一等級教師資格或屬學位論文延續性研究送審者，經出版並提出說明，由專業審查認定著作具相當程度創新者，不在此限。

3.「七年內及前一等級至本次申請等級間個人學術與專業之整體成就」包含代表著作（五年內及前一等級）；送審人曾於前述期限內懷孕或生產者，得申請延長代表著作及參考著作年限各二年。

※聯絡電話：略　　　　　傳真：略　　　　　電子信箱：略

　聯　絡　人：略

專科以上學校教師資格審查意見表

表格乙：（人文社會）

送審學校		姓名		送審 等級	☐教授 ☐副教授 ☐助理教授 ☐講師
代表著作名稱					
審查意見：					

優點	缺點
☐內容充實見解創新 ☐所獲結論具學術價值 ☐所獲結論具實用價值 ☐研究能力佳 ☐取材豐富組織嚴謹 ☐七年內（含代表著作五年內）研 　究成果優良 ☐其他：	☐無特殊創見 ☐學術性不高 ☐實用價值不高 ☐無獨立研究能力 ☐七年內（含代表著作五年內）研究成績差 ☐研究方法及理論基礎均弱 ☐不符合該類科學術論文寫作格式 ☐析論欠深入 ☐內容不完整 ☐非個人原創性，以整理、增刪、組合或編排 　他人著作 ☐代表著作屬學位論文之全部或一部分，曾送 　審且無一定程度之創新 ☐涉及抄襲或其他違反學術倫理情事（請於審 　查意見欄指出具體事實） ☐其他：

總　　評
一、本案及格底線分數為 __70__ 分。本人評定本案為 ☑及格。☐不及格。 二、本案如經勾選缺點欄位之「非個人原創性⋯⋯」、「代表著作屬學位論文⋯⋯」 　　及「涉及抄襲或違反學術倫理情事」等3項之一者，依專科以上學校教師資格審 　　定辦法第11、第12、第37條規定，應評為不及格成績。

※敬請於　　年　　月　　日前寄達　　　　某某人　　　收

洽詢電話：略

上列表單一般要等到教師送審程序完成，申請者才有機會拿到這份自己的「成績單」。升等著作送交外審成績滿分為100分，擬升等講師、助理教授者，以70分為及格，未達70分者為不及格；擬升等副教授者，以75分為及格，未達75分者為不及格；擬升等教授者，以80分為及格，未達80分者為不及格。

細部來看，送交的升等論文又分為「代表著作」和「參考著作」兩種，依不同職等的申請，評分項目及標準的比例和考量也會有所不同：「代表著作」（五年內及前一等級至本次申請等級間）依照「研究主題」、「文字與結構」、「研究方法及參考資料」、「學術或應用價值」四個項目去評定，**約占總分的60-80%不等**；而「七年內及前一等級至本次申請等級間個人學術與專業之整體成就」則屬於「**參考著作**」，**約占總分的20-40%不等**。以升等副教授為例，申請者成績如下：

代表著作（五年內及前一等級至本次申請等級間）評分項目及標準					七年內及前一等級至本次申請等級間個人學術與專業之整體成就
項目	研究主題	文字與結構	研究方法及參考資料	學術或應用價值	
副教授	10%	10%	25%	20%	35%
得分	80	80	80	80	60
實得	8	8	20	16	21

依比例計算，此位申請升等副教授的教師成績最後總分為73分，未能符合副教授資格75分的及格門檻，無法通過審查。推究其因，可能申請勤力於代表著作的撰寫，但整體表現並不突出，加上繳交的參考著作質量不佳，才會被委員評定為不通過。

再舉一升等教授申請案為例，申請者成績如下：

代表著作（五年內及前一等級至本次申請等級間）評分項目及標準				七年內及前一等級至本次申請等級間個人學術與專業之整體成就
項目	研究主題	文字與結構	研究方法及參考資料	學術或應用價值	
教授	10%	5%	20%	25%	40%
得分	80	80	80	80	92
實得	8	4	16	20	36.8

依比例計算，此位申請升等教授的教師成績最後總分為84.8分，符合教授資格80分的及格門檻，順利通過審查。推究其因，五年內的代表著作雖然表現普通，但因七年內提供的參考著作表現不俗，最後仍能取得及格成績。

乙表則是委員的書面意見，其中優缺點的勾選，自然是評分時的參考，也與一般學術刊物的審查標準相符，讀者可自行對照，筆者在此不再贅言。必須再做提醒的是，升等辦法的設定雖會隨各校系所屬性有所差異，但申請者在送審升等論文時，若能考量不同職等的評定項目、標準和配分比例去做準備，自然勝券在握，升等順利。至於論文品質和數量的良窳、多寡，更是取決於申請者經年累月的學術表現，若計畫提出升等申請，萬不可急就成章，循序漸進，按部就班，滴水穿石，必有所成。

接下來，將由八位文史哲教師以自身發表於核心期刊的論文為例，深入分享個別從事論文寫作的實務經驗。

寫作實務篇

八位文史哲教授的實戰經驗

在愛與不愛之間

〈「夢寐」與「不寐」——神女與閑邪類型辭賦
之勸諭策略及意義〉

郭章裕

說書人簡介

郭章裕，臺灣新北市板橋人，1980年生，國立政治大學中國文學所博士。現任東海大學中國文學系助理教授、科技部專題研究計畫主持人；曾任於臺灣大學中文系、中原大學、亞東技術學院等校通識中心及兒童刊物編輯。主要關切的學術領域爲古代文藝批評、古代文體學、古代賦學與文心雕龍學，著有：《古代雜文研究——從《文心雕龍》到《文苑英華》》（臺北：思行文化）、《明代《文心雕龍》學研究——以明人序跋與楊愼、曹學佺評注爲範圍》（碩士論文）及相關單篇期刊、研討會論文數篇，另編有：《借味・越讀——時光・地景・大度山》（臺北：五南，與林香伶、朱衣仙、林碧慧合編）。曾經開設文心雕龍、中國神話選讀、歷代文選與習作、中國古代文學理論概論、國學導讀、中文學術論文寫作等課程。

前情提要

一、與「賦」相遇

自就讀政大博士班期間，選修國內賦學名家簡宗梧教授所開設「兩漢賦學專題」、「中國文學批評」等相關課程，開始對於古典賦篇有所關注，並接觸相關作品，隨後亦受簡教授指導，完成博士論文取得學位。賦

體形貌多變，界在韻文與散文之間，可以鴻篇鉅構，亦可爲簡短小品；既能表達歌頌勸誡的政教關懷，也能詠物抒情；甚至與詩歌或小說相結合，達到特殊的吟詠與描寫的效果。因此在所有傳統的文學發展之中，賦堪稱是運用最爲靈活，其內容也最爲複雜的一種文學體類，歷代文士對於賦的重視，並不亞於詩。只是在一般大學中文系所開設的課程（如文學史、詩選、文選之類）裡，對於賦的著墨始終相對較少，於是給人一種較爲冷僻、次要的印象罷了。

在更早之前，其實已完成並發表一些與賦學相關的論文，如〈兩漢七體文類及其文化意涵〉（《東吳中文學報》第17期，2009.5）、〈知音‧悲情‧超越──〈閑情賦〉的文化意涵試析〉（《高雄師大國文學報》第15期，2012.1）。至於本文〈「夢寐」與「不寐」──神女與閑邪類型辭賦之勸諭策略及意義〉，可說是從前述〈閑情賦〉論文更進一步衍生而來的研究成果。在更進一步的大量閱讀之後，發現「神女」與「閑邪」是存在於傳統賦篇創作的兩種題材類型，其敘述情節也大致有其套式可依循。大抵前者是男性賦家於野外偶遇一神女，彼此皆有傾慕之意，但最後因爲人、神之際不可跨越的界線，神女突然消逝，留下悵然失落的男子；後者同樣是男性賦家偶遇一美女，雖企盼能與之結交，但礙於禮教與男女之防，不敢貿然追求，經過徹夜的內心煎熬，最終決定放手寬懷，平息慾念而回歸到自己堅持的道德理想。這個現象只要稍加觀察，絕不難發現，但就其勸諭的「策略」與「意義」加以深究，其實還有一番轉折。

二、轉折的契機

此篇論文最初構想，其實源發於自己在閱讀《紅樓夢》的過程裡，發現在第五回賈寶玉神遊太虛幻境的情節裡，小說重要角色警幻仙子，在此藉由寶玉的夢境首次出場。在警幻仙子最初現身之時，作者予以全書唯一一篇賦文，極盡筆墨形容仙子的花容月貌與德行品格；該篇賦作在書中原無名稱，後人習慣稱爲「警幻仙子賦」。藉由更先前閱讀賦篇所累積的經驗，很容易判斷〈警幻仙子賦〉的創作及風格，明顯地延續傳統神女類

型辭賦而來，不過稍加變化而已，因此意欲探究警幻仙子此一要角，與傳統辭賦中「神女」意涵之關係。撰文完成之後投稿卻未能通過審查，評審意見大致認爲，論文內容太過偏重歷代神女辭賦內容之分析，對於警幻仙子相關的論述反而不夠密切，造成論文失去題目設定的要旨。經過幾番省思，決定改弦易轍，回歸原點，重新審定論文題目及方向。

如何炒這盤論文的菜

　　前次論文投稿失利，毫無疑問會給人一種挫折感，畢竟任何一篇論文都是寫作者的心血，從撰文到修改，再到定稿送出接受考驗，過程費時少則數月，多則可能一兩年，落敗後總會有種白費努力、事與願違的沮喪心情。但其實也並非眞的一無所獲：其一，在過程中自己已先閱讀較多歷代神女辭賦篇章，因此對此類型作品的內容與情節構造，有一定程度的熟悉。其二，「文化」之爲物，其中既有特定時空的變異，也有歷時性的內涵，而後代代傳承、層層累積，然後如血脈或河水一般汩汩往前奔流。因此，往往愈爲晚近的年代，無論相關文學、史學、哲學或藝術等一切論題，其探討的難度也就愈高（可想而知，在學術界裡，公認清代的研究是最具討戰性的）。因此，如非掌握足夠的文獻資料，並對於自己學力有一定自信，乃至於必須考量論文所容許的字數篇幅，否則實不宜期盼一步登天。有了這些認識後，才進一步啟發了本篇論文的撰寫。既然在前面失敗之作的寫作過程中，已對神女類型賦作內涵進行了一些考察，因此若要重新出發，首要自然是再次回歸文本，予以更爲細膩的觀察，然後再思考不同寫作面向的可能。

一、文獻的掌握

　　原典文獻堪稱是一切學術研究的根本，而論文寫作最爲費時的，常常也就在於對基礎資料的掌控及分類。幸而單就賦篇而言，蒐羅已非難事，古代或現代皆有編輯整理的相關著作，如費振綱等人：《全漢賦校注》（廣州：廣東教育出版社，2005）對於漢賦的收編注解就十分詳實，但

若論蒐羅範圍最廣，題材區分也最細密的書籍，當推清人陳元龍奉敕所編的《歷代賦匯》（或名《御定歷代賦匯》），《四庫全書總目提要》謂之「正變兼陳，洪纖畢具，信賦家之大觀」，是書輯錄先秦至明代各類型賦篇，雖未臻完善仔細，但也已堪稱是現代賦學研究者最爲便捷的寶庫。

《歷代賦匯》分正集（一四〇卷）、外集（二〇卷），據統計總共收錄賦文四千餘篇。其中外集第十四及十五卷題標爲「美麗」，亦即以美女爲詠嘆抒情對象的作品。但兩卷所錄仍有差別，十四卷所錄者，大部分就是後人所稱的「神女」類型之作（如宋玉〈高唐賦〉及〈神女賦〉，魏晉時代陳琳、王粲、楊修、張敏等人同題之作〈神女賦〉、曹植〈洛神賦〉、江淹〈水上神女賦〉等），而十五卷所錄，大部分則是「閑邪」類型之作（如司馬相如〈美人賦〉、江淹〈麗色賦〉、沈約〈麗人賦〉、應瑒〈正情賦〉、陶潛〈閑情賦〉……），只要能將這些篇章逐一點讀過後，基本上對於原典資料也就能初步掌握了。但還有個問題，相關篇章有許多皆已殘佚，無法窺見全貌，這是文獻的限制。因此在進行後續研究分析時，勢必要以保存較爲整全的作品爲主，如上述宋玉〈神女賦〉、曹植〈洛神賦〉、陶潛〈閑情賦〉爲主要，至於其他殘篇則作爲輔助的資料，如此即可進行更進一步的文獻比較與分類。

二、問題意識的形成

在細讀原典文獻後，緊接著還要收集既有相關的研究成果。又在經過整理之後，發現學界對於相關學術議題的關懷，大致有三個面向。

其一，是從整體文學流變的觀點，點出這些作品乃前後相續的同一系統。早如謝靈運在〈江妃賦〉即言：「〈招魂〉、〈洛神〉、〈清思〉，覃曩日之敷陳，盡古來之妍媚。」[1]〈清思賦〉與〈洛神賦〉、〈江妃賦〉，可分屬兩類，卻都有著敷張女子姿色的內容特點，謝靈運以爲這種

---

[1] （清）嚴可均輯：《全上古三代秦漢三國六朝文》（北京：中華書局，1999年6月，初版），頁2609。

傳統可溯源自《楚辭・招魂》。今日學者如張淑香先生也指出：「從《楚辭》的〈九歌〉、〈離騷〉、宋玉的〈高唐賦〉、〈神女賦〉到曹植的〈洛神賦〉，加上相關的〈登徒子好色賦〉與司馬相如的〈美人賦〉等早期作品，即已形成一個邂逅神女的主題與傳統。」[2]簡宗梧先生論及宋玉〈神女賦〉時，直言此應爲中國描寫女子之美及男女慕情的第一篇賦，「沿其波流……司馬相如〈美人賦〉、〈長門賦〉，曹植〈洛神賦〉、〈感婚賦〉、〈愍志賦〉、〈靜思賦〉，蔡邕〈協和婚賦〉、〈青衣賦〉、阮瑀、陳琳〈止欲賦〉、王粲〈閑邪賦〉，應瑒〈正情賦〉，沈約〈麗人賦〉，江淹〈麗色賦〉等，在題材或主題上，都多少與本賦有關，可見它影響之大。」[3]

其二，是以《昭明文選》中「情」類辭賦（包含宋玉〈高唐賦〉、〈神女賦〉、〈登徒子好色賦〉三篇與曹植〈洛神賦〉）爲核心，探究其如何傳達出「諷諭」的意義。如許東海先生〈美麗・縱容・錯誤：論《昭明文選》「情」賦及其諷諭色彩在六朝文學史上的意義〉[4]、〈求女・神女・神仙：論宋玉情賦承先啟後的另一面向〉[5]，劉琦、楊秀雲〈《文選》情類賦與蕭統的倫理觀〉[6]等論文，皆側重於闡述《文選》「情」賦所隱含的道德意涵，以及相關六朝文學觀念。

其三，逕就兩種類型辭賦的結構或旨趣加以分析，指出其同異者，如鄧仕梁先生著有〈論建安以「閑邪」和「神女」爲主題的兩組賦〉[7]一文，以〈洛神賦〉及〈閑情賦〉爲中心，說明二文爲兩組辭賦的典範之

2 氏著：〈邂逅神女——從《老殘遊記二編》逸雲說法〉，《語文、情性、義理——中國文學的多層面探討國際學術會議論文集〉），（臺灣大學，1996年7月，初版），頁441。

3 氏著：《漢賦史論》（臺北：東大圖書公司，1993年5月，初版），頁100。

4 收入氏著：《風景・夢幻・困境——辭賦書寫新境界》（臺北：里仁書局，2008年5月，初版），97-148。

5 收入氏著：《女性・帝王・神仙——先秦兩漢辭賦及其文化身影》（臺北：里仁書局，2003年4月，初版），頁1-40。

6 《長春師範學報》第22卷2期（2003年6月），頁90-92。

7 《新亞學院集刊》第13期（香港中文大學新亞書院，1994年），頁349-362。

作，及其各自的寫作模式。郭建勛先生〈「神女—美女」系列辭賦的象徵性〉[8]，將「神女—美女」辭賦分成兩組，一為「戰勝誘惑」的閑邪諸篇，二為象徵「理想」與「道」的神女諸篇，故於主旨上各有側重。

綜言之，在前賢們的研究成果之中，顯然就已注意到「閑邪」和「神女」兩系列辭賦，內容題材相當近似，也同樣有著勸諭的大旨，不過仍有可以再補充討論之處。在前述的閱讀過程中，既已注意到兩者情節與敘事的架構相當不同，也就在此一要點上，我們可以確立本文的問題：神女類型辭賦必以神女入男性夢境為開端，接著忽然消失令男性倉皇失落，結局洋溢著濃厚的憂傷情調。閑邪類型辭賦中，男性卻在歷盡一夜心神的煎熬以後，豁然平息情思慾念，結局隱約浮現出平和淡然的情景。換言之，兩類型辭賦雖皆含勸諭之意，但顯然前者是透過男性的「夢寐」，而後者卻反而是男性的「不寐」，以完成其敘述與勸諷。然則「夢寐」及「不寐」兩者勸諭的策略，背後當具有何種特殊意義可言？

三、論述架構的展開

本文除末端附錄「參考書目」不計，第一節「前言」說明既有研究成果與問題的發現，與最末節「結論」概述本文重要論點之外，正文共計三節：第二節為「禮與男女之防」、第三節為「神女類型辭賦的諷諭方式及其意義」、第四節為「閑邪類型辭賦的諷諭方式及其意義」。

顯然，其中的三與四兩節是本篇論文最為關鍵之處，但何以在前需就「禮與男女之防」加以討論？在此，所欲思辨的問題是，神女與閑邪兩類辭賦，固然皆以勸止人沉淪女色或情慾為宗旨，但是防範色慾為何重要，致足以成為這類辭賦勸諭的內容？這個問題似乎應當在探討神女與閑邪辭賦之前，先提出合理的說法。企圖加以解答，相對來說並不困難，僅以古代最為重要，也最具代表性的禮學典籍——《禮記》作為基礎就可發現，各篇章之中述及男女分際者甚多。可以說，從廟堂朝政到人間一切倫常，

8 《湖南大學學報（社會科學版）》第16卷第5期（2002年9月），頁66-70。

無非都是禮的規範，而男女分際又是禮繁富內涵中的重要一環，人君既為萬民表率，自當嚴守種種男女禮防。這或可推論宋玉何以作〈神女賦〉與〈登徒子好色賦〉，對君王苦心勸諷。當然，需謹慎男女之防者，並不限於君王，既然如此，在宋玉兩篇賦作之後，流衍出「神女」、「閑邪」兩類未必為君王所作，但諷諭節制情慾之意絲毫不減的辭賦。

在說明男女禮防的重要性後，緊接著即進入到本文主題，亦即對神女與閑邪辭賦作品內涵的探討。先就第三節來說，其中又分三小節論述：㈠神女入夢——從宋玉〈神女賦〉談起，㈡夢——非理性的象徵，㈢夢醒之後——情傷的教訓。第一小節，主要藉由神女類型辭賦的開創之作——宋玉〈神女賦〉為引線，除了概述內容之外，更重要的是帶出下列問題，賦家在其作品中，何以必須採取夢境的故事以進行諷說？或者說，採取讓男性作夢，邂逅神女而後猝然分離，如此情節與諷諭策略，有何特殊意義可言？而這也就導引出之後的第二與三小節。

第二小節裡，主要在說明，作夢雖是眾人皆有的普遍經驗，但從許多古籍特別是儒家經典，如《爾雅》、《荀子》之中與「夢」相關的資料來看，夢不僅是大腦中一種虛幻的想像，更意謂著意識的盲昧不清，足以干擾著人正常的心思情緒，故又與「昏」、「亂」之義相通。而醫書《靈樞經》裡，強調夢會影響人的心神，使之無法寧靜安穩，傷害健康。總之，夢所代表的是一個反常悖理、荒謬混亂，足以危害現實生存規律的非理性世界。那麼即可推論，之所以要讓神女出現於男性夢境的原因，首先是她原本就非現實世界的存在，藉由夢境來現身，正能強調出神女可能只是男性一種不切實際的想像。且神女主動示好，對男性傾露愛慕之意，這種行為本不見容於現實裡的道德綱常，以禮教觀念來看，如此堪稱叛逆敗德之舉，那麼藉由同樣非理性「夢」來呈現神女的本質，無疑相得益彰。宋玉〈神女賦〉確立這種模式後，果然在後代相關辭賦作品之中，神女的出場，一定都是在男性的夢境，或者類似夢境、理性意識朦朧不清的狀態之中。從諷諭的角度來說，這是要告誡讀者，女性主動示愛，此乃觸犯綱常、非禮反常之事，正人君子自當有所戒慎。此外，相關作品的尾聲，一

定都會描寫到神女消失不見，令男性悵然傷心不能自已，這又可解釋為奉勸男性對於男女情愛，實不可過度偏執陷溺，否則只是徒留感慨悲情而已，亦即情感及慾望都必須有所控制不能氾濫。這種看待情慾的觀點，其實也可在傳統文化脈絡中找到線索，比如《呂氏春秋》書中就多處從「貴生」（寶愛生命）的角度，申述對於情慾節制的重要，且還強調人應保守精神，使之不隨外境事物變化而盲目牽動。據此，可說神女類型辭賦是勸告讀者，對於愛情或戀人的失去，不應執著強求，否則耗損心神、徒餘愁恨。那麼這一系列辭賦篇末那傷心憔悴、徬徨悲痛的男性，正可詮釋為是賦家用以從反面提出教訓的文學形象。

再就本文第四節說，其中又分為三小節：㈠〈登徒子好色賦〉與〈美人賦〉中的道德試驗，㈡「靜」與「慎獨」的修德工夫，㈢「閑邪」類型辭賦中德性考驗的強化。在第一小節裡，主要提到宋玉〈登徒子好色賦〉與司馬相如〈美人賦〉，兩篇是閑邪類型辭賦的前導之作，其中都出現絕色美女主動向男性賦家示好，但男子不為所動，或雖略微心動而即時克己復禮，顯示出自己對於德行操守的堅持。亦即這種敘述模式，要在藉由女色的試煉，才能證明自己品行端正；反言之，若不安排這場女色的試煉，必不能證明自己好德勝於女色。那麼從勸諭的角度說，兩篇賦無疑在向讀者宣揚克制情慾，方可表現出崇高道德修養的旨趣。進一步問，這種情節與旨趣，為何重要而能成為固定模式，反覆被後來作家模擬創作？這可以在傳統儒學裡找到合適的解答。因此來到第二小節，我們仍舊以《禮記》為基礎，可在其中如〈儒行〉、〈大學〉篇章之中，發現先儒談到「靜」、「慎獨」之類的道德修養觀念，大抵言之，要在強調儒者平時自處，能自覺秉持內在道德良知，不計外界各種毀譽，純誠地為所當為、行所應行。而真正能測驗吾人是否為修德崇道的儒家君子，實在於四下無人，個人心念舉動，是否果能出於良善？抑或邪念雜出，圖謀不軌？然則，辭賦裡安排的這場女色的考驗，無疑就是一種道德修養觀念的具體化與文學化。順此而言，推進到第三小節，在流傳後世的閑邪類型辭賦裡，可以發現除了對於美女外貌與品格的描摹始終細膩婉轉之外，刻畫作者失

戀悲痛的哀傷之情，篇幅更是明顯增多，特別是〈閑情賦〉對此最爲細膩動人。對於這種現象，我們由第二小節的討論可以理解，這些描寫悲傷焦慮的文字，並非只是爲抒發作者失戀之苦，著實也更有著試煉自我的意義；故愈寫失戀之苦，則愈顯試煉之難；愈顯試煉之難，則愈見對操守之堅持。我們應當從此理解閑邪辭賦的諷諭意義，不宜將這些愁思悲嘆逕視爲靡靡之辭或浪漫浮誇之語，而如傳統批評家所言勸百諷一、適得其反。

整體來說，本篇論文首先重視文獻的歸納閱讀，其次才是詮釋。而詮釋主要的依據也不在借用當代或西方文學理論，而是回歸傳統，嘗試藉由文化的脈絡，對於賦文本所呈現出的現象，提出合理的解釋。因此，重點仍是在於各方面古典文獻的收集與掌握，相信這會是所有論文寫作的基本功，但也同時是最費苦心、考驗耐力的第一步。

給讀者的話

退休自臺灣清華大學電機系的彭明輝教授曾勉勵學生：「生命是一種長期而持續的累積過程，絕不會因爲單一的事件而毀了一個人的一生，也不會因爲單一的事件而救了一個人的一生。」[9]在漫長的人生旅途上，絕少有單純偶然、運氣好，然後一蹴可幾的成就，只是人們容易迷眩於輝煌成功的表象，背後要付出的努力與代價，大多只有當事人自己清楚。論文寫作是學術事業裡必要的工作，也是學者學術功力的最具體表現，從文獻的閱讀整理、既有研究成果的分析、問題意識的發想、篇章結構的安排、遣詞用句的斟酌，到最後完成作品、通過檢驗最終得以發表，呈現於讀者面前，個中甘苦惟有嘗試過的人可以體會。

這些都是老生常談，卑之無甚高論。然而人文學科中學力的養成與論文寫作的能力，可能也眞是最需要「累積」的工作，資料的收編、思辨的進行、文字的鋪展，全都是一步一腳印，以少到多堆疊出來的成果；乃至

---

[9] 彭明輝：《生命是長期而持續的累積》（臺北：聯經出版社，2012.6，初版），頁2。

於曾經走岔的路，失利過的作品，都可能會是孕育下一篇論文的新契機。進入學術領域之中，論文寫作除了訓練自己思維及論述的能力，其實也在訓練自己面對成功與失敗的態度。成功當然可喜，失敗也要告訴自己，絕對並非一無所獲，相信只要踏踏實實向前行走，路途上邁開的每一個步履，都是具有意義，不會白白走過的。

　　實例如下（完整內容請見光碟）

《淡江中文學報》
第 三 十 期　　　頁1～35
淡江大學中文系　2014 年 6 月
DOI：10.6187/tkujcl.201406.30-1

「夢寐」與「不寐」——神女與閑邪類型辭賦之勸諭策略及意義

郭章裕

臺灣大學中文系兼任助理教授

提　要

　　宋玉〈神女賦〉與〈登徒子好色賦〉分別開創出「神女」「閑邪」兩類型辭賦，雖都意在勸諷讀者不可沈湎情欲與女色，但策略與情節並不相同。主要差異在：前者，神女總是現身男性夢中，似欲與男性親近，但女性主動求歡本不見容於現實常理與規範，故才以同為非理性的「夢」作為現身場景；最後卻忽然離去，讓夢醒的男子傷懷不已。如此結局，意在提醒讀者，莫過執著男女情愛，否則也只能空留辛酸餘恨。後者，男性與美女相遇不在夢境之中，而男性往往因堅持道德禮法，不願貿然親近，寧可獨自承受失戀之苦，卻在歷經一夜焦慮浮躁後，於天明時平靜心情。如此情節，應是強調君子好德勝於色，且能克己復禮、無違禮法的修德觀念，此一觀念又契合於儒家「靜」與「慎獨」的修養工夫。

關鍵詞：宋玉　神女賦　登徒子好色賦　神女　閑邪

「夢寐」與「不寐」——神女與閑邪類型辭賦之勸諭策略及意義

郭章裕

臺灣大學中文系兼任助理教授

一、前言

宋玉〈神女賦〉及〈登徒子好色賦〉，分別開創出後世「神女」與「閑邪」二類辭賦；兩類彼此關係密切，如籠統論之，甚可視爲同一系列之作。早如謝靈運〈江妃賦〉即言：「〈招魂〉、〈定情〉，〈洛神〉、〈清思〉，覃襄日之數陳，盡古來之妍媚。」❶〈清思賦〉與〈洛神賦〉、〈江妃賦〉，可分屬兩類，卻都有著敷張女子姿色的內容特點，謝靈運以爲這種傳統可溯源自《楚辭·招魂》。今日學者也如張淑香先生也指出：「從《楚辭》的〈九歌〉、〈離騷〉、宋玉的〈高唐賦〉、〈神女賦〉到曹植的〈洛神賦〉，加上相關的〈登徒子好色賦〉與司馬相如的〈美人賦〉等早期作品，即已形成一個邂逅神女的主題與傳統。」❷簡宗梧先生論及宋玉〈神女賦〉時，直言此應爲中國描寫女子之美及男女慕情的第一篇賦，「沿其波流……司馬相如〈美人賦〉、〈長門賦〉，曹植〈洛神賦〉、〈感婚賦〉、〈愍志賦〉、〈靜思賦〉，蔡邕〈協和婚賦〉、〈青衣賦〉、阮瑀、陳琳〈正欲賦〉、王粲〈閑邪賦〉，應瑒〈正情賦〉，沈約〈麗人賦〉，江淹〈麗

❶　顧紹柏校注：《謝靈運集校注》（台北：里仁書局，2004 年 4 月，初版），頁 516。
❷　氏著：〈邂逅神女——從《老殘遊記二編》逸雲說法〉，《語文、情性、義理——中國文學的多層面探討》，（台北：臺灣大學，1996 年 7 月，初版），頁 441。

論文寫作不藏私

色賦〉等,在題材或主題上,都多少與本賦有關,可見它影響之大。」❸神女及閑邪類型賦作,內容皆牽涉女色及男女情愛,亦兼具邂逅美麗女性的情節,更同樣以勸諭讀者勿耽溺女色為其宏旨,是以被認為同出一源。

「諷諭」本是賦文體的重要旨趣與價值,且早在《昭明文選》即將〈高唐賦〉、〈神女賦〉、〈登徒子好色賦〉與〈洛神賦〉四篇收編為「情」一類賦作。循此,亦有不少學者就《昭明文選》「情」賦一類的文學意義加以闡述,如許東海先生〈美麗‧縱容‧錯誤:論《昭明文選》「情」賦及其諷諭色彩在六朝文學史上的意義〉❹、〈求女‧神女‧神仙:論宋玉情賦承先啟後的另一面向〉❺,劉琦、楊秀雲〈《文選》情類賦與蕭統的倫理觀〉❻等論文,皆側重於四篇賦作本身的諷諭意涵,以及六朝文學觀念的闡述。

兩類作品存在諸多共相,但終究不盡相同,就此議題論述較為聚焦者,如鄧仕梁先生著〈論建安以「閑邪」和「神女」為主題的兩組賦〉❼一文,以〈洛神賦〉及〈閑情賦〉為中心,說明二文為兩組辭賦的典範之作,及其各自的寫作模式。郭建勛先生〈「神女─美女」系列辭賦的象徵性〉❽,將「神女─美女」辭賦分成兩組,一為「戰勝誘惑」的閑邪諸篇,二為象徵「理想」與「道」的神女諸篇,故於主旨上各有側重。

本文論題之提出,主要在於:神女類型辭賦,必以神女偶入男性夢境為開端,接著忽然消失令男性倉皇失落,結局洋溢著濃厚的憂傷情調。閑邪類型辭賦中,男性卻在歷盡一夜心神的煎熬以後,豁然平息情思欲念,結局隱約浮現出平和淡然的情景。換言之,兩類型辭賦雖皆含勸諭之意,但顯然前者是透過男性的「夢

❸ 氏著:《漢賦史論》(臺北:東大圖書公司,1993 年 5 月,初版),頁 100。
❹ 收入氏著:《風景‧夢幻‧困境──辭賦書寫新境界》(臺北:里仁書局,2008 年 5 月,初版),頁 97-148。
❺ 收入氏著:《女性‧帝王‧神仙──先秦兩漢辭賦及其文化身影》(臺北:里仁書局,2003 年 4 月,初版),頁 1-40。
❻ 《長春師範學報》第 22 卷 2 期(2003 年 6 月),頁 90-92。
❼ 收入《新亞學院集刊》第 13 期(香港中文大學新亞書院,1994 年),頁 349-362。
❽ 《湖南大學學報(社會科學版)》第 16 卷第 5 期(2002 年 9 月),頁 66-70。

寐」，而後者卻反而是男性的「不寐」，以完成其敘述與勸諷。然則「夢寐」及「不寐」兩者勸諭的策略，背後具有何種意義？即是本文聚焦所在。以下先說明男女之防何以如此重要，其次分就神女與閑邪兩類辭賦勸諭策略的差異，加以分析。

二、禮與男女之防

神女、閑邪類型辭賦，皆在勸諷讀者不可放縱男女情欲，旨趣鮮明。但男女之防，原來自古存之，且是「禮」的重要內涵之一。即以《禮記》言之，申論禮與男女分際者甚多，如〈禮運〉說：

> 何謂人情？喜怒哀樂懼愛惡欲，七者弗學而能，何謂人義，父慈子孝兄良弟弟夫義婦聽，長惠幼順君仁臣忠，十者謂之人義……故聖人之所以治人七情，脩十義，講信脩睦，尚辭讓，去爭奪，舍禮何以治之。飲食男女，人之大欲存焉，死亡貧苦，人大惡焉，故欲惡者心之大端也。人藏其心不可測度也，美惡皆在其心，不見其色也，欲一以窮之，舍禮何以哉？❾

喜、怒、哀、懼、愛、惡、欲，總括人本能的情緒以及各種欲望。人間本有著父子兄弟長幼夫婦君臣之倫常，必須維繫，但凡人無不好食色、惡貧苦，倘若人人但知放縱本能的嗜欲及情感，世間必然混亂不安；要之，穩固現實秩序、節制情欲即是禮的價值與意義。

據上所言，各種欲望既然都必須節制，當然也就包括男女情欲在內。是則從實際日常生活層面中，兩性交接的種種，就必須有所規範，不可逾越。《禮記》〈內則〉對此討論更加細膩，如云：

---

❾ （漢）鄭玄注，（唐）孔穎達疏：《禮記注疏》（臺北：藝文印書館影印重刊宋本十三經注疏），頁431。本文所引《禮記》文獻資料皆出此書，故其後僅於引文末括注頁碼，不再另行注解。

禮始於謹，夫婦為宮室，辨外內，男子居外，女子居內，深宮固門，閣寺守之，男不入，女不出。男女不同椸枷，不敢縣於夫之椸椸，不敢藏於夫之篋笥，不敢共湢浴。（頁533）

一切禮儀本於謹敬之心，禮儀首先就表現在於現實生活處處的男女之別。內、外不宜相通，乃至於衣物的放置都有所規範，更不論共浴洗澡之事。〈內則〉又云：

男不言內，女不言外，非祭非喪，不相授器，相授則女受以篚，其無篚則皆坐奠之而後取之。外內不共井，不共湢浴，不通寢席，不通乞假，男女不通衣裳，內言不出，外言不入。（頁520）

同樣申明嚴格的男女內外之分，除非喪禮否則不相授受器物。平日起居則不共井、不共浴、不同床、不同衣；凡此都可見男女分際本是「禮」的重要面向。

禮，既為支持人倫秩序的重要依據，自然就與政治的成敗關係密切，〈禮運〉因此又云：

禮者，君之大柄也，所以別嫌明微，儐鬼神，考制度，別仁義，所以治政安君也。故政不正則君位危，君位危則大臣倍小臣竊，刑肅而俗敝則法無常，法無常而禮無列，禮無列則士不事也。刑肅而俗敝則民弗歸也，是謂疵國。（頁422）

禮用以區別上下、考定制度、維繫倫常乃至於通於天地鬼神，乃人君之大柄。失之將導致君臣危亂、民心潰散，一切法紀皆蕩然無存，使人間失序混亂。既然禮如此重要，那麼要確保禮的正常運作，最重要的關鍵，當然就在於君主本身，〈禮運〉又說：

君子者未有不謹於禮者也，以著其義，以考其信，著有過，刑仁講義，示民有常，如有不由此者，在勢者去，眾以為殃。（頁414）

君主必須謹愼守禮，彰顯仁義誠信，爲萬民表率，使天下皆能知禮行禮，否則將眾叛親離，爲人所厭棄。

　　總上言之，自朝政以至一切世間倫常，無非都是禮的規範，而男女分際又是禮繁富內涵中的重要一環。人君既爲萬民表率，自當嚴守種種男女禮防。這或可推論宋玉何以作〈神女賦〉與〈登徒子好色賦〉，對君王苦心勸諷。當然，必須謹愼男女之防者，並不限於君王，所以後來「神女」、「閑邪」兩類型的諸篇辭賦，沿襲著節制情欲的規勸旨趣，而讀者也未必是君王了。

三、「神女」類型辭賦的諷諭策略及其意義

（一）神女入夢——從宋玉〈神女賦〉談起

　　〈神女賦〉向與〈高唐賦〉前後一齊並觀，其作意在諷諫君王❿。原來在〈高唐賦〉中，宋玉與楚襄王同遊雲夢之臺，忽見一團變化多端的雲氣，宋玉解釋此爲巫山神女朝雲，更言朝雲曾主動侍寢先王之事，令楚襄王充滿遐想，也期望能與神女晤面。後來宋玉又與楚襄王同遊雲夢之浦，當夜襄王果然夢與神女相遇，醒後將此事告訴宋玉，並命其作〈神女賦〉記敘這段旖妮情事。

　　依據〈神女賦〉，襄王是在「晡夕之後，精神怳忽，若有所喜。紛紛擾擾，未知何意……於是撫心定氣，復見所夢」⓫的恍惚夢境之中，乍見美豔的神女現

❿　對於〈高唐賦〉與〈神女賦〉的分和問題，清人浦銑曾爲之辨解：「《漫叟詩話》，辨高唐事乃楚懷王非襄王。《苕溪漁隱》則云楚懷王是遊高唐，楚襄王是遊雲夢。唯《後山詩話》云：『宋玉爲〈高唐賦〉，載巫山神女遇楚兩王，蓋有所諷也。』余讀晁子西公遡〈神女廟賦〉云：『世朋淫而上烝兮，嘗見刺於湘纍。橫下臣繫宋玉兮，揆暴屬之不可規。稱先王嘗與靈遊兮，薦枕席而嬰私。今胡爲而復遇兮，意託諷於微詞。』斯得之矣。《漫叟》《漁隱》必欲分而二之，何異癡人說夢。」據此，浦銑認爲兩篇賦其實爲宋玉微詞假設，託諷之意與故事都是一貫的，所以不須二分。參見（清）浦銑：《復小齋賦話》，收入何沛雄編：《賦話六種》（香港：三聯書店，1982 年 12 月，香港第 1 版），頁 91。

⓫　（梁）蕭統編，（唐）李善注：《文選》（臺北：五南圖書股份有限公司，2002 年 10 月，初版），頁 477。本文引用宋玉〈神女賦〉文獻皆出此書，故其後僅於引文末括注頁碼，不再另行注釋。

理學家與水
〈「逝者如斯」、「上下同流」與
「溥博淵泉」：二程思想之水喻論究〉

黃繼立

說書人簡介

黃繼立，臺灣彰化人。東海大學中國文學系學士、成功大學中國文學系碩士、臺灣大學中國文學系博士。曾擔任國科會人文學研究中心博士後研究員，現職為東海大學中國文學系助理教授。主要研究領域為宋明理學、古典詩學理論、身體理論，近來著意議題集中在理學傳統裡的身體觀、隱喻與集體記憶等。同時也因諸多機緣，亦關心當代新儒家發展，並試圖作出反省。蓋以為儒學雖源於古典時代，但因其多涉及普遍性和文化性的問題，是以對當代世界與思潮仍能有極大的啟發。深信如何根柢儒學，循著前輩學者的腳步返本開新，是每位儒學研究者都必須去面對且深思的問題。

前情提要

一、十年辛苦不尋常

《紅樓夢》是每個中文系學生都聽過、乃至看過的小說經典。我們往往會流連於大觀園的恢弘壯麗，為寶玉、黛玉、寶釵間的三角難題嘆息，或是低頭沉思「落了片白茫茫大地真乾淨」隱喻的空理，但卻罕有人會注意到曹雪芹的成書自述：「字字看來皆是血，十年辛苦不尋常。」曹雪芹之嘆，是一個文字工作者的道地語。其實寫學術論文和創作文學作品一樣，從準備階段到寫作階段，以至於成稿後的訂改，都需要極大量的時間

和精力的投入。一個想寫出好作品的文學家，和一個有心完成專題的研究者所成型的結果，性質固然有別，方向亦當有異，但在自我要求和持之以恆的謹慎心態上，卻可謂殊無二致。每篇用心寫作的作品和每篇用心寫作的論文，都同樣具有內在的價值，若打定以論文的形式研究並釐清某問題，就必須立下準備「十年辛苦不尋常」的決心。從原典的充分閱讀，研究概況的收集，至於方法論的選擇和使用，最後形成一套看法始終，將會是一段專屬的冒險之旅。

二、求其放心而已矣

《孟子》有段名言大家都讀過：「學問之道無他，求其放心而已矣。」「求其放心」之說，依孟子之言「學問之道」，本有強烈地內省的道德功夫意味，但卻也不妨用在論文的寫作上。凡人都有惰性，展現於論文寫作時，最常形成「三天打魚，兩天晒網」的情況。寫作者往往迫於時限或其他理由，草草結束，甚至一無所成，這是論文寫作「放心」所形成的惡果。如何超克論文寫作的惰性，即「求其放心」？就筆者自身的經驗，可以日為單位，訂立寫作目標，是相當有必要之舉。若有需要，更可進一步擬定一可執行的計畫表，最簡單的寫作目標就是以字數為單位，強迫自己每天一定要完成固定數字，否則不休息。內容無論是觀點論述，抑是整理文獻，可視當時情況調整。這種作法會有三個好處：一是養成動筆的習慣，時時處於寫作的狀態，鍛鍊自己的文筆。二是可以漸日積累進度，久則當有成果，比較不會出現匆忙趕稿的疏漏和焦慮。三是隨文字寫出時，可以持續思考，提煉自身的觀點。這種作法是筆者以為可「收其放心」的漸進工夫。朱子在《大學》「格致補傳」裡說：「至於用力之久，而一旦豁然貫通焉，則眾物之表裡精粗無不到。」雖是講道德修養，但其原理也可運用在學術論文的寫作上。知識的吸收、理則的洞悉，以至於觀點的形成，並非一蹴可幾的瞬間飛躍，而係本乎毅力，不斷積累的過程。

三、逝者如斯夫

筆者想舉〈「逝者如斯」、「上下同流」與「溥博淵泉」：二程思想之水喻論究〉這篇文章為例，說明上述的論文發想。「逝者如斯夫，不舍晝夜」，當筆者回顧這篇論文的發生和完成，腦中竟出現了如孔子般的川上之嘆。該文寫作的種子在筆者十餘年前就讀博士班，參加鄭毓瑜老師的讀書會時，已然埋植。那時甫接觸雷可夫（George Lakoff）、強森（Mark Johnson）的「概念隱喻理論」（conceptual metaphor theory），雖然當時對該理論頗感興味，但也僅止於此而已。後來是因為博士論文，從事理學身體觀的研究，發現經由隱喻探索身體與思想的關係，是一可能方向，是以盡力去補足對此理論的了解。理論的研讀，除了自身用力之外，友朋間切磋論學更會形成超乎想像的提升。若能組成一讀書會，對於有志或剛進學術研究領域的初學者，有相當大的助益。在時間和精力允許的狀況下，可參與各種不同領域、類型的讀書會，與不同專業卻對學術研究有熱情的同好對談，相信可激發各樣的火花，對於尋找自己的學術興趣與深入尋究關注的議題，將有極可觀的幫助。

如何炒這盤論文的菜

一、人間有古今

以下筆者將以〈「逝者如斯」、「上下同流」與「溥博淵泉」：二程思想之水喻論究〉為案例，分享論文寫作的經驗和心得。筆者在碩士班時，主要的研究領域是在古典文學理論。「理論」一詞，容易會帶給聽者某種那是「抽象的東西」的印象，但是筆者在碩士班研究「神韻」理論時，已隱約意識到，理論再怎樣抽象，都會有種歷史的線索，無論是背景性的，或是發展式的。這塑養了日後筆者在研究中，會保持關注流變的歷史意識的習慣，這種習慣也在筆者後來博士班從事思想史研究時發酵。在這想法中，筆者以為思想史的研究，無論是專家、專書、主題或歷史的研

究，都不可忽略某家、某派、某主題的思想如何形成、變化乃至於隱沒的那面，這意味著任何思想，都有必要被放在學術流變的一環加以理解。以本作爲例，研究二程隱喻的意義和定位，在此便可獲得強化。蓋在理學史裡，程明道和程伊川兩兄弟是北宋理學的頭兩號人物，就學術傳承而言，他們是周濂溪的弟子，與張橫渠既爲表親，更是講友。同時我們也很難忘記，他們與當時的另一理學名家邵康節亦有極深厚的交情。他們以洛陽作爲弘學的基地，所以在理學學派裡被稱以「洛學」，甚至在後來朱子所建立儒學道統論裡，他們的學問被認爲是專講聖道的「道學」，可以說北宋至於南宋，凡是理學學脈大多可溯及二程。比較著名的上蔡之學、楊龜山至李延平的道南之學、胡五峰與張南軒的湖湘之學、朱子的考亭之學等，輩屬二程的嫡系或再傳。是以研究二程的思想，以至於他們在理學文化、隱喻傳統裡的地位，顯有其重要性。在這裡，筆者想借用朱子在鵝湖之會後給陸復齋的和詩，「人間」確實「有古今」，歷史意識是我們在研究某問題時，不可忽略的要素。

二、事要知其所以然

朱子不只信「人間有古今」，更深信在有古今的人間現象背後，有「所以然」之理，而人是可透過學習、仿效這類具體的方法，明晰此理。作爲孔子之後，影響力最大、且最傑出的儒者和學者，朱子的「事要知其所以然」之說，確是不移之論，用在處理學術問題和論文寫作時，也是不可忘卻的原則。剛開始在研究學術問題時，筆者除了先了解研究現況外，第一步工作通常是經由對原典的精讀，描繪其中的思想風格，並勾勒思想要點。例如想了解二程思想要題爲何，精讀《二程遺書》並摘錄所關心的文字爲資料彙編，就是個必要之舉。同時也可將原典資料，依照所關心的議題加以分類，如想研究二程的心性論差異，就可以有「明道論心」、「明道論性」、「伊川論心」、「伊川論性」的分類。像這是篇以二程隱喻爲題的文章，筆者就會抄錄二程用喻的資料，並依照各種喻象，如「水喻」、「鏡喻」等加以分門。當然，這時依本這些資料，寫段描述並介紹

其中隱喻現象的文字，自是不可不爲之舉。但這只是朱子言下的「事」而已，我們有必要追尋此「事」背後的「所以然」，即二程如何且爲何運用「水喻」以建構其思想體系。同時，二程雖然親爲兄弟，但畢竟是兩位個性、學思都極不同的思想家。對此，我們可再追問，在使用同樣的喻象（如水喻）時，二程的作法有哪些不同？導致此不同的原因何在？追究這個「所以然」需要藉助方法論加以釐清。如本文，筆者所採取的主要方法有二：第一是藉助「概念隱喻理論」，釐清隱喻之於概念間的指涉關係。並在理解隱喻本身也是種思想活動的設想下，使用第二個作法，即藉由義理分析，將隱喻所明示、暗示的思想線索逐漸張開，以更深入地發掘二程的義理架構以及個別思維特性。例如本文以孔子的川上之嘆爲起點，說明自二程以來，儒者都有種嘗試將孔子這段名語予以性理化解釋的傾向。但大程藉川水「逝者如斯」的隱喻，以水的活力比喻心的動能而進說其義理，即心得以顯生生之仁，係源於道。明道的水喻特色，在於其能充分補足了大程的「識仁說」與「一本論」，以至於「只此心便是天」的抽象言說，以實體的物象和生動的隱喻，突顯出明道這種頓教性格濃厚的理學，言此心便是當下性與天的信念。明道爲宣揚這個信念，所以在其「一本論」底下，藉孟子「上下與天地同流」的合流隱喻，暗示人有可能經助對心的掌握，而完成理學式的天人合一。至於伊川則又是不同其老兄的另一種思想類型。不過有趣的是，小程與其兄同樣對「逝者如斯」所蘊涵的水喻極有興趣，只是小程的學術性格是二元論和分解式的。是以在伊川形而上是理、是道，形而下是氣、是器的義理結構和世界觀裡，「逝者如斯」的水喻被用來解說形下的氣化運動。換言之，他以水的流動比喻現象世界基於氣的變化，並說解了他的思想觀點——宇宙的氣化是道體的作用，而不能是對道體的直指。就這點來說，伊川的水喻和明道有很大的不同，就性質上，大程解「逝者如斯」至於「上下同流」是種天人貫通式的心性論水喻，而小程解「逝者如斯」則是種重在形下界的氣化行程的理氣論水喻。這種隱喻和經典解釋的差異，最大的原因恐怕還是大程的「一本論」與小程的二元論的思想、思維特性所致。有意思的是，伊川見的水之特性

除流動之外，還觀察到水具有湧現和能爲清濁的特性。他進而在功夫論上，以「水」喻「學」，而用《中庸》「溥博淵泉」的泉水和生活周遭的井水爲喻，講明爲學當如浚井，學思的增長如泉井之水由地層湧出，初則不免含泥帶沙，但久之自清爲源源活水。這不是小程子的說教，而是他的親身經歷，也是他特重爲學立場的證示。

在本文以二程思想與水喻的關涉爲主題的研究中，我們不僅可描述思想家如二程，如何藉由隱喻活動以建構其思想；也可通過思想家的義理分析，討論如二程爲何在運用水喻，甚至爲何會對「逝者如斯」這個儒家經典文本產生歧異的解讀。筆者以明道、伊川爲中心，逐漸勾勒出一幅又一幅宋明儒者的隱喻圖，也在這當中，逐漸意識到隱喻在思想研究中的關鍵性和可能性。

給讀者的話

劉勰在《文心雕龍・時序》裡曾說，每個時代的文學作品和文學狀況，既是在時代風習感染中的產物，也可說是某些特定時空對當下吁喊的回音。劉勰下了這樣的斷語，「時運交移，質文代變」，其實人文學的研究亦是如此。每個時代的學術，有它必須面對和處理的問題，所以在研究動機和方法論上，不同學派、每位研究者，都嘗試提出合理且效率地回應時代問題的方法。學術從來不是在默坐書齋之中、孤守象牙塔之內形成的，所以經由參與研討會、讀書會等社群，與同行或有志者交流，是相當重要的事。如此一來，我們不僅可經由書本文獻，也可通過分享與意見的交換，同情地理解過往的研究範式，也反省現有的範式。而且更重要的，要嘗試經由你所認同的範式，面對且回應時代的問題。

實例如下（完整內容請見光碟）

東吳中文學報　第三十二期
2016 年 11 月　　頁 31-56

「逝者如斯」、「上下同流」與「溥博淵泉」：
二程思想之水喻論究

黃　繼　立[*]

提　要

　　儒家一直就有「觀水」的傳統。理學以復興孔孟之學為職志，在水喻的運用上，也繼承先秦儒家對水的特殊情感。不過，作為儒學的開新，理學在義理確有多異於前輩處。是以當理學家欲採先秦儒家慣用之喻，建構其思想的同時，也在原喻的基礎上，進行了相當程度的轉化。

　　在這篇文章裡，筆者將藉助「認知語言學」的「隱喻」視角，以程明道（顥，1032-1085）與程伊川（頤，1033-1107）這兩位北宋理學奠基者為對象，考察其水喻現象、模式，及當中所蘊含的隱喻思維。通過這樣的觀察，我們當可看到在北宋，這個理學發展的初期，「隱喻」對於抽象概念的具體化，起了不可忽視的作用。

關鍵詞：二程、程明道、程伊川、隱喻、水喻

＊ 現任東海大學中國文學系專任助理教授
　收稿日期：105 年 6 月 30 日；接受刊登日期：105 年 11 月 6 日。
　本文為科技部計畫編號 103-2410-H-029-048-的部分研究成果。本文初稿曾發表於明道大學「唐宋生態文學學術研討會」，後在科技部計畫的支持下，完成後續研究，在此特為致謝。又由衷感謝初稿講評人張寶三教授，以及兩位匿名審查委員的鼓勵與建議。

理學家與水

119

一、前言

作為一種特殊的心靈活動,「隱喻」(metaphor)很早就吸引了古代智者的目光,是以視此為「修辭學」(Rhetoric)手法的觀點由來已久。在這想法中,「隱喻」被視為某種語言化妝術。文學家是精擅此道的專業人士,而詩人則是能預見此中趨勢的先知。當渴望繆思桂冠的文學家和詩人們,在金碧輝煌的歌劇院裡以「隱喻」競技時,思想家只能袖手旁觀,因為這裡從不為他們的保留貴賓席次。但自從「認知語言學」(Cognitive Linguistics)出現後,這古典的「隱喻」觀,開始面臨新挑戰。這一切起於「認知語言學」的基本信念,即「隱喻」的本質,如雷可夫(George Lakoff)、強森(Mark Johnson)所說,是「譬喻的實質是藉由一類事物去理解並體驗另一類事物」[1]。於是,兩種新舊「隱喻」觀──「修辭學」式與「認知語言學」式,就此有了楚越之別。「認知語言學」的研究成果,帶給思想史學者的啟發是,「隱喻」的具象為「思想」帶來了明晰,而「思想」的抽象為「隱喻」帶來了深度。「隱喻」和「思想」之間,不止於「肝膽」,說其為戰友,亦不太過。它們既不即、卻也不離。同時,因為「隱喻」與「思想」的特殊關係,所以近來思想史研究者對於「隱喻」尤加重視。

宋明理學向來是思想史研究的重鎮。在理學的發展史中,學者咸以周濂溪(敦頤,1017-1073)作《通書》、〈太極圖說〉,能冥契道妙,為此學開宗大師。接以張橫渠(載,1020-1077)氣魄絕大,倡道西北,精思苦索於《正蒙》,開成「關學」一脈。然理學之成為北宋學問大宗,仍不得不待於程明道(顥,1032-1085)與程伊川(頤,1033-1107)兄弟。在師承上,二程曾親炙濂溪,為其高弟。於橫渠則名為表姪,實為講友。又嘗與邵康節(雍,1011-1077)居洛陽,為忘年交。二程可謂是這群理學家人際網絡的核心。至於在學問上,自二程獨揭「天理」以來,一套以探究「天理」為方向和目的的學問,隱然成形。二程和他們學問的出現,正是理學成為且之為「天理之學」的關鍵時刻。倘以北宋理學的中堅譽以二程,自非虛言。值得注意的是,二程這種中堅的地位,亦適用於描述理學初期的隱喻運用狀況上。程氏兄弟之力守隱喻,絕不下於對天理和道德意識的堅持。此對比於濂溪、橫渠即可見。檢觀濂溪言論,絕少有用喻者。橫渠的著作,雖有部分隱喻的使用,且往往與其思想主軸「太虛」有關,如「氣之聚散於太虛,猶

---

[1] 雷可夫(George Lakoff)、強森(Mark Johnson),周世箴譯注:《我們賴以生存的譬喻》(臺北:聯經出版事業股份有限公司,2006年3月),頁12。又蘇以文的解釋是,「隱喻的本質,其實就是以一個較為基本的觀念,來瞭解另外一個較為複雜或困難的觀念。……隱喻,其實是一種思想的過程,它不但形塑了我們思考的模式,同時也是通往人類認知和心靈活動的一扇窗戶」。詳蘇以文:《隱喻與認知》(臺北:國立臺灣大學出版中心,2005年3月),頁2。

冰凝釋於水，知太虛即氣，則無無」、「天性在人，正猶水性之在冰，凝釋雖異，為物一也」[2]等等。但衡之以數量與頻率，類似情形仍未為多見。相較於濂溪或橫渠，二程不僅大量且多方地使用，也有意識的發展了某些類型的隱喻。自二程之後，理學中的隱喻運用渙然而興，由是一種重視隱喻的理學表述方式和理學的隱喻傳統，隱然成形。也因為從二程開始，提供並引動了這般的隱喻文化土壤與風氣，所以才會有如陳榮捷所說，「用喻之多，不論是次數亦是種類，無有出乎朱子之右者」[3]的理學大師，同時也是隱喻專家的朱子（熹，1130-1200）的出現。也就是說，研究二程隱喻的意義，除了在探索二程的用喻現象、思維，並建構一套二程乃至理學式的隱喻模式外，更可作為觀察理學伊始時，隱喻流變歷程及形成隱喻文化的切入點。

　　水是古代文化裡最常見的隱喻類型，這自與人類存在以來，水始終是恃賴以生活的基本質材有關。上古時代的《尚書‧洪範》列舉「五行」時，列水於首，以其性「潤下」，[4]蓋因能蕃長農作之故。隨著春秋戰國學術思想的踴躍勃發，水也由原先生活面的物質，被諸子們轉化為表述思想的媒介。在拉近水與思想的距離的事業上，先秦思想家有了長足的進展。在百家言中，儒家之為先秦顯學與中土大教，其論水、喻水，尤具有代表性。自孔子言「智者樂水」[5]以來，對於水的魔力，儒者們不只驚羨而已，更力思傚習之途。「觀水」以成德的思維，由此而現。「子在川上」的「曰：『逝者如斯夫，不舍晝夜。』」（《四書章句集注》，頁153），所流露的從自然到人生的睿思，固不待言。至於另一位儒家大師孟子，也從不吝言水對他的啟發：「孔子登東山而小魯，登太山而小天下。故觀於海者難為水，遊於聖人之門者難為言。觀水有術，必觀其瀾。日月有明，容光必照焉。流水之為物也，不盈科不行；君子之志於道也，不成章不達。」（《四書章句集注》，頁499）[6]孟子如是云，「觀水」是個循流探源的漸進過程，其中所以能啟人「志於道」，在於為學之路，亦不外如此。荀子更進一步說道，由於水可當作各種德行的隱喻，所以觀之能夠興發人的道德感。因是，孔門之徒常有「見大水必觀焉」的習慣。[7]此一由觀至興的活動，是另種驅馳儒者成德的動力。本是，荀子學裡隱約出現一種以「觀水」為重心的實境體驗和工夫轉化思維。在這些基礎上，《大戴禮記》延伸出「夫水者，君子比德焉」[8]，觀水可藉而體悟諸德的「比德」之

2　〔宋〕張載，章錫琛點校：《張載集》（北京：中華書局，1978 年 8 月），頁 8、22。

3　陳榮捷：《朱子新探索》（臺北：臺灣學生書局，1988 年 4 月），頁 348。

4　〔唐〕孔穎達：《尚書正義》（北京：中華書局，1980 年，影印《十三經注疏附校勘記》），卷 12，頁 188。

5　〔宋〕朱熹：《四書章句集注》（臺北：大安出版社，1996 年 11 月），頁 121。

6　另外，與此篇義旨相近的，尚有《孟子‧離婁下》第十八章。其云：「原泉混混，不舍晝夜。盈科而後進，放乎四海，有本者如是，是之取爾。苟為無本，七八月之閒雨集，溝澮皆盈；其涸也，可立而待也。故聲聞過情，君子恥之。」詳〔宋〕朱熹：《四書章句集注》，頁 411。

7　李滌生：《荀子集釋》，（臺北：臺灣學生書局，1979 年 2 月），頁 645。

8　〔清〕孔廣森，王豐先點校：《大戴禮記補注》（北京：中華書局，2013 年 1 月），頁 417。

說，也不至於令人太意外。在對水有這般深刻的體悟下，先秦儒家有意識且大量地運用水喻傳達思想內涵。[9]值得玩味的是，先秦儒者對水的這份特殊情感，透過經典、身份認同、集體記憶的多方作用，隔世又隔地的傳延到以復興孔孟之學為職志，力求創開新局的宋明理學家身上。我們在早期理學家言論中，特別是二程，看到大量的水喻，絕非偶然。不過，作為儒學的開新，理學家在義理確有多異於前輩處。是以當他們欲採先秦儒家慣用之喻，建構其思想的同時，也在原喻的基礎上，進行了相當程度的轉化。在二程的水喻上，尤可見此。若我們能以二程的水喻為研究主題，針對此問題加以梳理，相信不只能釐清二程隱喻的相關問題，亦能初步解決宋代理學發展中的隱喻介入要素，並進一步討論隱喻在理學中，如何由附庸而蔚為大國的可能和原因。

鑑於上述，在這篇文章裡，筆者將以水喻為中心，藉助「認知語言學」的「隱喻」的視角，以二程這兩位儒家的忠實信徒，同時也是北宋理學的風雲人物為討論對象，考察其中隱喻現象、模式，及當中所蘊含的隱喻思維。通過這樣的觀察，我們當可看到在北宋，這個理學發展的初期，「隱喻」對於抽象概念的具體化，起了不可忽視的作用。至於經由隱喻，理學思想被活化、深化的情形，亦當明晰可見。

二、「逝者如斯」與「上下同流」：

明道的「心」、「道」之喻

《論語・子罕》第十六章記載的聖人觀水一幕，「子在川上，曰：『逝者如斯夫，不舍晝夜。』」，總有股神奇魔力。讀者往往會在不知不覺間，隨著智慧老人的深邃眼眸和蒼老之聲，親睹了這幅場景：一條不為白晝暗夜、千巖萬壑所拘的長川，朝著遠方悠悠而去。孔子當下所思為何，當時的記錄者，或是千年後的我們，都不清楚。也許只是勉己當似川流般自強不息，也可能是對年華似水逝去的無奈，當然也可以是平平的沈思中，只是一如那遠走卻默默無言的逝川。話雖如此，但聖人臨川的這事件，影響中國文人著實深遠，直至宋代依舊不絕，包括那個與本文主角之一程伊川勢若水火的蘇東坡（軾，1037-1101）。因「烏臺詩案」

9　水的隱喻與先秦諸子，特別是儒家之間，確實有著許許多多不可思議的因緣。已有不少研究者，各從不同角度指出這點。讀者可參考楊儒賓：〈水與先秦諸子思想〉，中國文學的多層面探討國際學術會議論文編輯委員會編：《語文、情性、義理——中國文學的多層面探討國際學術會議論文集》（臺北：國立臺灣大學，1996 年 7 月），頁 533-550。另參艾蘭（Sarah Allan），張海晏譯：《水之道與德之端：中國早期哲學思想的本喻（增訂版）》（上海：上海人民出版社，2010 年 11 月），頁 39-74。伍振勳：〈「逝者」的意象：孟子、荀子思想中的流水、雲雨隱喻〉，《成功大學中文學報》第 36 期（2010 年 12 月），頁 1-26

被貶謫到黃州的他，在元豐五年（1082）秋天，完成了驚動中國文學史的〈赤壁賦〉。在這篇採取主客對話形式的名作裡，「蘇子」，這個作為東坡超越意識的心理我，藉孔子的這席話，發表了一段千古妙論：

> 客亦知夫水與月乎？逝者如斯，而未嘗往也。盈虛者如彼，而卒莫消長也。蓋將自其變者而觀之，則天地曾不能以一瞬。自其不變者而觀之，則物與我皆無盡也，而又何羨乎？[10]

「讀此二賦，勝讀一部南華」[11]，雖是《古文觀止》的評論，但其中所暗示的〈赤壁賦〉與《莊子》間的精神血脈相連，卻幾是歷代學者的共見，亦是今日研究者所樂道處。〈赤壁賦〉末的這段「變」與「不變」之說，顯然脫胎自莊子的「齊物」之論。沒有什麼比流動的水，更適於比喻反覆變化的時間和現象。就此而言，東坡絕不是孤明先發的道生法師，不只在東方，其實早他一千五百年前的西方智者，亦有這般想法。赫拉克利特（Heraclitus，540 B.C.？-470 B.C.？）曾說，身在河流中的人，不會重複經歷相同的水流。[12]的確，從感性的角度看，流轉且變動不拘，的確是時間底下的現象世界的特性。時間或現象如流水的隱喻，恰建立在它們同具有持續性與變動性的特質。「逝者如斯」，時間、現象如流水，既是埋在人類心智深處的共同隱喻，也冷酷地道出人類對此的無能為力。不過東坡，這位宋代的莊子，他提醒我們，不要忘記「逝者如斯」後還藏有「未嘗往也」的一面。正如河流的水無論流到何處，它還是水，變動的現象世界中總存有著不變項。這點不變，才是莊子或東坡的關心之處。對此動中的不動項，莊子的宣稱是「道通為一」[13]。萬事、萬物、你、我、他，不外是「道」的本然如此。沒有體覺於此，是因為我們太執著於己、物之間，小、大之際的緣故。本是東坡才會斷言，看到日月運行、動靜相摩、寒暑相遞的我們，僅是些善於由變的角度把握俗諦、卻不曉世界實相和本體的凡夫。實相與本體不當為時間、空間所限制，「無盡」方是一個能透盡大道的學者，靈視所及的實相，「天地與我並生，而萬物與我為一」（《莊子集釋》，頁79）。嫻熟《莊子》、密契禪論，且在黃州百般寂寥的東坡，或許曾參悟體證到了那個「無盡」。在黃州赤壁的流水聲中，藉《論語》的「逝者如斯」，東坡以莊子式的「未嘗往」超越了孔子的「不舍晝夜」。

　　雖然同藉《論語・子罕》第十六章的「逝者如斯」發揮哲理，但理學家的理

---

[10] 〔宋〕蘇軾，孔凡禮點校：《蘇軾文集》（北京：中華書局，1986年3月），頁6。

[11] 〔清〕吳楚材選注，王文濡評校：《古文觀止》（臺北：華正書局有限公司，1992年10月），頁511。

[12] 赫拉克利特的原語為，「當他們踏入同一條河流，不同的水接著不同的水從其足上流過」。詳赫拉克利特（Heraclitus），羅賓森（Thomas Robinson）英譯，楚荷中譯，《赫拉克力特著作殘篇》（桂林：廣西師範大學出版社，2007年9月），頁22。

[13] 〔清〕郭慶藩集釋，謝祥皓導讀：《莊子集釋》（臺北：貫雅文化事業有限公司，1991年9月），頁70。

千載詩人拜蹇驢
〈文化意象與自我形象：論陸游的騎驢詩〉

鍾曉峰

說書人簡介

鍾曉峰，祖籍福建省武平，臺灣新北市人，國立東華大學中國語文學系博士。現任教於東海大學中國文學系。目前致力於唐宋文學與古典詩學的研究。著有專書《詩意的對話與影響：元和詩人交往詩論》（臺北：秀威資訊科技股份有限公司，2017年9月），以及期刊論文〈文化意象與自我形象：論陸游的騎驢詩〉、〈論歐陽修「韓、孟之戲」與梅堯臣的自我認同〉、〈詩領域的自覺：晚唐的「詩人」論述〉、〈論晚唐的「詩名」：一個文學社會學的考察〉、〈中唐縣級僚佐的官況書寫：以王建、姚合為討論中心〉等。

前情提要

一、學習背景與問題關懷息息相關

我的碩士論文題目是《劉禹錫詩歌創作與政治際遇之關係研究》，在選題上受到指導老師呂正惠先生的影響。呂老師關心古代文士的從政心態與創作表現，在呂老師的指導下，我也從這個主題切入。到東華大學念博士班時，又得到劉漢初老師的教導，劉老師強調詩詞文本的細讀分析以及作品背後的創作主體精神。最後我的博士論文以元和詩人為研究對象，探討詩人彼此之間交往對創作的影響與對話。這段時間的學習歷程，奠定了我對於古典詩歌的理解與把握，也就是從具體的詩人生命著手，透過作品

的細讀，進一步理解幽微複雜的情感世界與心靈。

　　一篇文章的寫作，離不開作者的閱讀背景與問題關懷，尤其是學術論文的完成，更有賴於學者在學術傳統與學術社群之間的自我定位。在探討陸游騎驢詩之前，我曾於2009年寫作〈論孟郊的詩人意識與自我表述〉，探討孟郊把自己定位成詩人的種種表現。之後於2012年，我又陸續針對晚唐時期的詩人意識、詩人身分、詩名，發表〈詩領域的自覺：晚唐的「詩人」論述〉以及〈論晚唐的「詩名」：一個文學社會學的考察〉。這些單篇期刊論文，不妨視爲我博士論文的延續與發展，即把詩人這樣的創作身分、創作活動，置於與同時代詩人、文學環境、社會背景的彼此互動中加以觀察，並適當參考社會學的相關理論，作爲啓發之用。社會學在研究自我意識與活動時，強調個體與群體、社會的互動交往，彼此影響。我們常視詩人爲孤立的詩篇創作者，詩人只是類似古文家、賦家等特定文類的創作者。但日本學者小川環樹對杜甫、陸游詩人自覺的研究、宇文所安對中唐詩人的研究、顏崑陽的詩用學研究、陳家煌的《白居易詩人自覺研究》等著述，卻表明如果把「詩人」局限於只是詩篇的創作者，將無法完全說明複雜的詩學論題。在上述學者的啓發與研究基礎上，我也抱持這樣的關懷意識，近年的研究莫不圍繞著以詩人身分與自我意識爲主的論題。陸游的騎驢詩即涉及詩學中關於詩人形象與身分、詩人自我意識與歷史傳統等問題。乍看之下，這個題目帶有偶然性，但其實卻奠基於我碩士班以來的學習背景，而此一問題視域的形成探究，也反映出我近年的學術關懷。

二、學術之路的經驗分享

㈠「取法乎上，入門須正」

　　「取法乎上，入門須正」，是嚴羽《滄浪詩話》闡述詩學入門準則之一。這兩句話與「識」有密切關係，也就是在選擇學習對象、研究方式，以及對自己的期許，有一適切明白的判斷。前人雖有「師父領進門，修行

在個人」之說，但更普遍的情形是，初學者往往很容易受到指導老師的影響，奠定其日後的方法意識。因此在選擇指導老師之前，最好先培養自己獨立的「識」。「識」，既有因緣與運氣的成分，有時也要走過千山萬水，踏雪尋梅，參遍諸方，才能培養出獨立而清明的判斷。換句話說，「取法」、「入門」固然有因緣、運氣，也靠自己在學習過程中不斷學習、反思。在治學嚴謹、言之有據、論之成理，並且自成一家之言的前輩學者中，嚴耕望、顏崑陽都提供了相當具體的治學方法。例如嚴耕望《治史經驗談》一書，就特別提到研究的基本方法、具體規律、論題選擇、如何引用材料等具體內容，更重要的是，嚴先生還特別提出「生活、修養與治學之關係」的經驗談。嚴先生是史學研究的大家，也是受人尊敬的學者，這本書中的經驗之談，涉及許多基本卻重要的研究觀念，值得效法。顏崑陽老師的研究方法論則更為具體而親切，具體是因為顏老師把他的方法學實踐於一系列的論文著作中，從抒情傳統的反思、詩比興論、詩用學等建構上，在其每一篇著作中有具體可循的問題意識、研究方法、寫作程序，學習者可在其中仔細體會領悟。說親切，是因為我在東華大學博士班求學時，顏老師開設的「人文學方法論」、「詩用學專題」，我都有幸在課堂聽老師授課。尤其是「人文學方法論」這門課程，從問題意識的建立、各類研究方法的運用、理論的建構等重要問題，顏老師都有非常清楚而具體的講解。顏老師的治學，立足古典，關懷現代，運用社會學、詮釋學的方法，對古典詩學進行詮釋與反思批判。猶記得顏老師常在課堂上提醒我們，要重視文本閱讀，「涵詠浸潤」，沒有這一層功夫，所謂的「理論建構」是不踏實的，而用消費西方理論的方式研究，非常久之道。關於西方文學理論與古典文學研究之間的反省、批判，詳細的內容可見於顏老師《詮釋的多向視域：中國古典美學與文學批評系論》、《反思批判與轉向：中國古典文學研究之路》等專書中。

(二)觀點來自於文本細讀，歷史編年

　　我的碩士論文是中規中矩的學位論文，觀點並不新穎，也未運用西方理論，但完成之後內心卻很充實，因為我把研究對象劉禹錫的全集，至少

讀過五遍。文本分析雖然較爲簡略不成熟，但討論焦點集中，脈絡一致。更重要的是，完成碩士論文的過程，奠定了我基本的研究方式與態度，也就是全面閱讀作家全集，配合歷史背景與生平編年。坦白說，這類似一種基本功，無須天分才情，只要願意花時間並慢慢培養方法意識，仍然可寫出頗具個人觀點的論文。兩年後我第一篇學術期刊論文〈從詠物到遊戲：白居易詩歌中的鶴〉，也是如此土法煉鋼。全面閱讀，旁及編年與歷史背景的閱讀方式，後來逐漸變成我的寫作習慣。在針對一個議題寫作時，如果沒有編年，會覺得不踏實。後來關於孟郊、歐陽修與梅堯臣、陸游、楊萬里的論文，也都是運用此方法。閱讀全集之後，自己再做一個編年表格，把涉及論題的文本一一填入，然後利用時間反覆閱讀、思考。有些問題會愈來愈清楚，並逐漸形成可探討的論點，同時對於作家的理解也會愈顯具體眞切。

　　大量閱讀、細緻閱讀之後，還要有概念化、觀念化的能力與訓練。所謂概念化、觀念化是指把表面現象與零散龐雜的材料，具體化成有歷史脈絡、個人創見的論點。隨著研究對象的不同，訓練概念化的方法也將有所差異，需要時間加以培養、實踐。畢竟耗費大量時間精力所做的閱讀、編年，如果所得只在表面現象，確實很可惜。蘇軾所說的書富如海，一意求之，就是告訴我們，面對大量龐雜的材料，必須學會用「一意」之法求取，否則將淹沒於資料之中。蘇軾所謂的「一意」，用現代學術的話語來說，或許就是鎖定主題，將材料概念化的方法。至於這種能力如何訓練，除了勤奮專注，還可以資借學術前輩的著作，同時加上自己的體悟、反思，才能眞正摸索出一條屬於自己的路。澳大利亞小說家懷特曾說「寫作是一種信念的行動，而不是語法的技巧。」用「信念的行動」來形容論文寫作，尤其貼合。如果已做好最基礎的文本細讀、大量閱讀，找到切入的論點，「一意」求之思之，其實就不用擔心無法完成論文，而是論點發展最後是否如原初所想而已。

如何炒這盤論文的菜

一、論文構思與進行模式

陸游是南宋詩的大家，作品數量龐大，留存將近一萬首的詩。長期以來，陸游被定義成愛國詩人，金戈鐵馬，豪情萬丈至死不衰。梁啟超評價陸游時說：「縛將奇士作詩人」，認為陸游原本的生命型態是一奇士，但最終卻無奈成為詩人，這種評價角度也是後人對陸游的基本認識。但也正如錢鍾書所言，陸游主要有兩個面向，愛國與閒適。閒適的這一面比較容易被忽略。陸游晚年的作品中常會提到自己騎驢，遊遍千山萬水，尋幽訪勝，在愛國憂國的身影之外又提供另一面貌。

由於曾關注過唐代作家的詩人意識與詩人身分，因此在閱讀陸游作品的過程中，就會特別注意陸游自稱為「詩人」，並且以各種方式表述自己為「詩人」的大量詩篇。其中一個物象屢屢出現於其晚年的生活，以及作品文字中，此物象即為驢。驢在古代社會並不是高級、受歡迎的動物，無論是從美觀、實用、德行等角度，都無法與馬、牛相比。但是在唐代卻逐漸與詩歌創作發生連繫，這些連繫是唐代詩歌文化中相當引人注目的。騎驢與詩歌創作的連繫，唐代賈島已留下推敲的佳話，甚至成為賈島形象的基本認識。如此說來，陸游以騎驢詩人作為自我形象，似乎是確切無疑的。但是文學研究與一般讀者的差別在於，研究者可以看出相似現象之間的細微差異，進而追問造成差異的歷史背景、個人表現，然後進一步詮釋其差異的意義，這或許是許多學者所稱的「問題意識」。簡言之，就是從文本的閱讀、理解中，產生問題，進而尋找材料，提出解答。在閱讀與唐代詩人騎驢相關的詩篇中，會發現一個較為普遍的現象是，唐代詩人認為騎驢是落魄、寒酸的，特別是與騎馬的描寫相比較時，更為明顯。然而在瀏覽宋代詩人的騎驢詩篇時，卻發現其情意感受與唐代詩人是不一樣的。這就是問題所在。發現問題之後，就必須搜尋更多材料，確認研究此論題的可行性與價值。

由於是針對唐宋詩人的騎驢詩展開研究，焦點明確，材料不至於範圍過大。因此我採取的方式，先透過全唐詩檢索系統找出與騎驢相關的篇章，進而再從宋代名家詩檢索系統中，找出宋代重要詩人的騎驢詩，其中包括陸游。然後針對檢索出的材料，進行閱讀、分析、理解，最後進入詮釋與寫作的階段。當然，所謂的檢索系統固然方便，但是為保證論文品質，檢索完成後，還是要翻一遍紙本書籍。在全面翻閱陸游詩集，查找與騎驢相關的篇章時，確實發現檢索系統仍有所遺漏。此外，檢索系統可以快速查找出我們想要的資料，但是閱讀與理解的工作，仍得寫作者靜下心來細讀。由於檢索系統中的文本並無嚴格的編年，因此，紙本書籍的閱讀仍有其不可取代的重要性。《劍南詩稿校注》是按照陸游生命歷程編纂，只要翻閱一遍詩集，可進一步大致掌握陸游騎驢詩的寫作歷程變化，這也是檢索系統無法做到的工作。另外，我們常常直接把檢索出來的詩篇貼於寫作正文中，忽略檢校的工作，等到漫長的寫作過程結束，往往無心也無力再覆按引文。投稿並被接受刊登之後，如果該刊物的校對者相對嚴謹認真，會校出不少異文錯字。這樣的錯誤，我自己發生過幾次，看到認真的校對者寄來滿滿幾頁需要校正覆按之處，就會覺得這種疏漏是可以避免的。依據有校注的紙本詩集，進行覆按引文，這雖然是小小的細節，但卻代表寫作者的態度，既可彰顯作者的嚴謹，增加論文的說服力，也可以省略校對者的麻煩，可謂利人利己。

二、論文章節寫作說明

本篇論文共分為第一節前言、第二節「騎驢詩人」的典範演變、第三節陸游與「騎驢詩人」傳統、第四節陸游騎驢詩中的自我形象、第五節陸游的騎驢之「遊」、第六節結論，共六個部分。理想而嚴謹的論文，每一節之間有內在的脈絡與推論的層序，一步一步顯題化，最後得出具有說服力的結論。但平心而論，知易行難，我在寫作這篇論文時也常遇到瓶頸，會有接下來要怎麼發展論述的困難。這也說明，我這篇論文還是偏重材料的歸納、整理、分析、詮釋，更高層次的論文，是每一個小論點帶出主要

論點，主要論點逐漸架構出一篇觀點明確而清楚的文章。像臺灣顏崑陽先生、大陸周裕鍇先生、日本內山精也、淺見洋二先生等人的著作，都有這樣的代表作，初學者可細讀體會之。

前言當然是說明問題意識、處理程序、理論運用、關鍵字與論述範圍界定。前言的寫作可以充分看出作者的關懷傾向、思維特質，也關係到審查者對投稿者的第一印象，確實很重要。第二節則說明典範演變，透過歷史的追溯發現問題，突顯陸游的獨特之處。第三節則針對陸游與騎驢詩人傳統的關係展開討論，也是直接切入問題核心的步驟。在這一節中，主要是論述陸游詩人自覺與騎驢表現的關係，也梳理陸游騎驢詩與唐人、北宋詩人的差異，並且同時檢視學界對陸游詩人自覺時間點的說法。這也間接帶出陸游騎驢詩精彩之處在於晚年的新說。第四節則以「自我形象」為論點，展開對陸游騎驢詩的詮釋。過去的研究論述，無法呈現陸游騎驢詩的獨特面貌（尤其陸游作品多寫於晚年，並且與騎驢詩人傳統有密切的連繫）。因此，我提出陸游以騎驢作為「自我形象」表達的論點，並對此展開論述。這個論點的構思來自於前一節的歷史考察，在考察中，我發現無論是唐代詩人或北宋詩人，少有直接把騎驢與自我形象相結合的創作，而陸游則有大量的作品直接描寫自己騎驢的裝扮、姿態、在驢背上寫詩的形象等，這些作品就是說明陸游騎驢詩與眾不同的重點。第五節則重點論述陸游的騎驢之「遊」，嚴格來說，「遊」也是書寫自我形象的表現之一，之所以獨立成一節，是因為若把這類作品也歸於「自我形象」，將使論點分散不集中，二則陸游騎驢之「遊」的作品在數量上與內容上，都足以成為獨立的論點。這一節的內容也充分彰顯陸游騎驢是以「實踐」的姿態，而非紙上談驢。最後的結論，即把上述諸節得出的論點加以統整、歸納，變成明確的觀點論述。坦白說，每一節的標題都是寫作完成後，仔細推敲、反覆修改，最後定稿。也就是說，每一節標題的訂定，是依據論述內容的脈絡底定，並非寫作之前就已確定。標題的確定雖然耗時費力，但一想到它具有綱舉目張、引導讀者之用，即使過程漫長艱辛也必須耐心地完成。

論文前言主要用意在於說明問題意識、論文關鍵字的闡述以及論文章

節安排與論述步驟。前言一開始引用蘇珊‧桑塔格的言論，這句話的原文是「做一個詩人，即是一種存在，一種高昂的存在狀態。」由於這幾年一直關注詩人身分、詩人意識的論題，在翻閱其他書籍時只要看到與自己關心的論題相關的話語，都會把它抄錄下來，既可啟發自己的思維，也能增加文章的可看性。這句話與本論文的研究對象並沒有直接的關係，卻相當切合整篇論文想傳達的觀點，即選擇作為一個詩人，即使騎著蹇驢，也是一種超然自適的狀態，是高昂的存在姿態，也是對唐代視騎驢詩人為窮酸落魄的反證。

論文關鍵詞的辨析界定也是必須在前言加以說明，是進入寫作論文過程時的重要步驟，代表作者對此論題的掌握程度。畢竟論文寫作不是感性的抒情、心得的呈現，而是推論分析與論點表述的展現。陸游的騎驢詩首先涉及意象一詞，意象大多指可寄託詩人意念的物象，當詩人反覆運用同一意象時，此意象即與詩人精神意識、生命歷程產生深刻而複雜的連結。如杜甫詩中的馬、鷹；李白詩中的大鵬鳥；白居易詩中的鶴等。這些意象除了與詩人個人生命有較為密切的連繫外，甚至也含有文化意涵。例如李白詩中的大鵬鳥，除了彰顯其翱翔萬里、自由不羈的人格意志外，也有莊子逍遙無待的精神追求。因此李白詩中的大鵬鳥，就不只是普通的物象而已，更具有文化精神上的象徵。從唐代到宋代的騎驢詩人，即是從一般、個別的意象，變成具備歷史、傳統深度的文化意象的過程，這也是我為何在題目中出現「文化意象」一詞。當然，此一詞彙也引用了張伯偉先生的相關研究。張伯偉不僅是騎驢詩人的重要研究者，近年也致力東亞漢學的研究，在探討漢文化與東亞文化典籍的騎驢意象後，張伯偉即認為騎驢已成為深具漢文化特色的意象，並影響韓國、日本的漢學詩人。

在論文題目與關鍵字中，另有「自我形象」一詞。「自我形象」指詩人透過外在形貌、裝扮等形式，進行對自我的認識與表現。因此，此一詞彙與我近年研究的詩人身分、詩人意識論題有密切的關係。詩人是對自我形象具有強烈自覺意識，並能加以豐富深刻表現的創作者。比利時文藝批評家喬治布萊曾於《批評意識》一書中這麼說：「誰若不能發現自己正在

論文寫作不藏私

發現世界的話，誰就不能發現世界。……誰以一種特殊的方式感知到自己，就同時感知到一個獨特的宇宙。」所以，自我形象的研究雖然是探究創作者如何感知自我、表現自我，但最核心的關鍵卻在於創作者是如何感知到自我的獨特性，以及作者為何如此表現自我。在前言的論述中，必須把這些問題顯題化，而不是將其變成結論式的敘述。顯題化意味著把問題具體化，說明寫作者所提出的疑問具有學術史的價值與理論意義。

前言完成後就正式進入論述脈絡，詩的特質必須要有歷史的對照，這樣的研究方式既可以清楚研究者的自我定位，也可以彰顯研究對象的歷史座標，論文的觀點才更具說服力。因此，第二節主要就是從中唐的賈島、孟郊到晚唐的鄭棨等騎驢詩人開始，考察其作品中與騎驢相關的書寫。由於論文研究對象陸游生活於南宋，所以北宋時期也一併加入考察。結果發現，唐代作品中對騎驢的描寫偏重苦吟，孟郊、賈島、李賀都是重要的典範。但是賈島變成唐代騎驢詩人典範，並非一成不變，到北宋時期的詩人，開始建構不同的典範。這一轉變的意義，與唐、宋詩學的差異有密切的連繫，這也是本論文雖然只關注詩人騎驢，但背後卻關聯到唐、宋詩人詩學觀念的轉變。雖然只是簡略檢索，卻可以發現在北宋時期，蘇軾、陳師道、黃庭堅等人，他們心目中的理想騎驢詩人是杜甫，而非賈島。尤其是黃庭堅的〈老杜浣花溪圖引〉一詩，描繪出一個心憂國事，醉騎蹇驢的杜甫形象。這種形象當然是虛構的，在今日的杜甫詩篇中也找不到相關的材料，但這種虛構卻真實反映出北宋詩人對騎驢詩人意涵的理想期待。因此像賈島、孟郊專注於苦吟的唐代騎驢詩人，逐漸淡出北宋的接受範圍。同時，北宋時期也有新的現象發生，那就是騎驢詩人入畫，而且是直接書寫同時代人，例如北宋初年的許道寧畫有潘閬倒騎驢圖，北宋中期的李公麟畫有黃叔達、陳師道騎驢圖，而黃庭堅〈書王荊公騎驢圖〉的寫作，更說明騎驢圖在北宋時期已成人物畫的重要題材之一。這看似平常的現象，卻透露一些重要的訊息，例如畫、詩領域的相互溝通、騎驢詩人變成高雅不俗之事等，這些現象都是唐代看不到的。由於論文鎖定陸游，北宋的材料只能簡略提及，畢竟一篇論文應該有主有從。

第三節在第二節歷史考察的基礎上，主論陸游與騎驢詩人傳統的關聯，並對學界討論陸游詩人自覺之時間點提出新說。經過唐代、北宋詩人的意象化，騎驢既然已成詩人身分與形象的象徵，陸游如何表現當然是本節討論重點。除了說明陸游有騎驢詩人的自覺體認，更必須闡述陸游是如何把這種體認與其生命歷程相結合，這也將是本論文的貢獻之一。所以本節從前行研究的檢討開始，尤其是對〈劍門道中遇微雨〉一詩的文本分析。由於這首詩是陸游的代表作，更是發展整篇論文的關鍵，因此著墨尤多。日本學者小川環樹就認為這是陸游詩人自覺產生的起點，但如果仔細翻閱陸游全集，卻發現此說法值得存疑，原因在於陸游寫作此詩後，之後的創作卻鮮少涉及與騎驢相關的寫作，因此我把陸游詩人自覺產生的時間點往後推，認為是其遭受二次罷黜之後，這種看法也與另一位日本學者河上肇的看法相互印證。換句話說，陸游是晚年才開始集中寫作騎驢詩，並把自己定義成騎驢詩人。此一論點可從相關的作品中加以檢證，因此該節後半部分即著重闡述陸游把騎驢與寫詩相結合的各種表述，諸如騎驢是詩思、詩情、詩興得以產生的條件，騎驢是陸游描述自己以詩歌自任的心態。最後，以陸游自比騎驢孟浩然的詩作，說明陸游自覺承接騎驢詩人傳統，以騎驢詩人自居的表述。這一部分的論述，多依靠文本分析與詮釋完成。由此可證，若無文本分析與詮釋，就無法把一般性的看法、認識，轉化成個人觀點或有說服力的論點。這是論文寫作必須不斷加以訓練的能力。

第四節與第五節分別從自我形象與陸游的騎驢之遊展開分析與詮釋。第三節已討論陸游如何從騎驢詩人的歷史傳統中加進自我形象的表達，在他緬懷傳統，以自身生命印證此一文化意象的同時，也開始加入了對自我形象的自覺塑造，所以接下來就著重闡釋此一自我形象的表現。在翻閱陸游詩集時，不難發現陸游詩中的驢具有強烈的個人色彩，「禿尾驢」即為最明顯的例子。「禿尾驢」本身就是一個奇特怪異的意象，再配合其出處典故的解讀，就會理解這代表陸游內心深處的自我意識，這種精神意識是透過「禿尾驢」的意象來表現。因此，除了列出陸游對此意象的運用，

在文本分析時也不能忽略此意象背後的深衷。透過分析，得出陸游藉此意象表達他欲相忘於世俗，內心卻又孤傲耿介的志意。此外，他也常以蹇驢旁的小童，驢背上的藥囊、酒囊、詩囊等，來突顯處於世俗之中的騎驢形象，透過這些作品材料的分析與論述，即可證成陸游的騎驢詩有著強烈而自覺的自我形象表述。第五節則著重「遊」的角度，這也是陸游騎驢詩值得注意之處。陸游之前的詩人，提及騎驢，多針對前代作家或傳說佚事或者圖畫題詠，都不是建立於真實行動與經驗上的書寫。但陸游卻不一樣，在其漫長的一生中，其騎驢詩書寫之多樣化、生活化，達到前所未有的程度。而以騎驢方式進行山水之遊，在自然景色中尋找詩意，書寫自我，就成爲陸游對騎驢詩人傳統的實踐。

　　結論的寫法，一般學者是以歸納重點，再次強調由各節所得論點的方式總結全文。本篇論文也是如此操作，但如果能加入具有總結意義的文本，不論是與研究對象直接相關，或者是理論的運用，甚至是相關研究，都能增加結論的精彩度。在結論中，我引用了陸游的〈放翁自贊〉，蓋自贊是陸游對自我形象的自我認定，自然具有更高的說服力，同時也引用數則與文化意象、陸游研究相關的資料，爲本篇論文作一總結。

給讀者的話

　　曾聽前輩學者說過，學術研究猶如盲人摸象，是在有所限定的範圍中，提出一個有論據、有材料的觀點，再經由匯聚不同角度不同方法的觀點，得出一個更豐富更深刻的認識。因此，只要是立基於材料文獻解讀的觀點，都有其一定的參考價值，但也不能視爲唯一真理。我選擇的研究路徑偏向作家研究、精神史研究，即針對特定詩人的作品、生命、創作歷程展開探討。其基本特點是全面閱讀其詩集，有時甚至文集，並對其生命歷程、作品編年有一掌握，進而從閱讀經驗中提出問題、思考現行研究中的空白之處。這種研究方式的特點是，需要與寫作對象培養感情，互相認識，這是作家與精神研究有趣溫馨之處。完成寫作之後，即使一時缺乏知

千載詩人拜蹇驢

音，但自己內心的充實感卻安靜地存在著。因為透過這種研究方式，你已深刻、全面地認識了一位詩人，甚至說一位才情、品行都一流的朋友，進入他的精神世界，與他喜，與他悲，與他一起領略生命中的起伏動盪。這麼說並不是逃避現實生活，相反的，如果研究對象是可愛的（可以讓讀者發自內心地喜歡其性格、才情），那麼充分了解研究對象，反而可以讓我們習得生命智慧，以更有溫情而深厚的心靈看待現實世界。當然，這種研究方式的缺點是，耗時費日，投資報酬率偏低。

寫作完成之後，就是投稿刊物的選擇。一般而言，還是避免一開始就選擇等級很高的刊物，原因在於，第一，既是學術菜鳥，霜刃初試，宜踏實平穩起見，可避免打擊自信心；第二，不少刊物有特定的選稿標準，如《中外文學》、《文史哲》等，如果不清楚自己文章的定位與取向，直接投稿，則會耗費等待的時間。因此，初出茅廬，可選擇具有一定學術聲譽且認真審稿的刊物，等自己的寫作實力逐漸提升，以及對不同學報期刊有初步了解之後，再向不同目標挑戰。

有些刊物會在發刊詞中強調有多少學術名人投稿，或者強調獲得科技部的高度肯定。這固然可說明該刊物具有一定的名聲，但一個學報刊物的水準品質，大多取決於主編的用心投入與審查、校對流程的切實執行。學術水準的提升與良善對話，有賴於投稿者、審查者、主編的共同付出。

我個人一直以為，一篇有創見、提供不同角度理解老問題的學術論文，其性質雷同於詩人、小說家的創作。因此，學術論文也可以是令人會心一笑、忽有所悟的創作。論文之所以產生影響力與價值，不是運用玄奧的理論術語，或故作艱深之詞，而是針對研究空白提出補充以及針對舊說提出反省批判。英國小說家薩克雷說：「作家最吸引人的力量有兩個：使人們熟悉新事物；使習以為常的事物變得新鮮。」在本質上這句話還是可以用來解釋論文寫作。「使人們熟悉新事物」，最理想的是找到新出土材料，讓學界耳目一新，但這種機會實屬不易。當然，「新事物」也可以是學界較少關注的論題、作家，這樣的話，要使人們「熟悉」，就必須用更多功夫了。這裡所謂的「熟悉」，則指用清楚明白的語言，把自己發現的

「新事物」表述出來。至於「使習以爲常的事物變得新鮮」則屬另一種學術能力的展現，那就是從研究累積豐富的對象中，找出研究空白或者值得加以反思批判的既行論點，加以重探。總之，薩克雷的話殊可玩味，代表寫作的兩個本質，兩者並不衝突，甚至是相反相成。它提醒有志於寫作的人們：缺乏論點深度、沒有個人見解的文章，將無法產生讓讀者有共鳴又獲得感動的力量。

　　寫作學術論文必須兼具感性與知性，兩者相輔相成，再搭配耐心恆心，才可能成就一篇有價值的論文。所謂感性，指的是閱讀時的體悟、感動，沒有這種感性，論文很容易變成堆砌材料、消費理論的文章；所謂知性，是把這種體悟、感動，透過學術語言、方法程序，變成獨立的創見。而耐心恆心則指，文本的閱讀、論文的寫作，都耗時曠日，過程中很容易自我動搖，加上生活雜事的干擾，往往會讓寫作過程變得漫長艱辛，如果沒有持之以恆的寫作、思考，常常會中斷論文的脈絡。社會學家馬克思·韋伯曾以「學術志業」爲題發表演講，認爲如果從事學術研究者，無法將研究工作視爲志業，那麼其對學問將永遠不會有所謂的「個人體驗」，也將失去圈外人嗤之以鼻「陶醉感」。因此，如果沒有視研究工作爲志業的熱情，沒有「你來之前數千年悠悠歲月已逝，未來數千年在靜默中等待」的壯志，那麼應該去做別的事。韋伯這一段話說明，如果僅視學術研究爲一謀生職業，缺乏壯志與熱情，生活固然也可以順利安穩，名位亨通，卻很可能終其一生無法產生個人體驗，失去探索更高精神領域的機會，更無法真正贏得後人的尊敬。浮世擾擾，看似「日新月異」、「無遠弗屆」的科技與消費文化，在無聲無息之間桎梏了人的性靈，在現實世界有太多的事物讓我們的心靈迷茫，精神耗弱，能靜靜地閱讀、沉默地思考、堅定地寫作，仍然是一件微小卻又難得的幸福。願與有志者一起探索論文寫作的甘苦，堅守學術研究的獨立自由。

　　實例如下（完整內容請見光碟）

DOI: 10.6503/THJCS.2015.45(3).03

文化意象與自我形象：論陸游的騎驢詩[*]

鍾曉峰^{**}

國立臺灣大學中國文學系

摘　　要

　　「騎驢詩人」在中晚唐之際成為饒富詩意的文化意象，北宋詩人更傾心於這一題材的歌詠。本文將先探討騎驢詩人從唐代到宋代的意涵轉變，考察此一文化意象在歷史進程中的典範重塑。接著選取唐宋詩人中寫下最多騎驢詩的陸游 (1125-1210)，作為個案分析的對象，論述他如何以實踐性的姿態，思考自我與騎驢詩人傳統的關聯；又如何完成對騎驢文化意象的創造性實踐。陸游最突出的表現來自於實際體驗與日常生活，此一實踐性的書寫與行動，不僅呼應了騎驢詩人典範，同時賦予此一文化意象豐富多元的精神內涵。從這個角度來考察陸游對此意象史的創新，不僅有助於進一步理解陸游的詩歌創作與精神世界，也有助於認識文學意象傳統與詩人自我形象表現之間的相互關係。

關鍵詞：陸游，騎驢詩人，文化意象，自我形象

　＊ 感謝兩位匿名審查者所提供的寶貴意見，謹此致謝。
＊＊ 國立臺灣大學中國文學系兼任助理教授，電子郵件信箱：chfeng102@gmail.com

論文寫作不藏私

138

一、前言

做一個詩人，即是一種存在，一種高昂的存在狀態。[1]

——蘇珊・桑塔格 (Susan Sontag, 1933-2004)

　　文學作品中自我的書寫，乃至於自我形象的創造，是文學研究中頗令人關注的議題。就自我形象的書寫而言，以創作主體的姿態在作品中呈現文人形象，到唐代之後才逐漸興盛、明顯。[2] 本文將從騎驢詩人這個角度，討論詩人形象的表現問題。不論是日常實用或作為審美對象，驢都難與牛、馬相提並論。但是，驢在唐、宋之後卻屢屢出現於詩歌作品中，之後並流傳至日本、韓國，成為獨具一格的東亞文化意象。[3] 關於驢在古典詩學中的特殊意義，張伯偉的研究特別值得注意。張氏並未將驢視為單純的動物意象，而是一種價值觀念的產物，也就是說，驢超越了文學範疇，成為文化的意象。關於「文化意象」一詞的界義與解說，張伯偉首先釐清「意象」一詞的意涵，認為「意象」與「物象」、「形象」等詞相較，「指文藝作品中富有主觀意念的形象」，「更偏重主體意念所構成的『象』」。[4] 而「文化意象」是指：

如果其意義超越了簡單的指涉，還包含了價值判斷、立場抉擇等更為深刻的內涵，其使用者的範圍也超越了一時一地，甚至跨越了不同的藝術門類，這樣的意象就可以稱作「文化意象」。[5]

---

[1] 蘇珊・桑塔格著，陶潔、黃燦然等譯，《重點所在》（上海：上海譯文出版社，2004），〈詩人的散文〉，頁 14。

[2] 謝思煒，〈文人形象的歷史演變〉，收入聶石樵主編，《古代文學中人物形象論稿》（北京：北京師範大學出版社，2000），頁 109-134。

[3] 此一論題，張伯偉已發表系列論文，詳見張伯偉，《中國詩學研究》（瀋陽：遼海出版社，2000），〈騎驢與騎牛——中、韓詩人比較一例〉，頁 382-404；張伯偉，《東亞漢籍研究論集》（臺北：國立臺灣大學出版中心，2007），〈再論騎驢與騎牛——漢文化圈中文人觀念比較一例〉，頁 51-85；張伯偉，〈東亞文學與繪畫中的騎驢與騎牛意象〉，收入石守謙、廖肇亨主編，《東亞文化意象之形塑》（臺北：允晨文化，2011），頁 271-330。

[4] 張伯偉，〈東亞文學與繪畫中的騎驢與騎牛意象〉，收入石守謙、廖肇亨主編，《東亞文化意象之形塑》，頁 273。

[5] 同前引，頁 274。

「意象」得以成為「文化意象」，必須具備更深刻的意義內涵與使用範圍。驢之所以能在文學傳統中成為重要的文化意象，實有賴唐、宋詩人的共同建構。關於詩人騎驢形象的研究，已有相關的研究成果，[6] 然此一傳統在宋代的轉變及實踐，仍然是一值得探究的論題。本文欲探究「文化所提供的符號系統是如何影響人們的自我觀念？它又是如何影響人們聯繫自我與所解釋的世界的獨特方式？」[7] 文中將先闡明唐、宋詩歌傳統中騎驢意象的具體內涵與演變，進而以陸游為研究對象。為何選取陸游作為個案討論？首先，陸游詩中出現驢的詩篇（包括「蹇」）近 160 筆，是唐、宋詩人中篇數比例最高者。此一統計數據雖與其龐大的詩歌數量有關，但從實際的文本來看，並非如此簡單。張伯偉指出「陸游是中國文學史上最早覺悟到詩人與騎驢有特殊關係的詩人」。[8] 陸游於四十八歲時寫下〈劍門道中遇微雨〉，其中有「此身合是詩人未，細雨騎驢入劍門」之問，[9] 至晚年退居山陰後，又有「我似騎驢孟浩然」等表述，[10] 明確地把自我形象與騎驢詩人傳統結合。這四十年之間，騎驢意象與陸游的自我意識之間有著極為豐富的表現。第二，陸游於慶元五年(1199) 致仕之後，驢在其作品中出現的頻率越來越頻繁，[11] 其所表現出的特質又有所轉變。此外，歷代所建構的陸游形象，是時時嚮往金戈鐵馬的愛國志士，所謂「集中什九從軍樂，亘古男兒一放翁」。[12] 梁啟超甚至認為，陸游在南宋朝廷主和不主戰以及重視道學的時代背景下，只能「辜負胸中十萬兵，百無聊賴以詩鳴」，「恨煞南朝道學盛，縛將奇士作詩人」。[13] 但是不該忽略陸游生命的最後二十年，基本上是在山陰度過的，豪情壯志最終化作閒行漫遊、躬耕讀書，在此漫

6　關於孟浩然、杜甫騎驢形象的演變與接受研究，張伯偉已有專文論述，可參看張伯偉，《東亞漢籍研究論集》，〈再論騎驢與騎牛──漢文化圈中文人觀念比較一例〉，頁 51-61；另外，馮淑然、韓成武也對詩人騎驢形象有一宏觀的說明，參馮淑然、韓成武，〈古代詩人騎驢形象解讀〉，《深圳大學學報》（人文社會科學版），5（深圳：2006），頁 82-88。

7　馬塞勒 (Anthony J. Massella) 等著，任鷹、沈毅等譯，《文化與自我》（臺北：遠流出版，1990），頁 66。

8　張伯偉，《東亞漢籍研究論集》，〈再論騎驢與騎牛──漢文化圈中文人觀念比較一例〉，頁 60。

9　陸游著，錢仲聯校注，《劍南詩稿校注》（上海：上海古籍出版社，2008），卷 3，〈劍門道中遇微雨〉，頁 269。

10　同前引，卷 77，〈秋思〉十首之十，頁 4212。

11　統計「驢」在《劍南詩稿》中出現的次數，慶元五年以前，只有零星的篇數，但之後，往往出現10 次之多，例如：慶元五年 11 次、嘉泰元年 (1201) 14 次、嘉泰三年 12 次、嘉泰四年 14 次、開禧元年 (1205) 17 次、開禧二年 13 次。這些數據說明，要考察陸游與「騎驢詩人」的相互關係，晚年的詩歌作品才是真正的關鍵。

12　梁啟超，《飲冰室合集》（臺北：臺灣中華書局，1970），卷 45，頁 5。

13　同前引。

長的歲月中，貧窮的陸游選擇蹇驢作為騎乘代步，似乎並不令人意外。但值得追問的是，陸游詩中的騎驢書寫既然如此頻繁，其與騎驢詩人傳統、自我形象之間究竟隱含著怎麼樣的關係？這些都是目前學界較少觸及的面向。

　　寫作程序上，本文先考察騎驢詩人由唐至宋的歷時性演變與意涵。接著以陸游詩歌作品為對象，論述他如何以實踐性的姿態，思考自我與騎驢詩人傳統的關聯，又是如何完成對騎驢文化意象的創造性實踐。與唐、宋詩人作品中出現的騎驢不同，陸游最突出的表現來自於實際體驗與日常生活，此一實踐性的書寫與行動，也是本文的闡述重點。因為「從『實踐』所涉及的生活面著手，並及於所據以創作的生活經驗，由此觀察其中所記錄、反映的理想世界，這就形成人所創造的意象史。」[14] 也就是說，意象本身的衍生、演變，離不開創作主體的涉入。再者，依照自我心理學的說法，自我意識可進一步區分成對外自我意識 (public self-consciousness)，特色是重視外表形象、穿著打扮、言談表情；以及對內自我意識 (private self-consciousness)，偏重任性隨意，強調內心的自在。[15] 從騎驢與詩人的相互關係來考察陸游作品的表現，不僅有助於進一步理解陸游的詩歌創作與精神世界；同時也將提供具體的個案研究，釐清文學意象傳統與詩人自我形象表現之間的相互關係。

二、「騎驢詩人」的典範演變

　　唐憲宗元和十五年 (820)，裴度從太原寄了一匹戰馬給張籍當坐騎，引起當時著名文人如韓愈、元稹、白居易等人的競相歌詠，其中元稹〈酬張祕書因寄馬贈詩〉：

　　丞相功高厭武名，牽將戰馬寄儒生。四蹄荀距藏雖盡，六尺鬑頭見尚驚。
　　減粟偷兒憎未飽，騎驢詩客馬先行。勸君還却司空著，莫遣衛參傍子城。[16]

---

[14] 劉苑如，〈體現自然──一個文學文化學的自然觀點〉，收入劉苑如主編，《體現自然──意象與文化實踐》（臺北：中央研究院中國文哲研究所，2012），頁9。

[15] 郭為藩，《自我心理學》（臺北：師大書苑，1996），頁39。

[16] 元稹著，冀勤點校，《元稹集》（北京：中華書局，2000），卷 26，〈酬張祕書因寄馬贈詩〉，頁 317。

「騎驢詩客」一語的出現，明顯是與「戰馬寄儒生」作對比，說明當時一些落魄的詩人確實是以騎驢的形象出現。詩中以裴度所贈的馬，對照出騎驢詩人的窮酸。馬的軒昂不凡與驢的蹇澀寒酸具有強烈的對比，賈島 (779-843) 也這麼認為：

> 莫歎徒勞向宦途，不羣氣岸有誰如。南陵暫掌仇香印，北闕終行賈誼書。
> 好趁江山尋勝境，莫辭韋杜別幽居。少年躍馬同心使，免得詩中道跨驢。[17]

突顯友人不凡的氣勢與才能後，賈島在尾聯期望他躍馬縱騁，而不要跨驢寫詩。看樣子賈島也認為，友人的「不群氣岸」還是要由「躍馬」來妝點。從元稹、賈島的詩看來，「詩人騎驢」意象與騎馬的快捷、威武相對，是落魄、酸寒的象徵。然而有趣的是，賈島騎驢的形象卻常被友人寫進詩中，如張籍「蹇驢放飽騎將出，秋卷裝成寄與誰」[18] 或姚合「布囊懸蹇驢，千里到貧居」，[19] 都把賈島的貧困孤寒與「蹇驢」聯繫在一起。賈島任長江主簿時，也曾以騎驢者的姿態表述自我：

> 長江飛鳥外，主簿跨驢歸。逐客寒前夜，元戎予厚衣。
> 雪來松更綠，霜降月彌輝。即日調殷鼎，朝分是與非。[20]

顯然「主簿跨驢歸」是賈島所認知的自我形象，但詩中並未將寫詩與騎驢相聯繫。賈島的騎驢形象在稍後的李洞詩中，才與詩歌創作有了更直接而密切的關係。李洞是賈島詩的狂熱崇拜者，除了鑄像膜拜外，也刻意突顯騎驢的賈島：

> 敲驢吟雪月，謫出國西門。行傍長江影，愁深汨水魂。
> 筇攜過竹寺，琴典在花村。飢拾山松子，誰知賈傅孫。[21]

---

[17] 賈島著，李嘉言新校，《長江集新校》（開封：河南大學出版社，2008），附集，〈送友人之南陵〉，頁160。
[18] 張籍撰，徐禮節、余恕誠校注，《張籍集繫年校注》（北京：中華書局，2011），卷4，〈贈賈島〉，頁476。
[19] 姚合著，劉衍校考，《姚合詩集校考》（長沙：岳麓書社，1997），卷9，〈喜賈島至〉，頁127。
[20] 賈島著，李嘉言新校，《長江集新校》，卷6，〈謝令狐綯相公賜衣九事〉，頁77。
[21] 李洞，〈賦得送賈島謫長江〉，收入彭定求等編，《全唐詩》（北京：中華書局，2002），卷721，頁8272-8273。

從集大成到創造性詮釋
〈朱子的孟學詮釋特徵〉

蔡家和

說書人簡介

　　蔡家和，臺灣基隆人，籍貫福建惠安，漢人，1968年生，臺灣中央大學哲學所博士畢業。現任東海大學哲學系教授、東海大學校評委、《鵝湖月刊》社副社長及常務編委，韓國成均館大學《儒教思想文化研究》、韓國《陽明學》、福建《朱子學年鑑》、《鵝湖學誌》、輔仁大學《哲學論集》編委，八卦山學術顧問，臺灣文化與教育研究學會理事，臺灣易經學會理事，臺灣朱子學會監事，大陸朱子學會理事，東方人文基金會董事，中國哲學研究中心研究員，中國名山名寺名觀文化研究委員會高級顧問，山東大學儒家文明協同創新中心訪問學者等職。曾擔任《鵝湖月刊》主編、《東海文學院學報》等刊物編委。主要研究方向是宋明理學，包括陽明心學、王龍溪哲學、程朱學，以及明末清初的哲學，如王船山、黃宗羲等思想之研究。開設過的課程包括當代新儒家、先秦諸子、宋明理學、中國哲學專題等。主要的著作有《羅整菴哲學思想研究》、《王船山讀孟子大全說研究》，並有期刊、專書論文、會議論文數十篇，包括有宋明儒者、清初儒者、韓國儒學等文章。

前情提要

一、論文寫作的基本功

　　論文之寫作方式有多種，論文之形式亦非單一。若以西方為例，如亞

里斯多德的三段式論據是以論證的方式爲主，文中需提出證據（如文獻出處）作爲前提以證成結論，中間透過推論的方式，用來說服別人相信您的論述。當然，論文不都如此，有時是介紹性的文章，有時是書評類的文章，或者有時是因著研討會的參加，配合研討會之主題，而在這方面下功夫。例如，會議主題是談陽明學，若學者已對陽明的《傳習錄》熟知，自然可以有發揮的空間，如陽明學受到佛學或是道家的影響等面向；反之，若對陽明學不熟，便需從頭做起地遍讀陽明《傳習錄》，從經典文本裡領會前人學思、精神，而後觸類旁通地尋獲自己寫作的靈感，並藉此有所發揮。

　　以筆者的情況而言，例如，原本對於某一題目的理解並不多，於是便配合相關課程的開設，而在寒、暑假期間好好研讀一番，一方面做足備課的材料，另一方面則藉此掌握、理解該主題內容。而在研讀之前，最好能夠先把相關資料找齊，例如，若是要談朱子的孟子學詮釋，則必要先熟讀《孟子》一書以及朱子的詮釋，而朱子的詮釋包括有《四書章句集注》，以及一些二手書、碩博論文等，這也是一般碩博導師要求學生的基本功。

　　至於資料的收集，以當今而言，由於電子書的增加，使得在資料搜尋上已比過去容易太多。其他如工具的使用，包括網路資料的查尋、佛學辭典、漢學大辭典、《說文解字》、中英翻譯等，以及經典原文網站的收集與妥善運用，都可以是寫好論文的小技巧。相關資料愈是準備充足，自然能讓寫作更加得心應手，這在平常便可好好累積，包括參考資料（網站）的質、量，以及自己的使用技巧等。

　　要強調的是，對於原典的熟悉程度與背誦能力，才是不可欠缺的做學問功夫。例如，唐君毅先生著作《中國哲學原論》，包括《導論篇》、《原性篇》、《原道篇》、《原教篇》等共六本書，全書的完成便是其學問功力之展現——一方面，在當時，唐先生並無電腦可供查尋，如在談王船山論性的見解，則必須知道能在何處文獻找到所需資料；另一方面，不僅是資料的熟悉而已，更是對於學問的道地涵養。據說唐先生共把《船山全書》（厚重的十六冊）全部讀完兩次，也就是藉由如此的深耕勤讀，加

上其本身之聰穎，遂而有其學術成就。

　　而一般同學平時若沒有累積功力，寫作前，配合主題，則可先找幾篇重要資料多讀幾遍，透過一遍又一遍的串習、咀嚼、領會，則漸會有靈感。以朱子的孟學詮釋特色為例，藉由對於相關文獻的多次閱讀，或進一步地佐以師長們的講學、指點，便可有所歸納而發現朱子在詮解孟子時有一些強調、有一些與眾不同之處，這時若再與他家孟子詮釋做比較，則朱子的學問特色將顯。例如，直接站在大家肩上包括陽明或當代的牟宗三先生等觀點，見其如何批評朱子，則朱子的特色可顯。

二、學問的扎根：積累的苦功

　　就筆者的論文寫作來說，靠的主要是扎根的功夫，對原典愈是熟悉，則寫作的靈感自然會有，而這在中國哲學的研究與寫作上，應是最為首要的方法（最好有能直接讀文言文的功力）。因此如牟宗三先生於其二十七、八歲時，一年可有三十餘篇的著作量，或如唐君毅先生一天曾寫了兩萬字，這必非有平常的累積不可。

　　然靈感則不能求其必有，特別是年輕學子，年輕時靈感較少，尚在做學問的積累，文章數量也少，而年紀大，學問積累多，則文章較多，如余英時先生曾因受託而替人寫序，結果卻寫成了上、下兩冊的書（《朱熹的歷史世界：宋代士大夫政治文化的研究》），此亦非年歲與功力之積累不可。

　　因此，在論文的寫作上，最重要便是功夫的積累，有了積累則靈感多，反而寫論文所靠的靈感，此靈感上卻無功夫，[1]是因積累多而靈感

1　例如，前些時候在閱讀即將口試的博士論文時，讀到戴山原文，戴山言：「氣質還他是氣質，如何扯著性。」這便引發筆者一些寫作的靈感，可以往戴山對於朱子氣質之性的批評發展。於是先把戴山的原文找出，發現這是戴山在詮釋《論語》「性相近習相遠」一章時的話，約有一千多字。以平常的寫作經驗來說，這已可以「小題大作」，大致足夠寫成一篇論文，論文的靈感與面貌儼已成形。寫作時即是將朱子與戴山對此章的詮釋抄出，而後進行評論、解析。當然這中間尚牽涉到關於朱子與戴山兩人不同體系的介紹，這卻需要平日之積累才有，大概從研究生階段至今，便已多少涉獵於此，非是憑

多。象山所云：「涓流積至滄溟水，拳石崇成泰華岑。」[2]大海水是因著滴滴細流而成，泰山、華山是因著拳頭大的石頭所積累而成。朱子也教人做格物之累積，以至於一旦豁然貫通，靈感是頓時而生，但要有積累之功力始有。牟先生曾說，年輕人比聰明悟性，而中年人則比其功力，功力則要累積，至於老年人則比其境界！

至於拙作〈朱子的孟學詮釋特徵〉又是如何完成的呢？筆者在博士生階段，曾擔任成人讀經班的課程老師，當時便把朱子的《四書章句集注》徹底讀過一遍，大約花了兩年時間（至今仍每週六參加位於新北市中和區的鵝湖書院讀書會，目前選讀牟宗三先生《圓善論》一書，此書開頭亦談《孟子・告子篇》）。作為研究生，一開始自然對於朱子的學問特色相當陌生，即僅讀了朱子的孟學而尚未與他家做比較，故陌生。後來在博士論文中處理到羅欽順，係屬明代的朱子學，故吾人處理了明代朱子學，就有朱子理論的一些基礎了。

至於《孟子》研究，從高中的文化基本教材開始，則已對《孟子》有了基本認識。而入學於碩士班前，業已對《四書》原文精讀過兩、三遍以上；入學碩士班後，在課程「論文寫作㈢」中開始學習電腦文書的倉頡輸入法，當時便是選擇將《四書》原文輸入一遍，一方面練習輸入法，另一方面則是藉此學習、熟悉《四書》。也就是說，透過種種機會的學習與積累，自然能對原文有較確切的掌握。目前筆者也加入大陸微信共約五百位成員的《孟子》讀書會，每天讀一則，已到《孟子》一書尾聲了。

空而來。

2 此為象山與朱子鵝湖之會時所做之詩：「墟墓興哀宗廟欽，斯人千古不磨心。涓流積至滄溟水，拳石崇成泰華岑。易簡工夫終久大，支離事業竟浮沉。欲知自下升高處，真偽先需辨只今。」這裡所舉的二句代表著易簡功夫的積累。

如何炒這盤論文的菜

一、比較與反思：站在巨人肩膀

　　就拙作來說，若是要完成朱子所詮釋的孟子特徵，除了要了解朱子的詮釋，另外也要把其他家的孟子詮釋特色加以比較，於該文中，尚參考了黃宗羲的《孟子師說》、[3]戴震的《孟子字義疏證》、王夫之《讀孟子大全說》，[4]以及焦循的《孟子正義》等書。這裡有所謂的「漢、宋之爭」，如朱子是為宋學，而漢學家則以戴震、焦循等人為代表，兩派對於經典的詮釋方式不同。朱子是以理學來建構，談的是超越的天理，而戴震則認為古語所言之「理」，只是肌理、文理、條理的意思，非是超越的天理。這是兩派方法學的不同。

　　由於博士畢業之後，經常接觸到明清之際的相關研究，而明清之際的學術又經常是圍著朱子學來做出反思，特別是朱子的理學。朱子以理學建構體系，然此體系又夾雜著佛、老之學，以至於漢學家（清儒）經常對其反省甚至批判。大致上，此可說是方法論的問題：朱子以理氣論詮釋經典，而戴震是以字義方式來理解，即以先秦對於字義的用法為基礎，作為其方法論，有別於朱子的見解。朱子本人則是依著二程（程顥、程頤）的方向，而建立起一個大體系，或說是一種形上學。這便是拙作寫出朱子特色的一些依據，而這些依據乃是依於比較雙方的不同論點而得。

　　那麼，是否必定要把朱子學的孟子原文通讀呢？筆者以為，若能通讀一遍甚至數遍當然很好，若未能如此，也可以透過其他方式彌補。朱子的孟子學內容包括了《孟子集注》、《孟子精義》、[5]《孟子或問》、《孟子要略》、《朱子文集》卷七十三〈讀俞隱之尊孟辨〉、《朱子語類》卷五十一到六十一等處。若如此通讀還是無法看出特色，筆者建議可以從其

3　關於黃宗羲思想的研究，是我升副教授時的主要代表著作。

4　關於王船山思想的研究，是我升教授時的主要代表著作。

5　此書是朱子編輯宋學的孟子學詮釋，以程子理學一脈為主。

他學者如戴震、黃宗羲、劉蕺山、王船山等人的孟子詮釋來與朱子學做比較，看這些人如何批判朱子的孟子學。這也就是站在巨人們的肩膀上而得以容易看出各家學問之特色，並且就各家殊異而來觸類旁通、進行發揮。

二、如何參考二手書

至於要寫成一篇文章，二手書的部分亦不可或缺。然而通常筆者寫作時所參考的二手書不多，大致仍以原典爲主。除非對於原典的理解有所障礙、疑慮，否則建議仍以原典爲主，且面對原典要慢慢精讀，不可求快，亦不可略讀。以前朱子教人的讀書法，是要學人一天讀五行文字就可，讀了以後要能浸潤其中，慢慢涵泳，掌握了原典要義，有了較爲確切的定見後，才不會任意被其他人左右，甚至有所偏差而不自知。

例如，光是朱子關於「心」的理論，其中便派系甚多而紛爭不已。或如今人對於羅欽順（明代朱子學）當該屬理學還是氣學，也是爭論不休；大陸學者視其爲氣學者較多，如陳來，而臺灣學者如林月惠則視其爲理學。然而無論如何判別，最後的判準依據還是要回到原典。

至於對於二手書的處理上，筆者常是因爲審查學術期刊論文或碩博士論文的關係，而順道獲知並讀到一些二手書，再如國科會申請時，也需要對於前人之研究成果有些掌握，因此需要閱讀二手書。二手書的好處在於透過別人的視角而可以有不同的觀點與刺激，並可了解學界現今的研究進展。

三、論文靈感與各節內容

另外，關於寫作上靈感的出現，筆者還有一個小方法。例如平常便將欲做研究的經典原文多讀幾次（不光讀過，也要了解意思），加深印象，像是要去背誦原文，卻又非是特意熟記，而是靠著多讀、多研究幾遍的死功夫，讓語句自然成誦（記憶力的養成亦無法教導，但愈是能夠靜下心來者，大致記憶力較佳）。而在睡前則特別再把原文看過，躺上床後，尚未入睡，腦海中自然會對剛才的原文做思考，在反覆咀嚼的過程中，可能就

會有一些靈感出現，這時便隨手把這些零星、偶發的靈感記下來，也許將來可以藉此寫成一篇文章。

靈感來了，大約可以知道是否可以寫成一篇文章，這時伴隨著靈感，則主題將會出現，即是論文題目。關於文章的篇幅，筆者大致以一萬多字為原則；通常把「前言」、「結論」、「摘要」、「大綱」等先標識出來。有了大綱，則綱舉目張，剩下的便是內容的填充。

例如拙作〈朱子的孟學詮釋特徵〉一文，「大綱」部分主要舉了五點：1.先知後行的體系；2.「學以復其初」的設計；3.理氣論的架構；4.性發為情、心統性情；5.物性能同於人性而有微明。至於這五個綱要又是如何歸納出來的呢？大致是因念了包括如戴震批評朱子、[6]蕺山批評朱子、船山批評朱子等內容，再從這些內容中歸納出有哪些批評，以及這些批評的重點。這通常是漢、宋之爭的不同詮釋，縱是宋學，如陽明與朱子亦不同。透過這些比較與整理，則可以先歸結出此大綱。

「摘要」部分則可以先寫，也許起初不甚理想，而待整篇論文寫完再來修改。「關鍵詞」部分則是舉出朱子對孟子詮釋中的重要概念，如理氣論等。「前言」處可以是解題，所謂解題者，例如拙作名稱是〈朱子的孟學詮釋特徵〉，則可以簡單介紹朱子、孟子以及其學問體系與特色，朱子作為理學家有哪些主張，或是對《四書》、《孟子》的重要性做一介紹等。而關於朱子的孟學詮釋特色，則要與多家比較方能顯出，如與陽明、戴震、蕺山等人的比較，則容易看出朱子的與眾不同。「前言」主要近於題目的解釋。

至於「結論」，筆者常用「結語與反思」一詞作為節名。所謂反思者，如朱子雖有此特色，筆者將之揭露於文，而後予以反省，發覺朱子有

6　戴震認為「性」是血氣心知之意，批評朱子的「性即理」、「理為超越」的說法在先秦沒有根據，「理」只是肌理、文理、條理，沒有超越天理的意思。其又批評朱子「形上是理，形下之氣」的說法，認為「形而上」是指成形前、「形下」是指成形後，而非朱子的見解。兩人對於「天」的見解亦不同，朱子視「天」為理，戴震視「天」為氣。

其不足、不對之處，於是做一批評，不一定要完全贊同朱子，於此給出個人意見。至於「結語」，乃是全文重點的綜結，以簡潔短文的方式告知讀者主要處理了什麼問題，又有何問題未能處理。「結語」的內容大致不會有新的意思，即將前文做一總結即可。

內文部分，除了「前言」、「結語」外，〈朱子的孟學詮釋特徵〉一文共開爲五節，每節的篇首皆以簡單幾個字來告知讀者重點、主題爲何，全節的內容則聚焦於所欲探討的主題。

關於論文的格式則有專書可供參考，格式方面，如兩岸的格式即不相同，又如不同的刊物各自之規定格式也不同，在此不再舉例。若欲有所本，則可參考中研院文哲所所公布者，其他若有不同，則依各校的規定辦理。基本上，格式應非論文重點，而應以文章之思想、義理爲重，但也不能過於草率。

四、〈朱子的孟學詮釋特徵〉各綱要之寫作歷程

拙作的五項綱要看似後寫，但由於在報名研討會之初便需先提交論文大綱，所以這些綱要的內容，經常是早已琢磨過幾回而後成文的。以下談各節之寫作歷程：

(一)先知後行的體系

「先知後行」爲朱子所建構的體系，朱子視「格物致知」爲知，而有自己〈格致補傳〉的加入。而筆者之所以有此靈感，乃是從陽明學而來。筆者在閱讀陽明的《傳習錄》後，發現陽明學的體悟即是從朱子的反對而來。三十七歲時，陽明悟透「格物致知」原來不離吾心，於是其問學體系即以心學的姿態出現。陽明係提倡「知行合一」，應是針對朱子的「先知後行」而來。

朱子爲何談「先知後行」呢？此係依據於《大學》的體系：物格而後知至，知至而後意誠，意誠而後心正。而且朱子規定：格物致知屬知，誠意正心屬行。而《大學》的順序是必先格物致知，而後誠意正心，故爲

「先知後行」！這是朱子的理學規定，關聯於此的，尚有朱子以《大學》為《四書》之首的規定。至於陽明則不遵守朱子的規定，於是有「知行合一」理論的產生。因此，「先知後行」之說即是朱子學的特色，此係與陽明學比較而來。

㈡「學以復其初」的設計

朱子主張「學以復其初」，有些學者如王船山則視其受有佛教的影響，如佛教的如來藏學說。[7]朱子在《大學》篇首解釋三綱領的明德時，曾談到「學以復其初」，又在《論語‧學而時習章》的詮釋時，也用了「學以復其初」。

然而學習真的是復其初嗎？孟子講性善，其實只就其為仁義禮智之端而言，並非仁義禮智的全部，只有其小部分之端倪，故要擴充。但在朱子，則不只是仁義禮智之端，而且是仁義禮智之全部。[8]因此朱子認為人生而道義全具，即人生而仁義禮智全幅具之，與孟子之說已有差異。這應是受有如來藏說的影響，等於是不自覺地以佛學理論來詮釋儒家，大致宋明儒者多有這種情形，以致清代漢學家不取宋學的說法。

至於筆者有此看法，也是因著船山對朱子的反對而有，故有些靈感是來源於用功，即是累積舊學（前人已提及）而有新意。此如朱子所言：「舊學商量加邃密，新知培養轉深沉。」[9]又如孔子言「溫故而知新」。

㈢理氣論的架構

朱子學的二元體系是其明顯特徵。二元者，乃理與氣，故朱子詮釋

7　若依印順法師的分派，大乘佛學可開為三宗，乃般若空宗、唯識有宗，以及真常系，而如來藏屬真常系。

8　因為孟子言：惻隱之心仁之端也。另一處言：惻隱之心，仁也。兩種說法遂導致後人對於惻隱究屬仁之端，抑或是仁，而有所混淆。

9　「德義風流宿所欽，別離三載更關心。偶扶藜杖出寒谷，又枉藍輿度遠岑。舊學商量加邃密，新知培養轉深沉，只愁說到無言處，不信人間有古今。」此為朱子答象山鵝湖之會的詩。鵝湖之會時朱子未寫成詩，而於三年後方才寫成。朱子的為學是漸教，不取象山的易簡功夫。

《易傳》「形而上者謂之道，形而下者謂之器」時，則視形上爲理，形下爲氣。然象山與朱子爭論「無極、太極」時，象山謂：《易傳》已言「一陰一陽之謂道」、「形而上者謂之道」，一陰一陽與形而上既都是道，則兩者等同，故一陰一陽已是形而上，而朱子卻視爲形而下。

也就是說，象山是以《易傳》解《易傳》，也就比朱子以自家體系來詮解《易傳》爲準。因此朱子的理氣論架構常常是不歸之理，便歸之爲氣，這也是朱子的特色。又如戴震反朱子，則視古人言「理」是內在之理，而不是朱子所言的超越之理。故此節的靈感乃是從與象山、戴震比較而來。

(四)性發爲情、心統性情

朱子依著理氣論而建構人性論、心性論，以性等同於理，故性爲形上，而情爲形下，這與孟子的情是指實情並不同。孟子論「情」，如言：「物之不齊，物之情也。」指大鞋子賣貴，小鞋賣便宜，這是物的本性、實情，在《孟子》一書言「情」共有四處，都指實情。而戴震、戢山亦皆做此解，如戴震言：「情，恔也。」也是指實情。而到了朱子改爲情感，以〈樂記〉的七情來詮釋《孟子》，這並非孟子本意。

筆者之所以有此靈感，一方面，讀牟宗三先生《心體與性體》時，牟先生已指出，朱子以情爲情感是不確，另一方面，也是從戢山、戴震處讀來的靈感。

(五)物性能同於人性而有微明

韓國朝鮮朝時期之學術發展大致是以朱子學爲主導者，韓國儒家的湖派與洛派爭論之一：人性、物性是否相同？即是從對朱子的不同詮解而來。在孟子而言，物性、人性相異，而朱子則主張，人、物性本同，只因氣稟而有差異。人性、物性之間既有同，也有異，遂而產生韓儒的爭辯。

黃宗羲與其子黃百家曾對朱子學中的人性與物性相同的說法提出反對，例如，朱子認爲羔羊跪乳，這是孝的表現，但在《孟子》卻沒有根據。孟子談的是人禽之別，而不是人禽之同，此黃宗羲已指出，王船山亦

同於黃氏看法。

故筆者靈感得之於前輩學者的指點，這同樣得力於對古人著作、原典的閱讀與扎根，可以說，要多用功才容易有寫作靈感！

給讀者的話

一篇論文的完成正是研究者之學思、心得的表現！透過論文寫作過程中的沉思、布局、吐哺等工作，正好是個人學思階段的總檢驗。若能認真耕耘，作品完成後，必有「不經一番寒徹骨，哪得梅花撲鼻香」的讚嘆吧！

這裡仍要再次強調原典深讀、扎根的重要性，對文、史、哲的學人來說，論文的寫成除了是一次修學成績的表現，它還可以是個人氣質、內涵、智識的提升與淬礪。由於所閱讀的原典或是前哲大德的作品，都是經過時代的考驗而來，一方面有著當時代的波濤與特色，另一方面更有世世代代的肯認與蛻變，能將這些人類生命、思想的菁華再次涵泳與轉化，結合並融入目前時代的脈動，呈現而吐露出個人小小的思想芬芳，也就是靠著一篇篇精彩的論文來代言了。

此外，一篇具水準的論文，除了學者個人學思精勤的表現，還需要一定程度的文字、語言駕馭能力，再如綱要的起承轉合、預設讀者背景的同理心等，也都是論文鋪陳中的考量點。而身處網路、文書科技發達的時代，從資料的收集、整理，以及文案的編排、呈現等，也都是不可或缺的功夫。如果能做到上述幾點，那麼一篇論文的交出也可以是個人公關的絕佳途徑，它展現了學者全方位的學識、溝通、工具運用等才能，在求職上必能加分不少。

實例如下（完整內容請見光碟）

中正漢學研究
2016 年第一期（總第二十七期）
2016 年 06 月　頁 143~162
國立中正大學中國文學系

朱子的孟學詮釋特徵

蔡家和 *

摘　要

　　本文對朱子詮釋孟子學的特徵，做一介紹與檢視，一方面朱子四書學的建構前後相當一致，其詮釋孟子的特徵也可說是詮釋四書的特徵，即理學之建構。然而面對不同的經書，也有其特殊處——主要源於原文的限制。朱子必須面對孟子原文，以表現其體系，其體系是理氣論；亦是說朱子把理氣論之體系表現在孟子的詮釋上，即此理學與孟子原典之相遇，所將產生的火花，便是本文試圖闡析的內容。從中見出朱子學的特徵，及其詮釋孟子的特徵，而此則是與其他家詮釋不盡相同之處。亦是說離開了程朱學所詮釋的孟子，若為其他思想家詮釋孟子，則較不如此詮釋，此乃程朱學的特徵。計有先知後行、學以復其初、理氣論架構、心統性情、動物亦有微明之說，吾人於文中，一一詳之。

關鍵詞：知言養氣、本然之量、理氣論、性發為情、人性、物性

---

* 東海大學哲學系教授。

一、前言

　　本文談朱子詮釋孟學的特徵，主要以《孟子集註》為主。朱子的《四書章句集註》是一個體系建構，有其方法學置入於其中，四書的方向是一致的，用在《大學》上的詮釋，大致也用在《孟子》上。然吾人認為雖然四本書的精神方向一致，但是就細節而言，各書還是有其側重點，乃因各書有自己的原文與脈絡，朱子把自己的理氣論置入用以詮釋出的四本書，精神一致，內容卻要順著原文之脈絡以起變化，故朱子詮釋孟子學的特色，雖與四書的方向一致，還是有其特殊性。此特殊性，乃朱子的理論而落在不同的經書所表現之殊性，而有不同的呈現，可謂「理一分殊」[1]；此如同朱子所言的氣質之性的意思，性是相同，而因氣質不同，故氣質之性也不同。而吾人一方面研究了孟子原文，一方面也知道朱子如何詮釋孟子，繼而與其他孟子詮釋進行比較，[2]透過此番詮釋之比較，而令朱子的孟學詮釋之特徵，更容易被彰顯。

　　從朱子的四書之注解，亦可知悉朱子理學之特徵，[3]此特徵亦表現在孟學詮釋上。吾人大致歸納有幾類：一，先知後行的體系；[4]二，「學以復其初」的設計；[5]三，理氣論的架構；四，性發為情、心統性情；五，物性能同於人性，而有微明。以上大致是吾人初步歸納的朱子孟學詮釋的特色。然此五點，並非截然無相關。此五點根源地說，是一種理氣論的建構，或說是一種理學的建構。至於其中的原委與內容，於後文一一舉例，並且一一說明之。由此可進到第二節，朱子釋孟的先知後行系統。

---

[1] 此乃吾人順朱子的「理一分殊」而創造性詮釋之；同是理氣論，一旦落在不同的四本書，則有不同的強調面向。雖朱子釋四書之精神實乃一致。

[2] 例如對於孟子的詮釋，陽明的詮釋則不同於朱子，黃宗羲孟子師說的詮釋，也是因朱子而起。其言：「四子之義，非難知難盡也，學其學者，詎止千萬人千百人！而明月之珠，尚沈于大澤，既不能當身理會，求其著落，又不能屏去傳註，獨取遺經，精思其故，成說在前，此亦一述朱，彼亦一述朱，宜其學者之愈多而愈晦也。」黃宗羲：《黃宗羲全集》第 1 冊（杭州：浙江古籍出版社，2005 年），頁 48。戴震亦有《孟子字義疏證》，完全不同意朱子的詮釋。

[3] 朱子的特色是理學，在東亞亦造成理學與反理學的思潮。此可參見楊儒賓教授之說：「最具理論深度的一支則是側重情性論、倫理學內涵的反理學派，此派包含中國的氣學、戴震、日本的古義學、朝鮮的丁若鏞（茶山，1762-1836）等人。」楊儒賓：《異議的意義》（臺北：臺大出版中心，2012 年），頁 40。

[4] 陽明的「行合一」知之說，乃是針對朱子的先知後行而來。朱子以《大學》為底本，格致為知，誠正為行，且《大學》的八條目，有其先後之秩序，故為「先知後行」。

[5] 朱子的復其初之說，被批評為似於佛家的如來藏、本來面目之說，戴震云：「因謂『理為形氣所污壞，故學焉以復其初』。（朱子於《論語》首章，於《大學》在明明德，皆以『復其初』為言）復其初之云，見莊周書。（《莊子·繕性篇》云：『繕性於俗學以求復其初，滑欲於俗知以求致其明，謂之蔽蒙之民。』又云：『文滅質，博溺心，然後民始惑亂，無以返其性情而復其初』）蓋其所謂理，即如釋氏所謂『本來面目』。」戴震：《戴震集》（上海：上海古籍出版社，1980 年），頁 279。

二、先知後行

　　朱子四書體系的建構，前後相當一致，在《大學》所強調的精神，也可運用在《孟子》身上，朱子的方法學，於《四書》中先讀《大學》[6]，《論》、《孟》次之，[7]最後是《中庸》。[8]而朱子的《大學》架構，是一種先知後行的架構。[9]一方面也的確有《大學》原文做為根據，[10]《大學》的經文云：「物格而後知至，知至而後意誠，意誠而後心正。」[11]而朱子把格物比配為知，誠意比配為行，朱子云：「格物者，知之始也；誠意者，行之始也。意誠則心正，自此去，一節易似一節。」[12]格物為知，誠意為行，又先物格才能知至，才能意誠，故先知後行。此先知後行的架構，即以格物為知、誠意為行的架構，影響了其他三書的詮釋，在《孟子》亦不例外。

　　《孟子》書中的先知後行的體系，亦有其端倪，其實是朱子的精心設計及詮釋下所造成，在《孟子》「盡其心者章」中，有如是的見解。孟子言：「盡其心者，知其性也。知其性，則知天矣。」[13]朱子對此有如下的詮釋：

> 人有是心，莫非全體，然不窮理，則有所蔽而無以盡乎此心之量。故能極其心之全體而無不盡者，必其能窮夫理而無不知者也。既知其理，則其所從出，亦不外是矣。以《大學》之序言之，知性則物格之謂，盡心則知至之謂也。[14]

朱子把《孟子》此章比配於《大學》的為學順序：知性為物格，盡心為知至；《大學》之序，必先物格而後知至，故面對孟子此章的詮釋，必先知性而後盡心。然孟子的語勢不見得如

---

[6] 陳逢源先生認為，朱子對於四書的安排，是否一定是《大學》為首，《論》、《孟》為次，《中庸》最後？做了相當詳盡的考察，認為朱子的講法常各有不同。可參見陳逢源：〈道統的建構——重論朱熹四書編次〉《東華漢學》第 3 期（2005 年 5 月），頁 223-254。

[7] 「子程子曰：『《大學》，孔氏之遺書，而初學入德之門也。』於今可見古人為學次第者，獨賴此篇之存，而論、孟次之。學者必由是而學焉，則庶乎其不差矣。」朱熹：《四書章句集註》（臺北：鵝湖出版社，1984 年），頁 3。

[8] 《中庸》言「誠者，天之道」，孔子五十才知天命，故朱子的下學人事、上達天理的設計，《中庸》置於最後。

[9] 陽明所強調的「知行合一」，乃是針對朱子的「先知後行」的架構而起。

[10] 「朱子將其抽離禮的範疇，與《論語》，《孟子》，《中庸》結合後，重新賦予它理的內涵，作為進德修學的基礎，從中強調格物致知，誠意正心，並且重新標彰《大學》目的，於是《大學》不再是《禮記》脈絡裡的《大學》，而變成心性理學詮釋系統下的一部分。」高荻華：《從鄭玄到朱熹：朱子《四書》詮釋的轉向》（臺北：大安出版社，2015 年），頁 23。朱子的新本與鄭玄的古本《大學》相比，更動甚多。

[11] 朱熹：《四書章句集註》，頁 3。

[12] 黎靖德編，王星賢點校：《朱子語類》，第 1 冊（臺北：文津出版社，1986 年），頁 305。

[13] 《孟子·盡心上》。朱熹：《四書章句集註》，頁 349。

[14] 朱熹：《四書章句集註》，頁 349。

此，孟子的意思是，盡心努力的同時，才能知天所賦之性。天不是物理的天，而是與吾人的道德相通一致者，通過盡心的德行實踐，才能知天。而朱子的順序卻是「盡其心」的原因在於能「知性」，故先知性，而後心之全體大用可稱為已盡了，知性則是格物窮理。

　　朱子如此詮釋之，亦非只是從外在文獻上的比配，如以《大學》比配；朱子如此言之，也有《孟子》原文為基礎，朱子言：「此句文勢與『得其民者，得其心也』相似。」[15]得民是結果，原因是得民心；同樣地，「盡其心者」是結果，「知其性理」是原因，故先知性後盡心，先物格（知性），後知至（盡心）。然若如此言之，其實只到了格物致知的層次，還未到誠意的層次，而朱子言「行」，乃是就誠意的層次而言。故朱子於後文「存其心，養其性，所以事天也。殀壽不貳，修身以俟之，所以立命也」的註釋是：

> 愚謂盡心知性而知天，所以造其理也；存心養性以事天，所以履其事也。不知其理，固不能履其事；然徒造其理而不履其事，則亦無以有諸己矣。知天而不以殀壽貳其心，智之盡也；事天而能修身以俟死，仁之至也。智有不盡，固不知所以為仁；然智而不仁，則亦將流蕩不法，而不足以為智矣。[16]

前引文談「盡心知性」，用以比配「致知格物」；此處的引文，認為盡心、知性、知天是造理，而存心以事天是履其事，是行的部分，故格物致知為知，誠意正心為行，先知後行。從中可看出朱子用了自己改本《大學》的「先知後行」之體系，[17]用以詮釋《孟子》。所以朱子又比配知行而為智與仁，前者重知，故要格物窮理；後者為仁，仁者愛人，則要實踐此仁，若如此，其實還可以與孔子所言的「智及之，仁不能守之」相比配。[18]於此看出朱子的四書詮釋，於《大學》處已把體系置入而綱領顯明，是一種「先知後行」的體系，於是到了孟子的「盡其心者章」時，也是以此體系通貫之來詮釋，前後一致。

　　除此之外，朱子詮釋《孟子》「知言養氣章」時，也有相同見解。孟子回答公孫丑「敢問夫子惡乎長」之問時，回答：「我知言，我善養吾浩然之氣。」而朱子對此「知言養氣」的詮釋如下：

> 知言者，盡心知性，於凡天下之言，無不有以究極其理，而識其是非得失之所以然也。浩然，盛大流行之貌。氣，即所謂體之充者。本自浩然，失養故餒，

---

[15] 黎靖德編，王星賢點校：《朱子語類》第 4 冊，頁 1422。

[16] 朱熹：《四書章句集註》，頁 349。

[17] 朱子除了有先知後行的體系，還有知輕行重的見解。

[18] 朱子詮釋「知及之，仁不能守之」時認為：「知及之如《大學》知至，仁守之如意誠，涖不莊，動不以禮，如所謂不得其正，所謂欹惰而辟之類，知及仁守是明德工夫，下面是新民工夫。」胡廣編：《四書大全》（臺北：臺灣商務印書館，1983-1986 年影印文淵閣《四庫全書》第 205 冊），頁 452。

惟孟子為善養之以復其初也。蓋惟知言，則有以明夫道義，而於天下之事無所
疑；養氣，則有以配夫道義，而於天下之事無所懼，此其所以當大任而不動心
也。[19]

朱子於此宣稱，「知言」相當於「盡心知性」，而「盡心知性」若再比配於「盡心章」的詮
釋，朱子認定是一種「造其理」，而尚未到履其事；造其理為知，履其事為行，先知後行，
造其理是格物致知，履其事是誠意之事。故可見朱子的詮釋方向，其實是以知言為格致，
而以養氣為誠意。故朱子此章所釋的「知言」，是用以窮究其理，而此理，與《大學》的格
物窮理詮釋方式是一致的；此乃是非得失的所以然、所當然之理，故可見知言在朱子的詮
釋下，其實同於格物。

　　至於「養氣」，朱子認為「氣本浩然，失養故餒，故要復其初」，此句於此暫不詳談，
下節詳之。朱子認為養氣乃用以「配夫道義，而於天下之事無所懼，此其所以當大任而不
動心也」。這種解法，一方面有孟子的原文做為根據，因為孟子言養氣時，認為配義與道，
另一方面，此浩然之氣，與孟施舍之守氣，又有其相似之處，只是孟子的守氣，又比孟施
舍所守者更得其要。而養氣後則有勇，對於所知者，能不懼地實踐出來，[20]而足以擔大任。
在《孟子集註》中，朱子對於「養氣」能否比配於誠意的講法並不明顯，吾人引朱子其他
書以明之。

　　《朱子語類》的記載言：「知言，然後能養氣。」、「孟子論浩然之氣一段，緊要全在『知
言』上。所以《大學》許多工夫，全在格物、致知。」、「知言養氣，雖是兩事，其實相關，
正如致知、格物、正心、誠意之類。若知言，便見得是非邪正。義理昭然，則浩然之氣自
生。」、「胡文定說：『知言，知至也；養氣，誠意也。』亦自說得好。」[21]以上都足以證明
朱子把知言、養氣，比配於格物、誠意。而且必是先知言，後養氣，乃因為先格物，後誠
意。於此看出，朱子的《大學》先知後行的架構，已用以詮釋《孟子》。

　　以下進到第三節，朱子言「學以復其初」。

三、學以復其初[22]

---

[19] 朱熹：《四書章句集註》，頁 231。
[20] 孔子曰：「見義不為，無勇也。」《論語・為政》。朱熹：《四書章句集註》，頁 60。
[21] 黎靖德編，王星賢點校：《朱子語類》第 4 冊，頁 1241。
[22] 孟子言：「大人不失赤子之心。」朱熹：《四書章句集註》，頁 292。此赤子之心，比配孟子所言只是
　　孩童的良知之為「善」人也，而還未到「信、美、大、聖、神。」故要擴充。故孟子不是學以復以初，

窺探曲律萬花筒之奧祕
〈李玉《北詞廣正譜》收錄北曲尾聲曲牌之類型變化及其實際運用〉

李佳蓮

說書人簡介

李佳蓮，國立臺灣大學中文系學士、中文所碩士、博士，現爲東海大學中文系副教授，曾任明道大學中文系專任副教授、助理教授，國立臺灣戲曲學院戲曲音樂學系兼任講師。研究領域爲古典戲曲、俗文學、現當代文藝，教授詞曲選及習作、中國文學史、臺灣地方戲曲欣賞、俗文學概論等課程。著有專書《李玉《北詞廣正譜》研究（外二篇）》（臺北：國家出版社，2012年12月），以及多篇研究論文散見國內外各學術期刊。

前情提要

一、曲律學研究之緣起

159

曲律學研究，是一條崎嶇漫長的山路。

不知何故，我對於清初蘇州戲曲家李玉所編纂之《北詞廣正譜》有著一股莫名其妙、近乎痴愚的研究狂熱。遙想研究生時代，原本對於詞曲格律的認知彷彿春夢朝雲般來去無蹤、尋覓無處，後來在課堂上聆聽恩師曾永義教授講解中國古典詩歌的語言旋律之美，以及曾老師傳授其師鄭因百（騫）先生（即筆者之師祖）所著《北曲新譜》中，對於曲牌格式精闢的見解之後，頓如雲開霧散、乍見曙光，從此便開啟了我對於曲律學研究的漫漫長路。

至於爲何會對曲律研究感到興趣？這種「情不知所起，一往而深」（語出湯顯祖《牡丹亭》）的研究興趣，眞正也說不上原因，或許是因爲對於古代曲譜以文字演繹音樂、以平仄句讀記錄語言旋律的方式，感到無比的眩惑與好奇，如何從現存文字譜反觀、推敲古代曲牌所蘊藏之語言旋律可能的樣貌？此爲最根本的問題意識，對我而言，它就像映照著無數神奇密碼的萬花筒，愈轉愈奇，讓人「委實觀之不足」（《牡丹亭・驚夢》），是以產生一探究竟之興趣。

二、關於《北詞廣正譜》

　　古代曲譜確實不易理解，以這本《北詞廣正譜》爲例說明，從卷首所載「華亭　徐于室原稿　茂苑　鈕少雅樂句　吳門　李玄玉更定　長洲　朱素臣同閱」（見附錄書影1），可知此譜爲明末清初一批蘇州戲曲音樂家、劇作家們集體合作之成果，顯示出古代曲譜多爲前代傳承、多人編纂之寫作傳統。正文羅列每一曲牌之譜式分析，每曲首列正格、次列變格，曲文別正襯、點板式、標韻句、旁注入派三聲（見附錄書影1、5），有著精詳嚴整的體例，堪稱北曲譜發展史上首部臻於完備、超越前譜的代表鉅作，其研究價值自不待言。該譜按宮調分爲十七卷，每卷卷首列有「類題」，類似「目錄」的性質，載明該卷所收曲牌支數（見附錄書影2），並依「該宮調原屬曲牌」、「從缺曲牌」、「借宮轉調曲牌」三類羅列（見附錄書影3），其中「原屬曲牌」一項，往往首列該宮調常用首曲、次列正曲、末陳尾聲，隱然按照聯套規律排序，可知李玉嚴謹有序的編譜態度。也因此，此譜收錄了哪些尾聲曲牌也一望即知。

　　舉黃鐘爲例，《廣正譜》收錄了【尾聲】、【隨尾】、【隨煞】、【黃鐘尾】、【神仗兒煞】等五支尾聲曲牌（見附錄書影3），其中【黃鐘尾】收錄第二格例曲，其他曲牌都只列出一支例曲而已（見附錄書影4、5、6），共計正曲五支、又一體一支，頗爲錯綜。觀諸其他宮調之尾聲曲牌，亦可發現其數量之多、名目之繁、體裁之異，大異於之前的北曲譜《太和正音譜》，恐怕令人如墜五里霧中。

三、問題意識之產生

北曲尾聲對於北曲曲律學的研究，是否具有價值呢？歷來學者們多有「南曲引繁尾簡、北曲引簡尾繁」之說法，可見相較於南曲尾聲，北曲尾聲的用法更加繁複，與《廣正譜》所見情況相同。既然李玉對於曲牌排序應有嚴謹的編列態度，那麼他收錄了這麼多令人眼花撩亂的尾聲曲牌，是否其中自有理序？有其編譜用意嗎？或者反映出什麼編譜理念以及曲律現象呢？是否可以爲《北詞廣正譜》中的北曲尾聲曲牌，條理出「秩然不紊」的體系？以上問題意識引發出我強烈的研究興趣，因此以「北曲譜對北曲尾聲的紀錄與書寫」作爲本文之思考核心。

如何炒這盤論文的菜

一、研究方法與步驟

本文的研究方法，以縱向的北曲譜發展脈絡與橫向的問題探究，作穿叉交錯的比對與討論。

縱向方面，著重於在北曲譜發展脈絡之中，將《廣正譜》與之前、之後重要的北曲譜進行詳細的曲牌格式比對，往前溯源以明朱權《太和正音譜》爲據，往後對照則以清乾隆間《九宮大成北詞宮譜》爲參考，並根據目前研究元代北曲功績卓著的吳梅《南北詞簡譜》，以及鄭因百（騫）先生《北曲新譜》二譜所收北曲尾聲，與清初《廣正譜》所收尾聲曲牌進行反覆比對校核，釐析異同，嘗試爲尾聲曲牌分門別類、建立體系。

橫向的問題探究方面，分別提出北曲尾聲曲牌「名實異同」、「尾聲類型」、「變化途徑」、「出處與應用」等四項問題，循序由單支曲牌到曲牌之間的連結、由原型到變型、由曲牌出處來源到實際場上應用，思考層次由簡入繁。

二、章節架構

　　在此思路脈絡下，本文的研究步驟與章節架構為：第一節整體鳥瞰《廣正譜》所收北尾錯綜複雜的情形，提出曲牌名實異同的問題。其次，第二節再從曲牌格式異同，嘗試為《廣正譜》所收北尾分門別類，提出「各宮調均有『堪為尾聲原型』的正格曲牌」的觀念，並集中觀察、深入探討正格曲牌之間親疏遠近的關係，從《廣正譜》注語映證筆者的推論。第三節則提出北曲尾聲曲牌大多在正格尾聲的基礎上，透過三種衍生變化的途徑，及其複合式變化，以致孳乳出琳瑯滿目的變體，同時驗證正格曲牌作為尾聲曲牌變化衍生之原型的合理性。第四節再結合這些北尾的出處來源，探析李玉編譜時對於北尾的認知與界義，並將討論延伸至應用層面，即從李玉數量豐富的傳奇作品中，觀察李玉編譜時收錄如此龐大的尾聲曲牌，是否運用在他實際的創作之中？並與後世崑曲舞臺上所常用者並比而觀，從中探究曲牌正、變之間是否象徵著某種曲律現象的合併與析離？再以此反思李玉《廣正譜》中，北曲尾聲曲牌之諸多類型，對於後世北尾曲牌的流傳具有什麼意義與價值？作為本文探討最終的實質內涵與核心價值。

三、論述過程之摘要

　　本文以「北曲尾聲曲牌的重要性」為思考的出發點，透過《北詞廣正譜》與《太和正音譜》、《九宮大成北詞譜》、《北詞簡譜》、《北曲新譜》前後諸曲譜的比對校讎，觀察其格式上的衍變異同，歸納出《廣正譜》所收北尾，各宮調實有其堪為尾聲原型之正格曲牌。以此基本類型為基礎，進一步衍生變化為三種類型——鎔鑄集曲而成、正襯增減變化、出入宮調使然，以及綜合上述三種之複合式變化，因此形成琳瑯滿目的尾聲曲牌。進一步觀察這些北尾的來源出處，以及李玉十餘部傳奇作品中所運用的北曲尾聲曲牌，發現李玉兼收諸宮調、元明散劇曲，呈現出北曲吸收諸宮調時變化移異之跡。而其劇作運用與後世崑曲舞臺所流行者，多有集

中在少數幾曲的情況，和上述罄清體系之後的北尾曲牌不謀而合。因此，李玉《北詞廣正譜》顯得尾聲曲牌變化紛雜，恐怕是曲家為了盡力陳述與完整表現出曲牌格式實際演變的各種可能狀況，其力求完備之態度雖值得嘉許，卻難免於繁瑣凌亂之譏。由此可知，北曲從元代到清代、從大漠漠北一路輾轉綿延到水鄉江南，時移世異之下，清初戲曲家所認知的北曲已經產生了實質上的變化。

四、後繼有力

本文將論述焦點鎖定於北曲聯套之中，影響聲情最為緊要的尾聲曲牌，然而整部曲譜包羅萬象，蘊涵多項曲律研究相關議題，值得開展者有如下列諸項：

一為從曲譜體例上來說，《廣正譜》相較於《太和正音譜》，從明初到清初各宮調所涵蓋的曲牌數有多少增減多寡變化？例曲數又有多少？正變體曲數又有多少？例曲出處來源何處？是常見名劇還是罕見作品？是古人範本還是今人新作？什麼是李玉編譜時的擇選標準？以上問題可以探討以李玉為代表的編譜者，對於「北曲」的概念與定義，是來自於復古守舊、還是當代改革？

二為從北曲曲律上來說，《廣正譜》是北曲譜中首部刪落平仄、增點板式者，但他為何刪落文字譜甚為倚重的平仄標誌？為何增點音樂譜才需要的板式？他的板式和後來乾隆年間正式成熟的音樂譜《九宮大成北詞譜》是否相同？這些問題討論，可供思考清初戲曲家如李玉者對於曲牌板式的標示與理解，對於北曲在清初之後的發展所具有之意義與影響？兼及思索清初北曲曲律是否被後世的崑劇舞臺所繼承的問題。

三為從應用層面來說，曲譜的歸納與分析是否可以從劇本作品中得到映證與實踐？亦即曲譜所錄與出處原典的劇作是否有所不同？不同點是否代表實際的劇本創作與曲譜的理論歸納本就無法完全吻合？此異同處透露出什麼曲學觀念？例如：單隻曲牌的格式，就《廣正譜》而言，常見北曲的增減字、增減句，在李玉自己的傳奇作品中是否同樣出現？聯套部分，

李玉的劇作是否與《北詞廣正譜》所收「套數分題」的理論相互映證？李玉劇作中所見北曲聯套跟他所編《廣正譜》中的聯套又有何差別？此差異性和排場有關嗎？

相對於本文以特定曲牌——北曲尾聲為論述範疇，上述諸項問題為全面性的考察，二者相輔相成，均嘗試將討論核心兼顧到整體的曲律發展態勢。

給讀者的話

本文透過比對校讎、統計整理、歸納分類、劇例分析等研究方式，研究範疇涵括理論與實踐，兼用考述辯證，以期思考李玉《北詞廣正譜》所呈現出清初北曲尾聲的變化類型與發展應用之現象，進而為該譜尋求戲曲史上的意義與價值，並為曲律學研究貢獻一己之力。

鄭因百（騫）先生在〈仙呂【混江龍】的本格及其變化〉一文中，發現北曲四百多個調子之中，用得最多、格式變化也最多的曲牌是【混江龍】，因此鎖定此支曲牌進行排比歸納，從而釐清曲牌本格、增句式，以至【混江龍】在明代前、後期以來的變化。鄭先生自言「態度傻，方法笨，支離瑣碎，自己並不滿意」，[1]但其集中焦點以探討問題的研究態度與切入視角，頗值得後輩學習，對於我在曲律學研究方面更有重大啟發。

曲律學研究的基本功夫確實是以「態度傻、方法笨」的曲牌格式比對做起，是極度磨練意志、耐心與觀察力的艱苦過程。然而在此極傻、極笨的過程中，若有一絲一毫的領會與發現，那就猶如在崎嶇蜿蜒的山徑石縫中乍見曙光般令人驚喜，那種苦澀與甘甜交織而成的滋味，如人飲水、冷暖自知。在學術研究的道路上，願與有心人一同分享所有的苦澀與甘甜，並且相互扶持、攜手同行。

1　鄭因百（騫）：〈仙呂【混江龍】的本格及其變化〉、〈仙呂【混江龍】的本格及其變化後記〉，收入氏著《景午叢編》（臺北：臺灣中華書局，1972年），下集，頁368。

附錄

書影1

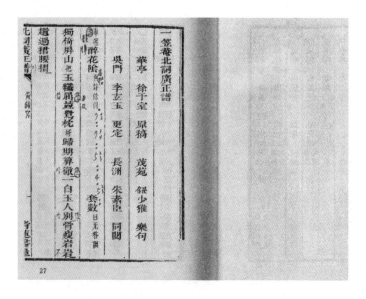

27

書影2

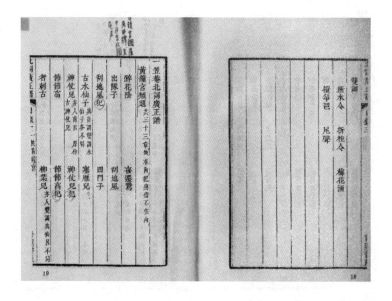

19   18

書影3

書影4

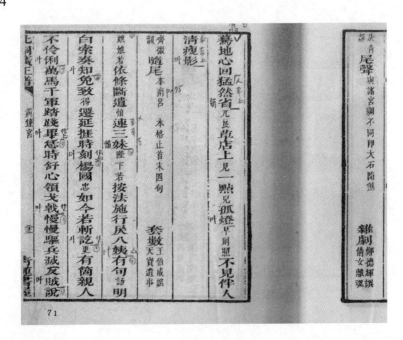

書影5

書影6

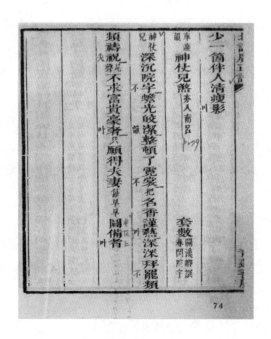

實例如下（完整內容請見光碟）

臺大中文學報　第三十九期
2012 年 12 月　頁 161～212
臺灣大學中國文學系

李玉《北詞廣正譜》收錄北曲尾聲曲牌之類型變化及其實際運用

李　佳　蓮[*]

提　　要

　　本文以「北曲尾聲曲牌的重要性」爲思考的出發點，透過《北詞廣正譜》與《太和正音譜》、《九宮大成北詞宮譜》、《北詞簡譜》、《北曲新譜》前後諸曲譜的比對校讎，觀察其格式上的衍變異同，歸納出《廣正譜》所收北尾，各宮調實有其堪爲尾聲原型之正格曲牌，以此基本類型爲基礎，進一步衍生變化爲三種類型——鎔鑄集曲而成、正襯增減變化、出入宮調使然，以及綜合上述三種之複合式變化，因此形成琳瑯滿目的尾聲曲牌。進一步觀察這些北尾的來源出處，以及李玉十餘部傳奇作品中所運用的北曲尾聲曲牌，發現李玉兼收諸宮調、元明散劇曲，呈現出北曲吸收諸宮調時變化移異之跡；而其劇作運用與後世崑曲舞台所流行者，多有集中在少數幾曲的情況，和上述聲清體系之後的北尾曲牌不謀而合。因此，李玉《北詞廣正譜》顯得尾聲曲牌變化紛雜，恐怕是曲家爲了盡力陳述與完整表現出曲牌格式實際演變的各種可能狀

本文於 101.05.29 收稿，101.11.21 審查通過。
[*] 明道大學中國文學學系助理教授。

況，其力求完備之態度雖值得嘉許，卻難免於繁瑣凌亂之譏。由此可知，北曲從元代到清代、從大漠漢北一路輾轉綿延到水鄉江南，時移世異之下，清初戲曲家所認知的北曲已經產生了實質上的變化。

關鍵詞：李玉、《北詞廣正譜》、北曲、尾聲、曲牌

李玉《北詞廣正譜》收錄北曲尾聲曲牌之類型變化及其實際運用

李　佳　蓮

前　言

在北曲譜的發展史上，元周德清《中原音韻》尚屬調名譜，整體架構仍未建立，僅能視為曲譜的雛型；明朱權《太和正音譜》按宮調分帙且有例曲，註明出處、平仄、正襯，已具整體架構及規模，但尚無韻腳、句讀、評注、變體，還是難稱完備；直至清初蘇州戲曲家李玉等人編修之《北詞廣正譜》，[1] 羅列每一曲牌之譜式分析，每曲首列正格、次列變格，曲文別正襯、點板式、標韻句、旁注入派三聲，如此精詳嚴整的體例，使得北曲譜輪廓分明、鬚眉畢具，拓展了北曲譜的格局及視野，堪稱北曲譜發展史上首部臻於完備、超越前譜的代表鉅作，其研究價值自不待言。

《北詞廣正譜》目前通行的板本是清康熙間青蓮書屋刻本、文靖書院刊本，臺北學海出版社 1998 年據以影印出版。此譜所收曲牌乃依「該宮調原屬曲牌」、「從缺曲牌」、「借宮轉調曲牌」三類羅列，其中「原屬曲牌」一項，往往首列該宮調常用首曲、末陳該宮調常見尾聲，隱然按照聯套規律排序，可

---

[1] 此譜正文卷首「華亭徐于室原稿、茂苑鈕少雅樂句、吳門李玄玉更定、長洲朱素臣同閱」（頁 27），華亭即今上海，茂苑、吳門、長洲均蘇州別稱，可知該譜是出於明末清初數位蘇州戲曲家、音樂家前後積累、通力合作所成。然根據卷首吳偉業序文所述，一般將編纂之功歸於李玉。

知李玉嚴謹有序的編譜態度。也因此，此譜收錄了哪些尾聲曲牌也一望即知。

　　北曲尾聲曲牌的重要性，古來曲論家們每屢屢強調：元曲論家芝菴《唱論》云「成文章曰樂府，有尾聲名套數」，[2] 可知「尾聲」是北曲聯套的組成要素之一。明王驥德《曲律・論尾聲第三十三》云：

> 尾聲以結束一篇之曲，須是愈著精神，末句更得一極俊語收之，方妙。
> 凡北曲煞尾，定佳。[3]

點明尾聲曲牌「結束一篇之曲」的功能，需要具備「愈著精神」的特質，因此「北曲煞尾，定佳」，然而，「佳」在何處？必有值得探究之處。清《九宮大成北詞宮譜・凡例》：

> 北調煞尾最爲緊要，所以收拾一套之音節，結束一篇之文情。宮調既分，體裁各別，在仙呂調曰【賺煞】、在中呂調曰【賣花聲煞】、在大石角曰【催拍煞】、在越角曰【收尾】，諸如此類，皆秩然不紊。[4]

可知北曲尾聲的緊要處與佳處，在於收束聲情的功用與秩然不紊的特性。由此看來，北曲尾聲曲牌之重要性已昭然若揭。

　　返觀《北詞廣正譜》中所收琳瑯滿目的北曲尾聲曲牌，即可發現其數量之多、名目之繁、體裁之異，大異於之前的北曲譜《太和正音譜》，因而顯得錯綜複雜，恐怕令人如墜五里霧中。

　　何以如此呢？既然李玉對於曲牌排序應有嚴謹的編列態度，那麼，他收錄了這麼多令人眼花撩亂的尾聲曲牌，是否其中自有理序？有其編譜用意嗎？或者反映出什麼編譜理念以及曲律現象呢？是否可以爲《北詞廣正譜》中的北曲尾聲曲牌，條理出「秩然不紊」的體系？以上問題意識，引發筆者強烈的研究興趣，因此以「北曲譜對北曲尾聲的紀錄與書寫」作爲本文之思考核心。

2　元・芝菴：《唱論》，收入《中國古典戲曲論著集成》第 1 冊（北京：中國戲劇出版
　　社，1959 年），頁 160。

3　明・王驥德：《曲律》，收入《中國古典戲曲論著集成》第 4 冊（北京：中國戲劇出
　　版社，1959 年），卷三〈論尾聲第三十三〉，頁 139。

4　清・周祥鈺、鄒金生編，徐興華、王文祿分纂：《九宮大成北詞宮譜》，收入《善本
　　戲曲叢刊》（臺北：臺灣學生書局，1987 年），第 1 冊〈凡例〉，頁 74-75。

窺探曲律萬花筒之奧祕

171

對於北曲尾聲曲牌的研究，歷來學者們略有關注：蔣菁《中國戲曲音樂》中說：

> 尾聲用於結束全套曲，北套與南套相比，引、尾的情況正相反，南曲是引
> 繁尾簡，北曲則引簡尾繁。南曲尾聲雖名稱很多，但結構大致相同；北曲
> 各個宮調的尾聲不僅名稱不同，結構也各異，甚至每個宮調就有好幾種。[5]

姑且不論蔣氏所謂「南曲引繁尾簡、北曲引簡尾繁」的說法是否完全正確，北曲尾聲之名目繁多、內容複雜、結構各異已不言可喻，而蔣氏對北尾的研究也僅止於此。周維培《曲譜研究》則注意到北曲尾聲的性質，可分為「全篇尾聲」以及「末句」兩個層面，他還注意到《北詞廣正譜》專列「北曲尾聲」欄：

> 《北詞廣正譜》專列「北曲尾聲」欄。其中道宮、小石、般涉、商角、
> 高平輯曲不多，每調一尾聲；但黃鐘等九種宮調則其收尾聲凡 57 種。
> 如此紛繁瑣細，又有重複，反而不切於實用。真正通用尾聲常規，仍以
> 《中原音韻》所輯為是。[6]

直指《廣正譜》所收北尾的缺點；但為何紛繁重複？果真不切實用嗎？況且，什麼才是「真正通用」的「尾聲常規」？《廣正譜》和《中原音韻》所輯又有什麼「是非」不同？以上疑點卻全無說明，失於簡略。俞為民在《曲體研究》中則將北曲尾聲區分為「本調類尾聲」和「以曲調代作尾聲」兩大類，兩類均可以再細分為二小類，並舉例說明，[7] 可以說是目前對於北曲尾聲曲牌分析較為深入的學者，但其分類方式與所舉例曲仍有待商榷之處。

　　筆者不揣譾陋，擬在前輩學者研究的基礎上，針對《廣正譜》所收北尾諸多琳瑯滿目的變化形式再作進一步的探討，希望能釐清《廣正譜》中北尾曲牌錯綜複雜的情形，嘗試理出這些「宮調既分」的尾聲曲牌，具有什麼「體裁各別」的特質，為其分門別類，建立「秩然不紊」的體系。

　　本文的研究方法，將以縱向的北曲譜發展脈絡與橫向的問題探究，作穿插

---

[5]　蔣菁：《中國戲曲音樂》（北京：人民音樂出版社，1995 年），頁 96。
[6]　周維培：《曲譜研究》（南京：江蘇古籍出版社，1999 年），頁 286、287。
[7]　俞為民：《曲體研究》（北京：中華書局，2005 年），頁 207-208。

交錯的比對與討論。縱向方面，往前溯源，本應以最早收錄北尾曲牌的《中原音韻》爲參照對象，但因其僅爲具目錄性質的調名譜，況此目錄也被《太和正音譜》收納，因此往前追溯仍以明朱權《太和正音譜》[8]爲據，往後對照則以清乾隆間《九宮大成北詞宮譜》爲參考，並根據目前研究元代北曲功績卓著的吳梅《南北詞簡譜》[9]以及鄭因百（騫）先生《北曲新譜》[10]二譜所收北曲尾聲，與清初《廣正譜》所收尾聲曲牌進行反覆比對校核，釐析異同，並嘗試爲尾聲曲牌分門別類、建立體系。

　　橫向的問題探究方面，首先第一節整體鳥瞰《廣正譜》所收北尾錯綜複雜的情形，提出曲牌名實異同的問題。其次，第二節再從曲牌格式異同，嘗試爲《廣正譜》所收北尾分門別類，提出「各宮調均有『堪爲尾聲原型』的正格曲牌」的觀念，並集中觀察、深入探討正格曲牌之間親疏遠近的關係，並從《廣正譜》註語印證筆者的推論。第三節則提出北曲尾聲曲牌，大多在正格尾聲的基礎上，透過三種衍生變化的途徑，及其複合式變化，以致孳乳出琳瑯滿目的變體，同時驗證正格曲牌作爲尾聲曲牌變化衍生之原型的合理性。第四節再結合這些北尾的出處來源，探析李玉編譜時對於北尾的認知與界義；並將討論延伸至應用層面，即從李玉數量豐富的傳奇作品中，觀察李玉編譜時收錄如此龐大的尾聲曲牌，是否運用在他實際的創作之中？並與後世崑曲舞台上所常用者並比而觀，從中探究曲牌正、變之間是否象徵著某種曲律現象的合併與析離？再以此反思李玉《廣正譜》中北曲尾聲曲牌之諸多類型，對於後世北尾曲牌的流傳具有什麼意義與價值，作爲本文探討最終的實質內涵與核心價值。[11]

8　明·朱權：《太和正音譜》，收入《中國古典戲曲論著集成》第3冊（北京：中國戲劇出版社，1959年）。

9　吳梅：《南北詞簡譜》（臺北：學海出版社，1997年）。

10　鄭因百（騫）先生：《北曲新譜》（臺北：藝文印書館，1973年）。

11　特別說明的是，本文引用諸多曲譜，如：《正音譜》、《廣正譜》、《九宮大成》、《簡譜》、《新譜》等，行文中爲免繁瑣，將於引文之末括弧註明頁碼，恕不另行加註。又，李玉《北詞廣正譜》所收曲牌本即北曲，後文或以「北尾」、「尾聲」諸詞替代完整的「北曲尾聲曲牌」，殆無爭議。

與爾同銷萬古愁

〈時代的悲吟與創憶：論晚清詩的苦難敘事〉

林香伶

說書人簡介

　　林香伶，臺灣省臺東市人，國立臺灣師範大學國文學系博士、國立政治大學中國文學系碩士。現任臺灣東海大學中國文學系教授、貴州遵義師範學院客座教授，主持科技部專題研究計畫、教育部中區中文寫作中心計畫、教學卓越子計畫、中國國家社科基金重大項目等，曾任東海大學教學資源中心主任、《東海中文學報》主編，擔任科技部計畫、大學校院學術期刊、教育部教師資格、學術會議等單位審查委員，獲選科技部特殊優秀研究人才獎助、弘光醫專優良導師等。學術專長為南社研究、中國文學史、古典詩詞、近現代文學、敘事理論與文學、俠義文學等領域，擅長國語文題庫建置、創意思考與寫作教學開發，著有《反思‧追索與新脈：南社研究外編》、《南社詩話考述》、《南社文學綜論》、《以詩為劍──唐代游俠詩歌研究》、《詩話研究：詩學與文化》（合著）、〈吟壇創格與詩學別裁──從《海天詩話》、《扶桑詩話》論近代詩話視野的新創、局限與中日交流譜系〉、〈近代新派詩話的遺珠──高旭《願無盡盧詩話》析論〉、〈南社詩話芻議〉、〈時代感懷與國族認同──柳亞子「南明書寫」研究〉、〈鄉邦意識與族群復興──陳去病「南明書寫」研究〉等學術專著數十種，主編《借味‧越讀──時光‧地景‧大度山》等。近年受邀至新加坡國立大學、南京大學、復旦大學、華東師範大學、蘭州大學、山東大學、南京師範大學、西北師範大學、蘇州大學、上海大學、濟南大學、上海政法學院、貴州遵義師範學院等校講座及訪學。擔任中國近代

文學學會南社與柳亞子研究分會名譽理事、中國近代文學學會名譽理事、蘇州南社學會名譽顧問等職。

前情提要

寫作這篇論文並非偶發的靈感，更不是因應某個學術會議邀約的急就章。對我而言，這是個醞釀已久的寫作旅程，從研究方法的運用、文本材料的關注、科技部計畫提寫的準備，一直到通過審查、執行、提報成果，仍在持續留意的研究主軸之一。

約在十多年前（2005年左右），我接獲中興大學歷史系劉瑞寬老師的邀請，正式加入由林正珍教授籌組的臺灣敘事學會。那幾年間，我除了出席學會舉辦的會員大員外，定期閱讀、討論、腦力激盪的敘事學讀書會，成爲我十分重要的「日常」。2008年10月4日，學會舉辦「第三屆敘事學國際研討會『過去的聲音：民間文學、口敘歷史、田野調查』」，身爲會員的我，自然也被指定要「貢獻」一篇論文。當時我正在研究晚清小說，爲此催生了第一篇用敘事學視角寫作的論文——〈覺世與再創——論歷史敘述在晚清新小說的運用〉（《東海中文學報》第21期，2009年8月，頁113-148）。在此之前，我對南社的「南明書寫」與《國粹學報》的「史傳書寫」等「歷史敘述」現象有些研究心得，由於發現晚清時期最爲耀眼的小說，似乎很少有學者以「歷史敘述」的方式去做研究，爲此，我從晚清有別於過去的歷史元素切入，發掘晚清新小說以實踐小說界革命爲創作基礎，用「新社會史式」的敘述方式，賦予晚清新小說家「覺世之心」與「再創精神」的評價。

不過，敘事學在小說、戲劇的運用，基本上還是常見的。對主力放在古典詩歌研究的我來說，詩呢？中國的詩歌不可以用敘事學進行研究嗎？晚清詩大量描寫中國人的苦難，在篇幅上不斷「拉長」的現象，絕不是偶然的！在晚清詩話被評以「詩史」的作品「們」，究竟是憑藉何種條件，才能獲得文學史長期對杜甫（712-770）詩的「詩史」評價？當腦際出現這樣的提問和發想時，我的心情頓時變得很複雜：一來興奮可能開發出一

個新的研究領域，二來也有些疑慮和擔心！是的！晚清詩歌的數量驚人，相對於過去的詩歌內容、長度，以及晚清「學人之詩」的寫作風氣，晚清詩不僅閱讀困難度頗高，究竟要如何設定研究主題，破解這一首又一首的長篇巨製，需要有些方法、策略、工具。研究要聚焦在哪些作者和作品上，才能掌握晚清詩的特點，還可以寫出不只一篇的論文呢？（基本上，我在設想研究主題時，都希望不會是一次性的，這可能源自於論文撰寫經常必須來個「未來展望」的影響。）也因此，這篇論文其實是和〈沿襲與新創：論晚清敘事詩長歌當哭現象及其敘事模式〉（《東海中文學報》第25期，2013年7月，頁139-176）同步撰寫的姐妹作。在從事本篇論文的寫作時，因爲事先有了這個念頭，內心其實頗爲「竊喜」！老實說，同時撰寫兩篇論文，絕對是累人的，但因材料多數可以共用，省去不少重新摸索、統整的時間，更讓自己在磨人的論文寫作過程中，有些「一魚兩吃」的特殊體會。

　　因此，這篇文章先在輔仁大學中文系主辦的「抒情與敘事的多音交響——中國文學國際學術研討會」發表（2011年11月12-13日），獲得評論人嚴紀華教授的寶貴意見後進行修正，之後再進行學術期刊投稿。另一篇姐妹作原名爲〈長歌當哭：論晚清敘事詩的敘事模式〉，則在本系主辦的「中華文化與文學學術研討系列——第十七次會議：中國古典詩學新境界學術研討會」（2011年11月19-20日）發表，由龔顯宗教授講評，修改之後也投稿學術期刊。一般而言，我的論文寫作歷程，基本是循著：**過去學術積累－近期研究關注－研究計畫申請－研討會發表－學術期刊投稿，五段漸進模式逐步落實**。在此之前，我經常寫完文章就逕寄期刊投稿，經常遭遇挫折，經過一些師長指點後，改由先在相關主題的研討會發表（不僅可直接得到現場眞人指點，與學者進行交流），修整過的文章投稿通過率大大提高，也會提振寫作自信。

如何炒這盤論文的菜

一、從大量閱讀到定錨閱讀

　　一般而言，在還沒有正式進入撰寫論文的作戰階段前，大量閱讀是絕對必要的。在此之前，我已經讀過部分晚清詩人的作品，也揣想從事晚清詩研究的可能性。因此我考量的是：若能為論文主角——晚清詩，建置一個論文專用的個人資料庫，絕對是論文寫作最強而有力的後臺。但是談何容易呢？這篇論文預計處理的不是一個詩人、一個詩派，依照設定的時間，是從1840年開始，一直到清朝結束的1911年，這長達七十年的時間軸，其中有多少詩人？寫下多少詩歌？單靠我一個人絕對不可能完全掌握！窮搜一生也絕對辦不到！然而我要怎麼說服自己，完成全數作品的閱讀其實是不可能的呢？或者，即使閱讀數量有限，但納入論文資料處理，再進行整理的晚清詩，不僅具有代表性，數量其實也不算少（或者說，數量是很足夠的）？

　　我回想起撰寫碩士論文的經驗，當時以《唐代游俠詩歌研究》為題，主要的研究範圍設定在《全唐詩》，現在看來，《全唐詩》絕對是不全的（其實只要看到冠以「全」字的叢書、套書，我們可以心領神會的想著「此事古難全」，「求全」，在論文寫作過於堅持，有時不見得是必要的），但《全唐詩》畢竟是收錄唐代詩歌的重要選集，代表詩人、詩歌總數，據此梳理唐代游俠詩的重要主題絕對不成問題。如此思考後，我想著有無《全清詩》之類的叢書？上網查了一下，浙江大學傳統文化研究所1993年10月成立「《全清詩》編纂籌備委員會」，我樂觀地以為《全清詩》應該出齊了吧！很遺憾地，《全清詞》出版了，但沒有《全清詩》。第一志願沒法取得（至今其實也還未完成），總得有替代方案吧！因此，以「晚清詩」、「清詩」、「近代詩」為關鍵詞，《近代詩鈔》、《清詩紀事》、《晚清詩話》、《近代詩舉要》等，「可能」是合適的叢書。此外，晚清的代表詩人呢？他們的個人集子總得找出幾本（叢書畢竟是不可能面面俱到的）。我試著列出一長串名單：龔自珍（1792-1841）、

魏源（1794-1856）、鄭珍（1806-1864）、張維屏（1780-1859）、金和（1818-1885）、魯一同（1805-1863）、姚燮（1805-1864）、江湜（1818-1866）、黃遵憲（1848-1905）、梁啟超（1873-1929）……結合代表詩人的重要詩集，應該萬無一失吧！於是，當資料一堆一堆的出現在眼前時，非但沒有令我感到雀躍，我竟開始責怪自己野心太大，似乎不應該挖一個這麼大的洞跟自己過不去，這簡直和自殺無異，何必呢？我好好做一個晚清詩人就好，不用搞這麼大吧！重新思考自己設定的目標——晚清詩的「苦難敘事」（Trauma Narrative），沒有人要求我必須讀完每一個詩人的作品（也做不到），既然是要掌握文學史的重要書寫現象（尤其是中國詩歌），我絕不能退縮到只處理一個詩人，這不是我的原意，也無法以小見大，掌握晚清詩的重要圖景。在反覆考慮後，我從一開始的大量閱讀（幾近雜亂無序）到以《近代詩鈔》、《清詩紀事》為主的定錨閱讀，順時而下，使論文寫作的文本有了基本的依據，建置資料庫的初衷也得以保留。

二、難捱的一段旅程：理論的選用

　　論文寫作尚未真正開展前，理論的選用是與文本閱讀同步搭配的。由於論文以晚清詩的「苦難敘事」（Trauma Narrative）為研究主軸，在找尋其他前行研究者有無適合的理論可供借鑑的過程，花費不少時間。幸運的是，一開始就鎖定展現晚清時代特性為目標，考量以時代苦難為中心點，再思考促成苦難形成的可能原因，進而以敘事學中的宏大敘述（Grand Narrative）、私人敘述（Private Narrative）概念去推敲……。於是我大膽地推敲，晚清經歷中國前所未有的苦難現場，在他背後的「創傷」，不就是宏大敘述的基本條件嗎？而這些苦難的積累，不正是文本所呈現的書寫樣貌嗎？不管是歷史材料，小說也好，詩歌也罷，透過閱讀，讀者腦中形成的概念，其實就是作者刻意營造的「歷史記憶」啊？因此我以「創傷」、「文化創傷」為主要的關鍵詞，循線找到梁燕城〈文化創傷與百年苦難的理則——探索一個新的詮釋歷史和社會模式〉、黃心雅：

〈創傷、記憶與美洲歷史之再現：閱讀席爾珂《沙丘花園》與荷岡《靈力》〉兩篇論文，因而進入Jeffrey C. Alexander及Clifford Geertz有關文化創傷的相關理論閱讀。在這些文獻中，"*Cultural Trauma and Collective Identity*" 和 "*The Interpretation of Cultures*" 提供了不少新的視野，同時也幫助我對創憶（marking their memories）觀點的建構——創傷記憶必須有所依據，先從個人記憶的書寫，再逐步拓展到集體歷史的普遍認同。當然，晚清經歷太多戰爭，戰爭帶來流血、流離，經由詩人的筆，這些苦痛看來是寫不盡。也因此，一連串的苦痛記憶逐漸成為歷史共同的創痛，詩話中出現大量的「詩史」評價也不難理解了。在閱讀文本和理論之際，我提出一個又一個的問題，而這些問題也在寫作時進行破解（當然，重要的文本內容、問題，都需要記錄下來，「靈光乍現」的情況不是經常有的，但踏實地記錄是絕對必要的，否則一到寫作時，「忘記」總比「記得」的要多得多）。

三、綱架的搭建到實際的寫作

文本和理論閱讀一直是同步進行的，待文本與理論閱讀的整理到一段落，實際進行論文架構的搭建之前，還有件必要的事——研究文獻的掌握。在論文最後出現的引用書目「們」，其實只是最後得以面世，與論文最直接相關的文獻。除了剛才提到的黃心雅、梁燕城等人的文章，李亞峰的博士論文《近代敘事長詩研究》（蘇州大學，2008年）對我有不少啟發，但以「文化創傷」角度切入，進行晚清詩研究的論文，確實無人，這個發現讓我覺得安心（研究對象、文本可能是固定的，但以不同的理論或方法重新研究，常會使研究成果充滿新的意趣，這也是古典文學一直可以有翻新詮釋的原因所在）。

論文的綱架共分五節。問題意識在第一節就逐漸形成，經由關鍵字自由建構[1]的方式進行，像是故事story／敘事narrative、喜歡聽故事／如何

1　雖言「自由」建構，但需與論題相關，先求有再求好的方式羅列關鍵詞。

說故事、晚清苦難的世代／敘事的要件、苦難的經歷‧理解與敘述、國家不幸詩家幸、敘事詩／苦難敘事／敘事模式等。之後再將論文相關的問題逐一聚焦、具體化，如：什麼是敘事詩（條件／傳統／定義）？詩歌如何書寫苦難（與小說／散文差異在哪裡）？晚清敘事詩的研究方法、理論、敘事模式還有哪些選擇？第一節「緒言：中國晚清‧苦難敘事」，以劉若愚（1926-1986）《中國詩學》中的一段「尾聲」出發，透過向前輩提問的方式，將自己對中國敘事詩長度的閱讀心得予以對照，提出對「中國敘事詩不發達？」──這個被多數學者接受概念的質疑。若以晚清詩人王闓運（1832-1916）名篇〈彩雲曲〉（104句）、〈後彩雲曲〉（112句）、〈圓明園詞〉（126句）等詩為例，這些其實都在百句以上；而黃遵憲更將〈拜曾祖母李太夫人墓〉（1040字）、〈錫蘭島臥佛〉（2160字）、〈番客篇〉（2040字）等長詩的閱讀紀錄一一呈現。其次，再針對「中國詩人不願意描寫衝突」的概念提出第二個疑問，將〈三元里〉、〈三將軍歌〉、〈定海紀哀〉、〈狼兵收寧波失利書憤〉、〈阿芙蓉〉、〈江南吟〉、〈寰海〉、〈陳忠愍公死事詩〉等作品──幾乎都以聚焦武力與衝突的方式，進行戰爭場景與犧牲將領的陳述與形塑，為晚清詩特殊的「共通時代性」（time-character）找到依循。在說明對晚清詩書寫現象的掌握和理解後，進一步提出論文的視角和寫作重心是：「本文希望透過文化創傷理論的視角，試圖探討晚清詩人對於歷史悲痛的情感表述，如何創造屬於晚清中國的苦難記憶？透過事件史與傳記史的撰寫方式，厚實詩歌哪些內容？」

第二節「苦難敘事的理論背景──晚清詩歌演繹的創傷記憶」，表面看來是對梁燕城、黃心雅、Jeffrey C. Alexander、Clifford Geertz等人相關研究的介紹，真正的目的則是：如何透過理論的視角，可以和論文的主角──晚清背景、晚清詩，形成一個比較合適的「聯姻」方式。由於梁燕城原本就是透過文化創傷（Cultural Trauma）、深厚描述（Thick Description）、社會戲劇（Social Drama）等理論去「了解中國近百年的民族文化特質，及解釋近代至如今，中華民族的發展會如此艱難困苦，有

如此多之悲痛和憤怒」等現象。本文將文化創傷關涉集體苦難被記憶的方式與內容，歸納出「苦難的性質」、「受害者的性質」、「受害者與更廣大的觀察者的關係」、「責任歸屬的問題」四種敘述重心，進一步作為檢視晚清詩的內涵，讓理論和相關的文本產生基本的「謀合」。因此，「苦難的性質」可以「國難」視之，或為列強入侵、天災人禍、清官惡行所致；「受害者的性質」多數為黎民蒼生，有時也賦予種族的標記（或為中華民族、黃種人），或涉及天災人禍造成的民生疾苦；「受害者與更廣大的觀察者的關係」則具有一定的系聯與照應，多數苦難均具有遍布性，而個人苦痛則是群體意識形成的基礎；在「責任歸屬的問題」上，晚清詩人因身分不同（或為清朝官吏，或為親歷者，或強調漢族血統），指陳苦難的製造者也未必相同（或責難清廷，或痛斥列強）。因此，種種敘述的重心及內涵，也同步成為後段文章的基本依據。

　　本文以文化創傷理論進行思考，將事件史與傳記史視為代表晚清苦難敘事的兩大主軸，自然也將詩歌寫作列入其中考量，再把主軸分別建立在小敘述與大敘述的敘述重心。大敘述包含與歷史事件扣合的戰事進行、重要人物的敘述；小敘述則包含私人的、個別性的、局部／地方性的社會事件、人物（非影響時局者）的紀錄。自古以來，天災與人禍可謂苦難形成的重要源頭，而晚清的苦難更是其來有「事」（尤指人事），在以詩為考察背景下，可分成「以人繫事」和「以地繫事」兩種類型，前者以實際涉事的具體人物形塑為主，後者則以追憶舊事、今昔對照為綱，一般而言，前者內容較後者更為豐厚。在架構設計上，先區隔出第三節「苦難的悲吟：詩歌成就事件史的敘述」，與第四節「苦難人物的形塑：詩歌創造人物的集體記憶」兩個主軸，底下再各分「敘事必有因／以事件為主軸的苦難詩篇」、「悲情英雄的謳歌／遭難女子的悲吟與頌讚」兩個層次。由於這是本文在與晚清詩對話上的重要呈現，寫作時留意前行研究的導入與對應也格外重要。如李亞峰博士論文《近代敘事長詩研究》與本文研究材料接近，在對晚清詩傾注苦難敘事的推測可為借鑑，或是如北京中華書局出版的《鴉片戰爭文學集》（1957）、《中法戰爭文學集》（1957）、

《甲午中日戰爭文學集》（1958）、《庚子事變文學集》（1959）、《反美華工禁約文學集》（1960）等書，則是提供晚清苦難敘事重要的參照文本，即使在論文寫作時不見得可以完全融入，稍加注解，也可說明相關研究的掌握能力。

必須說明的是，雖然文章主角是晚清敘事詩，若僅僅介紹作品內容，容易流於詩歌賞析，就會缺乏論文辯證與反思的特質。因此在引用詩歌探討時，除了就詩歌如何「敘事」的結構加以論述，也要推敲作者寫作時的心情感知，如此一來，寫進論文的詩歌除了是有代表性的名篇之外，也必須留意重大事件的詩歌記實方式，再配合晚清詩家普遍肯定敘事詩寫作的若干舉證。由於以事件作為敘述主軸的詩歌，也影響詩評家建構「詩史」的評詩標準，因此過去曾經研讀梁啟超《飲冰室詩話》強調「詩史」的印象也隨之喚醒[2]。至於一再對照詩話評論與晚清詩的寫作特色，說明本文前段所言——創傷理論的合用性，並印證晚清敘事詩在文化創傷感知下，凝聚集體記憶的寫作策略，自然也必須進一步提出說明。

第四節的挑戰則是如何挑選晚清詩歌中的人物書寫的例證？如果將所有閱讀資料整理出的人物一一羅列，文章會顯得混雜，難以聚焦，唯一的好處只有文章可以寫得長一點？（很多人寫文都習慣算字數、湊字數，難以捨棄不合宜的部分，結果是枝蔓橫生，有時還破壞了心血，相當不值）在此，在梳理晚清敘事詩時發現，詩人筆下的角色遍布各個階層：既有身陷戰役的將士，亦有飽受迫害的百姓；有懦弱無能的官吏，亦有霸道蠻橫的西人；有堅毅勇敢的女子，亦有慨嘆悲苦的老者。在確定以聚焦苦難記憶的「傳記史」詩篇為主要對象後，援引英雄與女子的形塑為例，就成為第四節的論述主軸。大致說來，晚清詩敘述人物或事件的方式不同，但以

2　筆者曾以〈重返現場——《飲冰室詩話》通行本與內在底蘊的示現〉一文處理《飲冰室詩話》建構詩史的相關內容，收入吳彩娥等人合著：《詩話研究：詩學與文化》（彰化：彰化師範大學國文系，2009年），頁191-238。當時參與近代詩話讀書會，和師友共同研讀，提升不少近代詩學的相關知識。

詩存人、以詩存史的精神是相互扣連的，因此第四節舉證時，更集中提取深厚描述（Thick Description）的敘寫方式，尤其是在英雄瀕死部分放慢敘述頻率，使讀者自然產生「貼近閱讀」（Close Reading）的效果，說明血腥淋漓模式的聚焦寫作，讓晚清詩與傳統壯美、悲壯的戰爭詩有所區隔。另外，本段也運用傳記寫作的別傳、合傳視角，藉此分析不同人物的寫作特徵，至於「死事」的壯烈書寫，不僅是晚清詩的悲吟主調，同時也是詩人刻意結集對苦難追究的能量，本段也盡可能舉出不只一個的例證加以佐證。至於遭難女子的描述上，由於人物身分較為複雜，則先分扁平人物與圓型人物兩類，再依不同身分和對待命運的態度進一步分析。詩歌中的公主、嬪妃、孝女、貞婦、棄婦、飢婦、病婦等身分，多半順從命運安排、歸咎天意，不具化解苦難的能力，在形象建構上特殊性不足，行文時就簡單以列名、簡述的方式帶過。至於烈女、歌妓與奇女子為主的作品，不僅與晚清史實相關，形象也相對鮮明，就進行細部的探討，但詩作太多，仍需再做斟酌。最後再以姚燮、金和──描述女性頗具特色的詩人為例分析，以搭配女性形象的典範建構。

第五小節的結語，外加「並非旁觀──見證苦難的晚清詩」的標題，主要是對本文的反思與定調。如同本文以「時代的悲吟與創憶：論晚清詩的苦難敘事」為題的寫作構思，希望可以依據晚清特殊的苦難背景，開闢事件史與傳記史的認知途徑。在結語撰寫時，則是以概括式的視角，重新審視本文的重要發現，一是晚清詩發揮「史外傳心之史」的作用，二是「善陳時事」的寫作特色，使敘事性自然成為晚清詩的「標誌」。最後則再簡單做一檢討收筆。

給讀者的話

論文寫作從來就不是一件輕鬆的事，能夠找尋到合適自己的研究議題，進而長期耕耘，無怨無悔的投入，樂在其中，其實是可遇不可求的。

本文在寫作構思上煞費心神，主要是希望在基本文本的分析論述上找到可支持的相關理論，透過不同的視野切入，讓晚清詩的苦難敘事產生新

的解讀方式。因此在研究計畫撰寫時期，就嘗試製作個人閱讀的資料庫，在閱讀不同領域論文的過程中，也數次修正研究方向，還曾經有棄守的念頭（在此之前，我比較集中寫南社相關研究，本文以晚清詩爲研究主題，部分原因是爲了擴展研究領域和挑戰自我）。投稿期刊接受之後，除了進行必要的內容修正、字句調整、別字校對外，期刊要求所有的書目都得有英文翻譯，更是困擾了許久，所幸透過師友協助，逐一克服。此外，爲了不讓辛苦所成淪爲一次性的論文寫作，在課程開設時，適時將本文帶進課堂討論之中；在受邀講學時，也將論文菁華與其他師友、同學分享；在平日閱讀中，也經常思考日後的延展方向，才能使研究靈感源源不絕。透過晚清詩的研究，我對晚清的苦難有更深一層的理解和感知，日後有機會前往虎門炮臺、三元里等遺址走一遭時，更感覺研究晚清、近代的眞實與震撼，我想，這應該是寫論文之外最大的內在收穫吧！

　　實例如下（完整內容請見光碟）

東吳中文學報　第二十三期
2012 年 5 月　　頁 275-306

時代的悲吟與創憶：論晚清詩的苦難敘事[1]

林香伶[*]

提　要

　　本文有鑑於晚清詩普遍反映時局動亂的現象，採用文化創傷理論作為論述支持，試圖探討晚清詩人如何化用抒情美學以表達對歷史悲痛的敘述？創造哪些屬於晚清中國的苦難記憶？透過事件史與傳記史的撰寫方式，又是如何厚實晚清詩歌苦難敘事的內容。

　　整體而言，在晚清詩詩人深沉的哀嘆之中，或以人繫事，或以地繫事等方法，建構鮮明的晚清敘事詩圖景展開論述，其融合敘事與抒情的寫作手法，舖設合理的人、事敘述，故事情節精煉，在時間長度與空間變化的展現上，具有「以詩補史」、「詩史互證」的特徵。面對苦難時，詩人以親身經歷的「自我敘事」，抒發悲、憤之情，且在構建集體記憶的過程中，給予人物鮮明悲苦的形塑，透露「個人身分認同」之意涵；同時，為加深讀者印象，方便為時代「創憶」，晚清詩人以創傷敘述的方式記憶苦難的深度，在清末詩壇形成特殊現象，有其探究之價值。

關鍵詞：晚清詩、苦難、敘事、詩史、創傷敘述

[1] 本文為執行 98 學年度行政院國家科學委員會「時代的悲吟與創憶──晚清敘事詩研究」研究計畫（NSC 98-2410-H-029-049）部分成果。

[*] 現任東海大學中國文學系專任副教授

一、緒言：中國晚清‧苦難敘事

　　中國詩壇有如百花多樣、繽紛盛放，既有安居田園的陶淵明，也有浪漫俠情的李白、悲天憫人的杜甫，更不乏提倡奪胎換骨的黃庭堅、劍氣簫心的龔自珍等名家。歷來詩學研究者為理出中國詩歌的傳統與特徵，從詩言志、感知出發，以意象、用韻、鍊字、節奏等條件為線索，歸納出中國詩歌抒情傳統的美學特徵。劉若愚名著《中國詩學》的「尾聲」即言：

> 中國詩善於短篇抒情詩和內省的詩，但是相對地短於敘事詩。當然，敘事詩是存在的，但是在長度上從來沒超過數百句。至於劇詩（曲），它在習慣上總是與散文混在一起。……中文充滿單音節詞和雙音節複合詞，這些由於具有固定的音調和頓音的節奏，本身不適合於長篇的詩作。……各個具體表現出整個人生觀的偉大史詩和悲劇之缺如，或許也由於中國人精神的流動性。在我看來，中國人的精神是實際的（pragmatic）而不是教條的（dogmatic）……中國詩中缺乏史詩，或者至少英雄史詩的另一個附帶的理由是，中國讀書人對於崇拜個人勇猛與肉體武力的貶斥。……對人的命運與生存的這種悲劇感時常出現在中國中，可是它並沒有發展為具有戲劇形式的完整的悲劇，也許是因為中國詩人不願意描寫衝突。……中國詩也許在概念的宏大與感情的強烈比不上西洋詩，但是在知覺的敏銳，感情的細緻以及表現的微妙上時常凌駕西洋詩。……[2]

上述「總結」是劉氏在建構極為龐大的理論與作品參照之後，為中國詩學發展現象所提出的普遍概念，且早已被多數學者接受。然而，若將此論置於「中國三千年未有之變」的晚清進行探查，似非準則。

　　首先，劉氏認為中國以抒情詩為大宗，但不否認敘事詩存在的事實，其「長度上從來沒超過數百句」一說，似可商榷。〈孔雀東南飛〉計 357 句（1785 字），其篇幅長、內容淒婉動人，長期穩居中國敘事長詩的「首席」；但單就晚清詩人王闓運（1832-1916）名篇〈彩雲曲〉（104 句）、〈後彩雲曲〉（112 句）、〈圓明園詞〉（126 句）等詩來看，其實都在百句以上；而黃遵憲（1848-1905）更以〈拜曾祖母李太夫人墓〉（1040 字）、〈錫蘭島臥佛〉（2160 字）、〈番客篇〉（2040 字）等長詩傳世，可見晚清敘事長詩，並不在劉氏關照之列。其次，劉氏將中國缺乏史詩與悲劇之因，歸咎於中國人精神的流動性，以及對武力與衝突的貶斥傳統，也需再議。事實上，詩人面對鴉片戰爭後接踵而至的歷史事件，憤慨激昂者難以

---

[2] 劉若愚著；杜國清譯：《中國詩學》（臺北：幼獅出版社，1979 年），頁 252、253、254、255、256 等處。

數計，真正全然無感、置身事外者，微乎其微。覽讀〈三元里〉、〈三將軍歌〉、〈定海紀哀〉、〈狼兵收寧波失利書憤〉、〈阿芙蓉〉、〈江南吟〉、〈寰海〉、〈陳忠愍公死事詩〉等作品，無一不是以聚焦武力與衝突的方式，進行戰爭場景與犧牲將領的陳述與形塑。是以，晚清詩人作品展演「余不得已也」的紀實描述，積累過去「知覺的敏銳，感情的細緻以及表現的微妙上」的經驗，晚清詩歌的苦難敘事，同時表現「概念的宏大與感情的強烈」，在詩歌抒情傳統外，另有一片天地。

　　眾所皆知，身處乾坤之變的晚清，深受西方思潮衝擊，正是中國詩學由舊轉新、由古典往現代過渡的關鍵階段，此時詩歌傳統的抒情中心逐漸轉化，「題材之廣，篇幅之巨」的敘事詩，形成顯明作者「共通時代性」（time-character）的重要載體。推究其因，除了可上溯清初錢謙益、吳偉業等人對詩史的檢討與實際創作外；以古詩和樂府為主要體裁的晚清敘事詩，不只承繼以往紀實、感事的敘事方式，為因應時代巨變，其諷喻作用、對象、題材，更突破古典敘事詩的格局與形製，直接環扣苦難，為時代創憶（marking their memories），形成一首首悲吟之曲。緣此，為理解此書寫現象，本文希望透過文化創傷理論的視角，試圖探討晚清詩人對於歷史悲痛的情感表述，如何創造屬於晚清中國的苦難記憶？透過事件史與傳記史的撰寫方式，厚實詩歌哪些內容？此即本文關切與寫作重心。

二、苦難敘事的理論背景——晚清詩歌演繹的創傷記憶

　　梁燕城曾介紹 Jeffrey C. Alexander（謝腓理，或譯為杰弗里.C亞歷山大）、Clifford Geertz（郭茲斯，或譯為克利福德.格爾茲）、Victor Turner（納特）等人所提的文化創傷（Cultural Trauma）、深厚描述（thick description）、社會戲劇（Social Drama）等理論[3]，並認為以此「了解中國近百年的民族文化特質，及解釋近代至如今，中華民族的發展會如此艱難困苦，有如此多之悲痛和憤怒。又會如此堅持地戰鬥不息，直至崛起。為何會有很多不正常的表現，如義和團之亂，文化大革命，及當前的貪婪腐敗、欺騙等現象」是極為適切的理論模式[4]。

　　黃心雅則從源自於希臘文的 Trauma（創傷）一辭出發，將歷史建構在創傷記憶之中，並以當代創傷研究（trauma studies）為據，針對席爾珂《沙丘花園》與荷岡《靈力》兩部小說作品提出：「歷史的敘事中個體創傷彼此交織，個人的創傷經驗轉換成集體傷痛的敘述，歷史敘述不外是緣起於個體創傷重複展演／敘

---

[3] 梁燕城：〈文化創傷與百年苦難的理則——探索一個新的詮釋歷史和社會模式〉，《文化更新研究中心‧文化中國‧文化評論》第 55 期
http://www.crrs.org/cchinalist.asp?id=184&news_kind=%E6%96%87%E5%8C%96%E4%B8%AD%E5%9C%8B（2011/8/22）。

[4] 同前註。

述的交織」、「歷史的書寫和再現的實踐不只是一種展演,同時也展現安度創傷的努力」[5]等觀念,經由探討西方學者 Caruth Cathy、 LaCapra Dominick、Bhabha Homi、Krupat Arnold 等人在歷史事件的書寫觀點,說明創傷與記憶書寫、歷史建構,抑或是與文學寫作都有密切關係。

梁燕城亦言:「當一些或連串事件威脅到整體的自我認同,產生文化創傷時,就形成集體的敘事話語(narratives),如猶太人被集體屠殺,日本侵華帶來的傷害等。此中的受害群體,重整出來的敘事內容,傳播下去,形成一個集體的記憶,集體的苦難,那就是文化的創傷」[6],據此,文化創傷關涉集體苦難被記憶的方式與內容,可歸納出:「苦難的性質」、「受害者的性質」、「受害者與更廣大的觀察者的關係」、「責任歸屬的問題」四種敘述重心。晚清苦難浩若繁星,詩歌則扮演記憶苦難、抒解苦難的作用,以上述四點檢視晚清詩的內涵也頗為適合:「苦難的性質」可以「國難」視之,或為列強入侵、天災人禍、清官惡行所致;「受害者的性質」多數為黎民蒼生,有時也賦予種族的標記(或為中華民族、黃種人),或涉及天災人禍造成的民生疾苦;「受害者與更廣大的觀察者的關係」則具有一定的系聯與照應,多數苦難均具有遍布性,而個人苦痛則是群體意識形成的基礎;在「責任歸屬的問題」上,晚清詩人因身份不同(或為清朝官吏、或為親歷者、或強調漢族血統),指陳苦難的製造者也未必相同(或責難清廷,或痛斥列強)。整體而言,透過敘事詩寫作,晚清詩人提供一個讓公眾去建構、感知的空間,藉由親自經歷/觀察苦難的經驗,進而宣傳苦難、突圍苦難。故此,鴉片戰爭以降的一連串歷史創痛,在詩歌呈現「詩史」效應,究竟提供了哪些具體的苦難事件?身陷苦難者的心情如何?苦難敘述能否承載普遍的課題?旁觀者(作者或詩中的敘述者)若無實際受害經驗,如何獲取讀者對歷史創痛的認同?追究苦難根源時,若遭遇無解,責任將歸予誰?等問題都待釐清。此外,詩歌通過苦難的敘事方式,產生一定形式的敘述話語,在寫作之外的敘事治療效果,其實也牽涉文學與治療的課題[7]。

在梁、黃引介的西方學者中,尤以 Jeffrey C. Alexander 及 Clifford Geertz 對本文的問題形成──苦難敘事,產生極重要的理論依據,Jeffrey C.名著 *"Cultural Trauma and Collective Identity"*[8]一書以文化解釋創發的理論模式──文化創傷

---

5 引黃心雅:〈創傷、記憶與美洲歷史之再現:閱讀席爾珂《沙丘花園》與荷岡《靈力》〉,《中外文學》第 33 卷第 8 期(2005 年 1 月),頁 72、73。

6 同前註。

7 葉舒憲從文學人類學角度闡釋文學治療的可能與現實,同時也認為作者和醫生之間具有轉換與互動的微妙關係,詳見葉氏主編:《文學與治療》(北京:社會科學文獻出版社,1999 年),頁 1-20。

8 Jeffrey C. Alexander, Ron Eyerman"*Cultural Trauma and Collective Identity*"Berkeley, University of California Press.2004。王志弘曾翻譯該書第一章,譯名〈邁向文化創傷理論〉,《文化研究》

（Cultural Trauma），可為探究晚清詩人詮釋苦難敘事的參照。其言：

> 文化創傷之所以發生，源自於一個群體中的成員，因遭遇到一個可怕事件，而在其群體意識中留下不可磨滅的印記，也在其記憶中刻下永遠的創傷，更進而在根本上，無可拒止地改變了群體未來的認同。[9]

Jeffrey C.認為文化創傷之所以發生，與群體中成員遭遇可怕事件（horrendous event），自此遺留創傷的深刻印記有關，這些記憶直接影響了日後群體意識的形成。據此解釋本文指涉的晚清詩，即是透過呈現苦難，使同時代及後來的人們有了「創憶」（marking their memories）——創傷記憶的依據，並在根本上以不可磨滅的方式改變群體未來的認同。因此，透過晚清詩的苦難敘事，可給予凝聚時代集體記憶的力量，幫助解釋晚清面對歷史苦難時，詩人究竟如何釋放親身經歷的「自我敘事」（self-narrative）與抒發悲憤之情；在構建集體記憶的過程中，又是如何給予人物鮮明悲苦的形塑，進而透露「個人身分認同」（personal identity）的意涵。同時，為加深讀者印象，方便為時代「創憶」，晚清敘事詩多數以長篇巨制的組詩、長詩形式呈現，此與詩中所敘寫的創傷，其實是來自於一個看似散亂，又是累積經驗，具有意義與因果關係的時代寫照有關。Jeffrey C.又言：

> 文化創傷是一種經驗性與科學性的概念，藉此可建立新的意義和偶發關係，連結起先前看似無關的事件、結構、觀感及行動。[10]

Jeffrey C. 建立的「文化創傷」理論，乃是種經驗性與科學性的概念，將看似無關的事件、結構、觀感及行動相互連結，因而建立新意義（new meaningful）和偶發關係（causal relationships），此觀念對理解晚清詩家觀看或親歷苦痛時，究竟採用何種詮釋、演繹之法頗有助益。再者，對應晚清生發的苦難，也絕非是個人單一的事件，換言之，詩人書寫側重或有不同（或敘事或寫人），均為集體歷史的普遍寫照，以下再引 Jeffrey C.之見，與本文觀點相當切合，其言：

> 社會危機一定要在演變成文化危機後，其創傷方能達到集體層面；歷史事件的重現和事件本身是不盡相同的。創傷並非一個群體共同經歷苦痛後產生的結果，而是此種椎心苦痛進入集體認同意識核心因而衍生的結果。行

第 11 輯，（北京：社會科學文獻出版社，2011 年），頁 11-36。本文譯文除參照原文、王氏譯文外，再經筆者潤色而定。

[9]　同前註，頁 1。原文為：「Cultural trauma occurs when members of a collectivity feel they have been subjected to a horrendous event that leaves indelible marks upon their group consciousness, marking their memories forever and changing their future identity in fundamental and irrevocable ways」。

[10]　同前註，頁 1。原文為：「Cultural trauma is first of all an empirical, scientific concept, suggesting new meaningful and causal relationships between previously unrelated events, structures, perceptions, and actions」。

動者「決定」重現社會苦痛；將其視為一種對釐清自己是誰、從哪來，以及往何方的根本威脅。[11]

對應上文，晚清的時代苦難，均是生發於集體層面，故此，社會危機（society crises）必然演變成文化危機（cultural crises）——尤其在面對西方勢力的傾軋，異民族的入侵時，強烈發出對中國文化的時代悲吟。透過歷史事件的描述，不僅呈現事件表層的破壞、傷害；透過詩人的寫作，其實也代表詩人在理解「事實」後，對事件的重整（representations），所謂的「自己是誰」（who they are）已從個人的認同，擴大、重建自我的認知（percept），最終成為集體的意識與認同。Jeffrey C. 認為創傷並非集體經驗痛苦的結果，換言之，並非所有人都是苦痛的經歷者，但透過創傷記憶的建構與書寫，可產生進入未來集體認同意識核心的效果。集體行動者（Collective actors）——可視作廣大書寫晚清苦難的作者們，他們以書寫「決定」（decide）社會痛苦的重整結果，以釐清威脅他們自身的對象是誰？是清人／滿人、西人／夷人，抑或是手足同胞的相互殘害？還是大自然無情的摧殘？在進一步思想「從哪來」、「往何方」等問題後，集體認同也逐漸形成。

晚清詩人描繪的苦難圖景隨處可見，大者如重大戰爭、自然災害、戰役犧牲者；小者如個人苦楚、兒女離散，透過詩人之筆，一一為讀者再現／重製現場。故此，晚清提供充份的苦難要件及場域，無論個人之事、眾人之事，均為織構詩歌苦難敘事的要件。是以，私人敘事（private narrative，或譯為微小敘事、小敘事）反映了宏大敘事（grand narrative，或譯為大敘事）的背景，宏大敘事則解釋了私人敘事的歷史意涵和普遍性。在文化創傷的理論架構下，晚清詩的苦難敘事，展現詩人以文化角度詮釋歷史的態度（或說方式、角度），已然提供後人理解前人的意義網絡，也在重新審視這段歷史時，創發對歷史、社會，以及文化記憶的意義結構。

進一步參照人類學家 Clifford Geertz（1926-2006）名著*The Interpretation of Cultures*所論為依據，可為晚清詩的苦難敘事探求其背後的文化意涵，不應只在形式、規律的模式追蹤而已，其言：

> 我和 Max Weber 觀點一致，認為人是一種懸在他自己編織的意義之網中的動物。我也理所當然將文化置於此網絡之中。正因如此，文化分析不再是尋求「通則」的實驗科學，而是一種解釋科學，其目的在尋求「意義」。

---

[11] 同前註，頁 10。原文為：「For traumas to emerge at the level of the collectivity, society crises must become **cultural crises**. Events are one thing, **representations** of these events quite another. Trauma is not the result of a group experiencing pain. It is the result of this acute discomfort entering into the core of the collectivity's sense of its own identity. Collective actors "decide" to represent social pain as a fundamental threat to their sense of who they are, where they came from, and where they want to go」。

近代臺灣基督徒人際網絡的研究方法與實務

王政文

說書人簡介

　　王政文，臺灣臺中人，國立臺灣師範大學歷史學博士。現任臺灣東海大學歷史學系副教授、臺灣基督教史學會理事長。曾任國民小學教師、總務主任、中央研究院臺灣史研究所訪問學人、國科會人文社會科學研究中心訪問學人、日本高知大學訪問學人、臺灣基督教史學會理事、祕書長、韓國歷史文化學會海外通信會員、《東海大學文學院學報》主編、《東海歷史研究集刊》主編、《白沙歷史地理學報》編輯委員等。曾獲東海大學優良導師、教學優良等獎項。

　　學術專長爲臺灣史、臺灣社會史、臺灣基督教史，研究課題涉及臺灣基督徒的人際與社會網絡、臺灣基督徒的改宗歷程及其社會處境與身分認同，以及二戰期間在中國活動的臺灣抗日團體及其遭遇與發展等。學術歷程主要關注時代脈絡下人們的處境、認同與生命；關懷的焦點是：在時代的洪流中，個人或群體如何尋找生命的方向與意義。已出版《臺灣義勇隊：臺灣抗日團體在大陸的活動（1937-1945）》，以及與近代臺灣基督教史相關之研究論文數十篇，如〈清末噶瑪蘭基督徒與漢番社會網絡〉、〈近代臺灣基督徒的婚姻網絡：以滬尾、五股坑教會信徒爲例〉、〈重現與重建：論「臺灣基督徒史」的建構與書寫方法〉、〈麥仔落土：三重埔、錫口、水返腳的初代基督徒家族及其婚姻網絡〉、〈無語問上帝：十九世紀臺灣基督徒的社會處境〉、〈十九世紀臺灣基督徒的社會形象與地位〉、〈十九世紀台湾キリスト教徒のアイデンティテ

ィ〉、〈改宗所引起的家庭與人際衝突：以十九世紀臺灣基督徒爲
例〉、〈十九世紀臺灣基督徒研究與史料探討〉、〈是誰選擇誰：
十九世紀來臺傳教士與信徒改宗的社會脈絡〉、〈改宗與日常：
十九世紀臺灣第一代基督徒的日常生活〉等。

前情提要

一、研究歷程

我多年來主要的研究領域爲臺灣史、臺灣社會史、臺灣基督教史。按
照時間斷限來看，目前主要集中在清領及日治時期。主要探討的議題有三
個方向：㈠臺灣基督徒的人際與社會網絡、㈡臺灣基督徒的改宗歷程及其
社會處境與身分認同、㈢二戰期間在中國活動的臺灣抗日團體及其遭遇與
發展。三個議題分別涉及基督教史、臺灣史與近現代史，含括清領與日治
時期，亦同時涉及宗教、社會與政治。但相同關注的是時代脈絡下，人們
的處境、認同與生命；共同關懷的焦點是在時代的洪流中，個人或群體如
何尋找生命的方向與意義。

有關臺灣基督教史的研究，主要探討的問題集中在「臺灣基督教
徒」。討論的中心重點放在「基督徒」，而不是「基督教」的組織與發
展。透過反省以往臺灣基督教史研究中，以教會及傳教士爲主軸的書寫脈
絡，跳脫傳統「福音史觀」的框架，突顯被忽略的臺灣基督徒。我的研究
主要脈絡是希望臺灣基督教史的論述架構及研究的對象，能由傳教士轉移
至信徒，由此開拓研究視野，逐漸發展以信徒爲主體的觀察及歷史論述。
在解釋上也致力跳脫現代化理論下重視教會醫療、教育及社會貢獻的論述
模式，反省以往研究理論的缺陷，並探求新研究方向的可能性。

在「臺灣基督徒的人際與社會網絡」相關研究中，主要爲釐清教徒的
人際、婚姻與社會網絡，以了解基督徒的信仰與其人際交往、家庭、工作
與社會連繫等面向之關係，進而了解信徒在臺灣基督教傳播歷程中扮演的
角色，解釋基督徒群體的建立與發展過程。說明信徒不僅僅是被動的接受

者與信仰者，也扮演了推動與調整、改變基督教傳播方式的角色，教徒也能夠由下而上發揮一定的作用。透過人際與社會網絡的觀察，呈現教徒在信仰中的自主性與影響力，重新審視人際與社會網絡在基督教傳播及臺灣基督教史中的重要性。研究成果包括：〈清末噶瑪蘭基督徒與漢番社會網絡〉、〈近代臺灣基督徒的婚姻網絡：以滬尾、五股坑教會信徒為例〉、〈麥仔落土：三重埔、錫口、水返腳的初代基督徒家族及其婚姻網絡〉、〈重現與重建：論「臺灣基督徒史」的建構與書寫方法〉、〈「基督徒史」的書寫方法與可能性——論臺灣基督徒史及基督徒人際網絡資料庫之建立與運用〉、〈邊緣成中心：清末基督教在臺的漢番宣教策略〉、〈清末八里坌地區基督教徒的婚姻網絡〉、〈屏東地區基督徒群體的形成及其社會網絡（1865-1900）研究芻議〉、〈被忽略的傳播者：臺灣基督徒在基督教傳播中的角色（1865-1895）〉。

「臺灣基督徒的改宗歷程及其社會處境與身分認同」議題，主要探討臺灣信徒改宗基督教前後所面臨的社會壓力，以及疑慮、惶恐、矛盾的心理，了解基督徒徘徊在文化、社會與族群之間的自我認同與價值觀衝突，並討論基督徒與親人、周遭的人際關係及社會處境，以了解基督徒在尋求「天路」與「人路」之間的迷惘心態及生活轉變與調適。研究成果包括：〈無語問上帝：十九世紀臺灣基督徒的社會處境〉、〈十九世紀臺灣基督徒的社會形象與地位〉、〈十九世紀來臺傳教士的海洋經驗與書寫〉、〈19世紀台湾キリスト教徒のアイデンティティ〉、〈改宗所引起的家庭與人際衝突：以十九世紀臺灣基督徒為例〉、〈十九世紀臺灣基督徒研究與史料探討〉、〈現代化與基督徒身份的交結：論十九世紀臺灣基督徒的自我認同〉、〈是誰選擇誰：十九世紀來臺傳教士與信徒改宗的社會脈絡〉、〈改宗與日常：十九世紀臺灣第一代基督徒的日常生活〉。

「在中國的臺灣抗日團體」研究中，主要從政治及處境的角度，觀察日治時期的臺灣人如何在日本、臺灣、中國間的身分認同上徘徊？如何在政治利益與現實環境間掙扎、妥協。相關的研究成果，主要由臺灣團體所處的時空變化來著眼，將臺灣團體置於時代的脈絡中來觀察，由此指出臺

灣團體所扮演的角色及特殊性，探討臺灣團體與國民政府以及各團體之間的關係，及其時代下的遭遇與處境。研究成果包括：《臺灣義勇隊：臺灣抗日團體在大陸的活動（1937-1945）》、〈政治宣傳與醫務生產：論臺灣義勇隊的組織與活動〉、〈臺灣籍民在大陸地區之處境──以臺灣義勇隊為中心的論述〉、〈間接射擊：論抗戰時期臺灣義勇隊的成立〉、〈謝南光・李友邦・張邦傑：臺灣革命同盟會內部的人事關係〉、〈論國民政府與臺灣義勇隊之關係（1937-1945）〉。

「臺灣基督教徒」與「在中國的臺灣抗日團體」，看似兩個完全不同的主題、不同的時空背景，似乎研究領域產生很大的轉變。事實上，在這兩個主題中，有一個共同的討論主軸，都在探討時代的洪流中，個人或群體如何尋找生命的方向與意義，說明個人或群體在面臨的社會處境下，如何調適與轉變。兩個不同的主題中，共同的關懷都是要探討人在社會中如何尋找方向、在時代環境中如何掙扎，並找尋自我認同的過程。

〈近代臺灣基督徒的婚姻網絡：以滬尾、五股坑教會信徒為例〉一文是一系列探討臺灣基督徒人際網絡的其中一篇著作。目前仍持續這一個議題的相關研究。現階段主要是透過「洗禮簿」與「信徒名冊」，再加上教會檔案、書報雜誌、傳教士著作與回憶錄、基督徒著作、官方檔案等各類史料，逐步建立完整的臺灣基督徒資料庫，釐清基督徒的人際及婚姻網絡，以了解基督徒的信仰與其人際交往、家庭、工作與社會連繫等面向之關係，進而以實證的材料來探究基督徒在教會、社會中身處的環境脈絡，說明臺灣基督徒的人際網絡及其人際變化。研究的目的是希望回到史料及原始檔案中，重新爬梳教徒與教徒之間的人際與社會網絡，並由此建立一個相對完整的「臺灣基督徒資料庫」。這是研究「臺灣基督徒史」必要的工作，亦是「臺灣基督徒史」研究能得以繼續發展的一個重要基礎。在這樣的構想下，期望透過臺灣基督徒相關史料的梳理，建立基督徒的檔案資料，作為往後研究立論之堅實基礎。

二、研究議題與生命關懷

在從事學術研究時，經常會被問及「為什麼選擇這個題目？」、「做這個研究的意義是什麼？」我認為一個好的研究者必須要有強烈的熱情，熱情不只是一時的興趣，不是對研究議題感到有趣而已，而是對研究議題有終極的生命關懷。什麼是「終極的生命關懷」？它是你一生想要追求的真理，一生想要對話的議題，一生想要尋找的答案。

從事教職時，學生經常問我，該如何選擇一個題目呢？我的回答通常是，你每天都在想什麼？被什麼事給困擾？你這一生追求什麼？我想這就是你應該研究的議題。議題可能很大，但朝這個方向，慢慢會找到切入點，題目自然就會浮現。每一個人的生命關懷皆不相同，你每天所想的事、煩惱的問題，對其他人而言，可能不曾想過，也可能不是困擾。所以，研究議題的意義是從個人出發，研究者必須在自身關懷的社會脈絡中，賦予研究議題生命的意義。換句話說，研究議題的選擇及其意義，是和自身生命相連結的，你每天所思所想，反應在每天的日常生活中，如果你的研究和你每天所關懷的議題沒有太大連結，研究就會變成一件苦差事，你會沒有動力持續下去。這麼說來，研究者想做什麼議題都可以自己選擇？當然，自己選擇才是熱情的原動力。我的建議就是讓研究的議題與自己的生命關懷相結合，這樣研究就不會是一件枯燥的工作，它不會變成一件差事，而是日常生活的一部分。話說回來，一個好的研究者，必須要對自己的生命充滿熱情，如果你對你的生命缺乏熱情，請先找到自己的熱情，再去想研究這件事吧！

人的關懷必然先是圍繞著自己，所有的事都是從自己開始出發。許多人會質疑，這樣我的研究對社會有意義嗎？我的研究不是要對社會有所貢獻嗎？是的，但我們必須先明瞭「自我」是觀察社會的起點，「我」開始閱讀，「我」開始和自己或他人，進而與「群體」、「社會」對話。對話過程你會發現一些你所問的問題，其實已經有人發問過、研究過、解決過。沒錯，這些就是你的研究前輩或者是同好，他們和你有類似的問題，

類似的關懷。你慢慢會發現你的問題有一部分已經有人回答了，或者都回答了。但是你滿意嗎？他的答案你接受嗎？這是閱讀和研究過程中的收穫，你可以找到很多答案，讓你成長，少走許多的路，繼續你的追尋。如果你不滿意這些答案，你可以繼續尋找，然後發現這個研究可以修正、擴充或是創造出不同的知識，進而找到理論或是實務上的應用價值，這就是你的研究對社會的意義和貢獻。

我自己經常被許多日常生活的大小事所困擾，影響我最重要的則是宗教信仰。我的日常生活準則、行事依歸都和信仰相關聯。這有一段很長的故事可說，但簡言之，信仰形塑了我的世界觀、價值觀，而這個過程有許多的探索、掙扎、徬徨、困惑，當然也會有快樂和成長。探索自己的憂傷和快樂的生命歷程，是我關懷的出發點，在時間脈絡中和我有類似經驗的故事，則是我關注的對象。更貼切的說，我寫文章討論的對象，多數都是從自身出發，我想了解我自己卻無法從自身下手，只好藉由另一個時空的另一群人，來看看他們的遭遇，好了解自己的困境。我找不到自己生命的出口，所以想看看另一個時間與空間中的人群，如何尋找自己的認同，了解自己的遭遇。「基督徒」是我觀察的對象，生命的認同、掙扎則是我關注的問題，從這裡出發，開始尋找、對話，很多時候除了回答自己的發問，也要關照別人對你議題的質疑與發問，但終究都是圍繞著「終極關懷」。

我近年從事「臺灣基督徒」研究時，不論在撰寫計畫、論文投稿、審查等過程，經常遇到的最大質疑之一，主要來自於「資料」的完整度。許多的建議指出我即使有相當傑出的理論與立論的分析，卻沒有足夠的直接史料來支撐立論觀點。縱使我爬梳史料，重建出重要信徒的相關資料，但往往仍會遭遇這些個案是否適用於整體的基督教徒等，諸如許多類似的質疑與困惑。有鑑於此，我認為回到史料及原始檔案中，由此爬梳建立一個相對完整的「臺灣基督徒資料庫」，是必要的研究基礎工作，亦是「臺灣基督徒史」研究能得以繼續發展的一個重要基礎。一般認為，十九世紀的臺灣教徒多半都是當時社會的下層階級，且多數為文盲，所以有關

教徒的資料相對的缺少。事實上，根據我研究的成果顯示，教徒的資料相當豐富，只是在現今以教會、傳教士為主軸的歷史書寫下，教徒消失了，教徒只剩下姓名，散見在史料中。在現有的架構下，教徒只附屬於教會，因而這麼多出現在史料中的教徒姓名，只被當成沒有聲音的名字，淹沒於無聲。其實每個生命都有他的獨特性與自主性，每個個人亦都有其故事與生命史，史家如何重現這些聲音，讓原本處於底層、沒有發言權的聲音，只附屬於教會、官府檔案的無意義姓名，賦予意義，是從事「臺灣基督徒史」書寫的重要工作。

　　根據1895年《臺灣府城教會報》的統計指出，南部英國長老會受洗的成人信徒有1445人，領洗的兒童人數為1297人。1895年馬偕（George L. Mackay）在寫給加拿大長老教會總會的報告中指出，在臺灣北部經常來教會領受聖餐的教友1738人（男1027人，女711人），受洗者2633人（1891年的報告指出，漢人信徒784名，平埔族信徒1821名，信徒共計2605名）。這些上千名的基督徒，是十九世紀基督教傳入臺灣後的第一代（初代）信徒，他們的生平、事蹟被記載在洗禮簿、教會檔案、教會議事錄、教會公報、教務檔案、傳教士的回憶錄、書信……之中。相關史料非常零碎、不集中，多數教徒又來自社會底層，無法留下完整的著作，因而在分析此一議題時，史料運用上便有一定之難度。我較早的研究成果雖網羅北、中、南及平埔族、漢人教徒，但主要以案例的方式來進行說明，而這樣往往會缺乏細密的環節串連，未仔細考量內部人際網絡及其社會脈絡與時空差異，形成零散的水平式舉例。雖然拼湊出一個臺灣基督徒的大致輪廓，但實有需要做更進一步完整且全面性的研究。

　　我希望能爬梳相關史料，分別整理、集中個別人物的相關資料，進而建立相對完整的基督徒資料庫，那麼這群基督徒的生命與信仰歷程就有機會顯現。換言之，相關基督徒的史料並不是缺乏，只是附屬在其他資料裡，我的構想便是要把他們復原、集中、整理、重建，之後就有分析、討論的重要資料庫。在這樣的基礎上，進一步與當時的政治、社會背景相連結，則他們所處的社會、人際關係、工作、婚姻、家庭、傳教歷程、與當

時社會的互動、衝突等問題，不僅能夠有更為細緻的討論，對於臺灣南北區域的地方社會、基督教與基督徒在社會中的角色，乃至於當時底層人民的生活史，都能增加史料的信度與討論的廣度，更可從不同視角來觀察分析。

隨著近年來諸多相關史料的公布與出版，過往不易收集的資料隨之浮現，加上臺灣基督教史研究已有一定的成果，在這樣的基礎之上，現在可說是探究基督徒史的最佳時機。基督教徒資料的爬梳與資料庫的建立亦當順勢而成，以奠定往後臺灣基督教史研究的重要基礎。

如何炒這盤論文的菜

一、研究主題與學術價值

基督教史的歷史論述多數是以教會為主體，「教徒」在書寫中多被忽略，成為配角。在現今教會史的書寫下，教徒只成為傳教結果的統計數字，是教會傳教成果的注腳。基督教的歷史研究大多重視傳教士的傳教過程，教會的擴張與宣教的方式往往成為教會史的研究重點。臺灣基督教史的研究多數是從宗派發展、福音傳播等視野來探討基督教的發展與變遷。有關臺灣基督教史人物的論述，大部分亦都偏向於來臺的傳教士，對於本地信徒的研究則相對缺少。在歷史書寫下，傳教士成為臺灣基督教史論述的主軸，相對傳教士的主動與積極，信徒反而成為配角，是被動的接受者，進而在書寫中被忽略、被弱智化、被動化。就宗教角度而言，傳福音是教會的首要任務，信徒的改宗（conversion）和信仰歷程應成為討論重點，但在臺灣基督教史的書寫中，教會對社會、教育、醫療的貢獻卻成為討論重心。

受到新文化史及後現代思潮的影響，史學最大的轉向是探討的主題由政治制度史轉為社會文化史，重視的對象由權力者轉向社會底層。近來從「東方主義」的研究延伸出「主體」與「客體」相互認識的議題，以往直線式宣教史的研究受到挑戰，研究者開始重新思考傳教者與接受者之間的

關係。而殖民論述與從屬群體（subalterns）的研究指出被忽略的異質部分，期望找回失語者的文化，說明被壓迫的種族、階級、性別並非以往所書寫的，這引起基督教史對接受者的關注。同時新文化的研究理論也強調文化差異是一種動態的概念，反映交往中的互變過程，引發對霸權文化與土著文化關係的討論，教會史研究也應重新思索基督教文化與當地文化的關係。回顧早期以「現代化理論」、「帝國主義侵略」、「互動交流」解釋基督教的作品，已經遭受「後學」的挑戰。後現代主義揚棄一元解釋及西方中心，後殖民主義使研究重點移向原本遭忽視的「它者」及底層的聲音，而對東方主義的反省，更讓我們注意論述者的說話位置。

　　新的研究趨勢與方法理論，迄今尚未反映在臺灣基督教史的研究上。近年來中外學界有關基督教在華史的研究，不論在研究對象與問題意識上，都積極與新的理論及方法對話。臺灣基督教史的研究架構勢必要突破傳統傳教者傳教的宣教式研究，跳脫傳統「福音史觀」的框架，而以傳教士為主軸的論述也應轉為以信徒為主體的觀察。在解釋上亦應跳脫現代化理論下重視教會醫療、教育及社會貢獻的論述模式。

　　戰後學界對於基督教史的研究是由近代史領域中衍生出來。研究重點在了解東西文化的交流與衝突，研究的架構多放在現代化理論或外交史領域中進行。現代化理論認為人類社會必須由傳統轉型到現代，而西化是現代化，傳教士將西方文明帶至東方，因而這類的研究肯定傳教士在交流中的角色，強調基督教在社會、教育、醫療等方面的貢獻，說明教會對臺灣社會現代化的啟蒙。而教案研究或外交史領域的基督教研究，目的不在了解基督教史，旨在探求涉外事件的處理，大多在討論政治架構下的中西交流模式，或說明西力東漸下社會交流衝突的原因。因而關心的主題是中外關係或仇外因素，而不是基督教。

　　以往基督教史主要集中在宣教史、教派史或是教案史，宣教史與教派史過度重視傳道人或差會的事業，教案史則是強調中外關係及東西文化的衝突。臺灣基督教史的研究多集中在討論基督教教育、醫療、社會福利機構以及傳教士等主題上，大體上仍以考證源流、探討組織發展傳布及社會

貢獻為主。因而從目前研究可以發現，我們需要跳脫舊的研究框架，反省現代化理論及東西交流架構的基督教史研究範式，將基督教研究帶入一個以信徒為主體的新基督教史研究領域。

我認為臺灣基督教史的研究，除了重視傳教士與教會的貢獻、發展及重大事件外，應逐漸修正以往以教派或傳教士為主軸的臺灣基督教史，而改以信徒為主體，擴充臺灣基督教史的研究面向。朝向觀察信徒的改宗歷程與社會處境，而不單是傳教士的社會貢獻；重視信徒的生命抉擇，而不只是教會的宣教方式或內部組織。亦期望研究方式能跳脫傳統教會史論述下，重視傳教士傳教的研究範式，而將焦點放在異文化跨界下的臺灣社會脈絡中來思考，這樣的目的在使研究者重新思考傳教者與被傳教者之間的互動關係，突顯信徒的主體性與歷史意義，呈現臺灣基督徒的生命史。

二、相關資料的收集

研究的基礎必須奠基在大量的閱讀上，從閱讀中先了解過去相關的研究歷程。我的建議是先從過去相關議題的討論著手，也就是必須先進行討論議題的研究回顧。在收集與分析研究回顧與相關資料時，要記得常常問自己，究竟過往這些研究與資料對於回答自己所關懷的議題，有無直接關聯與幫助？文獻回顧主要是針對自己的研究問題，收集並論述過去學者所做過相關研究的結果或發現。我們必須仔細的研讀每一篇與自己研究問題高度相關的論文或書籍，看看每一個人不同的論點或是研究發現，然後有系統將目前這個主題相關的研究結果建構起來，如此才能知道目前理論的發展狀況如何？惟有如此，我們才能知道自己的研究在理論層次或是研究方法上有何種程度的貢獻。過去一定有人做過類似的研究，到底他們發現了什麼？有何不同的辯證內容？方法上有何不同？有何爭議？這才叫作研究回顧。

再者，我們可以從過往的研究中漸漸發現，有哪些史料是研究這個議題必須要閱讀的，慢慢開始掌握最基本的史料，然後在閱讀中了解這個議題的發展與來龍去脈，逐漸涉獵相關一手資料，甚至開發新的材料。以臺

灣基督徒史研究為例，早期的臺灣基督教徒多數是無聲的，是社會的邊緣，信徒的知識水準不高，經濟能力也不強，因此只有少數信徒能留下文字著作。我們除了從少數信徒留下的著作做分析外，建構臺灣基督徒史將面臨兩大問題：一是方法，一是史料。從現存的史料來觀察，研究多數必須要透過傳教士著作、教會檔案及第二、三代基督徒的回憶資料來進行。然而基督徒史的書寫及資料庫的建立除了上述資料外，最重要的是將以教會的信徒名冊、洗禮簿、家譜、家族資料、戶口資料、地方教會誌、訃聞等為基礎，建立過程中並配合口述訪問與田野調查，逐步建立臺灣基督徒資料庫。下面從各類史料來討論資料庫建立時，有關教徒資料的來源。

(一)「洗禮簿」與「信徒名冊」

關於「信徒名冊」的史料發掘與利用，目前仍有極大發展空間。臺灣南北的長老教會均有豐富的信徒資料，許多地方教會也都會有「施洗簿」或「教徒名冊」等相關資料留存，而這些資料是「臺灣基督教徒史」書寫的最重要史料，卻也是最有待積極開發和使用的史料。現在的教會也經常會有「會友聯絡冊」、「小組名單」之類的通訊資料，但這些隨手可得的資料卻經常不被重視。

信徒名冊中主要記載信徒名單、受洗日期、年紀、性別，部分信徒並記錄有簡略事蹟、擔任職務、死亡時間。名冊中除上述教會信徒資料外，另有牧師與長老、執事名目。在資料庫的建立過程中，勢必要進行更多「施洗簿」或「教徒名冊」這類史料的收集與整理，由此建立臺灣基督徒的基本資料，進而分析各地信徒人數、年齡、受洗年齡等量化資料。

(二)基督徒著作

早期的臺灣教徒多數是來自底層，他們起初多數不識字、無法書寫，也因此難以留下太多的文獻記載，故這方面的資料較少、分散而不集中。但在《臺灣府城教會報》中保有部分信徒和本地傳道師的紀錄和短篇作品，報中也載有教會或後代基督徒對早期基督徒所寫的傳記、回憶資料。其次有後人對前人的回憶資料，還有相關散見於報章雜誌的記載與回憶。

另有前人收錄相當豐富的信徒略歷、家族簡譜、訪談紀錄、後人回憶、訃聞等資料，也可運用基督徒家族族譜資料。這些都是建構臺灣基督徒史及了解信徒人際網絡的重要資料。

(三)書報雜誌

1885年由巴克禮（Thomas Barclay）創辦的《臺灣府城教會報》，1892年更名爲《臺南府教會報》，1893年更名爲《臺南府城教會報》，1906年更名爲《臺南教會報》，乃至1932年的《臺灣教會公報》，是研究臺灣基督教史不可獲缺的資料。其中保存當時傳教士及教徒對臺灣的記載、時事批評、回憶、教會訊息、信徒學習的教義、靈修及信仰生活等資料。許多信徒在學習白話字後，在教會報上發表文章，便成爲最好的研究材料。教會報中更留下許多後代信徒對臺灣信徒的回憶，包括家人、親友或教會同工對前代信徒的紀錄。另外，《教務雜誌》（Chinese Recorder）、《中國叢報》（The Chinese Repository）、《使信月刊》（The English Presbyterian Messenger）中也有許多來臺傳教士留下對信徒的一手報導及觀察。

(四)傳教士著作與回憶錄

傳教士與外國人來臺遊記、日記、考察報告等相當豐富。舉凡馬偕、甘爲霖、巴克禮、李庥（Hugh Ritchie）、梅監務（Campbell N. Moody）等傳教士都留下大量日記、書信、回憶及研究作品。[1]這些傳教士們的著作與回憶錄中，保存許多關於信徒的紀錄，雖然沒有系統，且分散不集中，但仍可透過爬梳比對逐一整理。

(五)教會檔案

1. 收藏於倫敦大學亞非學院（School of Oriental and African Studies, University of London）的《英格蘭長老教會海外宣教檔》（The Presbyterian Church of England Foreign Missions Archives, 1847-1950），

---

[1] 還可輔以當時西方人士對臺灣的描述紀錄、著作，或來臺遊記、日記爲參考資料。

收入會議紀錄、傳教士書信、著作、教會傳教單張、手冊等。2.收藏於加拿大長老會檔案館的《加拿大長老教會檔案》（The Presbyterian Church in Canada Archives），臺灣神學院藏有其中與臺灣部分的相關微卷。3.甘為霖（William Campbell）編的《臺南教士會議事錄》（Handbook of the English Presbyterian Mission in South Formosa）等。教會檔案的主軸雖在以教會發展、擴張來做記錄，但檔案中有豐富的資料記載了教徒的事蹟，留下許多臺灣信徒的相關史料，保存有關信徒發生的事件及事件處理的經過等資料。

㈥官方檔案記載

主要有《教務教案檔》、《籌辦夷務始末》、《總理各國事務衙門檔案》，《法軍侵臺檔》等，而光緒年間清政府多次下令清查淡水廳及新竹縣境的教堂，因而在《淡新檔案》中留下許多文獻及教堂地圖、教堂建築繪圖，其中亦有聚會之教徒姓名等資料，成為珍貴紀錄。另外，由中國第一歷史檔案館與福建師範大學歷史系合編的《清末教案》，收集的資料包括第一歷史檔案館所保存的清政府檔案、英國會議文件、美國對外關係文件史料、法國外交文件及《使信月刊》中關於教案的史料。教案的主角除了是傳教士外，有許多案件是發生在教徒身上，這些案件中記載許多關於基督徒的資料。

基督徒史的書寫應詳細爬梳各類史料，從不同角度反覆檢視史料，透過考證、比對，詳實還原建立教徒的資料。由此建立基督徒資料庫，如此才有可能提出新的歷史解釋，有意識的運用文本和詮釋理論，打破史料真實與虛構的界線，察覺實際間的落差，進而反省論述者的說話位置，重視被忽視的「它者」及底層聲音，跳脫舊有的解釋框架。

我們可以發現，不論是在中國的教徒或臺灣的教徒，都幾乎缺乏討論，而且沒有成為一個專門議題，很重要一個原因便是資料上的不完整。所以我們可以發現到，若是能安善利用「信徒名冊」，配合家族資料、相關回憶記載，並透過傳教士及官方文書中的紀錄，臺灣基督徒便可以逐漸

浮現出書寫輪廓，進而成爲一個重要的研究議題。若是再加上田野調查和口述訪問、新史料的挖掘，建立資料庫，重建其人際網絡，如此才能突顯這些資料的價值，也才有機會逐步建立一部臺灣基督徒史。

三、研究方法與資料庫的建立

如何建立臺灣基督徒的資料庫，並加以運用成爲書寫臺灣基督教史的源頭？我採行的方法是爬梳各類史料，逐一建立信徒的資料。首先以「洗禮簿」與「信徒名冊」爲基礎，洗禮簿中記載信徒的出生、受洗等資料，這是考察臺灣基督徒的源頭史料，然後再由各項檔案中逐一增添並建立信徒的可用資料。其次，透過各類史料的交叉比對去考證信徒的資料。最後再考證、整理後建立臺灣基督徒資料庫，後續便可以此資料庫中的資料進行相關研究。

建立完整的「臺灣基督徒資料庫」是非常龐大且長期的工程，我的方法是先以「洗禮簿」與「信徒名冊」爲基礎。英國長老會自1865年開始在府城傳教，1872年起加拿大長老會至淡水傳教，其所留下來的信徒洗禮資料，是建立臺灣基督徒資料庫最好的源頭材料。目前的方法是依照各年度信徒受洗資料，按年度、教會逐一輸入，並製作成表格。然後再逐步閱讀上述所列之教會檔案、書報雜誌、傳教士著作與回憶錄、基督徒著作、官方檔案等史料。由於我近年之研究，對於上述之史料已有初步之涉獵與熟悉度，對於各類史料中之信徒記載亦有一定之敏感度，然此仍需要進行大量之閱讀，逐一將信徒資料收集建檔，再加以詳細比對考證。如此先建立信徒的人名表單，並開始加入生平紀錄、相關參與事件等資料，而從其家屬、親戚、朋友、婚姻等資料便可發覺，教徒彼此間的網絡關係也可逐一在製表的考察過程中漸漸浮現，資料庫的建置亦將逐步完成。

北部教會有馬偕的洗禮簿（北部教會信徒名冊），南部教會的洗禮簿分散在不同的教會，部分收藏於長榮中學「臺灣教會史料館」中，該館藏有議事錄、南部教會姓名簿、宣教師紀錄、名冊、教會出版物等豐富史料。目前雖曾有吳文雄、張妙娟、駒込武等學者編過史料清冊目錄，但是

目錄不盡相同，而關於洗禮簿與信徒名冊還需要進行建檔、整理、爬梳。

　　洗禮簿會記載信徒的出生、受洗的時間，這樣可以知道信徒的受洗年紀，以作為此後分析的數據基礎。部分名冊亦會記載職業及信徒在教會中擔任的工作，如長老、執事，或何時成為傳道人等資訊。之後再比對各項史料，例如運用《臺南教士會議事錄》，該議事錄從1877至1910年，共788次會議，期間所有與教會相關的人、事、地都有紀錄可查。議事錄中記載的討論議題有很多與教徒有關，1910年甘為霖整理了議事錄並製作索引，2004年臺灣教會公報社重印議事錄出版。由於早期記錄以英文書寫，信徒姓名則以羅馬拼音標示，故需要花時間仔細還原並比對教徒的中、英文名。從議事錄中，可以追蹤教徒經歷的事件及後續處理與遭遇，可逐一補充加進以洗禮簿為基礎的資料裡。

　　資料庫建立過程中，再陸續加入教會公報、《英格蘭長老教會海外宣教檔》、《加拿大長老教會檔案》、《教務雜誌》、《中國叢報》、《使信月刊》、傳教士回憶錄、書信、官方檔案等史料中有關信徒之資料。只要相關史料有提到教徒的，便逐一取出加入，豐富資料庫，如此教徒的事蹟、故事亦將會一一浮現。另外，南部的教會公報中，每月都會公布信徒的人數，包含受洗者、禁聖餐、領聖餐者等，在每月、每年交互比對之後，可以考察信徒每月、每年增加的數量，進而與所建立的基督徒資料庫進行比對。

　　史料中若有記載不清，但有線索可以調查者，可配合田野調查，訪查信徒的墓碑、後代。例如我曾赴馬偕墓園，墓園中葬有信徒，每個墓碑的形式、碑文、墓誌都可以是考察信徒資料的線索，亦是資料庫中欲建立的信徒資料之一。在進行一定之資料建立與爬梳後，對於信徒之後代亦能有一定之了解，此時亦可開始進行訪查信徒後代，並從中找到更多關於族譜、訃聞、相片，乃至教徒後代的口述資料。

　　基督徒史的書寫首在資料的整理與建立。重建信徒的相關基礎資料，建立臺灣基督徒資料庫，而後透過教徒資料，觀察基督徒受洗的年齡、區域分布、生平等資訊，進而對相關數據量化統計，由此釐清教徒改宗前後

的人際網絡，以了解基督徒的信仰與其人際交往、家庭、工作與社會連繫等面向之關係，進而以實證的材料來探究基督徒在教會、社會中身處的環境脈絡，說明教徒的人際網絡及其變化。透過臺灣南、北基督徒資料的爬梳，可以回過頭來與過往研究中較多關注傳教士與教會發展的研究相對話。因而我希望在詳實的史料考證上，建立並了解基督徒的生平、事蹟、人際網絡，進而了解信徒在臺灣基督教傳播的歷程中扮演的角色。說明信徒是否不僅僅是被動的接受者與信仰者，可能也扮演了推動者與調整、改變基督教傳播方式的角色。教徒也能夠由下而上，發揮一定的作用，透過人際網絡的觀察，呈現教徒在信仰中的自主性與影響力，重新審視人際網絡在基督教傳播及臺灣基督教史中的重要性。

我們可以發現，關於基督徒人際之間的各種連繫，時至今日仍缺少更多的細緻研究。在我的研究中，可以發現基督徒改宗很多是經由親戚、朋友的介紹，而改宗與人際網絡間有密切的關聯。換句話說，基督徒的改宗除了宗教信仰上的解釋外，必然有其社會脈絡可循。以往只重視教會傳教、傳教士宣教的發展，卻忽略了信徒之間的連繫。傳教並非只有傳教士在進行，信徒人際網絡之間的相互傳播，是基督教得以發展的一項原因。雖然到了日治時期，臺灣才有「自傳」的運動，但我們應注意到，傳教士在臺灣傳教後，建立了一個一個的「點」，而信徒與信徒之間的關聯，拉起了教會與教會之間的「線」，由此發展出一整個基督教史的立體「面」。因而爬梳教徒資料，探討教徒與教徒之間的人際網絡，可以了解「點」、「線」、「面」之間的關聯，從而發展出基督教史研究的新面向。這些問題都值得我們在深入挖掘各種史料的基礎上，作進一步的分析與討論。

過往論述基督教的傳教歷程，受限於材料多為教會出版品與傳教士的紀錄，因此多從教會與傳教士的角度觀察傳教的方式，包含醫療傳教、巡迴傳教、物資傳教等，或者認為教徒是被動地因接受醫療協助，或者是因接受基督教教義，乃至於為了教會發送的物資而成為基督徒。但是基督教的傳播，除了傳教士的努力之外，改宗之後的基督徒在基督教的發展與傳

播的歷程中，究竟扮演什麼樣的角色，卻鮮少受到關注。我認為惟有透過完整資料庫的建立，才能進一步了解更多的問題。而基督徒史的書寫也將由教徒的生平、事蹟等基礎資料開始，接續探討教徒的社會網絡、人際關係，以及信徒與信徒、信徒與傳教士之間的往來所建立起的經濟、工作、婚姻等關係。

四、研究成果與發現

在所建立資料庫的基礎下，經過比對、考證與整理相關記載後，可以進一步交叉驗證，進而比對、重建信徒的故事與資料。例如洗禮簿中記載其受洗時間、議事錄記載信徒事蹟、族譜裡其他的相關記載等。而在收集、整理資料時，進而可發現不同資料間有各種不同的說法，此時便需要加以考證，或呈現不同敘事中的來龍去脈與背景，如此則資料可以更加詳實完整。

在基督徒資料庫的基礎下，基督徒個人乃至群體將可進一步被繼續抽絲剝繭梳理，進而分析討論基督徒的生命歷程、參與事件、婚姻、人際網絡之形成，及其所反映之意義。有關婚姻、工作、交遊、經商等議題，也可進行各項研究，對基督徒提出更多說明與解釋。透過資料庫的建立，爬梳基督徒的史料後，我們可以進一步把信徒的行事與當時臺灣基督教史、臺灣政治、社會史相對照，一來將基督徒們的經歷放回當時的時空背景下，以了解基督徒面對的環境與處境，同時也需說明為何各方史料出現不同記載，與其背後的因素及反映的意義。二來可以觀察教會、教士、教徒、官方、民間社會等，在提及或書寫相關歷史時，其不同歷史記憶間的差異，探究在哪樣的場合之下，什麼樣的歷史記憶被提起，如何被論述、重塑，這個歷程反映出哪些的信仰與群體意識。

我在近年陸續發表的論文，包含〈清末噶瑪蘭基督徒與漢番社會網絡〉、〈近代臺灣基督徒的婚姻網絡：以滬尾、五股坑教會信徒為例〉、〈重現與重建：論「臺灣基督徒史」的建構與書寫方法〉、〈麥仔落土：三重埔、錫口、水返腳的初代基督徒家族及其婚姻網絡〉，均是基於基督

徒資料庫所延伸發展完成的討論。

例如〈近代臺灣基督徒的婚姻網絡：以滬尾、五股坑教會信徒為例〉一文，便是經由爬梳「北部教會洗禮簿」建立信徒資料庫，觀察到基督徒們透過基督教信仰活動的進行，建立彼此連繫的情誼與關係，進而在同為教友的身分之外，再加上姻親的關係，讓彼此之間更為緊密。基督徒家族成員的聯姻，反映了不同地區基督徒存在著相互連繫的網絡，也更加堅定基督教信仰的傳承。我們可以看到這些由基督徒聯姻組成的家庭，後代也多堅信基督教，成為教會牧師、長老、執事者所在多有。由此可見基督徒的社會網絡，的確對於基督教的拓展與維繫發揮了重要的作用。

這樣的人際網絡建立在共同的信仰上，結合各人在傳教事業中的工作與扮演的角色，形成具有共同意識的基督徒群體。這個群體又透過家族、教育、婚姻、工作等人際交往的關係，強化彼此的連結，擴大群體的組成，在在說明了基督教傳播與基督徒社會網絡密不可分的關係。

以1874年2月15日，五股坑最早受洗的陳榮輝為例子，當次有七人受洗：陳翁（陳炮長子，33歲）、陳條（31歲）、陳榮輝（土名火，23歲）、陳芳德（28歲）、陳通（39歲）、陳江河（50歲）、陳烏轄（40歲，陳聰明之養父）。其中陳榮輝的太太劉好於1876年9月17日，弟弟陳水能（又名陳能、陳能記，22歲）和媽媽文強嫂（38歲，1881年9月16日死），在1877年8月19日受洗。追蹤其人際關係可以發現，陳水能娶社子庄人郭景，郭景於1879年3月23日，在崙仔頂教會由馬偕領洗禮。郭景父郭旺，母陳環，哥哥郭希信（又名郭註、郭主，後來成為牧師），郭希信兒子郭馬西牧……如此追蹤下去，我們可以發現一個基督徒的綿密網絡，其中有相當複雜的婚姻、親戚、朋友等人際網絡。

透過爬梳可以發現，同教會與不同教會間的基督徒均存在連繫網絡。五股坑教會的陳水能（陳能）與妻子社子庄的郭景之聯姻，反映不同地區教會的基督徒之間存在著人際網絡。再根據《馬偕日記》記載，1876年9月17日在大龍峒禮拜堂舉行聖餐及施洗，出席有250名，受洗40名，分別來自八里坌、五股坑、大龍峒、洲裡、三重埔、滬尾等禮拜堂。其中就包

含了來自五股坑教會的榮輝嫂劉好、蕭大醇，與來自大龍峒教會的郭興，透過此次洗禮，陳榮輝的妻子、郭興與蕭大醇便有了同日受洗的情誼。相似的情況，可以見到同為五股坑教會的蕭大醇與陳榮輝，共同進行信仰活動與傳教的機會更多，對於彼此同為教友的認同應該更加深刻，亦可見到他們的第二代也結為姻親。

　　透過以上案例的觀察，可以得知資料庫建立後，我們可以清楚觀察到第一代基督徒的人際網絡，進而了解改宗的家族成員對其他成員造成極大的影響。基督徒們透過基督教信仰活動的進行，建立彼此連繫的情誼與關係，進而在同為教友的身分之外，再加上姻親的關係，讓彼此之間更為緊密。由此資料庫中的基礎資料，我們便可以深入驗證，臺灣基督徒是否為基督教發展的最重要一群人？除了傳教士外，基督教的傳教其實還有一個脈絡可循，那就是「教徒」之間的人際網絡？換言之，案例中所舉的五股坑陳榮輝與陳水能以外，其他教會資料庫建立後，亦可見其人際網絡情況。

　　另外，在爬梳南北教徒史料時，同時也可以發現南北教徒雖分屬英國、加拿大長老教會，但南北教徒也有相當的人際連繫，例如在1872年6月10日馬偕的日記中可以發現，南部信徒許銳前往協助北部馬偕傳教，而他與淡水第一代信徒嚴清華一起讀書。又例如1869年9月12日在亭仔腳禮拜堂由李麻領洗的周步霞在南部各地擔任過傳道師（相關過程在《臺南教士會議事錄》及教會公報可逐一查考），後來他到了北部紅毛港教會擔任傳道師。透過許銳、周步霞等案例可以知道南北教徒互有往來，而這南北信徒之間的人際關係，亦可在爬梳史料，建立資料庫時逐漸浮現、釐清。

　　「臺灣基督徒資料庫」的建立將會成為「臺灣基督徒史」建構的重要基礎，而臺灣基督徒史的研究將可以在過往以教會、傳教士為主軸的臺灣基督教史研究基礎上，填補長期以來較少受到關注的教徒史空白。了解基督徒的歷史，將能夠更具體、清楚地了解基督教在臺灣傳布的歷程，從中觀察基督教與臺灣社會之間的互動，進而探究基督教與臺灣歷史發展的連

結。

經由臺灣基督徒資料庫的建立，後續將可以發展出許多「臺灣基督徒」的相關研究，例如討論臺灣基督徒的職業類別、基督徒的婚姻選擇、改宗的年齡、信仰對工作的影響、信徒成爲傳教師的歷程，乃至教徒的家庭、工作、生活、社群的建立等。而爬梳信徒人際網絡，可說明改宗對於信徒發展人際網絡的影響，以及教徒的人際網絡在改宗前後有什麼改變與因應，進而討論教徒如何透過這個網絡傳播基督教。而要能討論這些議題，必須要有詳實的「基督徒」資料庫作爲研究的堅固後盾。

有關臺灣基督教徒的資料相當零散、不完整，但透過此資料庫的建立，能將以往沒有被重視的教徒史輪廓完整建立。藉由史料的整理、待開發史料的挖掘與爬梳，並配合進行田野調查與訪問，相信臺灣基督教史的論述，不只有以傳教或傳教士爲主軸的書寫脈絡，也能發展出以「教徒」爲主軸的臺灣基督教史或臺灣基督徒生命史。基督徒資料庫的建立對於完整論述基督徒信仰史、生命史是極其重要的關鍵前提，亦是臺灣基督徒史論述形成的關鍵。由此也將可挑戰原有建立在傳教士及教會擴張模式的教會史觀，使基督教史得以有不同的論述方式。

給讀者的話

寫作是日常生活的一部分，研究也是日常生活的一部分。每天想，每天寫，每天觀察，每天都很快樂。沒有任何的規定，你一生一定要做些什麼，你可以自己選擇，自己決定，但是千萬要記住，隨時保持熱情，每天都要很快樂。如果寫作對你來說是一件枯燥厭煩的事，何必一定要做呢？如果你不喜歡和大家分享你的看法，分享你對事物的觀察，那麼撰寫研究論文肯定是一件痛苦的事。我的建議是，找到你的方向，帶著你的熱情，每天閱讀，每天思考，研究、寫作將會是你日常生活中一件美好而愉快的事。

實例如下（完整內容請見光碟）

新史學二十七卷一期

二〇一六年 三月

近代臺灣基督徒的婚姻網絡——
以滬尾、五股坑教會信徒為例

王政文[*]

本文耙梳滬尾與五股坑教會基督徒的婚姻網絡，觀察近代臺灣教會發展在傳教士宣教之外的另一面向。研究釐清了兩地教會的基督徒家族，並重建其間的婚姻網絡，從而指出基督教的傳播，並非只有傳教士在進行。信徒透過婚姻與人際網絡之間的相互傳播，亦是基督教得以發展延續的一項重要原因。經由本文的探究，可以見到臺灣基督徒透過信仰活動，建立彼此情誼與聯繫關係，進而在同為教友的身分外，藉由姻親關係，讓彼此之間更為緊密。由此可見，原本被視為被動接受信仰的基督徒，其實在推動、調整與改變傳教方式等方面，由下而上地扮演重要角色並發揮作用。

關鍵詞：臺灣北部教會、基督徒、婚姻網絡、滬尾、五股坑

近代臺灣基督徒人際網絡的研究方法與實務

213

* 東海大學歷史學系助理教授

一、前言

　　基督教史的歷史論述多數是以「教會」為主體，信徒在書寫中多被忽略，成為無聲的配角。在現今教會史的書寫下，信徒只成為教會傳教結果的統計數字，是教會傳教成果的註腳。目前基督教的歷史研究大多重視傳教士的傳教過程，教會的擴張與宣教的方式。觀察臺灣基督教史的研究，亦多數是從宗派發展、福音傳播等視野來探討基督教的發展與變遷；而有關臺灣基督教史人物的論述，大部分亦都偏向於來臺的傳教士，對於本地信徒的研究則相對缺少。筆者認為臺灣基督教史的主體應是本地信徒與教會，然而在目前的福音史觀下，傳教士成為歷史論述的主軸，相對於歷史書寫下傳教士的積極作為，本地信徒反而成為被動的接受者，在歷史論述中明顯地被忽略。

　　一般認為，清末的臺灣基督徒多半都是當時社會的下層階級，[1]是社會底層、多數為文盲，所以有關信徒的資料看似相對缺少。但近年研究的成果顯示，信徒的資料相當豐富，只是在現今以教會、傳教士為主軸的歷史書寫下，信徒只剩下姓名，散見在史料中。在現有的架構下，信徒只附屬於教會，因而多數出現在史料中的信徒姓名，只被當成沒有聲音的名字，淹沒無聲。其實每個生命都有他的獨特性與自主性，每個個人亦都有其故事與生命史。如何重現原本處於底層沒有發言權的聲音，將附屬於教會、官方檔案中的無意義姓名賦予意義，是史家從事臺灣基督徒史研究的重要工作。

　　臺灣基督徒的相關史料非常零碎、不集中，缺乏完整的著作，因而在分析此一議題時，史料運用上便有一定之難度。[2]清末臺灣基督徒

----

1 臺灣基督長老教會總會歷史委員會編，《臺灣基督長老教會百年史》，頁13、22。
2 相關清末臺灣基督徒之史料探討，參見王政文，〈十九世紀臺灣基督徒研

是「第一代」(初代)的基督徒,他們的信仰不是繼承自家人,也與社會中的傳統信仰有極大差異。換言之,「第一代」信徒是家庭中最早改宗者,他們改信與家人及周遭人群不同的宗教,其過程多數經歷「革命」或「衝突」。[3]他們在信仰歷程中面臨極大的挑戰,改宗的過程也要比其他世代的信徒更為掙扎。在臺灣基督教史的論述中,經常討論傳教士到臺灣傳教的艱辛「過程」,但卻鮮少討論信徒在信仰上的艱辛「遭遇」。重視臺灣基督徒的研究,除了讓我們認識以往被忽略的底層外,也思考信徒改宗的過程,亦有助於我們瞭解異文化的交會在社會中的掙扎與體現。

　　在過去的研究中,查時傑、陳梅卿等人均已關注到臺灣的信徒家族,如查時傑透過族譜資料描述臺南高長(1840-1912)及屏東吳葛(1853-1901)家族的發展;[4]陳梅卿則討論英國及加拿大長老教會的漢人信徒、馬偕(George L. Mackay, 1844-1901)家族等。[5]吳學明探究臺灣基督長老教會的「三自運動」時,[6]也注意到信徒在其中扮演的角色;[7]張妙娟亦以《臺灣教會公報》為基礎,發展出基督徒教育、本地傳道師等相關研

究與史料探討〉,頁 17-36。

3 王政文,〈改宗所引起的家庭與人際衝突——以十九世紀臺灣基督徒為例〉,頁 3-32。

4 查時傑,〈光復初期臺灣基督長老教會的一個家族——以臺南高長家族之發展為例〉,頁 157-178;〈記臺灣基督長老教會的一個大家族——屏東吳葛家族之發展〉,頁 109-123。

5 陳梅卿,〈清末加拿大長老教會的漢族信徒〉,頁 33-55;〈清末臺灣英國長老教會的漢族信徒〉,頁 201-225;〈馬偕牧師及其家族在臺的生涯〉,頁 89-99。

6 三自運動指臺灣本地教會的自養、自傳與自治,亦即本地教會經濟的獨立、本地傳教人員的培養與牧會,以及教會組織的完備。相關研究可參考吳學明,〈臺灣基督長老教會的三自運動(1865-1945)〉,頁 83-154。

7 吳學明,《從依賴到自立——臺灣南部基督長老教會研究》。

究；[8]筆者曾關注十九世紀基督徒的日常生活、形象、社會地位、身分
認同、社會處境等課題。[9]廖安惠、鄧慧恩則討論長老教會的「新人運
動」；[10]另外，王昭文探討基督徒知識分子與社會運動的關係，[11]盧啟
明則討論日治末期基督徒「傳道報國」的身分認同問題。[12]亦已有學
者以基督徒的「改宗」為核心，提出「靠番仔勢」、底層、社會脈絡
等原因，加以解釋臺灣基督徒的改宗歷程。[13]然而，筆者認為應該更
進一步聚焦在基督徒的社會及人際網絡，觀察信徒之間的關係，瞭解
信徒在基督教傳播時扮演的角色與功能，進而勾勒出基督徒與社會的
連結。此一研究不僅能填補過往對於基督徒研究的缺少，亦能進一步探
究基督徒在臺灣社會史中的位置與角色。

　　其次，在西方學界，相關基督教史的研究，亦已從「傳教史」、
「教派史」走向更全面的「教會史」與「基督教史」。其研究已經跳
脫以傳教士為主軸的狹隘觀點，更不限於以本地信徒與教會為主體。
例如：京頓(Robert M. Kingdon, 1927-2010)、希林(Heinz Schilling)與夏伯嘉等人，
分別透過日內瓦(Geneva)、埃姆登(Emden)與中歐的教會檔案，探討教會

---

8 張妙娟，《開啟心眼——《臺灣府城教會報》與長老教會的基督徒教育》；
　〈出凡入聖——清季臺灣南部長老會的傳道師養成教育〉，頁 151-174。
9 王政文，〈無語問上帝——十九世紀臺灣基督徒的社會處境〉，頁 111-148；
　〈十九世紀臺灣基督徒的社會形象與地位〉，頁 33-58；〈十九世紀台湾
　キリスト教徒のアイデンティティ〉，頁 87-103；〈改宗與日常——十九
　世紀臺灣第一代基督徒的日常生活〉，頁 202-248。
10 廖安惠，〈北部臺灣基督長老教會「新人運動」之研究〉；鄧慧恩，〈芥
　菜子的香氣——再探北部基督長老教會的「新人運動」〉，頁 67-99。
11 王昭文，〈日治時期臺灣基督徒知識分子與社會運動(1920-1930 年代)〉。
12 盧啟明，〈日治末期臺灣基督徒「傳道報國」認同之研究(1937-1945)〉。
13 關於基督徒改宗與靠番仔勢之論述，見吳學明，〈臺灣基督長老教會入臺
　初期的一個文化面相——「靠番仔勢」〉，頁 101-130；王政文，〈是誰選
　擇誰——十九世紀來臺傳教士與信徒改宗的社會脈絡〉，頁 451-475。

遊觀學術園林，探訪造園心法
〈餘園中的「殘紅新綠／如意天香」：中國知識份子的啟蒙心史與悖論美學圖景〉

朱衣仙

說書人簡介

　　朱衣仙，出生並成長於臺灣彰化縣員林鎮（今員林市），員林／園林，這預示了其與「園林」的不解之緣？於父親在臺過世四十餘年後，曾回到父親的家鄉——江西鄱陽，憑著一個六十年前的鄉名，在地名不復存在的情況下，奇蹟式地找到老家和親人。然後帶著一抔故土，造訪鄰近的景德鎮與白居易廬山草堂，繼續探求生命與情性的連結根源。青年時期，有八年時間住在美國，期間除獲有密西根州立大學藝術史碩士、德州大學奧斯汀分校圖書館與資訊科學碩士，並曾在加州聖地牙哥擔任海外華語教師及從事其他文化工作。由於這些跨文化的經驗，回國初期，選擇任職於臺北市立美術館、美國文化與資訊中心等機構，從事文化交流工作。累積實務經驗後，轉入學界，講授文學、藝術與資訊等相關通識課程。教學之外並兼任圖書館館長、藝廊管理及策展人，直到帶職進修進入輔仁大學比較文學研究所攻讀博士學位。博士班畢業後，幸運地獲得機會到東海大學中國文學系任教，現爲副教授。教學及研究興趣爲園林文學與美學、大陸當代文學、當代華語語系文學、數位超文本（digital hypertext）文學、跨文化研究、跨藝術研究等。

一、花園路逕的分叉與匯聚：從學術生涯與比較文學 學科風貌說起

這一篇論文屬比較文學學科範疇，比較文學的研究大致可劃分爲「跨文化研究」與「跨學科研究」兩種。此論文涉及中國園林藝術與現當代中國文學，所以可歸類爲「跨學科研究」中的「跨藝術研究」。一般來說，比較文學學門的論文寫作方式與中國文學學門的論文寫作方式會有一些差異，而我在這篇論文中，嘗試以中國藝術美學形式寫作比較文學學門的論文，這可說是一種「出格」的取徑。說是論文，卻又有些許「創作」的成分，是「非典型」的比較文學論文。不過，即使屬於「非典」，仍舊有著比較文學學門試圖弭平界線，跨域融通這種理想的實踐。聽來複雜？那麼首先就從我的學科興趣與學術生涯開始，說說比較文學的學科風貌。

我在大學就讀中文系時期即發展出對中國藝術史的興趣，而在中國藝術中，我最爲醉心的就是「中國文人園林美學」。中國文人園林是一種由中國特有社會結構與文化內涵所產出的特有空間，這種空間類型從魏晉時期開始發展，延續近一千五百年，至清末科舉制度結束爲止。而伴隨著文人園林在空間上的發展，中國文學史上也有著「園林文學」這一延續近一千五百年的特有文類。不過我所醉心的是「中國文人園林美學」以及園林對歷代文人精神向度上的意義，之所以是「美學」，乃因我所喜歡的並不是中國文人園林的實體，畢竟在兩岸開放交流之前，在臺灣只能從板橋林家花園或臺北故宮的「至善園」觀賞到一些中國古典園林的雛型，而那些假山假水其實並不與我的情性合拍。眞正能吸引我的其實是結合道家哲學的中國文人園林美學論述，以及歷代文人關於園林的書寫。[1]

大學畢業後，我帶著這樣的興趣到美國攻讀藝術史碩士學位。當時在

---

1 兩岸開放後，我雖遍覽了蘇州、揚州、金陵（南京）、北京等地的諸多園林實景，但這樣的感覺並沒有變，「園林文學與美學」仍舊是我最感興趣的範疇。

有限的行囊中，被我擺進了《華夏藝匠》等好幾本與中國園林美學相關的書籍。但因受限於就讀學校的師資，我無法就中國文人園林領域寫作碩士論文，只好改處理清末民初至文革之前隨著社會轉型，中國在美術方面發展面向的問題。這個研究所處理的時代與主題，卻也為我之後博士論文以及此篇論文的寫作，累積出歷史與社會層面知識的準備。獲得藝術史碩士後，我又到另一所大學修讀圖書館與資訊科學碩士，這使我的視野延伸到資訊科學的領域，在美國的工作經驗也都與這幾個所學領域有關。回國後，很幸運的，我的工作與教學項目一直都能關照到文學、藝術與資訊科學三個範疇。因此，在後來打算邊工作邊重回校園攻讀博士學位時，便選擇了比較文學這個領域就讀。比較文學學門所強調的跨學科、跨藝術、跨文化等面向，正合乎我意在整合藝術、文學與資訊科學三個學科的研究取徑。報考比較文學博士班時的研究計畫，我也就朝著能融合這三個學科領域的「網路詩」方向規劃。開始修課後，我發現自己對「後現代」相關理論特別有感覺，又在對資訊社會相關文化理論與網路詩的持續關注之中，接觸到阿根廷小說家波赫士（Jorge Luis Borges）以西班牙文所書寫的短篇小說〈歧路花園〉（英文名稱 *"The Garden of Forking Paths"*，西班牙文名稱為 *"El jardín de senderos que se bifurcan"*，1942出版)，我那在學術上似乎分岔了的小徑，藉著這篇小說，出現了匯聚的可能。我注意到資訊科學領域中常用〈歧路花園〉這篇小說來形構數位化書寫（digital writing）與網路世界，數位化文學的相關理論也總會提到這部作品。我也另外注意到中興大學外文系李順興教授所架設的網路詩網站名稱就叫作「歧路花園」。而當我去讀〈歧路花園〉小說時，發現其中所描述的花園竟然就影射著一座中國文人園林。讀後現代理論時，又看到「後現代」一詞的提出者—景觀建築師詹克斯（Charles Jencks）說了「後現代就像中國園林」這句話。經過一番研究，我發現其中原因是道家哲學與中國園林設計美學的密切關聯性，而道家美學又曾對西方的後現代思潮有啟蒙的作用。這使我的研究生涯自此獲得轉回我原先所感興趣的中國園林領域這一路徑，也得到融合藝術、文學、資訊科學領域的可能。

在我的博士論文研究中，〈歧路花園〉小說與中國文人園林美學建構出「斷裂－接合－網絡化」的範型，作為在後現代的多元語境中建構出認同的可能範式。我以當代中國大陸的文學文本《陳寅恪與柳如是》與美國的數位化超文本後現代小說《加利菲亞》（*Califia*）為分析文本，試圖從文本的內容與形式等方面，論證此一〈歧路花園〉範式，並進而提出此一範式在其他社會科學領域的應用可能。獲得博士學位後，我繼續以此範式分析其他後現代文本，發現好幾部具有後現代精神的小說都會加入中國園林的意象，也就開始好奇當中國文人園林在現實世界不再有發展的可能時，文人是怎麼去處理這個「前世舊園／緣」的呢？走入這篇論文的研究取向的另外一個原因是，從過去我對魏晉至明清園林書寫的研究中，我知道古典的園林書寫文本在學界已有幾位重要學者累積出許多精彩成果，但現當代文學中的中國園林書寫這一領域似乎尚少有人觸及，或許這正是我可以延續博士論文繼續努力的研究方向，也因而才有機會寫出這篇我自己覺得還算值得分享的論文。

二、「園題」的選定、「景觀序列」的構設

我選定的研究範圍為現當代文學文本中對中國古典園林主題與意象的應用與轉化。寫這樣的主題，蒐羅並閱讀一定分量的文本是必要的（至於如何收集，因為較為瑣碎，留待後文再行細述）。做到這一點後，我依循這些文本寫作年代的順序去進一步細讀，大致已可看出這些文本所組構出的，似乎是中國園林在現當代發展的歷史。但是這樣還不夠，尤其我的研究範疇是文學而非景觀藝術，中國園林史並不能作為我論文發展的唯一軸線。於是接著我又打破時序，對研究材料做出簡單分類，希望能從中找出可切入的角度與議題。

談到議題的設定，其重要性經常為中文系所的學術訓練中，較不被強調。但由於我較偏向將自己的學術領域歸於「比較文學」範疇，在臺灣學界中，比較文學通常是歸屬於外語學院或外文系，或是說臺灣的比較文學學者多半出身於外文系。而外文系的學科訓練非常強調寫作論文應該要有

清楚的問題意識，也強調要能針對議題提出清楚的論點，然後再以適合用來論證的文本內容來發展論述，證明論點。這雖與中文學門的研究方法不盡然相同，卻是我在博士班階段，來自英文系的指導教授所一直強調的論文寫作重要概念。而且我的論文通常會投到比較文學範疇的期刊，於是如何找到一個可切入的議題，便是我開始著手寫作這篇論文時，最為傷腦筋的事。在這種狀況下的可能援手，往往來自正在籌備階段的會議所提出的徵稿主題。

在這裡先岔開來談一下為何不妨以參加學術會議發表論文作為開展學術生涯的起始點。原因是許多專業學會或大專院校都會定期或不定期舉辦學術研討會，在研討會舉行的半年到一年之間會推出主題進行論文徵件，徵件主題經常是該學門在國際學界當前較關注的面向，或較熱門的議題。這些徵件啟事中通常會對該主題作一基本描述，提示相關理論，再指出一些相關子題，供有興趣就該主題撰寫論文的學者／學生做參考。因此，研究者得知會議主題後，不妨評估自己所感興趣的文本是否能以該會議主題切入探討，再向會議遞交所發展出的論文摘要（摘要字數依會議規定，通常在300到800中文字之間）。摘要通過會議籌備委員審核後，便可在該會議發表論文。會議論文是很好的學術起點，除了藉此能「逼迫」自己在一定時間內完成一篇論文，另外是在會中發表時，能獲得講評者的建議及聽眾的寶貴意見，以作為會後修改論文時的參考。

回到「找尋切入文本的議題」這個話題。基於上述的原因，也因為「全國比較文學學會」每年都會舉辦年會及研討會，而會議中發表的論文，會後若通過《中外文學》審稿委員的審查，便有機會獲得刊登，所以我通常都會參考當年度「全國比較文學會議」的徵件主題，發展我的論文。寫作此篇論文的那一年（2014），全國比較文學會議的徵件主題是「餘」（徵件啟事請見附錄）。我因這篇「徵件啟事」的點發而思考：中國古典園林（尤其是文人園林）的生成和民國之前延續一千多年的文人階層有很大的關係，而晚清科舉制度廢除，文人階層所賴以安身的社會結構改變，文人不再有經濟上的能力進行造園，也無須再以園林表明可仕可隱

的心志。因此，傳統社會所留下來的諸多園林，到了民國，不也就是一種「餘」物。但雖爲「餘物」，在新的時代或許也能有一種結合社會發展的新轉化，這正是我所觀察的文本可與「餘」這個主題結合之處。於是我以〈餘園中的殘紅新綠：中國古典園林在當代身世流變的系譜與美學的跨藝術轉化〉爲題，寫就摘要，投到當屆的「全國比較文學會議」。如願在會議中發表後，便獲邀在特定期限內將論文投稿至《中外文學》。

為投稿《中外文學》而修改原來的會議論文時，我考量《中外文學》屬比較文學領域，如果單就中國文人園林與現當代文學的關係發展論文，會產生與期刊屬性不太相合的問題，也會因此降低論文被接受刊登的可能。由於比較文學學科範式較重理論（尤其是西方文學與文化理論），也較注重論文中是否有議題的探討，因此我在文章第一節的前言中，改以空間相關的西方理論開展我的論述，並從文本中貫串出我的議題與論點，對這篇論文進行改寫。最後依改寫後的所用的理論與敘述主軸，換上〈餘園中的殘紅新綠：中國園林及其悖論美學在當代的「空間生產」〉的標題，將論文投稿至《中外文學》。

稿件投遞出去後，經過四個月的審查，收到《中外文學》執行編輯寄來的電子郵件，信中除了附寄了兩位匿名審稿者的審查意見外，並告知該刊編輯部召開編輯委員會會議，依據論文外審意見進行討論後，決議我的作品接受狀況爲「修改後再議」，因此要求我參考審稿者的意見在一個月內對論文進行修改。當然，該刊也允許作者如果無法同意審查意見建議方向，可另紙回覆說明原因。閱讀審稿意見，其中一位審稿者認爲我的論文「研究角度以及視野頗有新意」，並且認爲「這段士大夫與園林在封建時期之後再續的歷史，是園林歷史裡該有的章篇」，這些正面評論讓我受到很大的鼓舞。但該審稿學者也認爲我企圖使用空間理論來進行整合的作法，在文章中顯得格格不入。對於審稿者的看法，我反思到：雖然我認爲園林空間其實可以用西方空間理論進行討論，但用在民國以後的園林與園林文學的討論上，的確並不是很適切。因此我決定將來再另文使用空間理論對古典時代的園林書寫進行分析，而這一篇論文就改爲聚焦於民國之後

因文人與工農兵的對立以及雅俗的對立這兩者對文人及園林所造成的創傷上，再帶入文革結束後的園林相關文本中，以解二元對立的「悖論美學」為理想圖景之現象。

由於審稿者也指出我論述的主軸不夠明確，在修改時，我便將原先順時序討論分析文本的作法，大膽改為從文革剛結束時的作品——劉心武〈如意〉與2011年的王安憶《天香》兩者之間拉出一個跨越三十年的明確主軸，使這兩個文本成為「景觀序列」的兩個端點。原因是〈如意〉與《天香》兩個文本都透露了追尋悖論的理想，也都與《紅樓夢》互文，有明顯的共同性。尤其「如意天香」也巧合地形成一個代表「心中美好的理想」的語詞，此正與民國後知識分子的追尋自我身分與理想社會的時代使命相合。另外，考量〈如意〉中隱含了中國文人園林從晚清到文革之間隨歷史變化的命運，所以我的論述是隨著對〈如意〉的文本分析，就歷史發展的時序，再帶入民國至文革之間的其他相關文學文本的討論，以此進行園林史發展脈絡的建構。這樣的敘事軸線，其實再現了中國園林設計中「園中有園」（大園子是由許多小園所組成的）的設計手法。說來好像很有「創意」，但其實「文各有體」，論文本來有論文應該遵守的體例。我在這篇論文裡刻意在結構上仿效論文主題——中國園林的美學，使得這篇論文有「文格出體」的現象。「出了格文體」可說是一種「逾越」，但對我來說卻有著一種創作的「愉悅」。用出格的方式寫作論文，論文容易被打回票，執意要在學術論文中獲得創作愉悅的寫作者，要有這種心理準備。

如何炒這盤論文的菜

一、出了格的文體：該採單點透視法，還是該採散點透視法？

一般來說，學術論文有其文體上及文字用語上的規範，這是基本面，不能不顧及。譬如這篇論文第一個投稿版本的審稿者便如此指出我這篇論

文的一個問題：「全文開頭的部分以及摘要的部分用了並不是學術語言，而是比喻的語言，這樣並不能表達精確的意義，是學術文章避免的文體。作者也用類似遊園的文體作為段落的標題，也是一併會產生文體不對的問題」，審稿者談的主要是語言文字，但我了解這篇論文其實另外還有更重要的敘事結構未必合乎學術慣例的問題。

在外文領域的論文寫作訓練中，通常會要求在第一節前言中的第一段就提出這篇論文要討論的議題，指出論文作者對此議題的論點，以及用何種文本或方法對論點進行論證等。接著需在前言的第二、三、四段分別較詳細說明該議題的重要性、論證論點的文本、論述程序等。這樣的論文書寫方式，我借用視覺藝術的術語，將之稱為「單點透視法」。「單點透視法」為西方古典時期繪畫所發展的透視法，用來描述寫作則可指：讓讀者在前言的地方，就預先知道在第二節之後你將看到什麼，這是外文領域的論文慣用的敘事方法。相對於「單點透視法」，則為中國繪畫所採用的「散點透視法」，「散點透視法」可對應到莊子思想中「遊」的美學，中國文學領域的論文，常會採用這樣的寫作方式。

「遊」是一種發現的過程，「遊」也是中國園林美學的核心。既然寫的是中國園林，我在寫作過程中就一直掙扎於兩種「透視法」之間，最後的結果是造成進退失據情況。還好第三位審稿者的意見，讓我安心重新回到「遊」的敘事方式，審稿者是這麼寫的：「論文在序曲部分，基本屬於後續論點闡釋與開展的總結。但行文上過早展示個人對文本解釋的論斷而非論點，反而減弱了閱讀的誘導性和趣味。……後文論證與詮釋的論點。在序言做適當的鋪陳，反而可以減少理念先行的疑慮。建議部分文字和句子的表述可稍做調整」、「閱讀的誘導性和趣味」之重要，由此可見一斑。即使採用了「單點透視法」也應考量「閱讀的誘導性和趣味」，在寫作前言時，對論點與文本點到為止即可。至於結論部分，第一位審稿者也認為結尾的部分應該作一總覽，而非以文學性的方式作結。這兩段評審意見，對論文寫作來說，很有參考價值，但由於主題的關係，我仍舊希望能夠保留一些呼應園林美學的形式手法。

因此，爲了保留這些「出格」的寫法，我向審稿者提出這樣的說明：「由於作者希望在嚴肅的學術論文中，能夠在小小的限度上加入一些與所討論文本相呼應的創意，所以在論文中鋪設了一種遊園的調性，也試著將園林設計美學融入論文的形式結構中。作者也希望能以文人山水畫卷或園林的散點透視調性發展與結束，這是未能以單點透視方式將全文論點在總結處作一明確總覽的原因，但在行文之間已將『園林』、『知識分子』、『悖論』三個關鍵元素作一收束處理」。後來稿件的被接受，說明了若是要堅持自己的寫法，不做修改，適當地向審稿者提出說明是可行的。

　　不過，修改過的論文寄回給《中外文學》編輯部後，又被送給第三位審稿學者審查，再次面臨另一關的考驗。幸運的是，這位審查者頗能理解我論文「出格」的原由，給了這樣的正面評價：「這是一篇視野宏大、分析細膩、文學感受敏銳、思辨強的論文。作者在論述上頗費心機，前後以畫的圖景呼應，兼具感性與思辨語言，標題的設計頗見心思，穿插調動的文本和理論不少，華麗飽滿，顯示作者充分的知識準備。全文雖難掩論述上的『表演性』，但可讀性甚高，是一篇頗具『創意』的論文」。

　　有時候，辛苦寫出一篇論文，卻自己也不甚明白該篇論文的價值在哪裡，因爲有沒有價值，往往部分取決於學界其他學者怎麼評量。這位審稿者的知音之言，肯定並指出了這篇論文的價值所在，得此評語，夫復何求？只有依審稿者讚美後給出的其他十幾項修改建議，將論文修改得更完善，才能報此知遇之恩。雖然很想當面誠懇致謝，但由於是匿名審稿，我也只能在最後發表的論文版本中以注解的方式這樣致意：「由衷感謝審稿者願意接受這種夾帶『文學創意』、『展演』式的學術論文。這樣的「逾越」，能讓忙於學術論著而無法進行文學創作或策展活動的學府中人，稍稍獲得一點文學創作的『愉悅』」。

　　另外審稿者也認爲：「『這篇論文』標題的設計頗見心思」。的確，在寫作這篇論文時，我覺得最過癮的部分就是設計每個小節的標題，而精心設計的標題能得到審稿者的肯定，此樂又更加一等。我所設計的標題大多既能表現該章節所涵蓋的內容，又能從主要文本中擷取既能呼應內容，

又具文學性的菁華語句。雖然這些被審稿者讚賞的標題，部分在修改論文時不得不隨內容的改變而被刪除，但重來一次的標題設計，讓我又過了一次創作癮。

我想，這篇「出格」的論文最終能受到「賞識」，最重要的原因可能是我選擇了投稿到《中外文學》這份期刊。《中外文學》是臺大外文系所出版的刊物，而臺大外文系一直有很強的文學創作傳統，這樣的傳統也延伸到其所出版的學術刊物上。在十幾年前，《中外文學》除了刊登外國文學與比較文學類的學術論文外，還有專區供發表文學創作。或許是這樣的因素，使得《中外文學》刊物比較能接受帶有創作意味的學術論文。而審查《中外文學》論文的審稿者因了解《中外文學》的屬性，也就比較會成為這類論文的知音者。所以選擇與論文屬性較為相同的期刊，與稿件的被接受與否，有相當大的關聯性。

二、知音人不在燈火闌珊處，審稿者像是你的老師

審查的過程是漫長的，但從審查意見書中，可以看出每位審稿的學者都非常仔細的讀了我的論文。他們所提供的寶貴意見可說是識見廣博、評論精闢，令人佩服。身在學界，深知要能空出心力與時間來審查論文並不容易，這種願意真誠相互幫忙的心意，令人感動。共同體的氛圍，是很多學者選擇在學術界發展的重要原因之一。

其實雖然過程辛苦，但我一直很慶幸這篇論文不是在第一輪的審查中就已經過關，由於有了前兩位審稿者給我的許多寶貴意見，我斟酌他們的意見修改後的論文，才能從第三位審稿者那裡獲得讚賞與進一步的提點與指正。這個看似繁瑣的過程，卻使得我最後所發表的論文能夠在整體脈絡上更加清楚，內涵更為豐富，論點更有意義，論述更有價值。我的這篇論文可說是在被審稿、改稿、又被審稿、改稿的路程中，一步步成形的。例如，我雖原先就有意將民國後園林的命運對比文人的命運，但重心比較偏重在「園林史」的發展上，如此我的研究價值就比較局限於中國園林的範疇。但由於第三位審稿者的這個提示：「論文提及文人往知識分子的身

分轉變，可以再進一步深化與思辨。」我又試著搜尋了一些與民國知識分子身分轉變相關的期刊論文，才能幸運地發現原來民國文人瞿秋白曾寫過一篇〈多餘的人〉，文中描述科舉廢除後，文人向知識分子轉型之際，所面對的「多餘的人」自我處境。這才使我能更清楚的提出「園林淪於『多餘』的處境與文人淪於『多餘』的社會身分，正可兩相對應」的觀點，也因此擴充了整篇論文的格局，使得這篇論文在文學藝術領域之外，獲得社會與歷史領域的價值。這也是為何論文發表時標題能「進化」為〈餘園中的「殘紅新綠／如意天香」：中國知識分子的啟蒙心史與悖論美學圖景〉的原因。

　　另外，審稿者在評論意見中，通常會將所審查的論文內容作一整合性的敘述，並說明你的論文價值所在，這些都是很好的回饋，即使最後被退稿，也能從中得到很多建議，學到很多寫論文的方法，了解自己的研究是否有價值。建議拿到審查意見後，可對照審稿者對整體內容的整理，是否與你寫作論文時所要論述的要點相合，以此檢視出論文的論述脈絡是否夠清楚。例如對於我這篇論文的論述要點，第三位審稿者給了這樣的描述與評論：「作者有相當大的企圖心，既要透過劉心武〈如意〉與王安憶《天香》兩篇作品來貫通和展演園林如何體現為文革後知識分子追尋理想中的『悖論美學』狀態，且同時勾勒民國以降古典園林在文學脈絡上的發展線索。論文調動民國以降的不少新舊文學和美術的重要文本，著力勾勒園林作為現實中的空間場域和文本的意象，如何走向衰敗、民間化和寄寓知識分子理想的轉折。」看了這樣的意見，我想既然審稿者肯定這樣的論述脈絡，那麼在最後的改稿時，就更清楚什麼該留下，什麼該增刪了。總之，真的要感謝審稿者，不管論文被接受與否，審稿者都是投稿者最好的老師。所以論文最終被接受的話，別忘了要在注解中向匿名審稿者致謝。

三、樣樣皆文本、處處皆有我：跨藝術取向與作者主體位置的呈現

　　大家或許會注意到，「視覺性」的文本偶或間雜出現在這篇論文中，

我認爲既然寫作的是比較文學學門中跨藝術研究類別的論文，那麼各種藝術文本都可以成爲論述的一環，甚至事件也是一種可參與論述的文本。總之，樣樣皆可爲文本。

其實我認爲學術論文也是一種創作，一種跨藝術的創作。例如，如審稿者所描述的，這篇論文是「前後以畫的圖景呼應」的。而我之所以用陳其寬的畫作〈陰陽2〉鋪陳出抒情性的開展與抒情性的收束，一方面是因爲造園從的是畫意，遊園則有如畫卷的開展另方面則是這幅畫的畫意，鋪陳的正是二十世紀以來，中國知識分子所追尋的「陰陽相生相合」圖景。當然，作爲東海大學的一分子，我希望自己雖然最終談的是當代中國大陸知識分子的理想圖景，但如同在中國園林的空間場域中，每個遊園者在設計者的構設下，都被允許以自己的主體位置組構出自己的「景觀序列」，我會希望能透過東海校園——一個充滿著「遊」的意味的空間——的設計者陳其寬的畫作，既表現出我所在的主體位置，也以「視覺性」的方式，展現出當代中國知識分子所追尋的理想圖景。談到追尋，我該回來說說研究文本與資料的收集了。

四、追尋與偶遇（serendipity）：如何找到研究文本與資料

打算要研究現當代文學作品對中國園林書寫或意象的挪用與轉化後，我就開始收集材料。第一步要找的材料當然是文學文本，我認爲文本分析是文學研究的根本。我找尋這類文學文本的主要方式有四種，一是從近現代報刊電子資料庫中搜尋晚清與1949年之前的文學文本。這類資料庫主要有「大成老舊報刊資料庫」、「晚清民國時期報刊資料庫」等。這些資料庫都包含有索引、文獻內容、文獻影像等，非常實用，但由於價格高昂且非一次買斷，圖書館需年年付費給資料庫出版機構，以供讀者使用，所以不是每間學校都會有足夠經費購入這些資料庫。自己學校沒有的資料庫，可以到其他購有所需資料庫的大學圖書館或臺北市中山南路的國家圖書館進行檢索、下載或與資料列印。

第二種方式是從網路上查詢NBINET（全國圖書書目資訊網）網站，點選「全國書目檢索」，查詢書名或主題中有園、園林、園亭等字詞的書。我也會在網路書店的網站上鍵入「園」這個字，再一本本閱讀線上的介紹，評估是否與園林有關。相關的可從「NBINET聯合目錄」查詢學校的圖書館是否有此館藏可供外借，如果沒有就評估是自行購入，或是透過NDDS系統進行「館際合作」借書。至於哪個學校或機構有此藏書，在「NBINET聯合目錄」上就可以直接看到。

最後一種方法看起來最笨，卻是讓我找到最多文學文本的一種方法。這種方法是在圖書館、書局的現當代文學創作區，一本本快速翻閱，看看該文學作品是否談到了園林或運用了園林意象。採用這種作法的話，可從自己喜愛的作家全集著手，例如曾經讀過的沈從文小說我都很喜歡，但我沒有看過他所有的作品，所以我就從圖書館借出《沈從文全集》，逐篇快速翻閱，才能發現後來在我的論文中具有重要角色的〈玉家花園〉這件作品。王安憶也是我最喜歡的作家之一，我翻閱她的《啟蒙時代》，才得以從中發現書中有少許但與全書題旨有重要關連的園林意象。至於不是原先就心儀的作家的作品則要靠偶遇了，例如在這篇論文中被用來作為主軸的作品——劉心武的〈如意〉，就是我在臺北市立圖書館的書架上看到的一本書中的作品。這本書我原先並不想拿起來翻閱，一來我對劉心武並沒有很大的興趣，二來這本書的書名《她有一頭披肩髮》吸引不了我。如果當初不是抱著姑且翻翻的心情順手翻開來瀏覽的話，誰會想到這樣的書名下，能找到一篇具有這麼強烈的園林意象，甚至隱藏著中國園林在現代身世經歷的中篇小說呢？英文裡有一個字叫作serendipity，用這個字正可形容我與一些文本偶遇的因緣。Serendipity這個字曾獲選為最美的英文字，但這個字也被視為是一個很難簡短地翻譯為中文的字詞，這個字的意思是：在偶然的情況下，得以遇見自己長久所苦苦追尋的人、事、物，因此有人把這個字翻譯為「偶然力」。找到重要的文本，往往就是要靠這種偶然力，但要記得重點是要「不斷追尋」。另外又有一句話「當你的意念夠強烈，全世界都會來幫你」，在找尋文本的過程中我也有這樣的感覺。我

一直很喜歡王安憶的文字，多次祈想著如果王安憶能寫一本與園林有關的小說那就太棒了。猶記得2011年我在臺北101的Page One書店閒逛，在新書區看見到一本名為《天香》的書，作者為王安憶，馬上拿起來翻閱，入眼的第一章標題竟然就是〈造園〉，當時竄入我腦中的想法是：哇！怎麼可能，王安憶竟然接收到我的呼喚了呢！

第四種找到相關文本的方式是：用「園林」為關鍵詞，查找大陸與臺灣的期刊論文資料庫，看看其他學者是否曾經談到與園林相關的當代文學文本。這篇論文中所討論的魯迅〈在酒樓上〉、巴金〈廢園外〉都是透過這個方式找到的。

以上所說明的途徑是用來尋找作為研究對象的文學文本的，至於研究上與寫論文時所需的其他資料，主要的查找方式則為期刊論文索引類與博碩士論文類的電子資料庫。臺灣的國家圖書館提供收有臺灣這兩類型論文的資料庫，但不一定提供線上電子全文。若無線上全文，則需使用學校圖書館所購買的線上資料庫，例如「CEPS中文電子期刊服務」（華藝線上圖書館），或透過館際合作借閱，甚至親赴國家圖書館調閱、下載或列印資料。大陸方面所出版的期刊論文與博碩士論文，則可透過學校圖書館所購買的「中國期刊全文資料庫」（CJFD）（CNKI中國知網）等相關資料庫查找，大陸的資料庫大多提供全文可供下載與列印功能。一般來說，中國大陸學術期刊上的論文篇幅多較臺灣學術期刊上的論文短小許多，學術的飽和度一般來說雖不如臺灣的期刊論文，但優點是因為篇幅小，論文討論的主題會更聚焦。所以在需要特定概念的背景資料時，大陸出版的期刊論文是很好的起點。

另外，在這裡我想要順便介紹一種找資料很重要的方法——查找書籍在最後面部分所列的索引（index）。一本書所提供的索引能讓你一目瞭然地知道該書哪些頁數有出現你所要查找的字詞，藉由索引，研究者也可知道關鍵字詞或關鍵概念的架構，以及不同關鍵字詞之間可能有的關聯性。但這種方法通常只能用在找尋非文學類和西文書籍資料上，原因是文學類書籍不會提供索引，而中文書籍很少會在書中提供索引，這也是臺灣

的學術出版可以再加強的面向。

五、園外又有園：後續衍生的研究

前面已經說過，我原先是以西方理論界重要的空間理論來導入中國文人園林在現當代的空間生產現象與過程的，隨著論文的增修刪改，理論的部分最後卻被移除了。即使如此，在整個寫作過程中，我卻已更加篤定的認為以法國空間學家列斐伏爾（Henri Lefebvre, 1901-1991）的「空間生產三元辯證組」來討論延續一千五百多年的園林空間與園林書寫是可行的。所以在發表此篇論文後，我便接續發展出另一篇與中國文人園林相關的論文，題目是〈美學－論述－實踐：中國文人園林場域多重三元辯證的「空間生產」〉。這篇論文在2016年東海大學中文系所舉辦的「古典文學的新視境」研討會發表後，已投稿期刊。由此經驗看來，即使在論文的刪改過程中，為了論文的統整度必須略去一些之前費心撰寫的片段或章節，這往往是發展出另一篇完整論文的機會。

說到刪除費心書寫的段落或章節，由於我的論文在三位審稿者的建議下，分別補充了審稿者建議增加的概念或補充的分析，所以到出刊前竟然已經從35000字的稿件，發展成了45000字，而《中外文學》的篇幅建議其實是25000字。編輯部了解論文字數增加的原因，在衡量下謹要求我刪除至35000字。我評估後，決定與其一字一句刪改長度，不如將幾個大的章節或段落移除。心痛是一定的，但後來我也發現這些段落的去除，除了使得這篇論文益加精實，也是未來發展出新論文的種芽。

因此在這篇論文發表後，我持續相關研究，找尋別的相關文本，希望未來能重拾刪去的片段，結合為另一篇論文。此時我又進入相信serendipity的狀態，而在尋尋覓覓中，果真讓我在機緣中巧遇古華在1990年所出版而鮮為人知的長篇小說《儒林園》。細讀此一文本後，發現有著重要的園林意象隱藏其中。雖然這個文本不適合與上一篇論文刪去的部分在同一個議題脈絡下討論，但就此單一文本，我就已經能寫出篇名為〈《儒林園》中巑岏峙立？：傷痕文學的「非人」記憶與知識分子風骨「物

化」表述之所解構與召喚〉的一篇論文。此文發表於2017年的「全國比較文學會議」，並已投稿期刊。這種「遊園式」的發現與書寫過程，目前仍在持續中。

我可以看見自己的研究正在透過這種園中有園、園外又有園的方式，慢慢形成小體系。接著我希望能延伸到跨文化的向度，研究中國園林美學西傳後在西方被跨藝術挪用的情況，為自己的「寫園」、「遊園」歷程，組構出一片中西交融的園景。

給讀者的話：且讓文本為你所用，而非你為文本服務

從〈餘園中的殘紅新綠／如意天香〉到〈《儒林園》中嶙峋立？〉，我深刻體會到，相較於前者統整許許多多的文本為一文的作法，後者只處理一個文本的論文容易撰寫多了。因此建議剛入門的論文撰寫者，不妨縮小論題，先以一兩個文本入手。而我也相信在文學研究中，詳細的文本分析是最重要的基本功，在蒐尋二手資料了解別的人怎麼討論這些文本之前，不妨先深刻、全面的與你所處理的文本直接對話。這就像找對象，要想了解對方，聽再多媒人的話或他人的描述，都不如兩人片刻的直接相處。

另外，我認為書寫人文、社會類型論文的另外一個要項就是：找到議題，透過文本建立你的論點，發展你的論述。想寫一篇好的文學領域論文，就得擺脫高中時期那種「寫讀書心得」的習性。要讓文本為你所用，而不是你為文本服務。

最後是關於寫論文的用處，當學生問我：「現在讀碩士出來未必會比大學畢業找到更好的工作，那我究竟要不要繼續讀研究所？」或是問我「我將來並不想當學者，為什麼要那麼辛苦去寫一部碩士論文」時，我的回答總是：「寫論文學的是對議題提出自己的論點，懂得對自己的論點找到文本去進行論證。不管你將來要做什麼工作，過怎樣的生活，具備這樣的能力應該都是一件很棒、很有用的事吧。」我深信，就算不讀研究所、

論文寫作不藏私

不寫碩論，若能好好完成一篇學術論文，都會在你的人生園林中形成一方青綠，在陽光下，閃耀出動人的景致。

附錄：

第三十六屆「全國比較文學會議」徵稿啟事

餘

「餘」一字有多義，包括多出（「剩餘」）、殘剩（「殘餘」）、事後（「餘生」、「餘震」）、其他（「其餘」）；其中，前兩義特別點出「過剩」和「欠缺」為餘的雙價。綜觀而言，餘特別涉及一個整體和其額外部分之間的關聯變化，但兩者除了對立之外，也可有其他關係，如餘部可以是整體成立的基礎與條件，「留餘地」的策略是透過空間的設立，讓後續的關係可以完滿，而「年年有餘」──在此「餘」帶有無盡之意──泛指今年之餘將成來年能否完整的條件。在這個意義下，此餘部不同於一般部分，而接近洪席耶（Jacques Rancière）所謂「非部分的部分」：在社會階層裡無一席之地的非部分（古代雅典的窮人、資本主義下的無產階級等）必須被算作一個部分，如此民主社會整體及其政治實踐才能存在。理論上，晚期拉岡所謂的「非全」（not-all）與「症狀」或巴迪烏（Alain Badiou）所謂的「真理」等，均可被視為這個意義下的餘部。在文學上，若以偵探小說為例，指紋和毛髮等微物證據是重建事件整體的（殘餘）基礎，其性質或許較貼近這個意義義。

隨著現代性、帝國、父權等單一集中性的代現體系崩解，餘部的變化也成為人文研究的核心議題。晚近甚受矚目的「特異」（singularity）論述就是最明顯的例子，我們因此可以從餘部來觀察當代全球化的變化。一方面，全球化儼然成為一個「無餘」的整體（holistic）系統，但此一完整系統的建立卻逆轉為其反面：資本的加乘與普遍性貧窮的重疊（M型社會與普遍負債現象）；生產和消費與垃圾的重疊（資訊過度膨脹、城市成為最大垃圾場、過度土地炒作與建設後形成的新興鬼城、有毒廢棄物等問題）；情感生產與情感匱乏的重疊（如「我是歌手」等各種催淚文化產品所顯示）；科技增能與功能退化的重疊；烏托邦與反烏托邦的重疊（性和慾望的解放與消失、政治解放與政治能動的消失、人權高漲與生命生物化等現象）；乾淨化的生命政治與鬼魂和殭屍世界的重疊（如晚近電影工業所顯示）；全球化時代固定主權邊界的消失與特異、土地主權爭奪的重疊（如釣魚臺、南極等地的占領，以及都市規劃、土地徵收等問題）等。但另一方面，文學和文化理論，如心理分析、動物倫理、生命理論、生態論述、社會運動、文學與藝術實踐等，也提出各種

對整體和餘部關係的想像，企圖突破單一整併式的框架，嘗試對「餘」做跨界的思考並尋求改變的可能性。

基於以上觀察，本屆全國比較文學會議希望邀集各人文領域的學者，共同探討「餘」此一議題，一方面建立「餘」的批判或其系譜，另一方面想像多重之餘，以描繪當前或未來改變的圖像。建議子題列舉如下：

人類之餘、物種之餘
生態之餘、災難之餘
生命之餘
神之餘、善之餘、惡之餘
空間之餘、城市之餘（垃圾空間、釘子戶等）
時間之餘、歷史之餘
殖民之餘、後殖民之餘
西方之餘、東方之餘、世界之餘、全球之餘
主權之餘、疆界之餘
律法之餘、政治之餘、正義之餘
資本之餘、生產之餘、消費之餘
資訊之餘、科技之餘、文明之餘
情感之餘、慾望之餘、性（別）之餘、身體之餘
其餘之餘

實例如下（完整內容請見光碟）

餘園中的「殘紅新綠／如意天香」
中國知識份子的啟蒙心史與悖論美學圖景[*]

餘園中的「殘紅新綠／如意天香」
中國知識份子的啟蒙心史與悖論美學圖景 [*]

朱衣仙 [**]

摘要

　　園林自魏晉以來即為文人寄託情志的場域，這個充滿文化符號的空間，一直彷如中國文人的化身。民國以降，士大夫階層瓦解，文人失去搆園、居園的條件，身份也被迫轉變為無所依憑的知識份子，成為「多餘的人」，一如當時成為廢園的諸多園林。1920年代，知識份子發展出「向民間去」、「為工農兵服務」的左翼論述，為自己爭取社會位置，卻也因而逐漸被邊緣化與有罪化，終致在大躍進時期被打為「小資產階級」；與之同命的園林則承擔「小資產階級情調」的罵名，許多被改為廠辦。文革期間，知識份子淪為「牛鬼蛇神」，被拘禁於已成「牛棚」的舊園中。然而園林景物所蘊含的文化意象，卻給了知識份子療癒的力量。在此創傷與療癒並構的空間中，知識份子透過「因景生情，寓情於景」的體會，了解到：有情則為人，無情者方為牛鬼蛇神，階級身份的二元對立其實是錯誤的；並繪想出「知識份子與勞動人民之間應相生相成，以悖論狀態的社會關係共存」之圖景。園林與文人在民國後的平行命運，使得「園林史」同時得以寄寓「知識分子心史」。由於自古文人即意識到園易就荒，書寫長存的道理，民國後的知識份子也同樣藉由筆下園林意象的經營，將其所遭遇的這段園林／文人同命的歷史寄諸筆墨，本文因此得以透過現當代文學中以園林為場景或意象的文

---

* 　本文103年8月19日收件；104年11月2日審查通過。

** 　東海大學中文系副教授。
　　中外文學・第44卷・第4期・2015年12月・頁37-89。

本，梳理出這部共構的歷史。全文以〈如意〉與《天香》為主徑，劉心武在文革初結束時為了重構知識份子的社會身份而寫作的〈如意〉，通過小說中的園林意象，為我們導向了民國後一篇篇寄寓有這段園林史與心史的文本，並展現何為「悖論並存」的理想。三十年後，王安憶不忘「前世舊緣／園」，寫作《天香》，透過晚明天香園林的興建、繁華、到化為民居、園圃的故事，在啟蒙語境上塑造出菜蔬花影共搖曳的園圃與種作田間、務虛也務實的知識份子；並在與《紅樓夢》的互文／借景中，跨代連結出晚明至今文人的一脈心史，也為當代中國構設出在雅與俗、道與器等相對元素之間，發展出相生相成、和諧並存、雙向同構、動態流轉狀態的悖論美學圖景。

關鍵詞：中國園林，知識份子，文革，悖論，〈如意〉，《天香》

論文寫作不藏私

236

餘園中的「殘紅新綠／如意天香」

中國知識份子的啟蒙心史與悖論美學圖景[*]

朱衣仙

一、前言

(一)序曲

　　1985年，往返於台北城市煙囂與東海大度山居之間的陳其寬繪製設色淡墨長卷一幅，[1]「畫中遊」[2]者隨長卷穿山越水，入園過屋，曲曲折折，迤邐去來，等於編了一個故事：[3]

　　　在一輪「上升／下沈」的「白日／明月」中，[4] 一葉扁舟穿山越水而
　　　來。遊者悄然登岸，在山水的交映中，步入民居，瓜棚、湖石、院

* 　本論文為科技部計畫〈中國園林美學的當代跨文化接受與跨藝術轉化〉（MOST 102-2410-H-024-056）部份成果。本文初稿宣讀於2014年5月17日所舉行的「第三十六屆全國比較文學會議」。在此感謝三位《中外文學》審稿者對本文所提出的精闢見解與中肯建議。

1 　該畫畫名為《陰陽2》。1985。30cm x 546 cm。彩墨、紙。現藏於台北市立美術館。

2 　由於造園所從為「畫理」，遊園者遊園時不免有「畫中遊」之感。

3 　此處借用陳其寬話語。陳其寬受訪談畫作《陰陽》時曾說道：「……有很多漁村在那裡。那麼我就好像跑到裡頭，等於登堂入室，跑到他們家裡面去，曲曲折折的，等於是編一個故事」（徐蘊康）。

4 　為了符合「『「畫中遊」者』寫了一個故事」的情境，這裡對《陰陽2》的描寫主要出自《第八屆國家文藝獎得主（2004）作品選介・陳其寬》的作者之遊，另再加上本文作者之遊進行少許改寫。引用來源為《第八屆國家文藝獎得主（2004年）作品選介・陳其寬》。該文敘事有部分乃採自鄭惠美《一泉活水：陳其寬》171。由於此處試圖以文字呈現繪畫效果，所以選用筆者所認為較符合該畫氣息的標楷體字形。此畫的詳細介紹請見鄭惠美170-75。

牆、漏窗、善本書、明式書齋家具、廊道，一一映入眼簾。走入曲
折的花園庭院，芭蕉三、兩棵，……。

經過小橋，登堂入室，見一赤裸女子，斜躺於輕掩的羅帳紗縵中，
葫蘆斜掛床前，床邊有著澡盆與梳粧台，一隻白貓也慵懶地躺臥房
內，小桌上擺放著兩片待食的紅色西瓜。步入晾曬魚網的庭院，穿
越魚乾滿佈的院牆，來到江邊。

小舟倚岸，遊者悄然登船，在一輪「上升／下沈」的「白日／明月」
中，一葉扁舟穿山越水而去。[5]

日與月、隔與透、實與虛、私與公、俗與雅、人工與自然、固定與流
動……，這幅設色淡墨長卷雖繪製於海峽此岸，卻在「編織／暈染」[6] 著
園林意象與悖論美學的景致中，對民國以來「文人／知識份子」的身份認
同與社會理想，提供了一幅有著歷史脈絡、「如意天香」般的視覺化圖景。
　　中國園林自古雖為上層階級展示其物力、品味的空間（皇家園林），
但卻也是文人展演其自我生命情調、仕隱抉擇以及寄託其生命認同的場
域（文人園林）。清末，家國巨變，園林毀廢者眾。民國後，平民意識對
空間進行改寫，園林的傳統文化角色，隨之鬆動。幾十年的世局變化之
間，已然足以使園林成為舊時代的餘物。這些私有園林有些被轉型為公
園、學校，有些則在荒煙漫草中淪為剩餘空間。即使仍有少許公、私園
林可供遊賞，但其中的文人興味亦已變調。皇權時代結束，民主時代來
臨，對不再擁有士大夫階級經濟條件的文人來說，不但失去了在園林中
安身立命的條件，也失去了藉造景、題景與寫景的活動表達自我情志與

5　文人園林之構設所從為「畫意」，故此文由畫作為起始與結束。此畫作的選擇一部份的
　　目的為「呈現筆者觀景所採的主體位置」。
6　此處之所以選用「編織／暈染」一詞，乃在於呼應《天香》融合工藝與藝術的理想，請
　　見後文。

仕隱抉擇的展演空間。園林的命運與士大夫階層的瓦解似乎有著平行的發展，由於「士大夫／文人」的身份已轉變為已無仕隱抉擇必要的「知識份子」，[7] 其命運將隨著時代「步移景易」，他們的人生戰場也隨而變化為謀求生計、省思自我社會身份與對時代提出理想，甚至對理想進行革命實踐。即便如此，魏晉以降文人對園林的寄託關係，未必就此絕斷。自古文人即理解園易就荒，書寫長存的道理。歷代文人都曾在他們的園林書寫中抒寫情志、寄寓理想，那麼民國以來的知識份子是否亦曾在紙上再造園林，從中述寫／塑造他們所身遊的時代，組構他們一路行來的生命圖景與托寄他們的理想？本文將以「民國以來文學文本中的園林」於此園中「置景」、「設線」，[8] 藉以組構出民國至文革結束之間的園林史，並從交互的光影中，映照出文人／知識份子百年來的啟蒙心史與他們為時代所繪製的理想圖景。

　　由於在園林場域的構設中，總能賦予遊園者依其主體位置組構出屬於自己的景象脈絡的可能，因此本文以當今中國大陸知識份子所身處的時代（1977-2015）為主體位置，[9] 設置一具有景象導引功能的主徑。主徑始／止的兩個端點，一為文革方休，「新時期」方始之際的小說〈如意〉（劉心武，1980），另一為新近小說《天香》（王安憶，2011）。設此主徑目的，除了在於提供主體位置，也在於展現這兩個相隔三十年的端點上，知識份子在「啟蒙語境」與「審美語境」兩方面所提供的視域，以及兩者融合處所交泛的光影。由於當代的視域是得自於民國以來的相關發展，因此本文在「〈如意〉－《天香》」所串起的「園題／主徑」中，再以

7　本文所指文人、士大夫、知識份子的區別為：「文人」雖一般可用來統稱古今讀書人，但本文將這個語詞定義為具有人文情懷、追求獨立人格與獨立價值的古今讀書人，不論其出仕與否。「士大夫」則被用來專指皇權時代出仕的文人。「知識份子」一詞，則專指民國以後的讀書人。知識份子如具有人文情懷、追求獨立人格與獨立價值，則可同時稱其為「文人」，如豐子愷、陳寅恪。

8　「置景」與「設線」都是中國園林的造園法則。「置景」指園林設計者所設置的景象要素，「設線」指園林設計者所提供的景象導引。

9　指文革結束至今。

「園中有園」的方式，佈設出一個個以從民國以來用園林為場景或意象的
文本所串起的「小園」。這些小園，分別呈現了民國以來不同時期中國的
社會變化下園林意象的表徵，以及在這些表徵下所顯現知識份子的身份
認同與理想搆設。小園與小園之間，以及小園與主徑之間的景物隔而不
絕，不時相互滲透，使遊者得以從中連結出「景觀序列」，步步組構出本
文的論述要旨。

　　再者，要說明的是，此園園景「虛實並構」。文學意象常被視為
「虛」，因此園林的實錄史料偶會被以「借景」的方式，帶入論述，既印證
其「實」，也納之為園景。就讓我們從「園題／主徑」──「如意天香」的
說明開始這趟遊園歷程。

（二）園徑之始

　　若以「新時期」作為遊園的起點，那麼在十年的文化大革命甫「結束」
時（1976），作家劉心武（1942-）在1977年所發表的短篇小說〈班主任〉，
會是第一幕入眼的景致。〈班主任〉既是「傷痕文學」的開山之作，也被
認為是「新時期」文學的發軔之作。此前十年的文革「園林」中，無花無
草、無情無心、無園。〈班主任〉中卻有花有草、有情有心、有園。此作
可說是挾「花草復興」的態勢，冒文革再起的危險，控訴了文革的文藝標
準對青年人的傷害。1980年劉心武又發表了小說〈如意〉。透過這部以園
林為故事場景與意象的作品，不但可得見1911-1977年之間中國的社會
史與園林的滄桑史，並可得見知識份子在歷經左翼革命，到走過文革，
其所經歷過的滄桑與所建構的理想圖景。而其所建構的圖景，在啟蒙語
境與審美語境上，與三十年後王安憶以晚明「天香園林」為時空場景的小
說《天香》是相通的。雖說在這三十年間中國已有很大的變化，必然使劉
心武寫作〈如意〉與王安憶寫作《天香》的現實語境有其根本的差異，但
其中同聲脈通之處，以及與《石頭記》／《紅樓夢》的共同互文，使〈如
意〉與《天香》得以上接明清，共構出文人／知識份子的異代心史。園景
由〈如意〉的故事展開。

參考書目

1. Anselm Strauss, Juliet Corbin原著，徐宗國譯，《質性研究概論》，臺北：巨流圖書有限公司，1997年。

2. 方偉達，《期刊寫作與發表》，臺北：五南圖書出版股份有限公司，2017年6月。

3. 王吉亮、鄭惠卿，《論文寫作學》，北京：經濟科學出版社，1993年。

4. 王貳瑞，《實務專題製作與報告寫作》，臺北：華泰文化事業股份有限公司，2001年。

5. 王貳瑞，《學術論文寫作》，臺北：臺灣東華書局股份有限公司，2005年。

6. 王錦堂編，《大學學術研究與寫作》，臺北：臺灣東華書局股份有限公司，2000年。

7. 宋楚瑜，《如何寫學術論文》，臺北：三民書局，2002年。

8. 李瑞麟編著，《突破研究與寫作的困境》，臺北：茂榮書局，1996年。

9. 周春塘，《撰寫論文的第一本書》，臺北：五南圖書出版股份有限公司，2016年9月。（四版一刷）

10. 林慶彰，《學術論文寫作指引——文科適用》，臺北：萬卷樓圖書股份有限公司，2015年8月。（二版三刷）

11. 畢恆達，《教授為什麼沒告訴我——2010年全見版》，臺北：小畢空間出版社，2017年1月。（初版十一刷）

12. 陳善捷編譯，《圖書館資源：如何研究與撰寫論文》，臺北：華泰文化事業股份有限公司，1993年。

13. 彭明輝，《研究生完全求生手冊：方法、祕訣、潛規則》，臺北：聯經出版事業股份有限公司，2017年9月。

14. 普義南、曾昱夫、林黛嫚、李蕙如、羅雅純、侯如綺、黃文倩等著，

《中國語文能力表達——寫作表達》，臺北：五南圖書出版股份有限公司，2017年8月。（三版三刷）

15. 蔡柏盈，《從字句到結構：學術論文寫作指引》，臺北：國立臺灣大學出版中心，2017年2月。（再版三刷）

16. 蔡柏盈，《從段落到篇章：學術寫作析論技巧》，臺北：國立臺灣大學出版中心，2014年2月。（初版三刷）

17. 羅敬之，《文學論文寫作講義》，臺北：里仁書局，2001年。

附　錄

《文學遺產》文稿技術規範

　　爲加強本刊發表論文的學術規範，現根據時代變化和本刊學術特點，自2009年第4期開始，要求來稿做到：

1. 作者請寄打印稿，姓名、連繫方式另紙書寫。每篇論文需提供內容提要和關鍵詞。內容提要應是文章的主要論點（切忌自我評價），字數每篇在兩百字左右；「關鍵詞」一般爲三至五個。
2. 所有注釋均採用當頁頁下注，每頁注釋重新編號。
3. 注釋應本著必要、精練的原則，避免繁冗和喧賓奪主。
4. 注釋文字應包括：著（譯）者和書名全稱，出版社名、出版年分，所引文字在該書中頁碼。所注對象爲雜誌，注明該雜誌刊期即可；所注對象爲古籍，注明該書刊刻年分和卷數；所注對象爲現代影印本的古籍，注明出版社、影印年分、冊數及頁碼。

　　以下爲樣文（根據需要對原文有刪改），請作者務必參照執行。

論後人對唐詩名篇的刪改

莫礪鋒

　　內容提要唐詩中的某些名篇曾受到人們的刪改，雖說最初發生在唐代的刪改往往是樂工出於合樂歌唱的目的，但其刪改之成功卻應歸因於文學。後人對唐詩名篇的刪改有各種不同的方式，其中最成功的幾個例子都是從原作中抽出四句形成一首絕句。本文認爲這種文學史現象體現了中國古代詩歌寫作的一個普遍傾向即追求精練，同時也反映了後代詩人對唐詩藝術規範的批評和修正

　　關鍵詞　唐詩　名篇　刪改　絕句

中國古代的文學作品，無論是詩是文，都以簡練為原則，辭約章豐是作者共同的追求目標。孔子說：「辭達而已矣。」[1]陸機申述此意說：「要辭達而理舉，故無取乎冗長。」[2]劉勰在其《文心雕龍》中還專設〈熔裁〉一篇，詳論刪繁就簡之必要。然而主觀上的追求與客觀上的效果總是不可能完全相符的，秦時呂不韋使其門客著《呂氏春秋》，「布咸陽市門，懸千金其上，延諸侯游士賓客有能增損一字者予千金。」[3]那當然是權勢所致，不足為憑。事實上即使是以千錘百鍊著稱的杜詩，也難免有少數篇章因「多累句」而受到後人譏評。那麼對於某些家弦戶誦的唐詩名篇，後人也提出刪削的意見，又是出於什麼原因呢？那些意見有什麼價值呢？本文對之試作初探。

　　……張文蓀《唐賢清雅集》評：「興起大方，逐漸敘次，情詞藹然，可謂雅人深致。」[4]

1　《論語・衛靈公》，《論語正義》，上海書店1986年影印《諸子集成》，第1冊，第349頁。

2　陸機著、張少康集釋《文賦集釋》，人民文學出版社2002年版，第99頁。

3　《史記》卷八五〈呂不韋列傳〉，中華書局1982年版，第8冊，第2510頁。

4　《唐賢清雅集》卷一，清乾隆三十年抄本。

《文學遺產》徵稿啟事

　　《文學遺產》雜誌是目前全國唯一的古典文學研究專業學術刊物，本學科研究的許多新成果在本刊得以發表和確認，代表了我國古典文學研究的最高水平，在國際漢學界也具有權威性的學術地位。本刊不僅為專業人士研究、教學工作所必需，而且對一般古典文學愛好者也頗具參考價值。

　　本刊的主要內容包括：有關古典文學理論、各時代作家作品、各文學流派以及各種文體的研究，古典文學文獻資料的考據及研究整理，有關學科建設的探討，對研究狀況的評論以及國內外學術信息等。

　　本刊一貫主張在馬克思主義思想指導下，堅持科學性、建設性原則，提倡嚴謹切實的學風和生動活潑的文風。

　　本刊1999年被評為「中國社會科學院優秀刊物」，並被國家教育部和眾多高等學校認定為中文學科核心刊物、權威刊物。

　　本刊在接受各方面的意見特別是編委們的意見後，已於2006年改版，本刊改版後為大16開版；改版後的《文學遺產》能容納更多信息，歡迎廣大作者踴躍賜稿。茲就來稿，重申如下要求：

1. 來稿請參照《文學遺產》以2007年所發文章的格式書寫（包括「內容提要」、「關鍵詞」、「作者簡介」等）。
2. 來稿請提供一份紙本文件以供專家審稿（此件請勿署名），審稿通過後，請根據要求提供電子文本。
3. 本刊堅持首發權，正刊與增刊用稿必須是未正式發表過的，一經本刊發表，即付稿酬。
4. 作者文責自負，但編輯有權根據版面的要求作技術處理。
5. 本刊實行專家雙向匿名審稿制，稿件在編輯部將通過嚴格的審查程式。時限為自本刊收到稿件之日起三個月內，審稿結果會

通知作者。經審定可用的稿件，作者請勿再轉投他刊，如在審稿期間該稿已獲發表，請及時通知本編輯部，否則視為一稿兩投，需承擔全部責任。

《文學遺產》編輯部

文史哲論文寫作相關數位資料庫

一、傳統典籍

資料庫名稱	簡介
匯雅電子圖書（超星） （網址：http://www.chaoxing.com/）	匯雅中文電子圖書（超星電子書）資源，包括了文學、經濟、資訊、工業等眾多領域。圖書可於網路上檢索，並提供資料庫導覽、書本推薦及排行，亦有網頁閱讀、超星閱讀器等閱讀模式可選擇。
文淵閣《四庫全書》電子版 （網址：http://www.sikuquanshu.com/project/main.aspx）	《四庫全書》分為經、史、子、集四部，內容範圍廣泛，包括文史哲、社會科學、自然科學、醫學、農學等學科領域。文淵閣《四庫全書》電子版將這些浩繁資料數位化，並提供書目檢索功能。
瀚堂典藏數據庫 （網址：http://www.hytung.cn/）	此資料庫提供豐富的文獻資料，包括小學（文字、聲韻、訓詁）、類書、文學、史學、思想、醫學、敦煌學、宗教領域，以及大型叢書、方志與報刊等材料。
書同文古籍數據庫──《十通》全文檢索軟件 （網址：http://guji.unihan.com.cn/）	《十通》是中國歷代典章制度的大型工具書，指《通典》、《通志》、《文獻通考》、《續通典》、《續通志》、《續文獻通考》、《清朝通典》、《清朝通志》、《清朝文獻通考》、《清朝續文獻通考》十部政書。內容包括政治、經濟、文化等眾多範圍，規模龐大。《十通》全文檢索系統亦提供分類、瀏覽與檢索相關功能，對歷史研究有很大助益。

資料庫名稱	簡介
《清代檔案文獻資料庫》（僅限在上海圖書館近代、古籍、家譜閱覽室使用）	此資料庫由中國第一歷史檔案館提供館藏，北京書同文數位化技術有限公司提供技術，二者共同完成的資料庫。此資料庫將《大清歷朝實錄》（《清實錄》，共四千多卷，是清代的官修編年體史料。主要選錄各時期的上諭與奏疏，可作為宮廷生活、婚喪喜慶之紀錄）和《大清會典》（是清代官修的典章會要，分別修於康熙、雍正、乾隆、嘉慶、光緒時期。在內容上，詳細記錄清代的行政法規和事例，可反映當時的行政體系與法制規範）數位化，以供使用。
書同文古籍數據庫——《四部叢刊》、《四部備要》全文檢索軟件（網址：http://guji.unihan.com.cn/）	《四部叢刊》是著名學者、出版家張元濟（1867-1959）匯集多種中國古籍而纂成的叢書。此叢書資料庫採用北京大學圖書館館藏上海涵芬樓景印《四部叢刊》，內容包括《四部叢刊》初編、《四部叢刊》續編、《四部叢刊》三編，每編亦再分成經、史、子、集四部。
《四部叢刊》增補版（僅限在上海圖書館近代、古籍、家譜閱覽室使用）	增補版資料庫是在《四部叢刊》資料庫的基礎上，再增加了《四部備要》以及張元濟對《四部叢刊》的校勘札記。
上海圖書館——古籍書目查詢（網址：http://search.library.sh.cn/guji/）	此系統建置了上海圖書館所藏的中文古籍書目資料，類型有刻本、稿本、校本、抄本、石印本等類型。
哈佛燕京圖書館善本特藏資源庫（網址：http://mylib.nlc.cn/web/guest/hafoyanjing）	由哈佛大學燕京圖書館將許多善本典籍進行數位化，以便保存與研究之用。
大連圖書館特殊館藏資料庫（網址：http://www.dl-library.net.cn/book/）	大連圖書館前身為「南滿洲鐵道株式會社大連圖書館」，該館所數位化的典籍資源，較有特色的是滿鐵圖書文獻。另外亦有古籍善本、羅振玉學術文集與明清小說。

資料庫名稱	簡介
祕籍琳琅：北京大學數字圖書館古文獻資源庫（網址：http://rbdl.calis.edu.cn/aopac/indexold.jsp）	為北京大學圖書館所設置，收錄館內所藏的眾多資料，如古籍善本、家譜、方志、輿圖、拓片、敦煌卷子等。
香港大學馮平山圖書館藏善本書錄（網址：http://fpslidx.lib.hku.hk/exhibits/show/fpslidx/home）	此資料庫是依2003年出版的《香港大學馮平山圖書館藏善本書錄》所建置，收有宋、元、明、清等時期的刊本、抄本與稿本，並設有檢索、題名瀏覽、版本瀏覽、刻書鋪瀏覽功能。
新亞研究所典籍電子資料庫（網址：http://www.newasia.org.hk/resources/index.phtml）	資料庫由新亞研究所建置，並將館藏中的古籍、線裝書數位化，內容有十三經、二十五史、《資治通鑑》、唐詩三百首、《大藏經》可供瀏覽。
傅斯年圖書館珍藏善本圖籍書目資料庫（網址：http://140.109.138.5/ttscgi/ttsweb?@0:0:1:fsndb2@@0.7309346912963064）	此資料庫來源包含善本書、古籍線裝書、金石拓本、俗文學，並提供作者、書名與版本等相關資訊。
中央研究院中國文哲研究所——越南漢喃文獻目錄資料庫系統（網址：http://140.109.24.171/hannan/）	此資料庫收錄存藏於越、法兩國圖書館之珍稀漢喃文獻目錄，並提供書名、版本、題要、四部分類、館藏編號等資訊，對研究越南與中越交流的資訊有所助益。
中央研究院歷史語言研究所——漢籍電子文獻資料庫（網址：http://hanchi.ihp.sinica.edu.tw/ihp/hanji.htm）	此資料庫包含經、史、子、集四部，主題則有經典、方志、地理、筆記、佛經、小說與戲劇等類別。特別的是亦收有代表元末明初北方漢語的《老乞大諺解》與《朴通事諺解》二書，可供語料相關研究者瀏覽。
國立故宮博物院——善本古籍資料庫（網址：http://npmhost.npm.gov.tw/tts/npmmeta/RB/RB.html）	此資料庫由國立故宮博物院所設立，提供題名、著者、版本、四部類目等查詢條件，亦有瀏覽索引、進階查詢功能。在瀏覽索引中，可依資料類別、文物分類、四部類目、題名、版本與朝代等項目檢索，以方便資料查詢。

資料庫名稱	簡介
故宮東吳數位《古今圖書集成》（網址：http://192.83.187.228/gjtsnet/index.htm）	資料庫為故宮及東吳大學所合力建置，提供檢索與全文瀏覽功能，並可依不同的彙編資料庫（如乾象、歲功、曆法、坤輿）、關鍵字與內容分項（如目錄、總論、藝文、紀事、外編）查詢。
廣西大學古籍所《古今圖書集成》電子版（網址：http://gjtsjc.gxu.edu.cn）	為廣西大學所建置，具有索引與全文瀏覽功能。
國家圖書館漢學研究中心——明人文集聯合目錄與篇名索引資料庫（網址：http://ccsdb.ncl.edu.tw/ttscgi/ttsweb5?@0:0:1:mb:://ccs.ncl.edu.tw/g0107/ExpertDB.aspx@@0.28144412313352296）	此資料庫整合了故宮博物院圖書館、中研院傅斯年圖書館、國家圖書館、漢學研究中心及臺大圖書館所藏的明人文集，並建置目錄與篇目索引功能。查詢時可依照書名、作者、作者小傳、版本、館藏地或卷目篇名等條件查詢，且亦提供作者與書名瀏覽。查詢結果除了列出上述各項目外，亦會將序跋與卷次內容錄出，以便查詢者使用。
佛教藏經目錄數位資料庫（網址：http://jinglu.cbeta.org/）	此資料庫乃將各版藏經目錄、歷代經籍及佛教文獻數位化，並分為許多語言，例如漢文、巴利語、梵文、藏文、滿文、西文譯經，以期增加佛教文獻知識的流通與傳播。
CBETA漢文大藏經（網址：http://tripitaka.cbeta.org/）	CBETA漢文大藏經之內容統整了《大正新脩大藏經》、《卍新纂續藏經》、《金版大藏經》、《高麗大藏經》、《房山石經》、《漢譯南傳大藏經》等經籍。此外，亦收錄《中國佛寺史志彙刊選錄》、《中國佛寺志叢刊選錄》、《藏外佛教文獻》、《正史佛教資料類編》、《北朝佛教石刻拓片百品》等近代新編文獻，為龐大宏富的佛教資料庫。

資料庫名稱	簡介
國立臺灣大學文學院——佛學數位圖書館暨博物館 （網址：http://buddhism.lib.ntu.edu.tw/DLMBS/index.jsp）	此網站分為數位佛典、語言教學、佛學博物館、佛學著者全文資料庫。另外亦收集多種語言版本之佛教經論及教典，分為漢語（收錄《大正新脩大藏經》、《卍新纂續藏經》、《永樂北藏》、《乾隆大藏經》）、藏語（收錄《甘珠爾》、《丹珠爾》）、梵語（收錄《阿彌陀經》、《金剛經》、《心經》）以及巴利語（收錄《長部》、《中部》、《相應部》、《增支部》、《小部》）等類別，並提供全文檢索。
香港浸會大學圖書館——基督教古籍數據庫 （網址：http://lib-nt.hkbu.edu.hk/libsca/dcp/booklist.html）	該庫由香港浸會大學圖書館與校牧處合作建置，收錄《啟示錄附注》、《舊約箴言注釋》、《舊約士師記注釋》等三十六本清代、民國典籍，大多是附注、注釋，亦有基督教的相關著作。
香港中文大學中國古籍庫 （網址：http://repository.lib.cuhk.edu.hk/tc/collection/chi-rarebook）	此資料庫收錄善本九百多種，古籍四千多種，為香港地區重要的典籍收藏館。為了資訊、傳播能更加流通，於是加以數位化以供使用者檢索，且有些典籍亦有電子全文可供瀏覽。
京都大學人文科學研究所東方學電子圖書館（東方學デジタル圖書館） （網址：http://kanji.zinbun.kyoto-u.ac.jp/db-machine/toho/html/top.html）	此資料庫內容包括經、史、子、集各類文獻，以及章炳麟手稿、《江南製造局譯書彙刻》、村本文庫、松本文庫、內藤文庫等特藏文獻。
耶魯大學館藏中文善本圖書電子資源 （網址：http://digitalcollections.library.yale.edu/eal/index.dl）	由耶魯大學數位化，收錄數百件中文善本圖書。
長春圖書館館藏——國家珍貴古籍全文數據庫（網址：http://xuexi.ccelib.cn/guji/index.htm）	該庫收錄長春圖書館所收藏的珍貴古籍善本，如《古文淵鑑》、《御選唐詩》、《欒城集》等十數種文獻。

資料庫名稱	簡介
中國哲學書電子化計畫 （網址：http://ctext.org/zh）	此資料庫將中國古代的哲學書及相關原典數位化，時代則分為先秦兩漢與兩漢之後，並提供詞語分析、相似段落資料對照、歷代注釋本顯示、當代研究資料連接功能，以利使用者查詢。
早稻田大學古籍綜合資料庫 （網址：http://www.wul.waseda.ac.jp/ kotenseki/）	該資料庫收錄日本早稻田大學館藏的中日兩國古籍，以及一些圖像文獻。另外亦分有《源氏物語》、中國民間信仰與庶民文藝、近代日本與早稻田、日本史等專題，並提供原文、圖像的檢索、瀏覽服務。
東京大學東洋文化研究所——漢籍善本全文影像資料庫 （網址：http://shanben.ioc.u-tokyo.ac.jp/）	收錄東京大學東洋文化研究所館藏的數千種古籍圖書之數位化資源，其中不乏孤本、善本。類別按照四部區分，並提供撰者、書名、出版、叢書項相關資訊，及全文影像瀏覽。
國立臺灣文學館——全臺詩·智慧型全臺詩資料庫 （網址：http://xdcm.nmtl.gov.tw/twp/）	為國立臺灣文學館的執行計畫，整理、搜尋了從明鄭至日治時期各階段的傳統漢詩，並重新加以點校、編輯與數位化。網站分為全臺詩全文索引、全臺詩檢索區、臺灣詩社資料庫、時空資訊系統、全臺詩選一百首、《詩落的世界》遊戲等架構，並提供年號、作者、詩社、詩歌全文與注釋等資訊。
中央研究院臺灣史研究所——臺灣研究古籍資料庫 （網址：http://rarebooks.ith.sinica.edu.tw/ sinicafrsFront99/index.htm）	此資料庫將關於臺灣的重要舊籍數位化，收錄來源包括臺灣總督府圖書館、南方資料館、臺灣省圖書館購藏帝大教授藏書、臺史所古籍、後藤文庫、姉齒文庫，並提供合集與期刊瀏覽，以及館藏查詢功能。
中國經典電子版工程 （網址：http://www.cnculture.net/ebook/）	由中國的顏子學院建置，架構分為中國文化基本經典概覽（如《漢書·藝文志》、《隋書·經籍志》、《書目答問》）、國學預科（如《弟子規》、《三字經》）、中國文化基本經典（如四書、《孝經》），以及經史子集四部相關要籍原文。

資料庫名稱	簡介
中華經典古籍庫 （網址：http://www.gujilianhe.com/）	由北京中華書局建置，分成經史子集與叢書五類，收有二十五史、學案、經學、小學、政書、史評、史料筆記。有書目與全文檢索功能，並提供作者、出版日期、出版社、版次、叢書、簡介等資訊，亦附上原版圖像以供對照。
東京大學東洋文化研究所所藏——雙紅堂文庫全文影像資料庫 （網址：http://hong.ioc.u-tokyo.ac.jp/list.php）	此為日本漢學研究家、版本目錄學者——長澤規矩也（1902-1980）的數位藏書資料庫，內容多為明清時期的戲曲、小說，且包括許多孤本、珍本，共有三千多種資料。搜尋者可依四部分類、書名筆畫及索書號來排列資料順序，並提供書籍資訊與瀏覽功能。
國立臺灣師範大學圖書館——善本古籍數位典藏系統 （網址：http://www.lib.ntnu.edu.tw/da.jsp）	此系統收錄已數位化之善本古文影像，需透過校內網路始能閱覽。內容包括《隋書經籍志》、《宋版孟子》、《翁批杜詩》、《白虎通德論》等約千餘冊書籍資料。
國立臺灣師範大學——馬華文學數位典藏系統 （網址：http://da.lib.ntnu.edu.tw/mahua/ug-0.jsp）	此系統由臺灣師大與南方學院馬華文學館合作，將歷年徵集的作品數位化，並有作品瀏覽、作家查詢功能，亦設有專家作品展，針對商晚筠（1952-1995）、潘雨桐（1937-）、姚拓（1922-2009）等作家進行介紹。
East Asian Digital Library - Princeton University Library （網址：https://library.princeton.edu/eastasian/diglib/）	此為普林斯頓大學東亞圖書館所建置，並與哈佛大學燕京圖書館、美國國會圖書館、中央研究院傅斯年圖書館合作，對較為罕見的館藏文獻數位化，並提供全文瀏覽功能。其中大多為醫學典籍，例如《肺病問答》、《脈度運行考》、《婦嬰至寶》等。

資料庫名稱	簡介
明清婦女著作（Online digital archive of Ming-Qing Women's Writings）（網址：https://digital.library.mcgill.ca/mingqing/english/index.php）	此為McGill大學東亞系和哈佛大學燕京圖書館合作建置，將明清婦女相關著作數位化。目前資料共兩百六十餘種，有彈詞、別集、總集、合刻、詩話等類，並提供作者、書籍與出版相關資訊，及數位化的原文圖像。
巴伐利亞國家圖書館東亞數字資源庫（網址：http://ostasien.digitale-sammlungen.de/cn/fs1/home/static.html）	此資源庫收藏中、日、韓多種古籍資料與圖片，並提供全文圖像瀏覽。搜尋時可藉由出版年代、書名、作者／編者檢索。內容包括典籍、敦煌寫卷、西方傳教士出版品、佛教經籍，收藏豐富。
Chinese Rare Books from the James Legge Collection（網址：https://digitalcollections.nypl.org/collections/chinese-rare-books-from-the-james-legge-collection#/?tab=navigation）	此為紐約公共圖書館所建置，內容為理雅各（James Legge，1815-1897）藏書之數位化檔案，有太平天國、十八羅漢像、王韜（1828-1897）編寫的《禮記集釋》與《毛詩集釋》等相關文獻。

二、報刊

資料庫名稱	簡介
全國報刊索引——晚清、民國時期期刊全文數據庫（網址：http://www.cnbksy.cn/home）	「晚清期刊全文數據庫」、「民國時期期刊全文數據庫」收錄年代為1833至1949年，對晚清民初時期的政治、軍事、外交、經濟、教育、文學、思想文化、宗教等各方面研究有很大助益。
愛如生系列——中國近代報刊庫（網址：http://www.er07.com/）	此資料庫收錄自清同治11年（1872）至中華民國38年（1949）之間的報刊，包括上海的《申報》、《新聞報》、《時報》、《時事新報》、《神州日報》；天津《益世報》、《大公報》、《庸報》；北京《晨鐘報》、《晨報》、《京報》、《世界日報》；南京《新民報》；國民黨所創辦的《民國日報》、《中央日報》、《掃

資料庫名稱	簡介
	蕩報》；共產黨所創辦的《新華日報》、《解放日報》，以及日本人所辦的《順天時報》、《盛京時報》，反映晚清民國年間的政治、社會與生活面向，具有重要價值。
大成老舊期刊全文數據庫 （網址：http://www.dachengdata.com/tuijian/showTuijianList.action?cataid=1）	此資料庫蒐羅1949年以前的期刊文獻，可按篇或按刊檢索，主題涵蓋政治、文學、哲學、史學、經濟、醫藥等許多領域，為近代相關研究提供了豐富多元的資料。
香港浸會大學──早期華文報紙電影史料庫 （網址：http://digital.lib.hkbu.edu.hk/chinesefilms/about.php）	該資料庫收集了《華字日報》、《公評報》等晚清至民國時期的華文報紙，以及刊登於1900年至1950年間的電影廣告、新聞及專欄文章。
中央研究院近代史研究所──報刊資料檢索暨圖書館服務系統 （網址：http://lib.mh.sinica.edu.tw/wSite/mp?mp=HistM）	該系統主要包含該所已數位化之近代報刊影像檔與詮釋資料，如：報紙、剪報、期刊、公報。另外，亦提供全院館藏查詢、資料庫查詢、新書通報、各項服務說明等功能。
中央研究院近代史研究所──《婦女雜誌》檔案 （網址：http://mhdb.mh.sinica.edu.tw/fnzz/index.htm）	《婦女雜誌》刊行時間為1915至1932年，由上海商務印書館所創，是一份為女性發行的綜合大型雜誌。此刊物經歷五四與國民革命，因此為婦女及中國近代史研究，提供了重要價值的史料。
中央研究院近代史研究所──近代婦女期刊資料庫 （網址：http://mhdb.mh.sinica.edu.tw/magazine/）	資料庫中的報刊相關內容，奠定了婦女與性別研究的基礎，並對近代中國婦女史、商業史、廣告、圖像、出版趨勢研究有其重要價值。
中央研究院近代史研究所──近代城市小報資料庫 （網址：http://mhdb.mh.sinica.edu.tw/newsp/）	此資料庫由中研院近史所「城市史研究群」建置，內容包括上海及蘇州地區的城市小報。因為小報發行時間長，訊息量亦豐，故可用來研究小報所呈現的城市社會及文化史。

資料庫名稱	簡介
日治時期期刊影像系統 （網址：http://stfj.ntl.edu.tw/cgi-bin/gs32/gsweb.cgi/login?o=dwebmge&cache=1505324257607）	此資料庫由國立臺灣圖書館將約三百餘種的日治時期期刊數位化，包括《臺灣教育會雜誌》（後易名《臺灣教育》）、《臺灣建築會誌》、《臺灣警察協會會誌》（後易名《臺灣警察時報》）、《銀鈴》、《臺灣新文學》、《華麗島》、《野葡萄》、《木瓜》、《臺灣地方行政》、《臺灣刑務月報》、《市街庄協會雜誌》、《臺灣の水利》、《臺灣農友會會報》、《臺灣海務協會報》、《風月報》、《臺灣藝術新報》、《趣味登山會會報》、《臺灣棋道》、《南瀛佛教會會報》（後改名《南瀛佛教》、《臺灣佛教》）、《立正教報》、《圓通》及《福音と教會》等刊物，呈現當時臺灣社會、宗教、娛樂、文藝面向的豐富性。
漢珍知識網：臺灣日日新報、漢文臺灣日日新報 （網址：1.http://140.133.3.37/twnews_im/index.html 2. http://140.112.113.17/twhannews/user/intro.htm）	漢珍知識網將《臺灣日日新報》與《漢文臺灣日日新報》整合於同一介面，以便讀者查詢。《臺灣日日新報》提供1898至1944年間的完整刊載內容，並收錄其前身，即刊載於1896至1897年間的《臺灣新報》。1905至1911年間該報社將漢文版面擴大，獨立發行《漢文臺灣日日新報》，以應當時讀者所需。藉此二報刊，可了解日治時期的官方政策與社會風氣，以及當時的時事與文化面貌。
臺灣文學知識庫 （網址：http://210.243.166.78/udndataLTT/Index?ds=UNI）	此為2017年推出的整合性文學報刊資料庫。目前有《聯合文學》、《文訊》、《聯合副刊》等臺灣文學重要刊物，並提供關鍵字檢索及檔案瀏覽功能。
民國佛教期刊文獻集成書目資料庫 （網址：http://buddhistinformatics.ddbc.edu.tw/minguofojiaoqikan/）	此資料庫收錄上百種民國佛教期刊，並包含佛教學術論文、圖像、新聞及相關出版，對了解民國佛教的重要人物、歷史有許多幫助。

資料庫名稱	簡介
Harvard-Yenching Newspaper Collection Search（網址：http://hcl.harvard.edu/libraries/harvard-yenching/collections/newspapers/search.cfm）	通過該系統可檢索哈佛大學燕京圖書館館藏的各類報紙，其中包括多種中文報紙。
Chinese Commercial Advertisement Archive（網址：https://scholarship.rice.edu/handle/1911/69922）	由萊斯大學數位化，收錄《漢口中西報》的商業廣告檔案。此刊物是晚清至民國中期漢口地區的重要報刊，為研究湖北地方的重要文獻。
海德堡大學中國小報資料庫（Chinese Entertainment Newspapers）（網址：https://projects.zo.uni-heidelberg.de/xiaobao/）	該資料庫由德國海德堡大學數位化，涵蓋時期1890年代到1930年代。取材來源為近代中國小報或娛樂報，內容集中在娛樂、演員、戲劇、電影明星，反應了流行文化的形成和對城市生活方式的影響。
Ling Long Women's Magazine - Columbia University（網址：https://exhibitions.cul.columbia.edu/exhibits/show/linglong）	該雜誌出版於1931至1937年間，目的是促進女性的精緻生活，鼓勵崇高的社會娛樂。由哥倫比亞大學數位化，對研究二十世紀三〇年代上海女性生活，以及社會和政治變革有所助益。
NZ Chinese Journals（網址：http://www.nzchinesejournals.org.nz/）	該資料庫內容為紐西蘭於1921至1972年間出版的中文雜誌，分別是1921至1922年出版的《民聲報》（Man Sing Times）、1937至1946年出版的《中國大事週報》（New Zealand Chinese Weekly News）、1949至1972年出版的《僑農月刊》（New Zealand Chinese Growers Monthly Journal），這些雜誌為研究紐西蘭華人歷史的讀者提供豐富的第一手資料。

三、學術論文

資料庫名稱	簡介
臺灣博碩士論文知識加值系統（網址：http://ndltd.ncl.edu.tw/cgi-bin/gs32/gsweb.cgi/ccd=kGVILn/webmge?switchlang=en）	此為國家圖書館提供給大眾使用的學位論文線上資源，是國內重要的學術資訊網站。學位論文可依照論文名稱、研究生、指導教授、口試委員、關鍵詞、摘要、參考文獻等欄目檢索。另外也可依學科主題、百科主題、學年度、學校、系所進行瀏覽，且有些論文亦提供全文下載，方便查詢者直接閱覽。
華藝線上圖書館（網址：http://www.airitilibrary.com/）	華藝（airiti）成立於西元2000年，原以藝術資料庫為主，後跨足學術領域，陸續建構期刊、論文、電子書資料庫，亦為目前臺灣重要的學術資訊網站。
CNKI中國知網（網址：http://cnki.sris.com.tw/kns55/default.aspx）	此資料庫收錄中國數千種重要的學術期刊論文，內容涵蓋自然科學、農業、醫學、人文社會科學。資料庫內包括「中國期刊全文數據庫」、「中國優秀博碩士論文全文數據庫」、「中國重要會議論文全文數據庫」、「中國重要報紙全文數據庫」、「中國圖書全文數據庫」、「中國引文數據庫」，可跨庫檢索，使用戶能在同一界面便能查詢以上數據庫之資料。
萬方數據知識服務平臺（網址：http://www.wanfangdata.com.cn/）	此為北京萬方數據有限公司所建置的中文電子資源平臺，提供中國地區的學術期刊、學位論文、法規資訊、外文文獻、地方志等資料。主題則涵蓋人文社會科學、經濟財政、教育、自然科學、農業、醫藥衛生，並設有專題服務、科技動態專欄，以方便查詢、瀏覽。

四、檔案史料

資料庫名稱	簡介
《中國大百科全書智慧藏》 （網址：http://edu1.wordpedia.com/cpedia/）	此資料庫為遠流集團智慧藏公司取得中國大百科出版社授權，而建置成為《中國大百科全書智慧藏》知識庫。內容涵蓋人文學科、社會科學與自然科學三大類，包含數十個學科與子題，蒐羅豐富，並提供瀏覽、閱讀與檢索功能。
上海圖書館——家譜數據庫 （http://search.library.sh.cn/jiapu/）	此數據庫收錄上海圖書館收藏的約一萬七千餘種、十一萬餘冊的中國家譜資訊，時代以明清、民國時期居多，並提供檢索與圖片全文瀏覽服務，可依照題名、姓氏、堂號、居地、著者、索取號、叢書等相關資訊查詢。
萬方數據庫——新方志 （網址：http://c.wanfangdata.com.cn/LocalChronicle.aspx）	該庫收錄1949年中國建國以來的綜合志、專業志、學科志、地名志，範圍涵蓋各省，並依照專輯主題（如地情概況、工業、政治軍事外交、文化體育）、各省市地區與資料類型（如志、圖、傳、表、錄、記）來分類，以便查閱與瀏覽。
中國數字方志庫 （網址：http://f.wenjinguan.com/）	此為北京籍古軒圖書數字技術有限公司推出的一套數位化地志類文獻資料庫，收錄1949年前地志類文獻一萬五千餘種，包括宋、元、明、清與民國時期的稿本、抄本、刻本、活字本；圖書館、博物館及私家藏本；以及相關的總志、地方志、名勝志、山水志、水利志、園林志、民族志、祠廟志。檢索方式可依字段、書名、作者與文本類別查詢，並提供版本、出版、全文閱讀等資訊、功能。
中國大陸各省地方志書目查詢系統 （網址：http://webgis.sinica.edu.tw/place/）	該系統收錄自宋元到西元兩千年左右的地方志，包括傳統的通志、府志、州志、廳志、縣志，以及現代的鄉志、市志、街志等各種地方文獻。檢索可依照省分、地區、地方志名、編纂人名、編修者年代、西元時間項目查詢，並提供版本、卷數、館藏地等其他相關資訊。

資料庫名稱	簡介
中國歷代石刻史料彙編（需安裝程式）	《中國歷代石刻史料彙編》由中國國家圖書館編選而成，此資料庫則將其數位化，收錄秦漢以後碑文、墓誌等石刻文獻一萬餘篇，並附歷代金石學家撰寫的考釋文字，涵蓋範圍包括政治、經濟、宗教、文學、教育、民俗層面，是研究中國古代社會文化的重要文獻資料。
寧波市圖書館——寧波特色數據庫（網址：http://elib.nblib.cn/SSO/main/）	此為寧波市圖書館的數位資源，主要有館藏百年老報紙（如《寧波閒話》、《鎮海報》、《寧波商報》近三十種刊物）、《申報》中的寧波史料、寧波文史資料匯集。
中央研究院近代史研究所——近代史全文資料庫（網址：http://dbj.sinica.edu.tw:8080/handy/）	此資料庫收有《清代經世文編》、《近現代中國史事日誌》、《總統蔣公大事長編初稿》、《王世杰日記》、《近代中國城市》等史料。類型涵蓋工具書、文集、日記、手稿、檔案，提供了近代中國政治、文化、外交、社會、經濟、思想等各層面之豐富史料。
中央研究院近代史研究所——近代史料全文資料庫（網址：http://mhdb.mh.sinica.edu.tw/mhtext/）	此資料庫收錄的史料目前分有清代經世文編、近代中國對西方及列強認識資料彙編、晚清西學書目、清末百科全書、袁氏家藏近代名人手書、盛宣懷函稿、近代中國城市、近代工商資料八類，對晚清民初的政治、翻譯、書目、城市、工商、實業面向，提供了許多重要史料。
中央研究院近代史研究所——近代春秋TIS（Timelines Information System）系統（網址：http://mhdb.mh.sinica.edu.tw/diary/index.php）	近代春秋TIS（Timelines Information System）系統，是以時間軸為搜尋關鍵，收錄近代以來的歷史資料。史料以《近代中國史事日誌》、《中華民國史事日誌》、《總統蔣公大事長編初稿》為主，再輔以近代名人日記，如《徐永昌日記》、《王世杰日記》、《譚延闓日記》等，並有西元、中曆、干支、關鍵字檢索方式，提供多元豐富的近代史事紀錄資料。

資料庫名稱	簡介
中央研究院近代史研究所——清代奏摺檔案 （網址：http://mhdb.mh.sinica.edu.tw/index.php）	此資料庫內容主要可分為財稅經濟與刑事案件紀錄兩部分。搜尋範圍包含清代硃批奏摺財政類、內務府造辦處活計檔全文、內務府奏銷檔案全文、刑科題本目錄、漢文黃冊檔案目錄、俸餉冊提要目錄等來源，供查詢者了解清代的社會、財政與法律、刑事情況。
中央研究院近代史研究所——胡適檔案資料庫 （網址：http://www.mh.sinica.edu.tw/koteki/metadata1_2.aspx）	胡適是近代的重要人物，資料庫收有其生前留下的日記、書信、文稿。目前資料庫開放外界申請、查詢者，共有數個系列：舊編之「美國檔」、「南港檔」；「胡適與楊聯陞專檔」、「胡適與韋蓮司專檔」、「胡適與雷震專檔」等書信專檔；「胡適手稿」暨「中國中古思想史長編」；「胡傳專檔」；「胡適日記」，以及「北京檔」。檢索者可依館藏號、冊名、題名、產生者、收文者、時間、資料形式等項目查詢。
國立故宮博物院——清代宮中檔奏摺及軍機處檔摺件資料庫 （網址：http://npmhost.npm.gov.tw/ttscgi/snc/ttsweb?@0:0:1:npmmetac::/tts/npmmeta/GC/indexcg.html@@0.8889569835569819）	該院所藏宮中檔奏摺與軍機處檔摺件為清代特有之公文書，各有十餘萬件。奏摺的時間為康熙至宣統朝，內容有漢文、滿文及滿漢合璧摺。軍機處檔摺件則多為「奏摺錄副」，少數為原摺附件，如清單、咨呈、咨會、諭旨、私函等。因為這些奏摺、摺件為官員直接向皇帝稟報，並經由皇帝批閱的文件，故具有很高的史料價值。
國立故宮博物院——大清國史人物列傳及史館檔傳包傳稿目錄索引資料庫 （網址：http://npmhost.npm.gov.tw/ttscgi/ttsweb?@0:0:1:npmmeta7::/tts/npmmeta/metamain.htm@@0.6824467116889634）	資料庫將故宮所藏清代國史館（1690-1911）及民國清史館（1914-1928）所撰人物傳記資料數位化，來源包括「傳包」、「傳稿」及《進呈本·大清國史人物列傳》。「傳包」是清代國史館為了修纂人物傳記所收集的文件，因合併成包而得名；「傳稿」則是國史館及清史館為編修人物傳記所存留之稿本。目前所收的人物大約有一萬多位，可謂清代的重要文獻及人物紀錄。

資料庫名稱	簡介
中央研究院臺灣史研究所——臺灣史檔案資源系統 （網址：http://tais.ith.sinica.edu.tw/sinicafrsFront/index.jsp）	此系統收錄該所歷年累積的文書、檔案，分為個人文書與集藏、家族與民間文書、機構團體檔案三部分。檔案類型包括手稿、書畫、日記、契書、族譜、商業文件、報告書、公文，並提供題名、出處、日期、範圍與內容、取用／使用方式、種類等相關資料，以及圖像瀏覽功能。
中央研究院臺灣史研究所——臺灣總督府公文類纂查詢系統 （網址：https://sotokufu.sinica.edu.tw/）	本系統由中研院與國史館臺灣文獻館合作，內容收錄臺灣總督府的公文檔案，單位包括臨時臺灣土地調查局、高等林野調查委員會、土木局、糖務局等。檢索時可依照冊號、文號、門號、門別、類號、目號、目別、日期、文件名稱查詢，藉此了解臺灣日治時期的官方文書、政策執行，以及經濟、土地、產業等相關層面。
中央研究院臺灣史研究所——臺灣日記知識庫 （網址：http://taco.ith.sinica.edu.tw/tdk/%E9%A6%96%E9%A0%81）	該知識庫收錄該所及相關單位出版的日記全文與注解內容。目前已開放籾山衣洲（1855-1919）、田健治郎（1855-1930）、張麗俊（1868-1941）、三好德三郎（1873-1939）、林獻堂（1881-1956）、楊水心（1882-1957）、黃旺成（1888-1978）、簡吉（1903-1951）、吳新榮（1907-1967）、邵毓麟（1909-1984）、呂赫若（1914-1951）、楊基振等人之日記，以及《熱蘭遮城日誌》的相關內容，並提供全文、注解的檢索與瀏覽。
中央研究院臺灣史研究所——臺灣文獻叢刊資料庫 （網址：http://tcss.ith.sinica.edu.tw/cgi-bin/gs32/gsweb.cgi/login?o=dwebmge&cache=1505362551188）	《臺灣文獻叢刊》由臺灣銀行經濟研究室蒐羅各方圖書，並於1957至1972年陸續出版。此資料庫將這些文獻數位化，內容涵蓋臺灣的地理、歷史與人文風俗。資料庫共分全文檢索、叢刊瀏覽、方志瀏覽等類別，並收錄《臺灣割據志》、《東瀛識略》、《臺灣志略》、《雲林縣採訪冊》相關史料，且亦提供全文瀏覽功能。

資料庫名稱	簡介
中央研究院歷史語言研究所——佛教石刻造像拓本 （網址：http://rub.ihp.sinica.edu.tw/~buddhism/）	此資料庫為傅斯年圖書館所藏佛教造像拓片之數位化成果。這些拓片以中國為主，多來自雲岡、龍門石窟及山西、陝西、河南、河北等地。時間範圍從西元五世紀初至民國，內容則包括造像者之發願文、緣起，為中古時期重要的佛教、社會史料。檢索時可依題名、原刻年代的起迄時間、原刻地點、西曆、題跋、印記、全文等相關選項進行查詢，並附有拓片尋寶連結，可供觀者瀏覽及了解出土地、年代與題名相關資訊。
臺灣大學深化臺灣研究核心典藏數位化計畫 （網址：http://dtrap.lib.ntu.edu.tw/DTRAP/frontpage）	此計畫於民國91年開始便陸續執行「臺灣文獻文物典藏數位化計畫」（民國91－95年）及「深化臺灣核心文獻典藏數位化計畫」（民國96－101年），就館藏的《淡新檔案》、《伊能嘉矩手稿》、《臺灣古碑拓本》、《田代文庫》、歌仔冊、《狄寶賽文庫》進行數位化工作。內容依照各館藏分為若干類別，並提供影像全文、檔案介紹，呈現臺灣自清代以來的社會、司法、行政、經濟、民俗文化之情況。
國立臺灣大學圖書館古契書計畫 （網址：http://ci6.lib.ntu.edu.tw:8080/gucci/）	本計畫將鄭華生先生所收藏之「新竹鄭利源號古契書」、臺北市文獻委員會古契書與臺灣南部古契書三部分進行數位化，附有名稱、主題、地點、資料來源與時間日期等相關資訊，並提供圖像瀏覽功能，呈現早期臺灣不同地區的土地典借與交易、開墾情況。
Chinese Rubbings Collection （網址：http://hcl.harvard.edu/collections/digital_collections/chinese_rubbings.cfm）	該資料庫由哈佛大學圖書館建置，目前收錄二千多種東亞地區拓片。提供材料種類、主題、題名等項目檢索，以及圖像瀏覽與相關資料，對中國的歷史、宗教、藝術與金石學領域提供了豐富史料。

資料庫名稱	簡介
UC Berkeley Library－Chinese Stone Rubbings Collection （網址：http://www.lib.berkeley.edu/EAL/stone/）	該資料庫由美國加州大學柏克萊分校東亞圖書館數位化，收集超過一千種的拓片資料，可依題名、關鍵詞、年代、素材、書體等相關資訊查詢、檢索。
日本亞洲歷史資料中心 （網址：https://www.jacar.go.jp/chinese/）	資料庫包含近現代日本的國家檔案、各部門公文、二戰前後史料，以及與鄰國的通訊往來。特別是二戰前後官方決策與執行資料的公開，為當時東亞與日本的社會、思想、戰事、政策，提供珍貴的歷史文獻。

五、影像

資料庫名稱	簡介
超星學術視頻資料庫 （網址：http://video.chaoxing.com/）	資料庫內容以人文社會科學為主，涵蓋文學、法律、政治、管理、歷史學領域，授課老師大多來自中國著名大學、社會科學院等學術機構，也有海外學者與諾貝爾獎得主、院士。
上海圖書館——上海年華 （網址：http://memoire.digilib.sh.cn/SHNH/）	此資料庫目前可檢索上海圖書館所藏的各類歷史照片，並設有介紹近代上海史事的「滬瀆掌故」，及「上海與世博會」、「辛亥革命與上海」、「明星電影公司」、「中國話劇百年」等專題圖片庫，內容包含許多上海重要人物、知名建築、娛樂活動，有益於了解近代上海的社會變遷與文化。
Bucklin China Archive （網址：http://www.bucklinchinaarchive.com/）	資料庫的內容是1923年至24年間，美國布朗大學教師白克令（Harold Stephen Bucklin，1886-1967）一家人在中國旅行時所拍攝的老照片，附有其一家人的介紹及圖片解說。相片主題包括婚喪喜慶、運輸、街景、外白渡橋（Garden Bridge）、人物群像等，為近代上海留下珍貴紀錄。

資料庫名稱	簡介
NYPL Digital Collections （網址：https://digitalcollections.nypl.org/）	該資料庫由紐約公共圖書館建置，內容包括許多國家的珍藏手稿、地圖、海報、照片、期刊，主題亦豐富多元，例如有自然科學、時尚潮流、性別運動、城市文化等相關影像。
The Hedda Morrison Photographs of China - Harvard College Library （網址：http://hcl.harvard.edu/libraries/harvard-yenching/collections/morrison/）	該資料庫由哈佛大學燕京圖書館建置，為1933年到1946年間，赫達·莫里森（Hedda Morrison，1908-1991）在北京居住期間所拍攝的照片與底片。該網站設有莫里森的生平、相關出版品及相簿介紹，內容則包括宗教、商業活動、古建築、生活方式等主題，留下民國時期北京的珍貴影像。
MIT Visualizing Cultures （網址：https://ocw.mit.edu/ans7870/21f/21f.027/home/index.html）	此為麻省理工學院2002年所建置的視覺化資料網站，其中有不少關於東亞的資料。影像包括殖民地、戰爭、義和團、宗教、地景建築，且著重在日本的現代化與早期中國面貌。
AGSL Digital Photo Archive - Asia and Middle East （網址：https://uwm.edu/lib-collections/asia-middle-east/）	該資料庫由美國威斯康辛大學密爾瓦基圖書館（University of Wisconsin-Milwaukee Libraries）數位化，收錄美國地理協會（American Geographical Society，AGS）圖書館擁有的二萬多張關於亞洲和中東的照片，並提供拍攝年分、攝影者、拍攝地等相關資訊。
Historical Chinese Postcard Project: 1896-1920 （網址：http://postcard.vcea.net/）	該資料庫由法國里昂Institut d'Asie Orientale （IAO）所製作，收錄1896至1920年間，在中國發行的四百多張明信片。其關注影像被拍攝時的歷史情境與視覺意涵，於是資料中便提供明信片的性質、拍攝地點、尺寸、印刷形式，內容則有人物、風俗、小腳、城市等不同類別，呈現近代中國的豐富面貌。

資料庫名稱	簡介
Edwards Bangs Drew Chinese Maritime Customs Service Photographs（網址：http://hcl.harvard.edu/collections/digital_collections/edward_bangs_drew.cfm）	該資料庫由哈佛大學燕京圖書館建置，內容為在中國海關任職的美國人杜德維（Edward Bangs Drew，1843-1924）在華數十年所收藏的老照片，並提供拍攝時間、地點與描述，展現杜德維在中國的交遊、生活樣貌，也展示十九世紀的中國社會風情。
Princeton University Digital Library－Block Prints of the Chinese Revolution（網址：http://pudl.princeton.edu/collections/pudl0030）	由普林斯頓大學收藏並數位化，有黑白及彩色形式。內容收有《湖北軍事圖》、《漢口兩軍開戰圖》、《軍政府正法要犯三名》等三十餘幅辛亥革命時期的中國木版畫、輿圖。
Bain Collection－Library of Congress（網址：http://www.loc.gov/pictures/collection/ggbain/）	此資料庫由美國國會圖書館製作，為喬治‧吉斯蒙‧本南（George Grantham Bain，1865-1944）所拍攝的照片，時間多落在1900至1920年間，並提供相關影像資訊。內容有人物、運動賽事、政治運動、典禮活動，地點多在紐約地區，但其中亦有一些是在中國所拍攝。

六、工具類

資料庫名稱	簡介
華東師範大學——古文字常用字形網上檢索系統（網址：http://www.wenzi.cn/guwenzizixingjiansuo/guwenzizixingjiansuo.HTM）	此系統由華東師範大學中國文字研究與應用中心建置，可在線上檢索古籍、印璽等載體上的常見字形，例如甲骨文、金文、古幣文、小篆。
復旦大學歷史地理研究中心——中國歷史地理信息系統（網址：http://yugong.fudan.edu.cn/views/chgis_index.php?list=Y&tpid=700）	此系統建置了顯現中國時空變化的地理資訊庫，可以地名、年分為檢索條件，了解某地點在歷史時空下的變化，並提供相關地理記載與介紹。
中華佛學研究所——宋元明清漢傳佛教人物資料庫（網址：http://dev.ddbc.edu.tw/authority/chibs_interface/）	此資料庫收錄宋、元、明、清等朝代中，有著作流通的佛教人物，共有一千六百多位，可依人名、朝代、著述、駐錫地項目檢索，並提供生平簡介與著述、史傳、研究論文等相關資料。

資料庫名稱	簡介
中央研究院近代史研究所——檔案館館藏檢索系統 （網址：http://archdtsu.mh.sinica.edu.tw/filekmc/ttsfile3?9:1971866378:0:/data/filekm/ttscgi/ttsweb.ini:::@SPAWN）	該系統由中研院近史所設置，分為外交、經濟、地圖與民間資料四大部分，並提供關鍵字、全宗瀏覽、人名權威等檢索途徑。檔案相關資訊則有館藏號、時間、產生者、收文者、資料形式、版本，且兼有目錄與影像的查閱功能。
中央研究院近代史研究所——近現代人物資訊整合系統 （網址：http://mhdb.mh.sinica.edu.tw/mhpeople/index.php）	此系統整合了近代史全文資料庫人物索引、上海地區工商界人物錄、中國人物傳記資料、楊建成《日治時期臺灣人士紳資料庫（1915-42）》、日文人名錄（1910-1960）、近史所檔案館人名權威檢索系統、口述史叢書索引、Who's Who in China等相關資料庫資料，收錄八萬多位近現代人物，並提供影像、全文瀏覽功能。
中央研究院近代史研究所——《英華字典資料庫》 （網址：http://mhdb.mh.sinica.edu.tw/dictionary/index.php）	此資料庫收錄1815年至1919年間具有代表性的英華字典，編纂成員有外籍宣教士及語言學家，例如馬禮遜（Robert Morrison，1782-1834）、麥都思（Walter Henry Medhurst，1796-1857）、衛三畏（Samuel Wells Williams，1812-1884）、羅存德（Wilhelm Lobscheid，1822-1893）、翟理斯（Herbert Allen Giles，1845-1935）、井上哲次郎（1856-1944）、顏惠慶（1877-1950）、鄺其照、赫美玲等人。語料繁富，內容包含歷史、文學、哲學、自然科學，並提供字典瀏覽功能，是研究近代中國語言變遷及中西文化交流的重要工具。
中央研究院近代史研究所——近代商號資料庫 （網址： http://mhdb.mh.sinica.edu.tw/firms/）	此是從各城市史料中，收集與商號相關的資料後，進而建置以近代商業為主題的資料庫。此庫提供商號的所在地、年代、行業別、經營項目、規模，及各執事人的基本資料，可了解商人所建立的商業網絡，以及在各城市的買賣、交易情形。

資料庫名稱	簡介
中央研究院近代史研究所——清代糧價資料庫 （網址：http://mhdb.mh.sinica.edu.tw/foodprice/）	此資料庫記錄了自清代的1736年開始，各地按時向皇帝奏報的省、府及直隸州廳之糧食價格。可按照起訖年月、省別、糧別進行檢索，且亦可以點狀圖或柱狀圖呈現，對清代的歷史、糧價與社會民生研究，有其價值意義。
中央研究院近代史研究所——清季職官表查詢系統 （網址：http://ssop.digital.ntu.edu.tw/QueryByTime.php）	此資料庫以魏秀梅所編著的《清季職官表附人物錄》為本，再進行資料庫的設計與建置。此系統可從組織官制、時間、官職與人名進行查詢，並提供任職人員名單、就職與卸任時間紀錄，可較多面向地呈現清代職官體系、變遷與人物網絡之間的關聯。
中央研究院近代史研究所——人名權威檢索系統 （網址：http://archdtsu.mh.sinica.edu.tw/imhkmc/imhkm）	此系統所收錄的人物多與外交與海關有關，可依姓名、異名、國籍、籍貫、學經歷、品銜、勳銜項目檢索，並提供生卒年、譯名、傳記歷史、資料來源等資料。
中央研究院——戰後臺灣歷史年表 （網址：http://twstudy.iis.sinica.edu.tw/twht/）	此資料庫內容架有「歷史上的今天」，呈現查詢當天的歷史大事與摘要紀錄；「史事大觀園」及「細說史事」則可依時間、人物、部會機關與關鍵字等項目，檢索、查閱戰後臺灣所發生的大事與摘要。
中央研究院臺灣史研究所——臺灣總督府職員錄系統 （網址：http://who.ith.sinica.edu.tw/mpView.action）	本系統收錄日治時期臺灣總督府歷年的職員名錄，並分成府內、所屬與地方，可依照相關單位檢索與查詢。另外亦提供歷年總督名錄、歷年行政長官名錄、歷年朝鮮籍人員、臺籍看護婦與保健婦、臺灣紅茶栽培與改良、臺灣軍人的特別訓練機構、歷年專賣局長名錄、臺灣馬的育成機構等相關單位人員名錄，且附有姓名、官職名、單位、時間、影像瀏覽資訊及服務，有助於查閱總督府轄下各部門的成立時間、人員紀錄及變遷。

資料庫名稱	簡介
中研院近史所典藏地圖數位化影像製作專案計畫 （網址：http://webgis.sinica.edu.tw/map_imh/）	此資料庫是依近史所出版之《近史所檔案館藏中外地圖目錄彙編》所建置的檢索系統，分為全國性分幅輿地圖、各省分幅地形圖、各種水道圖暨沿河地形圖、世界地圖四大類，並提供圖名、繪測者、繪測日期、比例尺等相關資訊，及掃描影像瀏覽。

七、綜合類

資料庫名稱	簡介
上圖館藏數字資源開放平臺 （網址：http://wrd2016.library.sh.cn/）	此平臺開放部分的數位化館藏資源，例如家譜、上海年華專題圖片庫、古籍善本及刻本、民國圖書、特色老唱片、現代報刊索引、講座及展覽相關影像，以方便讀者從遠端查閱、瀏覽。
愛如生系列數據庫 （網址：http://www.er07.com/）	為北京愛如生數字化技術研究中心所建置，包含大型數據庫（如「中國基本古籍庫」、「中國方志庫」、「中國譜牒庫」、「中國金石庫」、「中國叢書庫」、「中國類書庫」、「中國辭書庫」、「中國金石庫」、「敦煌文獻庫」、「諸子經典庫」、「儒學經典庫」等十數個類別）、系列數據庫（包含「四庫系列」、「國學要籍系列」、「地方文獻系列」）、數字叢書系列（如「明清實錄」、「永樂大典」、「女子著述集成」等數十個類別），材料、主題蒐羅宏富，是目前較大型的資料庫。
列國志資料庫 （網址：http://www.lieguozhi.com/）	該庫分為國家庫、國際組織庫、世界專題庫、特色專題庫，收錄、整合了數千冊的圖書資源，內容涉及政治、經濟、歷史、地理、文化、軍事、社會、外交許多層面，並以報告、論文、珍稀檔案、圖書、圖片、圖表、資訊、影像等類型呈現。

資料庫名稱	簡介
皮書數據庫 （網址：http://www.pishu.com.cn/skwx_ps/ database?SiteID=14）	此資料庫收錄許多的文章報告，並分成「中國社會發展」、「世界經濟與國際關係」、「中國經濟發展」、「中國行業發展」、「中國文化傳媒」等子庫，可依照行業、地區或主題類別檢索。此對中國時局研究有所幫助，且亦被視為分析中國社會、文化、商業等面向的重要資訊來源。
讀秀中文學術搜索 （網址：http://www.duxiu.com/bottom/ about.html）	此為一文獻搜索及獲取服務之系統，文獻類型包括圖書、期刊、學位論文、會議論文，並提供全文檢索、文獻試閱功能，亦可透過email申請文獻資源。
Wsearch•20世紀中國文化史資料庫 （網址：http://202.119.108.140/ webwsearch/）	該網站由北大未名科技文化發展公司所建置，目前收錄數種晚清民初期刊，如《新青年》、《國故》、《新潮》、《國粹學報》等。使用者可點選首頁刊名，進入各年期卷數，再點選篇目瀏覽全文。另又有嚴復（1854-1921）、蔡元培（1868-1940）、梁啟超（1873-1929）、陳獨秀（1879-1942）、馬寅初（1882-1982）、劉半農（1891-1934）、梁漱溟（1893-1988）等晚清民初重要學者資料庫，收錄其人著述、研究文獻及照片資料，多數亦附有全文內容供點選瀏覽。
天津圖書館縮微文獻影像數據庫 （網址：http://swyx.tjl.tj.cn/）	此資料庫收錄該圖書館縮微的部分館藏，有古籍、民國圖書、報紙期刊，並提供刊名、題名、出版地、出版者、時間等相關介紹。
香港大學學術庫 （網址：http://hub.hku.hk/）	學術庫包括該校的學位論文與圖書、期刊文章、專利等館藏。
香港科技大學圖書館古籍及特藏閱覽 （網址：http://lbezone.ust.hk/rse/）	收錄香港科技大學圖書館所藏的十六世紀至當代的各類特藏與數位化資源，包括書籍、手稿、圖書、地圖、照片，並提供全文瀏覽功能。

資料庫名稱	簡介
香港文學資料庫 （網址：http://hklitpub.lib.cuhk.edu.hk/）	此由香港中文大學香港文學研究中心與圖書館合作建置，收集許多的舊報章文藝副刊，以及中大圖書館相關學術資料。該庫分成作家專輯、報刊瀏覽、香港文學特藏、香港文學檔案、香港文學通訊，並可按照關鍵字、作者或活動來檢索。
香港城市大學邵逸夫圖書館電子典藏 （網址：http://www.cityu.edu.hk/lib/digitalcollections/terms_c.htm）	此為香港城市大學圖書館邵逸夫館藏的數位化網站，內容有漢古籍特藏、英國法律特藏、1911至1949民國文獻、香港出版書刊、手稿書信、海報、照片以及地契，並提供影像瀏覽及作者、出版相關資訊。
中央研究院歷史語言研究所——數位資源整合檢索系統 （網址：http://digiarch.sinica.edu.tw/ihp/index.jsp）	史語所將所內館藏依照考古發掘、金石拓片、善本圖籍、少數民族、內閣大庫檔案等五大類，分別建置了十二個數位典藏資料庫（包括：考古資料數位典藏資料庫、歷史語言研究所藏漢代簡牘資料庫、傅斯年圖書館藏善本古籍數位典藏系統、傅斯年圖書館藏印記資料庫、中國西南少數民族資料庫、史語所藏內閣大庫檔案資料庫、歷史語言研究所藏甲骨文拓片資料庫、歷史語言研究所藏青銅器拓片資料庫、歷史語言研究所藏漢代石刻畫象拓本資料庫、歷史語言研究所藏佛教石刻造像拓本資料庫、歷史語言研究所藏遼金元拓片資料庫、明清人名權威資料庫）。本系統匯集了史語所各式數位典藏資料庫之內容，可讓使用者在同一介面上查詢相關典藏，提供方便之檢索途徑。
國家圖書館——古籍與特藏文獻資源 （網址：http://rbook2.ncl.edu.tw/）	此連結了古籍影像檢索、古籍聯合目錄、臺灣家譜聯合目錄、金石拓片資料四種資料庫，並建有整合功能，可依照題名、作者、出版者進行查詢。

資料庫名稱	簡介
国立国会図書館デジタルコレクション（網址：http://dl.ndl.go.jp/）	此由日本國會圖書館所建置，內容包括圖書、雜誌、古籍、博士論文、官報、憲政資料、腳本、影像資料、日本占領關係資料等，並提供作者、時間、出版等相關資訊。
京都大學電子圖書館——貴重資料畫像（網址：https://edb.kulib.kyoto-u.ac.jp/exhibit/index-s.html）	由日本京都大學製作的電子圖書館，包括古代典籍、繪本、畫像、地圖、國外出版品，並提供影像瀏覽功能。
新加坡國立大學圖書館——東南亞華人歷史文獻（網址：https://libportal.nus.edu.sg/frontend/ms/sea-chinese-historical-doc/about-sea-chinese-historical-doc）	此收錄該圖書館所藏之與東南亞華人相關的歷史文獻、報章雜誌、影像圖片、家族與社團資料等，並提供瀏覽功能與相關基本資料。
Europeana Collections（網址：http://www.europeana.eu/portal/el）	此系統整合歐洲地區圖書館與博物館各類電子化資源，內容有第一次世界大戰、藝術、時尚、音樂、地圖、運動等多種主題，並以圖書、期刊、手稿、照片等形式呈現。
BnF Gallica（網址：http://gallica.bnf.fr/accueil/?mode=desktop）	Gallica是法國國家圖書館與其合作機構所建置的數位圖書館，資源形式有圖書、期刊、報紙、照片、地圖、音訊、樂譜、詞典與影片。
Chinese in California, 1850-1920（網址：http://bancroft.berkeley.edu/collections/chineseinca/）	此為美國加州大學柏克萊分校所製作，多為加州地區與華人相關之文獻，例如有圖書、小冊子、照片、手稿、音訊，內容則觸及華人在加州的開拓，以及中國城、華人社群聚合之相關主題。
e-Asia Digital Library（網址：http://library.uoregon.edu/easia/）	此為奧瑞岡大學（University of Oregon）所建置的以亞洲為主題之數位圖書館，有書籍、地圖、影像等形式，並提供相關資訊與全文瀏覽。

資料庫名稱	簡介
Shansi: Oberlin and Asia Digital Collection（網址：http://www2.oberlin.edu/library/digital/shansi/）	由歐柏林學院（Oberlin College）建置，涵蓋與亞洲相關的歷史、宗教、政治、環境、藝術和教育等主題資源，形式則有圖書、檔案、手稿、實物和照片，並提供影像瀏覽功能。
Project Gutenberg（網址：https://www.gutenberg.org/）	古騰堡工程（Project Gutenberg，常簡寫為PG）努力於文本著作的電子化、檔案化。此網站主要收錄西方書籍，亦收錄食譜、書目、期刊、音訊及樂譜檔案，並提供檢索、瀏覽與下載功能。
WorldCat - OCLC.org（網址：http://www.oclc.org/en/worldcat.html）	OCLC是世界各地圖書館所編纂的圖書及其它資料之相關目錄，並且時常更新。查閱者可檢索到大量的西文館藏與相關資訊，並有圖書、期刊、雜誌、報紙、地圖、樂譜、手稿本、網路資源等形式。

科技部大專學生研究計畫WWW線上申請作業使用注意事項

1. 本作業適用於InternetExplorer(IE)7.01版以上或MozillaFirefox3.5版以上之瀏覽器，惟建議使用InternetExplorer(IE)7.01版以上之瀏覽器，本部網址：http://www.most.gov.tw，**點選本部網站首頁「學術研發服務網登入」處，身分選擇「研究人員（含學生）」，輸入申請人之帳號及密碼，進入「學術研發服務網」畫面，在「線上申辦及查詢」項下，點選「大專學生研究計畫」**製作。
2. 本系統提供大專學生研究計畫申請書之線上製作作業，包括：
   ⑴表C801資料輸入。
   ⑵表C802及表C803之空白Word檔案下載。
   ⑶表C802及表C803編輯後檔案上傳。
   ⑷指導教授個人資料表（含近五年著作目錄）。
   ⑸指導教授勾**選遵照學術倫理規範**。
   ⑹學生歷年成績證明正本上傳。
3. 申請人需有本部核發之帳號及密碼，方能使用線上申請系統。帳號及密碼的取得方式為先連線至本部網站首頁，**請自本部首頁「學術研發服務網登入」處，點選「新人註冊」**，輸入申請人基本資料後按「確認」鈕，系統將自動寄送密碼確認信函。若本部研究人員系統已有該申請人資料，則系統會告知原帳號並取得新的密碼。外籍指導教授或申請人若無身分證號碼，請以「西元出生年月日」加「LastName前兩碼」共10碼輸入（例如：19610101TS）。
4. 若申請人遺忘帳號及密碼時，請自本部首頁「**學術研發服務網登入**」處，點選「忘記密碼」，輸入申請人基本資料後，依點選「查詢密碼提示」或選擇取回密碼方式（註冊信箱、認證手機），即可取得原帳

號及新的密碼。

5. 申請人（學生）於線上申請前，為確保資料正確，務必請指導教授至「學術研發服務網」檢視「基本資料」與「學術著作資料」（即表C301、表C302）是否為最新資料後，再登入本系統。

6. 進入本系統後，請申請人先核對「**個人基本資料**」，若需要修改，請開啟「學術研發服務網」進行個人資料修改。

7. 請點選系統左邊之「**計畫申請案**」，點選「**新增申請**」進行大專學生研究計畫的申請作業；如已有申請人之申請資料，請點選「**檢視內容**」則系統會帶出申請案內容之表格目錄。

8. 申請人填寫完表C801並完成附件上傳後，將申請案繳交送出至就讀系所主管（或學校承辦人），申請人可隨時登入系統查詢申請案狀態，待系所主管（或學校承辦人）確認後，再請指導教授登入「學術研發服務網」（本部網址：http://www.most.gov.tw）「申辦項目」下之「**大專學生研究計畫（推薦）**」，上傳「指導教授初評意見表」及勾選遵照學術倫理規範，待同意並彙整送出後即會產生申請條碼編號。

9. 申請書中之表C802請申請人自本系統登入後在申請畫面表格目錄下載製作。

10. 申請書中之表C803請指導教授自本系統登入後在申請待確認畫面下載製作。

11. 學生系所主管（或學校承辦人）案件確認注意事項：

(1)由本部網址：http://www.most.gov.tw，點選「研發機構行政人員登入」，輸入帳號及密碼，點選「大專學生研究計畫線上申請彙整」進行確認作業。

(2)若無登入帳號時：

　a. 請向機關管理者申請。

　b. 可請學校承辦人代系所主管確認學生申請案件。

(3)若有操作上的問題可參考本系統操作使用手冊（系所作業）。

12. 指導教授同意送出注意事項：

(1)由本部網址：http://www.most.gov.tw登入學術研發服務網，請先確

認「基本資料」與「學術著作資料」是否正確（如不正確請開啟「學術研發服務網」修改），再點選左手邊的「大專學生研究計畫」進入審閱學生之申請計畫。

⑵指導教授若同意指導學生，則需上傳「指導教授初評意見表（C803）」，上傳完畢後勾選**「遵照學術倫理規範」**再按「彙整送出」，才算完成同意指導動作。

⑶若有操作上的問題可參考本系統操作使用手冊（指導教授作業）。

13. 申請機構彙整送出注意事項：

⑴由本部網址：http://www.most.gov.tw，點選「研發機構行政人員登入」，輸入帳號、密碼登入系統，點選「大專學生研究計畫線上申請彙整」進行彙整送出作業。

⑵若有操作上的問題可參考本系統操作使用手冊（學校作業）。

14. 申請人於申請書製作完畢後，請按「繳交送出」，表C801資料會自動傳送至就讀學校系所主管（或學校承辦人），此時申請人即無法再作任何修改，若需再修改資料，必須先作「退件」後，方得再進入系統修正該筆計畫。退件方式如下，若案件狀態為：

⑴等待【系所主管】確認：請系所主管（或學校承辦人）在電腦上作「退件」，方得再進入此系統修正該筆計畫。

⑵等待【指導教授】確認：請指導教授在電腦上作「退件」後，方得再進入此系統修正該筆計畫。

⑶等待【彙整人員】確認：請彙整人員在電腦上作「退件」後，再請指導教授在電腦上作「退件」，方得再進入此系統修正該筆計畫。

修正完畢後必須再按「繳交送出」，仍需再經過【指導教授】確認→【彙整人員】確認整個流程才算完成申請。

15. 需通知**申請機構（即指導教授服務機構）**，由其彙整人員於線上確認無誤並彙整後，將申請資料傳送本部，始完成大專學生研究計畫線上申請作業。

16. 為避免網路交通壅塞，請於規定之線上截止收件日前，提前線上申請。

科技部補助大專學生研究計畫作業要點

105年12月14日科部綜字第1050095325號函修正

負責單位：綜合規劃司

一、科技部（以下簡稱本部）為提早培育儲備基礎科學、應用科學、人文社會科學之優秀研究人才，鼓勵公私立大專院校學生執行研究計畫，俾盡早接受研究訓練，體驗研究活動、學習研究方法，並加強實驗、實作之能力，特訂定本要點。

二、申請機構（即指導教授任職機構）需為依本部受補助單位申請作業要點，經核定納為本部補助單位者。

三、學生及指導教授之資格如下：

　　㈠學生：

　　已獲得指導教授承諾指導研究，學業成績優良，且申請時需具備下列資格之一者：

　　　1.公私立大學院校二年級（含學士後醫學系一年級、科技大學或技術學院二年制一年級）以上在學學生。但不包括碩士班及博士班研究生。

　　　2.公私立專科學校五專制三年級以上或二專制一年級以上在學學生。

　　㈡指導教授：

　　　1.符合本部專題研究計畫主持人資格，且願意提供研究設備（含儀器設備及圖書設備等）指導學生從事研究工作者。但曾指導學生執行本項研究計畫而未繳交研究成果報告者，不得擔任指導教授。

　　　2.指導教授每年度以指導二位學生為限。

同一件計畫僅限一位學生提出申請，每位學生同一年度以申請一件計畫為限。學生曾執行研究計畫未繳交研究成果報告者，不得再次提出申請。

四、申請機構應依本部規定之期限提出申請，逾期不予受理。

五、研究期間自每年七月一日起至次年二月底止，計八個月。

六、研究計畫範圍為學生自發性研究構想之嘗試性題目，該題目須與指導教授專長相符。

七、學生及指導教授應至本部網站線上製作下列文件後，將申請案送至申請機構，經申請機構審核通過後送出，並造具申請名冊函送本部申請；文件不全或不符合規定，經限期補正逾期未完成補正者，不予受理：

　㈠大專學生研究計畫申請書。

　㈡指導教授初評意見表。

　㈢指導教授個人資料表（含近五年著作目錄）。

　㈣學生歷年成績證明。

八、每位學生每月補助研究助學金新臺幣六千元，八個月計新臺幣四萬八千元。

九、審查方式及審查作業期間如下：

　㈠審查方式：依本部研究計畫審查機制及審查委員遴選作業要點規定辦理。

　㈡審查作業期間：

　　1.研究計畫：自申請案截止收件之次日起三個月內完成，並核定公布；必要時，得予延長。

　　2.研究創作獎：自研究成果報告繳交截止收件之次日起四個月內完成，並核定公布。

十、研究計畫經核定補助應依計畫內容確實執行，不得任意變更，但有下列情形，並於執行期間內檢具相關資料報經本部同意者，不在此限：

　㈠學生資格不符第三點第一項第一款規定，或未能執行研究計畫者，

需辦理計畫注銷或中止。

㈡指導教授因資格不符第三點第一項第二款規定，或無法指導學生執行研究計畫者，需辦理計畫注銷、中止、更換計畫指導教授或移轉申請機構。

依前項辦理計畫注銷、中止後，申請機構需依相關規定辦理繳回或追繳計畫研究助學金等事宜。

十一、研究計畫之研究助學金請款事宜依本部核定通知函規定辦理。

十二、學生應於計畫執行期滿後一個月內，至本部網站線上繳交研究成果報告；繳交報告時，需經指導教授確認，逾期繳交者，不列入研究創作獎之評獎對象，研究成果報告至遲需於計畫執行期滿後三個月內完成線上繳交。

研究成果報告，應供立即公開查詢，但涉及專利、其他智慧財產權、論文尚未發表者，得延後公開，最長以計畫執行期滿日起算二年為限。

十三、研究成果報告經審查後評定為成績優良而有創意者，由本部頒發研究創作獎。

㈠獲獎人數每年以二百名為限。

㈡獲獎學生由本部頒發獎金新臺幣二萬元及獎狀一紙，並頒發獎牌一座予其指導教授，以資表揚。

十四、申請機構應於計畫執行期滿後三個月內檢附大專學生研究計畫收支明細報告表及印領清冊各一份函送本部辦理經費結報。

十五、申請機構未依規定期限辦理經費結報或繳交研究成果報告，經本部催告仍未完成結案者，本部得追繳該計畫補助經費或於申請機構下期計畫所撥款項內將未結案之補助經費扣除。經費結報或研究成果報告不合規定，經本部限期改正，屆期不改正者，亦同。

十六、其他注意事項如下：

㈠申請機構應切實審查學生及指導教授之資格是否符合規定及線上申請文件是否完備，符合規定始得造具申請名冊，並經有關人員

簽章。

㈡指導教授任職機構與學生就讀學校不同者，學生需獲得就讀學校系主任同意，始得申請。

㈢研究計畫之構想、執行或成果呈現階段涉有違反學術倫理情事者，依本部學術倫理案件處理及審議要點規定處理。

十七、本要點未盡事宜，依本部補助專題研究計畫作業要點相關規定辦理。

科技部106年度大專學生研究計畫申請書

一、綜合資料：

論文寫作不藏私

申請人【學生】	姓名		身分證號碼	
	就讀學校、科系及年級		電話	
	學生研究計畫名稱			
	研究期間	自106年7月1日至107年2月底止，計8個月		
	計畫歸屬司別	□自然司　　□工程司　□生科司 □人文司　　　□科教國合司		
	研究學門代碼及名稱			
	上年度曾執行本部大專學生研究計畫	□是（計畫編號：MOST　　－　　－　　－　　－） □否		
指導教授	姓名		身分證號碼	
	服務機構及科系（所）			
	職稱		電話	
補助經費	每位學生每月6,000元研究助學金，研究期間為8個月，共計48,000元			

指導教授簽章：

申請人（學生）簽章：

科、系主管姓名：

（學生就讀學校）

二、研究計畫內容（以10頁為限）：

  ㈠摘要

  ㈡研究動機與研究問題

  ㈢文獻回顧與探討

  ㈣研究方法及步驟

  ㈤預期結果

  ㈥參考文獻

  ㈦需要指導教授指導內容

資料來源：https://www.most.gov.tw/folksonomy/list?subSite=&l=ch&menu_id=2af9ad9a-1f47-450d-b5a1-2cb43de8290c&view_mode=listView（科技部網站）

大專學生研究計畫指導教授初評意見表

一、學生潛力評估：

二、對學生所提研究計畫內容之評述：

三、指導方式：

四、本人同意指導學生了解並遵照學術倫理規範；本計畫無違反學術倫理。

指導教授簽名：＿＿＿＿＿＿＿＿

年　　　月　　　日

華東師範大學本科生畢業論文（設計）的格式要求

一、論文構成

　　畢業論文（設計）格式應規範，必須由封面、目錄、正文（包括中外文題名、中外文摘要、中外文關鍵字、正文、參考文獻和致謝）三部分構成。論文裝訂順序為外封面→開題報告→內封面→目錄→中文題名→中文摘要→中文關鍵字→外文題名→外文摘要→外文關鍵字→正文→參考文獻→致謝→中期指導記錄（系統下載並列印）→考核意見表。如有附錄部分，裝訂在參考文獻後面。

二、紙張及印刷裝訂規格

　　畢業論文（設計）一律用A4紙張電腦列印。左側裝訂。

三、編輯設置

　　1. 頁面設置：

　　　①「紙型」——主要選用「A4」，「縱向」，個別頁面可以採用「A4」，「橫向」。

　　　②「文檔網格」——一律使用「無網格」。

　　　③「頁邊距」——上：2.5cm，下：2.0 cm，左：3.0cm，右：2.5 cm。裝訂線位置居左。

　　2. 段落：

　　　①論文題目居中，每段落首行縮進2字元。

　　　②「行距」一律為1.5倍。

　　3. 外文字體：一律為Times New Roman

四、封面要求

上交的每份論文都一律採用學校統一印發的外封面（裝訂線一律在左面）。另附自製內封面一份（A4紙張電腦列印），內容為中外文論文題目、作者的姓名、學號、班級、指導老師的姓名與職稱、論文完成時間。

五、開題報告要求

開題報告內容包括：選題的背景與意義（對與選題有關的國內外研究現狀、進展情況、存在的問題等進行調研，在此基礎上提出選題的研究意義），課題研究的主要內容、方法、技術路線，課題研究擬解決的主要問題及創新之處，課題研究的總體安排與進度，參考文獻等方面。開題報告表格至教務處網站下載。

六、論文摘要

㈠字數：中、外文摘要一般各為300-500字。

㈡摘要內容：要求概括地表述論文的研究背景、目的、研究方法、研究重點、結果和主要結論。

㈢字體：中外文均是五號，中文使用宋體。

七、正文要求

㈠字數：文科類專業8000字以上；理科類專業，音樂、美術等專業5000字以上。

㈡字體：正文一般用宋體小四號字列印。中文題名用黑體小三列印，外文題名用小三列印。文章中的各段標題用黑體、小四號字列印，並且前後要一致。全文的文字格式要統一。獨立成行的標題後面不再加標點符號。

㈢序號：全文的序號編排要規範。論文的正文層次不宜過多，一般不超過5層次。

中文各層次系統為：

第一層：一、二、三、……；　　第二層：(一)(二)(三)……；

第三層：1. 2. 3.……；　　　　第四層：(1)(2)(3)……；

第五層：1) 2) 3)……。

外文各層次系統為：

第一層：A. B. C.……；　　　第二層：(A)(B)(C)……；

第三層：a. b. c.……；　　　　第四層：(a)(b)(c)……；

第五層：a) b) c)……。

第一、二層次標題應單獨成行，第三、四、五層次標題可與文章其他內容同列一行。

每頁要插入阿拉伯數字頁碼，置於右下角。

㈣表名放置在表格正上方，中外文對照；圖名放置在圖件的正下方，中外文對照。表格一覽表採用「三線表」形式，插圖需在文中相應處直接給出。圖的大小為：半欄圖<60mm，100mm<通欄圖<130mm。文中計量、計價單位統一採用國際標準單位，公式應獨立成行居中斜體排版。

㈤注釋：注釋指作者對文中某一部分內容的說明。如：對某些名詞術語的解釋、引文（尤其是直接引用）出處的說明等。中外文均是小五號，中文使用宋體。注釋既可以使用注腳，也可以使用章節附注。在正文中需加注之處的右上角用注碼（[ ]，一般放在標點符號前）標出。注釋的格式參考參考文獻的格式。

八、參考文獻

參考文獻指論文寫作過程中所參閱的各種資料，應附在論文末尾加以說明。參考文獻有多種意義：作為闡發作者見地的佐證或背景資料；提供有力的理論依據或經典論述；表示對他人理論或成果的繼承、借鑑或商榷等，反映作者對情報吸收、利用的程度。

論文主體撰寫過程要求參考兩篇以上外文文獻，文科專業要求必須有10篇以上參考文獻，其他專業要求必須有6篇以上參考文獻。要求羅列出所有引用的中外文文獻資料目錄，目錄按引用順序排列。

　　參考文獻具體格式如下：

　　㈠**專著**（注意應標明出版地及所參閱內容在原文獻中的位置）

　　〔序號〕作者.專著名[M].出版地：出版者，出版年，起止頁.

　　㈡**期刊中析出的文獻**（注意應標明年、卷、期，尤其注意區分卷和期）

　　〔序號〕作者.題（篇）名[J].刊名.出版年，卷號（期號）：起止頁.

　　㈢**會議論文**

　　〔序號〕作者.篇名[C].會議名，會址，開會年.

　　㈣**學位論文**

　　〔序號〕作者.題（篇）名[D].授學位地：授學位單位，授學位年.

　　㈤**專利文獻**

　　〔序號〕專利申請者.專利題名[P].專利國別，專利文獻種類，專利號.出版日期.

　　㈥**報紙文章**

　　〔序號〕作者.題（篇）名[N].報紙名.出版日期（版次）.

　　㈦**標準**

　　〔序號〕標準名稱[S].出版地：出版年，起止頁.

　　㈧**報告**

　　〔序號〕作者.題（篇）名[R].報告年、月、日.

　　㈨**電子文檔**

　　〔序號〕作者.題（篇）名[E].出處或可獲得地址（網址）.發表或更新日期／引用日期（任選）.

九、附錄的要求

　　畢業論文（設計）形成過程中所涉及的實驗設計、調查材料及其相應的資料、圖表等應整理後用附件形式附在參考文獻之後。

教務處

二〇一六年十一月

資料來源：http://www.jwc.ecnu.edu.cn/s/110/t/486/4c/65/info150629.htm
（華東師範大學教務處網站）

華東師範大學2013級本科生畢業論文（設計）工作流程及時間安排表

任務	截止時間	學生	導師	答辯小組	學部（院系）	教務處	備注及說明
1.制定細則並公布給學生	12月19日				制定實施細則並提交教務處；做好師生動員工作	指導及檢查，收集各院系實施細則	
2.論文選題導入系統	1月3日	確認選課			教務老師統一導入系統	指導及檢查	
3.開題報告上傳	2月27日	上傳經過指導教師認可的《開題報告》	列印《開題報告》，填寫指導教師意見並送至教務老師處		監督《開題報告》上傳情況並督促完成	指導及檢查	
4.開題答辯	3月15日	參加開題答辯		在《開題報告》上填寫答辯小組意見	組織學生開題答辯；答辯後收齊填寫完整的《開題報告》，以備存檔	指導及檢查	開題不通過者需重新開題

任務	截止時間	學生	導師	答辯小組	學部（院系）	教務處	備註及說明
5.中期考核	4月8日	撰寫論文，並在教務系統中進行中期彙報	指導學生論文，並在系統中填寫指導意見（至少一次）		監管中期指導及教師指導情況並督促完成。在論文上傳截止後為每位學生列印《中期指導記錄》	指導及檢查	中期彙報涵蓋論文撰寫進度、遇到的問題、後續撰寫計畫等
6.論文上傳	4月28日	完成初稿後，列印《考核意見表》，並請指導教師及2位評閱教師（教務老師安排）填寫評語：在系統中上傳指導教師認可的論文終稿	收到學生的《考核意見表》後填寫「指導教師評語」，交還學生：確保學生上傳論文終稿並決定學生是否可以進入答辯環節		教務老師為每位學生安排2位論文評閱教師，督促學生完成《考核意見表》中指導教師及2位評閱教師評語的填寫，以備答辯現場使用：統計上傳情況文終稿並督促完成	關閉系統上傳功能	
7.論文檢測	5月3日					組織論文檢測	

任務	截止時間	學生	導師	答辯小組	學部（院系）	教務處	備注及說明
8.校外專家評審	5月4日					教務處公布校外專家評審院系	
	5月6日				推薦專家	聘請專家、組織評審	
	5月7日					教務處回饋抽查結果	
9.學校複審	待定					組織複審	時間及程式視具體情況而定
10.答辯	5月10日－5月19日	參加論文答辯		在《考核意見表》上填寫答辯記錄和答辯小組意見，並按五級打分	組織小組答辯；答辯後收齊《考核意見表》，以備存檔	組織抽檢	
11.成績錄入	5月26日				完成論文（設計）成績的系統錄入和公布	指導及檢查	因學位評定時間，畢業論文成績錄入必須在5月26日之前完成
12.優秀畢業論文（設計）推薦	6月16日				遴選並推薦校級優秀畢業論文（設計）（遴選方式自訂，每個專業1～2篇）	彙編校級優秀畢業論文集	

任務	截止時間	學生	導師	答辯小組	學部（院系）	教務處	備注及說明
13、存檔（重要）	6月30日				撰寫工作總結並提交教務處；將每個學生的論文材料分別裝訂（含填寫完整的《開題報告》、《中期指導記錄》（系統下載後列印）、論文全文及《考核意見表》四部分）；最後將《成績匯總表》及發表中全體學生的論文材料整體存檔	收集畢業論文工作總結，並組織做好畢業論文存檔工作	

資料來源：http://www.jwc.ecnu.edu.cn/s/110/t/486/4c/65/info150629.htm（華東師範大學教務處網站）

華東師範大學「關於印發《本科生畢業論文（設計）工作指導意見》的通知」

各相關單位：

　　為規範畢業論文（設計）工作，提高畢業論文（設計）品質，結合學校實際，特制定《本科生畢業論文（設計）工作指導意見》。現予印發，請遵照執行。

　　特此通知。

華東師範大學

2016年3月8日

附件：

本科生畢業論文（設計）工作指導意見

　　本科生畢業論文（設計）的撰寫是實現本科生培養目標的重要實踐教學環節之一，是本科生綜合運用所學的專業知識，進行學術探討和研究的實踐過程，也是本科生畢業與學位資格認定的重要依據。畢業論文（設計）工作具有科學性、創造性、實踐性、綜合性等特點，為規範畢業論文（設計）工作，提高畢業論文（設計）品質，特制定本指導意見，各學部（院系）應結合實際情況制定畢業論文工作細則。

一、畢業論文（設計）的組織與安排

畢業論文（設計）工作是學校人才培養體系的中心工作，通過教務處總體監控和各學部（院系）全程管理相結合的形式、在學校其他職能部門及有關單位的協助和配合下，共同完成。

㈠本科生畢業論文（設計）工作由學校教務處主管，發揮宏觀指導及品質監控作用。

1. 全面實施畢業論文（設計）的過程管理。包括制定畢業論文（設計）工作計畫；規範論文格式，統一品質標準；檢查評估各學部（院系）畢業論文（設計）工作，考察進度，抽查品質；組織全校的畢業論文（設計）工作經驗交流；負責優秀本科畢業論文（設計）的彙編工作；表彰獎勵優秀畢業論文（設計）和科技成果；主持學生選題及成績存檔工作等。

2. 監控畢業論文（設計）品質，使用「大學生論文抄襲檢測系統」對所有應屆畢業生進行畢業論文（設計）檢測，組織校外專家對部分院系的畢業論文（設計）進行抽查。對存在品質問題的論文，要求各學部（院系）進一步加強督促、教師進一步加強指導、學生繼續加工修改，保證論文品質的提高。

㈡各學部（院系）是畢業論文（設計）工作的主體，負責畢業論文（設計）工作的具體組織實施。

1. 教學副院長、副系主任全面負責所在單位的本科生畢業論文（設計）工作，遵循學校制定的畢業論文（設計）品質標準，依據自身學科與專業特點，制定切實可行的學部（院系）畢業論文（設計）管理辦法，設立各學部（院系）畢業論文（設計）工作領導小組。負責本學部（院系）各專業畢業論文（設計）工作計畫的審定、時間安排、指導教師的配備、開題答辯、中期檢查、網路檢測、論文答辯、成績評定及論文存檔等工作；論文工作結束後，對畢業論文（設計）各項工作進行總結，向教務處提交總結報告及優秀本科生論文（設計）。

2. 各學部（院系）具體落實畢業論文（設計）各個環節的品質監控，充分發揮教學督導與教學委員會的作用。

教學督導全程跟蹤畢業論文（設計）工作各個環節的品質，主要工作有：參與畢業論文（設計）開題報告的評閱，保證選題品質；參與畢業論文（設計）的中期檢查與定期檢查，保證檢查品質；參與畢業論文（設計）的答辯與考核，保證答辯品質。

各學部（院系）的教學委員會，不僅是畢業論文（設計）工作的重要實施者，還是過程品質監控的主要依託力量。教學委員會應嚴格把關畢業論文（設計）的選題，初步審核學生的開題報告，參加畢業論文（設計）的中期檢查，是畢業論文（設計）答辯小組的重要組成人員。

㈢各學部（院系）辦公室負責畢業論文（設計）工作的後勤保障，做好畢業論文（設計）成績登記及存檔工作，組織學生登陸公共資料庫系統提交開題報告和論文、認定和記錄論文成績等。

㈣畢業論文（設計）的選題、指導教師的配備、工作計畫及排程等工作必須在第七學期結束前完成。時間安排上可採取開設選修課與論文撰寫交叉進行的方式，也可採用集中撰寫的方式。畢業論文（設計）工作必須在每年畢業生離校前一個星期全部結束。

㈤畢業論文（設計）經費，由教務處根據當年應屆畢業生人數按每生450元的標準進行測算，每年年初由財務處撥款至各學部（院系）本科教學經費，用於畢業論文（設計）的指導、評閱、答辯及論文裝訂保管等工作。鼓勵學生直接參加導師的科研專案，在科研經費的支持下開展畢業論文（設計）工作。

㈥學生畢業論文（設計）答辯後，其全部資料由各學部（院系）統一歸檔，集中保管四年以上。學校每年從各專業遴選1-2篇優秀畢業論文，彙編成《華東師範大學優秀本科畢業論文（設計）選編》。

二、畢業論文（設計）的選題

選題是撰寫畢業論文的首要環節，恰當的選題是做好畢業設計（論

文）的前提。選題應符合專業培養目標，體現教學與科學研究、技術開發、經濟建設和社會發展緊密結合的原則，注重培養學生的實踐能力、創新意識和創新能力，強化學生在畢業論文（設計）過程中的系統性和綜合性訓練。應遵循以下幾個原則開展選題工作：

　　㈠確保論文（設計）的學科專業性特點。選題應適應當前經濟、社會發展的實際需要，密切結合本專業的培養目標和專業特點，使學生能夠綜合運用所學的專業知識和技能，培養獨立的工作能力。

　　㈡深度、難度與可行性相結合。選題要考慮學生的專業基礎和實際水準，應是學生在短期內經過努力可以完成的或者可以相對獨立地做出階段性成果的課題。選題應當盡量體現學科發展的最新進展，兼顧知識的深度和廣度，既有利於學生掌握基本原理和方法，又有利於學生創新能力的提高；要注意激發學生的興趣愛好，鼓勵和支持學生走向學科的前沿，從事邊緣與交叉學科課題的研究。

　　㈢一人一題，注重創造性。要求每個畢業生選做一個題目，並在教師指導下獨立撰寫論文（設計）。如多位學生共同參與同一個研究項目，應要求每位學生在共同協作完成專案的同時，還必須制定其獨立完成的工作內容及相應的工作量。

　　㈣對師範專業學生，教育科學研究方面的論文（設計）應保持一定的比例。學生在各學部（院系）論文指導委員會的指導下開展論文（設計）選題工作。選題可由學生自己提出，指導教師審定；也可由教師直接確定。鼓勵學生直接參加指導教師的科研課題，並從中選擇適宜的題目撰寫。

　　㈤在一些應用型強的學科中，為鼓勵培養學生的創新創業能力，可以用畢業設計代替畢業論文，並以畢業設計的答辯代替畢業論文的答辯。畢業設計的內容應與本專業相關，能體現本專業的學科特點，有一定的創新性，具有一定的厚度和深度，相關院系應根據專業的學科特點，制定畢業設計的具體要求和操作細則。

　　㈥畢業論文（設計）題目的產生。學生既可以在導師提出的課題中

選擇畢業論文（設計）題目，也可自主選題。

㈦各學部（院系）應組織畢業論文（設計）開題答辯小組對開題報告進行審議，通過後方可進入畢業論文（設計）撰寫階段。

三、畢業論文（設計）的指導及撰寫

在畢業論文（設計）工作過程中，應始終堅持「學生主體、教師主導」的原則，充分發揮教師的指導作用，使學生的科研意識得到薰陶，並初步建立科學研究工作思路。

㈠指導本科生撰寫畢業論文（設計）是高等院校教師應盡的職責，各院系應選用學術造詣較高、經驗豐富、作風嚴謹的教師擔任本科畢業論文（設計）指導教師；畢業論文（設計）指導教師應具有中級及以上技術職稱。具體職責如下：

1. 貫徹因材施教的原則，了解學生情況，分析學生特長，嚴格要求學生，確保每個學生發揮最大效績。

2. 根據選題，指導學生進行文獻檢索和實驗儀器的操作與使用；審閱學生的社會調查計畫和實驗設計方案；指導學生擬定論文（設計）寫作提綱，解答學生提出的問題。

3. 每週檢查學生論文（設計）進展情況，定期深入調查科研或實習的現場，進行具體指導。要以身作則，教書育人，重視對學生科學思想、科學精神、科學方法的薰陶，培養學生較高的學術道德、實事求是的科學態度和勇於創新的進取精神。

4. 指導學生正確撰寫論文（設計），認真評閱畢業論文（設計），並寫出評語；參加畢業論文（設計）的答辯和成績評定。

5. 教師指導一篇畢業論文（設計），相當於教學工作量15-20學時，每位導師指導論文（設計）的工作總量累計不超過72學時／屆。為保證指導品質，應嚴格控制教師的指導學生數，每位導師指導學生數最多不能超過6名／屆。在教師申請晉升職稱時，畢業論文教學工作量計入總教學工作量，即「年均全日制本科生及研究生

教學工作總量」，但不計入學校要求的主講本科生課程教學量部分。

㈡學生是畢業論文（設計）撰寫的主體，每位本科畢業生都要參加畢業論文（設計）的撰寫，並獨立完成一篇品質較高的論文（設計）。如確有需要，經各學部（院系）行政審核批准，學生可到校外科研單位做畢業論文（設計），其論文（設計）需由該單位中級及以上技術職稱的科技工作人員進行指導。學生撰寫論文（設計）的具體要求如下：

1. 所撰寫的論文（設計）要求觀點明確、論據充實、資料可靠、條理清楚、版面清晰。一般按科研論文體例撰寫，根據專業特點和學生實際，也可有專題調查、讀書報告等體例。中文、外語專業的學生一般不能用文藝創作或作品翻譯等體例來撰寫畢業論文（設計）。外語專業學生需用與專業同語種的外語撰寫論文（設計）。

2. 論文（設計）撰寫應包括確定選題、調查研究、查閱和整理資料、撰寫開題報告、調查實習、實驗設計、資料處理、完成論文等各個環節。

3. 論文（設計）題目確定後一般不得中途變更，如確需要變更，需經指導教師同意並報各學部（院系）主管領導審定；學生在撰寫論文（設計）的過程中，應該每週向指導教師彙報論文（設計）的進展情況，聽取指導教師的意見。

4. 畢業論文（設計）格式應規範，必須由封面、目錄、正文（包括中外文題名、中外文摘要、中外文關鍵字、正文、參考文獻和致謝）三部分構成；每篇文科類專業論文正文字數應在8000字以上，理科類、音樂、美術等專業則在5000字以上，工科類專業由學部（院系）確定；中、外文摘要一般為300-500字；參考文獻和注釋必須符合學術論文的格式要求；論文主體撰寫過程要求參考兩篇以上外文文獻，並列出所引用中外文文獻資料的目錄。詳細要求見《華東師範大學本科生畢業論文（設計）的格式要求》

（附件一）。

5. 要求提前畢業者，需在申請畢業的時間前完成論文（設計）的撰寫。向所在學部（院系）申請提前答辯，經學部（院系）行政審批同意後，由學部（院系）組織答辯，論文成績合格且提前修完教學計畫規定的全部課程並考核及格者，可予以提前畢業，學部（院系）上報教務處備案。

四、畢業論文（設計）的答辯與成績評定

本科畢業生必須全部參加畢業論文（設計）答辯，只有通過答辯，畢業論文（設計）才能取得成績。

㈠答辯工作在各學部（院系）領導下，由各學部（院系）畢業論文（設計）答辯委員會主持進行。

畢業論文（設計）答辯委員會由教學委員會成員組成，委派答辯小組主持。答辯小組至少應由三位教師組成，組長應由具有副高級及以上技術職稱的教師擔任，其中一位可以是指導教師。

答辯委員會的責任是統籌答辯工作，審查論文（設計）答辯資格，統一評分標準和要求，對有爭議的成績進行裁決，綜合指導教師、交叉評閱教師、答辯小組的成績及評語，審定學生的最終成績並寫出評語。

㈡答辯之前各學部（院系）應對畢業生提交的答辯材料進行形式審查，所撰寫論文需滿足學校規定的格式要求，且論文及相關材料提交完整者可以申請參加答辯。所提交的材料除論文外，還應包括封面、開題報告、考核意見表。

㈢論文（設計）的成績評定採用「五級記分制」（即優、良、中、及格、不及格）。每篇論文（設計）在指導教師初評後，需經至少1名其他教師交叉評閱並撰寫評語，最後由論文（設計）答辯小組根據《華東師範大學文科學生畢業論文（設計）評分標準》（詳見附件二）或《華東師範大學理科學生畢業論文（設計）評分標準》（詳見附件三）評定成績。論文成績的評分、評語、答辯紀錄等一併記錄在《華東師範大學本科畢業

論文考核意見表》上，答辯委員會對考核意見表進行審核並給予學生最終的成績與評語。

　　㈣答辯堅持公平、公正、公開的原則，注重論文（設計）的學術品質。優秀畢業論文（設計）必須進行系級以上答辯，可請校外專家參加。應嚴格掌握評分標準，優秀論文（設計）一般不應超過論文（設計）總數10%。

　　㈤經答辯委員會與指導教師認定，各學部（院系）答辯委員會不受理答辯的情況如下：

　　1. 在規定時間內未按時完成畢業論文（設計）。

　　2. 指導教師初評成績不合格，或論文（設計）交叉評閱成績不合格。

　　3. 因任何原因累計缺勤時間超過畢業論文（設計）工作總時間的1/3。

　　4. 論文檢測結果中「文字複製比」高於40%。

　　5. 校外專家論文評審結果為「不合格」。

　　㈥畢業論文（設計）答辯不被受理者或答辯成績不合格者，畢業論文（設計）成績一律以不及格計：

　　1. 論文檢測結果中「文字複製比」重度重合（重合比≧50%）的學生，取消其參與本次畢業論文（設計）答辯資格，相關學部（院系）需對學生論文（設計）情況進行詳細調查，並對學生進行學術誠信教育，將書面材料遞送教務處。學生可申請重修，延期六個月後可再次申請答辯。

　　2. 論文檢測結果中「文字複製比」中度重合（40%≦重合比＜50%）或校外專家評審結果為「不合格」的畢業論文（設計）取消本次畢業論文（設計）答辯資格，本學期《畢業論文（設計）》成績作「不及格」處理。給予學生三個月的論文修改期，新學期開學初由學生本人提出申請，進行畢業論文（設計）補答辯。補答辯通過的，《畢業論文（設計）》成績記作「補考及格」；補答辯

不通過的予以重修，延期六個月再次申請答辯。

   3. 重修由學生所在學部（院系）安排，一般應在校內進行，並按規定繳費。

五、畢業論文（設計）工作紀律

撰寫畢業論文（設計），不僅有助於學生綜合運用課堂知識和基本技能，培養發現、分析和解決實際問題的能力，更有助於學生形成實事求是的科學態度、勤於實踐的科學作風和勇於創新的科學精神。

（一）撰寫畢業論文（設計）期間，學生應主動與指導教師保持連繫，及時彙報工作進度，嚴格遵守紀律。因故不能參加論文（設計）工作者必須請假，三天以內由指導教師批准；三天以上報主管學部（院系）領導批准，無故缺勤按曠課處理。

（二）學生如有下列違紀情況之一者，經學部（院系）教學委員會與指導教師認定，畢業論文（設計）成績一律以「不及格」計，必須重修，並上報教務處備案：

   1. 抄襲他人畢業論文，根據《本專科學生違紀處分辦法》，認定爲剽竊、抄襲他人研究成果，給予相應的紀律處分。

   2. 論文資料和資料造假，根據《本專科學生違紀處分辦法》，認定爲弄虛作假，給予相應的紀律處分。

   3. 請人或雇人代寫論文，根據《本專科學生違紀處分辦法》，認定爲請人代考，給予相應的紀律處分。

六、其他

（一）畢業論文（設計）的智慧財產權歸學校所有。學生的畢業論文（設計）若需發表，需徵得指導教師的同意，且應以華東師範大學爲第一署名單位。

（二）在此規定基礎上，各學部（院系）應根據專業特點制定相應的實施細則，經學校審批後實施。

㈢本規定自頒佈之日起執行，原《華東師範大學本科生畢業論文工作規定》廢止，本規定由教務處負責解釋。

　　　　　　　華東師範大學學校辦公室2016年3月18日印發

資料來源：http://www.jwc.ecnu.edu.cn/s/110/t/486/4c/65/info150629.htm（華東師範大學教務處網站）

國立臺灣大學碩、博士學位論文格式規範

一、論文次序
1. 封面（含側邊）【詳附件1】
2. 論文口試委員審定書【詳附件2】
3. 序言或謝辭
4. 中文摘要及關鍵詞5-7個
5. 英文摘要及關鍵詞5-7個
6. 目錄【詳附件3】
7. 圖目錄
8. 表目錄
9. 論文正文
10. 參考文獻
11. 附錄
12. 封底

二、封面（含側邊）：【詳附件1】
　　封面：封面中各行均需置中，包括中、英文校名、院別、系所別、學位、論文題目、撰者名、指導教授及提出論文之年（民國、西元）月。
　　側邊：包括校名、系所別、學位、論文中文題目、撰者姓名及提出論文之年（民國）月。

三、論文口試委員審定書【詳附件2】
　　碩、博士班研究生學位論文考試經考試委員評定成績及格，但需修改者，應依考試委員之意見修改論文並經指導教授及系主任、所長（是否需簽章依各院系所規定）於論文次頁之「論文口試委員審定書」簽

章核可後，方得繳交論文。

四、序言或謝辭（依個人意願自行決定是否撰寫）

需另頁書寫，舉凡學生撰寫論文後的感想及在論文完成的過程中，獲得指導教授及其它老師有實質幫助之研討及啟發，或行政、技術人員、同學及親友等幫忙者，皆可在此項次誌謝，內容力求簡單扼要，以不超過一頁爲原則。

五、中文摘要：

＊不超過三頁，其內容應包含論述重點、方法或程序、結果與討論及結論。

＊經系、所同意以英文撰寫論文者，仍需附中文摘要。

六、英文摘要：

不超過三頁。

七、目錄：【詳附件3】

包括各章節之標題、參考文獻、附錄及其所在之頁數。

八、圖目錄：包括各章節之圖及其所在之頁數（若圖擷取自參考文獻，則需標注來源）。

九、表目錄：包括各章節之表及其所在之頁數（若表擷取自參考文獻，則需本文表之位置標注來源）。

十、論文正文

＊論文以中文或英文撰寫爲原則，雙面印刷，但頁數爲80頁以下得以單面印刷（彩色圖片亦可單面印刷）。

＊紙張：除封面、封底外，均採用白色A4 80磅之白色模造紙裝訂。

＊字體：

原則上中文以12號楷書（細明體及標楷體爲主），英文以12號Times New Roman打字，中文撰寫以1.5間距，英文則以雙行間距，本文留白上3公分、下2公分、左右各3公分，字體顏色爲黑色，文內要加標點，全文不得塗污刪節，不得使用複寫紙，各頁正下方應置中注明頁碼。

十一、參考文獻

　　列出引用之中英文期刊論文及書目，需包含作者姓氏、出版年次、書目、技術資料或期刊名稱、版序、頁碼等內容。

十二、封面（底）：碩、博士論文報告均應裝訂成冊。

　　＊平裝本：採用淺色200磅銅西卡紙或雲彩紙（上亮P）裝訂之（A4）。

　　＊精裝本：碩士班紅底燙金字；博士班黑底燙金字（A4）。

十三、各系、所得依其學術領域之特殊性另訂各系、所統一格式，惟主體架構仍請依本規範訂定。

十四、論文繳交

　　圖書館收平裝本1冊及精裝本1冊（數學、物理、化學、海洋2冊；大氣3冊）

（附件1）

側邊

（上留白4公分、以下各行均須置中）

國立臺灣大學○○學院○○系(所)
碩(博)士論文(字型為18之楷書、1.5倍行高)

Department or Graduate Institute of ○○(字型為14之Times New Roman、1.5倍行高)

College of ○○(字型為14之Times New Roman、1.5倍行高)

National Taiwan University(字型為16之Times New Roman、1.5倍行高)

master thesis/doctoral dissertation(字型為16之Times New Roman、1.5倍行高)

(論文中文題目) (字型為18之楷書、1.5倍行高)
(論文英文題目) (字型為18之Times New Roman、1.5倍行高)

○○○ （撰者中文姓名）(字型為18之楷書、1.5倍行高)
○○○ （撰者英文姓名）(字型為18之Times New Roman、1.5倍行高)

指導教授：○○○ （學位名稱）或（職銜）(字型為18之楷書、1.5倍行高)
○○○ （DEGREE）或（TITLE）(字型為18之Times New Roman、1.5倍行高)

中華民國 ○○ 年 ○ 月(字型為18之楷書、1.5倍行高)
（英文月）○○○○(西元年)(字型為18之Times New Roman、1.5倍行高)

（下留白3公分）

○○○國立臺灣大學○○系（所）

碩（博）士論文 （12 pt） 論文中文題目（14 pt）

○○○ 撰

95
1

國立臺灣大學碩、博士學位論文格式規範

國立臺灣大學（碩）博士學位論文
口試委員會審定書
論文中文題目
論文英文題目

　　本論文係○○○君（○學號○）在國立臺灣大學○○學系、所完成之碩（博）士學位論文，於民國○○年○○月○○日承下列考試委員審查通過及口試及格，特此證明

口試委員：

_____ （簽名）

　　　　　　（指導教授）

_____　　_____

_____　　_____

_____　　_____

_____　　_____

系主任、所長 _____ （簽名）

　　（是否需簽章依各院系所規定）

（附件3）

目　錄

資料來源：http://www.aca.ntu.edu.tw/gra/services.asp?id=1（國立臺灣大學教務處網站）

國立中央大學學位論文撰寫體例參考
NCU Thesis Format and Example

一、論文編印項目次序Binding Order

論文應依如下順序裝訂Thesis should be bound in the order as below:

1. 封面

   Front Cover

2. 書名頁

   Inside Cover

3. 授權書

   Power of Attorney

4. 延後公開／下架申請書

   Thesis Postponement of Publication Request Form

5. 論文指導教授推薦書

   Advisor's recommendation letter

6. 論文口試委員審定書

   Verification letter from the Oral Examination Committee

7. 中文摘要

   Chinese Abstract

8. 英文摘要

   English Abstract

9. 序言或誌謝辭

   Preface or Acknowledgments

10. 目錄

    Table of Contents

11. 圖目錄

List of figures

12. 表目錄

List of tables

13. 符號說明

Explanation of Symbols

14. 論文本文

Main text of the thesis

15. 參考文獻

Bibliographies

16. 附錄

Appendixes

17. 封底

Back cover

二、規格說明Regulations of Thesis Format

1. 封面：包括校名、系所名稱、碩（博）士論文、論文題目，指導教授及本人姓名，畢業年月（**請注意7、8月辦理畢業離校之學生，封面之年月請印製**年6月**）等。（如附件一）。封面顏色：碩士班為暗紅色、博士班為墨綠色。Front Cover: Including school name, the title of the thesis, full name of the department or graduate program, student's name, advisor's name and the date of school-leaving should all be noted. For students applying for leaving school in July or August, please note to print Year **, June on the front cover (as Appendix A). Color for front and back cover: crimson for master thesis, blackish green for doctoral thesis.

2. 書名頁：包括校名、系所名稱、碩（博）士論文、論文題目，指導教授及本人姓名，畢業年月等。（如附件二）。Inside Cover:

Including school name, the title of the thesis, full name of the department or graduate program, student's name, advisor's name and the date of school-leaving should all be noted (as Appendix B).

3. 國立中央大學圖書館碩博士論文電子檔授權書。The Power of Attorney of Mater or Doctor's Thesis in e-file.

4. 國立中央大學碩博士紙本論文延後公開／下架申請書。（如需延後公開者，才需要裝訂於論文內頁）Thesis Postponement of Publication Request Form (optional)

5. 論文指導教授推薦書（如附件四）。Advisor's recommendation letter. (as Appendix D)

6. 論文口試委員審定書（如附件五）。Verification letter from the Oral Examination Committee. (as Appendix E)

7. 中英文論文摘要：內容應說明研究目的，資料來源，研究方法及研究結果等，約300-500字，中英文各一份裝訂於論文內，（格式如附件六、七）。Abstract in both Chinese and English: purposes, sources, methods and results of the research should be noted in three hundred to five hundred words. (as Appendix F and G)

8. 論文尺寸及紙張：以210mm＊297mm規格A4紙張繕製。封面封底採用150磅以上雲彩紙。Text size and paper quality requirement: thesis copy should be sized in A4 paper of 210mm＊297mm. Paper used for front and back cover should be at least 150 pounds.

9. 版面規格：紙張頂端留邊2.5公分，左側留邊3公分，右側留邊2公分，底端留邊2.5公分，版面底端1.5公分處中央繕打頁次（見下頁圖1）。Margins: Every page of your thesis must be regulated by the following: Top: 2.5cm, Left: 3cm, Right: 2cm, Bottom: 2.5cm and leave 1.5cm for page number at the center in the bottom. (See Figure 1 in the next page)

10. 文字規格：文章主體以中文撰寫為原則，自左至右，橫式打字繕

論文寫作不藏私

排，文句中引用之外語原文以（ ）號附注。Font: The main text should be in Chinese; written from left to right and row by row. Foreign resources quoted should be noted in original language by parentheses.

11. 頁次：(1)中文摘要至符號說明等，以i，ii，iii，……等小寫羅馬數字連續編頁。

　　　　(2)論文第一章以至附錄，均以1，2，3，……等阿拉伯數字連續編頁。

Pagination: (1) Use lower cased Roman numerals (i, ii, iii...) to number the pages from Chinese Abstract to Explanation of Symbols. (2) Use Arabic numerals (1, 2, 3……) to number the rest of the pages.

12. 裝訂：自論文本左端裝訂，書背打印畢業年度、校名、系所名、學位論文別，論文題目、著者姓名。（見附件十三）。Binding: Please bind your thesis on the left hand side, print the year of your graduation, school name, department name, master or doctoral degree, title of the thesis, author's name. (see Appendix M)

13. 論文電子檔上傳：請至本校圖書館「碩博士論文系統」辦理。Uploading the e-file of the thesis. http://etd.lib.nctu.edu.tw/cdrfb3/ncu/nculogin.htm

14. 送繳論文份數Numbers of Copies:

(1) 教務處註冊組：碩、博士班學生應繳交一本。

　　To Section of Registry: Submitting one paperbound copy of thesis for graduate programs.

(2) 就讀之系所辦公室：依各系所規定。

　　To department office: Following the regulations of each department.

(3) 本校總圖書館：依本校圖書館規定。

　　To NCU Library: Following the regulations of library.

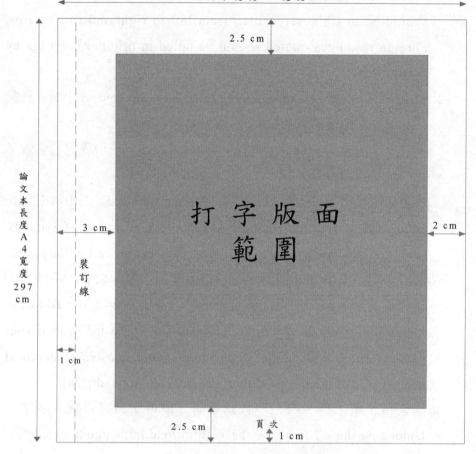

論文本長度A4寬度297cm

2.5 cm

3 cm

裝訂線

1 cm

打字版面
範圍

2 cm

2.5 cm

頁次
1 cm

圖1　論文尺寸及打字版面規格範例

Figure 1 Text size and Typing Range

三、撰作細則Detailed Writing Principles：

1. 目錄：按本規範所訂「論文編印項目次序」各項順序，依次編排論文內容各項目名稱、章、節編號、頁次等（見圖2）。Table of Contents: Arrange it according to the "Binding Order" mentioned in page 1 (See Figure 2)

目　　　錄

		頁次
中文摘要	…………	i
英文摘要	…………	ii
誌謝	…………	iii
目錄	…………	iv
圖目錄	…………	v
表目錄	…………	vi
符號說明	…………	vii
一、	緒論…………	1
二、	研究內容與方法…………	7
2-1	××××…………	10
2-1-1	×××…………	11
2-1-2	××××××××…………	12
三、	理論…………	16
3-1	××××…………	17
3-2	××…………	19
四、	實驗部分…………	23
五、	結論…………	28
六、	××…………	30
參考文獻	…………	35
附錄一	…………	36
附錄二	…………	37

–1–

圖2　目錄編排範例

Figure 2 Example of Table of Contents

2. 圖表目錄：文內表圖，各依應用順序，不分章節連續編號，並表列一頁目次（見圖3）。List of Figures and Tables: Number all the figures in sequential order. (See Figure 3)

表目錄 List of Tables

表 1 形狀記憶合金的分類…………………………………… 30

表 2 ××××………………………………………………… 31

表 3 ××××××……………………………………………… 32

圖目錄 List of Figures

圖 1 組織系統圖…………………………………………… 10

圖 2 ××××…………………………………………… 12

圖 3 ××××××………………………………………… 15

圖3　圖、表目錄範例

Figure 3: Examples of List of Tables and List of Figures.

3. 符號說明：各章節內所使用之數學及特殊符號，均集中表列一頁說明，以便參閱，表內各符號不需編號（見附件十）。Instruction of Notification: List and explain all mathematical notifications or any other particular notifications used in the thesis in one page. The notification is needless to number. (See Appendix J)

4. 論文本文Main Text：

⑴章節編號：章次使用一、二、……等中文數字編號，節段編號則配合使用1-1、1-1-1、1.、⑴、①等層次順序之阿拉伯數字。Chapter and section Number: Use “一、二……” to number chapters and use “1-1, 1-1-1, 1., ⑴, ①, etc” for sections depending on their order.

⑵章節名稱及段落層次：（見圖4）。Chapter Titles and Section Order: (see Figure 4)

①章次、章名稱位於打字版面頂端中央處。

Chapter number and name should be put in the center at the top.

②節次、段次均自版面左端排起，各空一、二格後，繕排名

稱；每段第一行第一字前空兩格。

Section and paragraph numbers should be put at the left side of the page and indent one (for sections) or two (for paragraphs).

③小段以下等號次及名稱，均以行首空數格間距表明層次。

For paragraphs within paragraphs, indent different spaces at the beginning of each major and minor paragraph in order to state the order clearly.

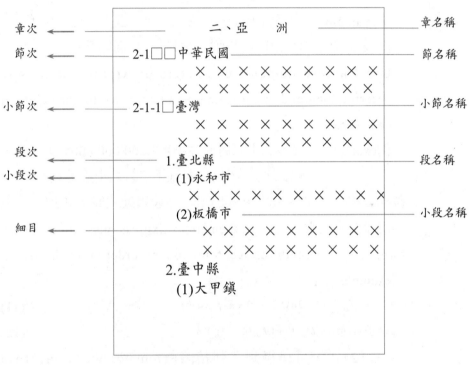

圖4　節、段落、文字層次範例

Figure 4: Examples of Chapter and Section Orde

(3)行距：間隔1.5或2行（Double space），每頁最少25行，章名下留雙倍行距。Line Spacing: Set 1.5 or 2 (double-spaced) between lines. At least 25 lines in every page. Use double space under the name of the chapter.

(4)字距：中文為密集字距，如本規範使用字距，每行最少30字。英文不拘。Word Spacing: For Chinese, intense spacing as this exemplar displayed is required and at least 30 words in every line. No Specific limit for English.

(5)文句內數字運用Numerals Expression within text：

①描敘性、非運算之簡單數字及分數數字，以中文數字表示。

Use Chinese numeral characters for descriptive, non-calculating simple or fractional numbers.

例examples：一百六十人，五萬二仟元，五十分之十六等。

②繁長者視情況使用中文或阿拉伯數字，以簡明為宜。

Use Chinese numeral characters or Arabic numbers to describe long and complicated numbers under the principle of conciseness.

例examples：美金二十二億元（不用2,200,000,000元）。

$25,366（不用二萬五千三百六十六美元）。

(6)數學公式：文中各數式，依出現次序連續編式號，並加（ ）號標明於文中或數式後。Mathematical Expressions: Number each formula with parenthesis according to their order in the thesis.

例examples：

$$Q(0) = h^2 f_{xx}(a,b) + 2hk f_{xy}(a,b) + k^2 f_{yy}(a,b) \tag{11}$$

$$f_{xx} Q(0) = (h f_{xx} + k f_{xy})^2 + (f_{xx} f_{yy} - f_{xy})^2 k^2 \tag{12}$$

則由(12)式，可得得到下列結論From ⑿, we come to a conclusion：

(7)注腳Footnotes：

①特殊事項論點等，可使用注腳（Footnote）說明。Use footnotes to make incidental comments, amplification, or acknowledgements.

②注腳依應用順序編號，編號標於相關文右上角以備參閱。各

章內編號連續，各章之間不相接續。Number the footnotes in order and put the numbers on the upper right corner of the related words or sentences. Number the footnotes consecutively within the same chapter and start over in new ones.

③注腳號碼及內容繕於同頁底端版面內，與正文之間加畫橫線區隔，頁面不足可延用次頁底端版面。Mark the footnotes with their assigned numbers on the bottom of the page. Use a line to separate the main text and footnotes. You can use the bottom of the next page if there is no enough space.

例example：

　　　當牛頓與萊布尼茲利用微積分的觀點找出切線與曲線下的面積──兩種幾何意涵彼此之間看似沒有任何關聯──牛頓與萊布尼茲直覺上認為兩者間存在某種關聯性且嘗試挑戰證明這關係。這關聯性[1]的發現與被證明，使得微積分中的微分與積分合而為一成為探索、了解宇宙現象的最有力的數學工具。

(8)文獻參閱：文中所有參考之文獻，不分中英文及章節，均依參閱順序連續編號，並將參閱編號，加〔〕號標明於參閱處。文獻資料另編錄於論文本文之後。Bibliographies: Number the bibliographies in sequential order by [] regardless of language, sections and chapters. Full bibliographical information should be enclosed after the main text.

例example：

　　　在設計管制圖時最常用的成本模式是Duncan[1]所導出來的模式。此模式是根據下述製程行為和收入的某些假設而成立的。

1　此關聯性我們稱為微積分基本定理（Fundamental Theorem of Calculus）

⑼圖表編排Figures and Tables Arrangement：

①表號及表名列於表上方，圖號及圖名置於圖下方。資料來源及說明，一律置於表圖下方。Table number and name should be put above the tables; figure number and name under tables. Referential sources and comments should all be put under figures and tables.

②圖表內文數字應予打字或以工程字書寫。Texts inside tables or figures should be typed, not written.

表1 ×××××

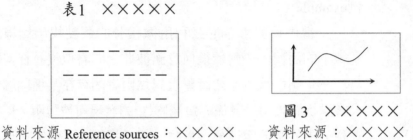

圖3 ×××××

資料來源 Reference sources：×××× 資料來源：××××

5. 參考文獻資料編排Bibliographies Arrangement

⑴所有參考文獻資料均置於論文本文之後，獨立另起一頁，按參閱編號依次編錄（見附件十一），頁次仍與本文接續。All bibliographies should be listed individually on a new page after the main text. The page numbers of the bibliographies should follow the main text. (See Appendix K)

⑵各類資料項目順序及格式Format：

①書籍：書名下加底線(underline)，格式如下，項目如無，可從略。Books: Underline the book name. The format is shown below; items can be omitted if the information is not provided.

```
┌─────────────────────────────────────────────────┐
│ 著者姓名，合著者，合著者，書名，卷數，譯者，再版版本， │
│   1       2      3     4    5    6      7         │
│ 書 名，（編者），出     版    者，出版地，出版年月      │
│   8       9         (或著有編者發行)   11      12    │
│                      10                           │
└─────────────────────────────────────────────────┘
```

例example：

〔1〕張春興，<u>教育心裡學</u>，四版，東華書局，臺北市，民國
　　八十五年。

〔2〕Treagust, D. F., Duit, R., & Fraser, B. J. (Eds.), <u>Improving</u>
<u>teaching and learning in science and mathematics.</u>,
Teachers College Press., New York, 1996.

〔3〕楊國樞、文崇一、吳聰賢和李亦園主編，<u>社會及行為科</u>
<u>學研究法</u>，東華書局，臺北市，民國六十八年。。

說明instructions：

a.一人以上著者，應按原文獻中順序繕列。Of more than one
author, list the name according to the order in the original
source.

b.三人以上著者，則僅書第一著者姓名，後加「等」字，或
"et al."。Of more than three authors, list the first author's
name and put "et al" after it.

　例example：姚從吾等編著。M.W. Du, et al.

c.機關，學校等著者，則將團體名稱比同個人著者姓名繕
列。Authored by an institution, list the institution's name as
the author's name.

　例example：行政院國家科學委員會，<u>生物教育學門規劃</u>，
行政院國家科學委員會，臺北，1996。

d.一連串書的作者為同一人時，以橫線代表重複之作者姓

名。Use ── to mark the repeated author's name.

例example：

〔1〕李期泰，外交學，正中書局，臺北，民國五十一年。

〔2〕──，國際政治，正中書局，臺北，民國五十二年。

e.作者不詳時，以書名開始。Of the unknown author, start the bibliography with the book name.

例example：

〔1〕北京大學五十週年紀念特刊，（〔北平？〕，出版者不詳，民國三十七年）。

〔2〕Sa ke, Nonpareil Press, Chicago, 1910.

f.翻譯作品Translations

例example：

〔1〕（德）赫塞（Herman Hesse）著，鄉愁，陳曉南譯，新潮文庫，臺北，民國六十五年。

〔2〕Lissner , Ivar, The Living Past, Translated by J. Maxwell Brownjohn, G. P. Putnam's Sons, New York, 1957.

g.作者以筆名、別號發表作品時，仍用筆名或別號，並以方括號將查出之作者本名括起來，放在筆名或別號之後。If pseudonym is used, put it as the author's name but use parenthesis to show his/her real name afterward.

例example：

〔1〕孟瑤〔楊宗珍〕，飛燕去來，再版，皇冠雜誌社，臺北，民國六十三年。

〔2〕Penrose, Elizabeth , Cartright (Mrs. Markben), A history of France, John murray, London, 1872.

②期刊報章論文：刊物名稱下加底線（underline），中文篇名加「」號，西文篇名加" "號。格式如下：Journals and essays: Underline the name of the essays or journals. Add 「」 for a Chinese title and " " for an English title. Shown as below

```
著者姓名，合著者，《篇名》，（報）刊　　名，　卷，期，
  1      2        3      （期刊名及刊期）    5
                                4
頁次，期刊發行者，發行年月
  6        7          8
```

例example：

〔1〕郭重吉、江武雄和張文華，「中學數理教師在職進修課程設計之行動研究」，科學教育學刊，5(3), 295-320頁，1997。

〔2〕M. Chen and P. Yan, "A multisclaing approach based on morphological filtering", IEEE Trans. PAMI, Vol 34, pp. 694-700, December 1989.

〔3〕單維彰，郭嘉慧，「數學教育與電腦網路之初探」，科學發展月刊，第三卷第六期，458-469頁，93年7月。

③會議論文集Seminar/conference symposium

```
著者姓名，《篇名》，論文集名稱，頁次，會議地名、國名，
  1        2      （會議名稱）  4      5       6
                      3
會議年月
  7
```

例example：趙中平，蕭嘉璋，「相同教學單元之創意作品所著重創意觀點與創意呈現之比較」，2006數學創意教學研討會，158-190頁，國立屏東教育大學，屏東市，2006年11月。

④學位論文Theses

著者姓名，	《篇名》，	畢業學校 ，	論文學位 ，	畢業年月
1	2	3	4	5

例example：陳怡樺，「中小學數學創意教學競賽實施之研究」，國立中央大學，碩士論文，民國92年。

⑤網路資料on line resources：鄭湧涇：<u>國科會科學教育發展處各項補助及獎勵策略重點說明</u>。2000年4月14日，取自http://www.nsc.gov.tw/sci/letternews328.html。

6.附錄：凡屬大量數據、推導、注釋有關或其他冗長備參之資料、圖表，均可分別另起一頁，編爲各附錄（見附件十二）。

Appendixes: Copious data, materials, figures, tables and so forth can be put in a new page as Appendixes. (See Appendix L)

國　立　中　央　大　學

財　務　金　融　學　系
博　士　論　文

> 論文封面系所填寫樣式請參
> 照下一頁
> Please check the next page for the
> writing format of departments

論　文　題　目

研　究　生：
指導教授：

中　華　民　國　　　年　　　月

國立中央大學學位論文撰寫體例參考

論文封面填寫樣式參照表

就讀班別	論文封面系所填寫樣式
文學院	
中國文學系碩士班	中國文學系　碩士論文
中國文學系碩士在職專班	
英美語文學系碩士班	英美語文學系　碩士論文
法國語文學系碩士班	法國語文學系　碩士論文
哲學研究所碩士班	哲學研究所　碩士論文
哲學研究所碩士在職專班	
歷史研究所碩士班	歷史研究所　碩士論文
歷史研究所碩士在職專班	
學習與教學研究所碩士班	學習與教學研究所　碩士論文
藝術學研究所碩士班	藝術學研究所　碩士論文
中國文學系戲曲碩士班	中國文學系戲曲碩士班　碩士論文
亞際文化研究國際碩士學位學程（臺灣聯合大學系統）	亞際文化研究國際碩士學位學程（臺灣聯合大學系統）碩士論文
理學院	
數學系碩士班	數學系　碩士論文
物理學系碩士班	物理學系　碩士論文
化學學系碩士班	化學學系　碩士論文
生命科學系碩士班	生命科學系　碩士論文
統計研究所碩士班	統計研究所　碩士論文
光電科學與工程學系碩士班	光電科學與工程學系　碩士論文
光電科學與工程學系碩士在職專班	
光電科學與工程學系光電產業碩士專班	光電科學與工程學系光電產業碩士專班碩士論文
光電科學與工程學系照明與顯示科技碩士班	光電科學與工程學系照明與顯示科技碩士班　碩士論文
認知神經科學研究所碩士班	認知神經科學研究所　碩士論文
天文研究所碩士班	天文研究所　碩士論文
物理學系生物物理碩士班	物理學系生物物理碩士班　碩士論文
系統生物與生物資訊研究所碩士班	系統生物與生物資訊研究所　碩士論文

就讀班別	論文封面系所填寫樣式
工學院	
土木工程學系碩士班	土木工程學系　碩士論文
土木工程學系碩士在職專班	
機械工程學系碩士班	機械工程學系　碩士論文
機械工程學系碩士在職專班	
化學工程與材料工程學系碩士班	化學工程與材料工程學系　碩士論文
營建管理研究所碩士班	營建管理研究所　碩士論文
營建管理研究所碩士在職專班	
環境工程研究所碩士班	環境工程研究所　碩士論文
環境工程研究所碩士在職專班	
機械工程學系光機電工程碩士班	機械工程學系光機電工程碩士班　碩士論文
能源工程研究所碩士班	能源工程研究所　碩士論文
生物醫學工程研究所碩士班	生物醫學工程研究所　碩士論文
材料科學與工程研究所碩士班	材料科學與工程研究所　碩士論文
國際永續發展碩士在職專班	國際永續發展碩士在職專班　碩士論文
應用材料科學國際研究生碩士學位學程	應用材料科學國際研究生碩士學位學程碩士論文
管理學院	
企業管理學系碩士班	企業管理學系　碩士論文
企業管理學系碩士在職專班	
資訊管理學系碩士班	資訊管理學系　碩士論文
資訊管理學系碩士在職專班	資訊管理學系　碩士論文
產業經濟研究所碩士班	產業經濟研究所　碩士論文
產業經濟研究所碩士在職專班	
工業管理研究所碩士班	工業管理研究所　碩士論文
工業管理研究所碩士在職專班	
人力資源管理研究所碩士班	人力資源管理研究所　碩士論文
人力資源管理研究所碩士在職專班	
財務金融學系碩士班	財務金融學系　碩士論文
財務金融學系碩士在職專班	
經濟學系碩士班	經濟學系　碩士論文

就讀班別	論文封面系所填寫樣式
會計研究所碩士班	會計研究所　碩士論文
英語商業管理碩士學位學程	英語商業管理碩士學位學程　碩士論文
管理學院高階主管企管碩士班	管理學院高階主管企管碩士班　碩士論文
資訊與電機工程學院	
資訊工程學系軟體工程碩士班	資訊工程學系軟體工程碩士班　碩士論文
電機工程學系碩士班	電機工程學系　碩士論文
電機工程學系碩士在職專班	
資訊工程學系碩士班	資訊工程學系　碩士論文
資訊工程學系碩士在職專班	
通訊工程學系碩士班	通訊工程學系　碩士論文
通訊工程學系碩士在職專班	
網路學習科技研究所碩士班	網路學習科技研究所　碩士論文
地球科學學院	
大氣科學學系碩士班	大氣科學學系　碩士論文
地球科學學系碩士班	地球科學學系　碩士論文
太空科學研究所碩士班	太空科學研究所　碩士論文
應用地質研究所碩士班	應用地質研究所　碩士論文
水文與海洋科學研究所碩士班	水文與海洋科學研究所　碩士論文
客家學院	
客家語文暨社會科學學系客家研究碩士在職專班	客家語文暨社會科學學系客家研究碩士在職專班　碩士論文
客家語文暨社會科學學系客家社會文化碩士班	客家語文暨社會科學學系客家社會文化碩士班　碩士論文
客家語文暨社會科學學系客家語文碩士班	客家語文暨社會科學學系客家語文碩士班　碩士論文
客家語文暨社會科學學系客家政治經濟碩士班	客家語文暨社會科學學系客家政治經濟碩士班　碩士論文
法律與政府研究所碩士班	法律與政府研究所　碩士論文
太空及遙測研究中心	
遙測科技碩士學位學程	遙測科技碩士學位學程　碩士論文

國 立 中 央 大 學

財 務 金 融 學 系
博 士 論 文

論 文 題 目

研 究 生 :
指導教授 :

中 華 民 國　　　年　　　月

國立中央大學學位論文撰寫體例參考

附件三　推薦書格式樣本 Appendix D: A Sample of Recommendation Letter from Advisor

國立中央大學博士班研究生

論文指導教授推薦書

_____學系/研究所_____研究生所提之論文

_____ 係由本人指導
（　題　　　　目　）

撰述，同意提付審查。

指導教授_____(簽章)

___年___月___日

附件四　審定書格式樣本 Appendix E: A Sample of Verification from the Committee Members

國立中央大學博士班研究生

論文口試委員審定書

　　　　　　　　_____學系/研究所_____研究生所提之論文

_____經本委員會

審議，認定符合博士資格標準。

　　學位考試委員會召集人　_____
　　委　　　　　　員　　　_____
　　　　　　　　　　　　　_____
　　　　　　　　　　　　　_____
　　　　　　　　　　　　　_____

　中 華 民 國　　　　　年　　　　　月　　　　　日

附件五 中文摘要格式樣本 Appendix F: A Sample of the Format of Chinese Abstract

× × × × × × × × × × × × × （中 文 題 目）× × × × × × × × × × × × ×

摘　　　要

附件六 英文摘要格式樣本 Appendix G: A Sample of the Format of English Abstract

```
- - - - - - - （英文題目） - - - - - -
- - - - - - - - - - - - - - - - - - - - - - - - - - -


                        ABSTRACT


        - - - - - - - - - - - - - - - - - - - - - - -
- - - - - - - - - - - - - - - - - - - - - - - - - - - -
- - - - - - - - - - - - - - - - - - - - - - - - - - - -
- - - - - - - - - - - - - - - - - - - - - - - - - - - -
- - - - - - - - - - - - - - - - - - - - - - - - - - - -
- - - - - - - - - - - - - - - - - - - - - - - - - - - -
```

附件七　誌謝格式 Appendix H: A Sample of the Format of Acknowledgments

誌　　　謝

附件八　目錄編排範例 Appendix I: A Sample of the Arrangement of Table of Contents

國立中央大學學位論文撰寫體例參考

附件九 符號說明格式 Appendix J: A Sample of the Format of Notation Illustration

<table>
<tr><td colspan="3" align="center">符 號 說 明</td></tr>
<tr><td>Δ gc</td><td>：</td><td>chemical free energy difference</td></tr>
<tr><td>σ</td><td>：</td><td>interfacil energy per unit area</td></tr>
<tr><td>A</td><td>：</td><td>elastic strain energy coefficient</td></tr>
<tr><td>B</td><td>：</td><td>stress induced martensite</td></tr>
<tr><td>SIM</td><td>：</td><td>stress induced martensite</td></tr>
<tr><td>$\sigma^{P\text{-}M}$</td><td>：</td><td>critical stress to induce SIM</td></tr>
<tr><td>γ</td><td>：</td><td>surface tension force</td></tr>
<tr><td>$r_1 \cdot r_2$</td><td>：</td><td>radius of curvature</td></tr>
<tr><td>$\Delta\mu$</td><td>：</td><td>chemical potential gradient</td></tr>
<tr><td>Ω</td><td>：</td><td>atomic volume</td></tr>
<tr><td>T.D.</td><td>：</td><td>theoretical density</td></tr>
</table>

論文寫作不藏私

336

附件十 參考文獻繕排格式 Appendix K: A Sample of the arrangement of Bibliographies

<table>
<tr><td colspan="2" align="center">參 考 文 獻</td></tr>
<tr><td>〔 1 〕</td><td>— — — — — — — — — — — — — — — — — —</td></tr>
<tr><td>〔 2 〕</td><td>— — — — — — — — — — — — — — — — — —</td></tr>
<tr><td>〔 3 〕</td><td>— — — — — — — — — — — — — — — — — —</td></tr>
<tr><td>〔 4 〕</td><td>— — — — — — — — — — — — — — — — — —</td></tr>
<tr><td></td><td align="center">·</td></tr>
<tr><td></td><td align="center">·</td></tr>
<tr><td></td><td align="center">·</td></tr>
<tr><td></td><td align="center">·</td></tr>
</table>

附件十一　附錄格式 Appendix L: A Sample of the Format of Appendixes

```
                                                    附　　錄　　一

    — — — — — — — — — — — — — — — — — — — — — — —
    — — — — — — — — — — — — — — — — — — — — — — —
    — — — — — — — — — — — — — — — — — — — — — — —

                            •

                            •

                            •

                            •

                            •
```

國立中央大學學位論文撰寫體例參考

附件十二　書背打印規格範例 Appendix M: A Sample of the Spine

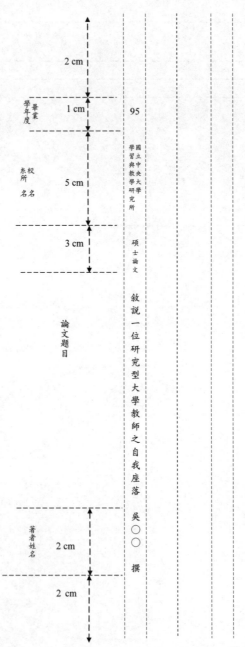

資料來源：http://pdc.adm.ncu.edu.tw/form.asp?roadno=7（國立中央大學教務處網站）

國立成功大學教師升等辦法

77年11月16日77學年度第1次校務會議修正通過
80年03月27日79學年度第3次校務會議修正通過
81年10月07日81學年度第1次校務會議修正通過
84年11月15日84學年度第1次校務會議修正通過
86年06月11日85學年度第5次校務會議修正通過
87年01月14日86學年度第2次校務會議修正通過
87年10月21日87學年度第1次校務會議修正通過
88年03月17日87學年度第2次校務會議修正通過
88年06月09日87學年度第4次校務會議修正通過
90年06月06日89學年度第3次校務會議修正通過
91年03月20日90學年度第2次校務會議修正通過
92年06月11日91學年度第5次校務會議修正通過
93年10月20日93學年度第1次校務會議修正通過
93年12月08日93學年度第2次校務會議修正通過
94年12月28日94學年度第2次校務會議修正通過
96年07月05日95學年度第4次校務會議延會修正通過
97年12月31日97學年度第2次校務會議修正通過
98年06月24日97學年度第4次校務會議修正通過
99年10月27日99學年度第1次校務會議修正通過
100年6月29日99學年度第5次校務會議修正通過
101年6月27日100學年度第4次校務會議修正通過
103年4月9日102學年度第4次校務會議修正通過
105年12月21日105學年度第2次校務會議修正通過

第一條　本校為鼓勵教師認真教學與從事學術研究，特參照本校組織規程第三十六條暨相關法令訂定教師升等辦法（以下簡稱本辦法），凡本校教師升等之申請、推薦與審查，除法令另有規定者外，悉依本辦法辦理。

第二條　本校教師申請升等，應具備下列各款條件：

一、申請升助理教授者需有任講師滿三年（含）以上，申請升副教授者需有任助理教授滿三年（含）以上，申請升教授者需有任副教授滿三年（含）以上之服務年資；具有本校教師聘任辦法中較高職級教師之條件者，其服務年資得不受本項規定之限制。如在專業研究上有特殊傑出表現，在不違反教育部相關規定情形下，以個案經三級教師評審委員會出席委員四分之三（含）以上通過者，得受理其升等之申請。

二、品德操守均佳且擔任現職期間，其教學、研究、服務與輔導等成績優良。

三、申請升助理教授者應有相當於博士論文水準之著作並有獨立研究之能力；申請升副教授者應在該學術領域內有持續性著作並有具體之貢獻；申請升教授者應在該學術領域內有獨特及持續性著作並有重要具體之貢獻。

四、中華民國86年3月21日前已取得講師、助教證書之現職人員，如繼續任教而未中斷，得依修正生效前原升等辦法之規定，送審較高等級教師資格。但審定程序，仍應依本辦法規定辦理。

第三條　教師得依其專業領域，分為五大送審類別，以教育人員任用條例第十四條第二項及第三項所定專門著作、作品、成就證明、技術報告等方式，呈現其專業理論或實務（包括教學）之研究或研發成果送審教師資格，其審查範圍及基準依教育部相關規定辦理。

一、教師在該學術領域之研究成果有具體貢獻者，得以專門著作送審。

二、教師在課程、教材、教法、教具、科技媒體運用、評量工具，具有創新、改進或延伸應用之具體研發成果，並能有效提升學生學習成效或於校內外推廣具有重要具體貢獻者，得以技術報告送審。

三、應用科技類科教師，對特定技術之學理或實作有創新、改進或延伸應用之具體研發成果者，得以技術報告送審。

四、藝術類科教師在該學術領域內，有獨特及持續性作品並有重要具體之貢獻者，得以作品及成就證明，並附創作或展演報告送審。

五、體育類科教師本人或受其指導之運動員參加重要國內外運動賽會，獲有名次者，該教師得以成就證明，並附競賽實務報告送審。

第四條　擬升等教師所提專門著作、作品、成就證明及技術報告應符合下列規定：

一、有送審人個人之原創性，且非僅以整理、增刪、組合或編排他人著作而成之編著或其他非研究成果著作送審。

二、以外文撰寫者，附具中文摘要，其以英文以外之外文撰寫者，得以英文摘要代之；如國內無法覓得相關領域內通曉該外文之審查人選時，本校得要求該著作全文翻譯為中文或英文。

三、為送審人取得前一等級教師資格後所出版或發表者；由送審人擇定至多五件，並自行擇一為代表作，其餘列為參考作；其屬系列之相關研究者，得合併為代表作。代表著作並應非為曾以其為代表著作送校辦理外審者。參考著作得與代表著作屬於不同送審類別。已發表或出版之專門著作、作品、成就證明及技術報告列表附送。

四、代表作如係二人以上合著者，僅得由其中一人送審；送審時，申請升等教師以外他人應放棄以該專門著作、作品、成就證明及技術報告作為代表著作送審之權利。申請升等教師

應附送其對該著作之貢獻說明書，具體說明其參與部分，並由合著人簽章證明之。但申請升等教師如為中央研究院院士，免繳交合著人簽章證明；如為第一作者或為通信（訊）作者，免繳交其國外合著人簽章證明部分。合著人因故無法簽章證明時，送審人應以書面具體說明其參與部分，及無法取得合著人簽章證明之原因，經校教師評審委員會審議同意者，得予免附。

前項專門著作，應符合下列各款規定之一：

一、為已出版公開發行或經出版社出具證明將出版公開發行之專書。

二、於國內外學術或專業刊物發表，或具正式審查程序，並得公開及利用之電子期刊，或經前開刊物，出具證明將定期發表。

三、在國內外具有正式審查程序研討會發表，且集結成冊出版公開發行、以光碟發行或於網路公開發行之著作。

以作品、成就證明或技術報告送審通過者，應依本辦法規定公開出版發行。但涉及機密、申請專利或依法不得公開，經校教師評審委員會認定者，得不予公開出版或於一定期間內不予公開出版。

第五條　服務年資之計算，應以教育部所頒現職證書內記載之起資年月推算至該年之7月底；無現職證書者不得申請升等，專任教師經核准全時進修、研究者，於升等時，其全時進修、研究年資最多採計一年。對服務年資有疑義時由人事室解釋。

第六條　教師提出申請升等教師資格審定，經系（所）教師評審委員會受理後，初審通過與升等生效之當學期應有在校任教授課之事實。以全時在國內、外進修、研究或出國講學，該學期未實際在校授課者，不得送審教師資格。

第七條　教師升等之審查程序，初審由各系（所）教師評審委員會辦理，複審由各學院教師評審委員會辦理。複審通過後始得向校教師評

審委員會推薦。

第八條　擬升等教師所提著作送請校外專家四人審查，其審查結果作為教師評審委員會辦理審查升等時評定研究成績之依據。「教師著作審查意見表」參照教育部「專科以上學校教師著作審查意見表」格式。

第九條　校教評會辦理審查時，其教學、服務與輔導成績業經系、院教評會評定及格者，其研究成績依著作外審結果審查之，其著作外審審查結果，有三位審查委員給予及格者，除有改變外審結果之事實外，予以通過。

著作外審成績滿分為100分，擬升等講師、助理教授者，以70分為及格，未達70分者為不及格；擬升等副教授者，以75分為及格，未達75分者為不及格；擬升等教授者，以80分為及格，未達80分者為不及格。

第十條　著作外審審查委員以具有教育部審定之教授及中央研究院研究員資格者為原則。　無適當之教授或研究員人選，對於送審副教授以下資格案，可以具有教育部審定之副教授、助理教授及中央研究院副研究員、助理研究員資格者擔任之，但不得低階高審。

第十一條　審查委員之遴選，應配合送審人之學術專長，如送審人送審著作跨不同學術專長領域，則以代表著作之專長領域為主要考量依據。

審查委員之遴選為顧及公平性與平衡性，依下列原則辦理：

一、送審人之研究指導教授，應迴避審查。

二、送審人代表著作之合著人或共同研究人，應迴避審查。

三、與送審人有親屬關係者，應迴避審查。

四、同一案件之審查委員避免均由同一學校或機構之人員擔任。

第十二條　評審過程、審查人及評審意見等相關資料，應予保密，以維持評審之公正性。但有下列情形之一者，不在此限：

一、辦理外審單位將評審過程及評審意見，提供教師申訴受理
機關及其他救濟機關。

二、教務處將評定為不及格之評審意見，提供予送審人。

送審人或經由他人有請託、關說、利誘、威脅或其他干擾審查
委員或審查程序情節嚴重者，應即停止其升等審查程序，並通
知送審人，並自通知日起二年內不受理其升等之申請。

第十三條　初、複審決議後，未獲升等通過之送審人得向系（所）、院申
請提供外審審查意見。各系（所）、院提供之內容應另行打字
為之，且對審查委員之身分應予保密。

第十四條　初審辦法由各系（所）制定，經院長提經校教師評審委員會核
備後施行；複審辦法由各院制定，並提報本校教師評審委員會
核備後施行，修正時亦同。

各系（所）、院應於初審、複審辦法中訂定教學、研究、服務
與輔導之評審基準和所占之權重及升等審查通過之標準。如有
更嚴格之規定者，從其規定。初審與複審均應就送審人之品德
操守及自取得現職職位後之教學、研究、服務與輔導等之實際
情形審慎考評，其所占比率以教學（40%）、研究（40%）、
服務與輔導（20%）為原則。學院及系（所）得依送審著作類
型，彈性調整教學、研究、服務與輔導所占比率。教師在教
學、研究、輔導與服務任一項目有特出之績效，應予以肯定。

第十五條　各系（所）每年可推薦升等之各級教師人數，以該系（所）各
級專任教師人數（升等以前）之五分之一或已達升等年資之各
級專任教師人數之三分之一為原則（小數遞進為整數）。但助
理教授、講師（85年8月1日以後新聘者）不在此限。對各級
專任教師人數有疑義時，由人事室解釋。

第十六條　教師升等經各院複審通過後，由系（所）主任及院長詳簽「教
師升等系（所）教評會考評表」連同「升等著作審查意見表」
與升等著作以及初複審有關資料等向教務處提出。教務處彙整

後提校教師評審委員會，經討論通過後，補發新職級聘書及薪資（年資起算日期依教育部核定日期辦理），並依規定檢件由人事室報請教育部備查及核發教師證書。

送審人應將校教師評審委員會審查通過之專門著作、學位論文、作品、技術報告或成就證明，送本校圖書館公開、保管。但有第四條第三項但書規定情形者，不在此限。

第十七條　各院應依作業所需時間自行訂定各系（所）向院提出之時限，各系（所）應依據各院之規定自行訂定初審時間。教師升等各程序預定時間如下：

一、一般教師預定時間：8月15日以前各院向教務處提出著作外審資料；11月底以前校完成著作外審；12月15日以前各院完成複審；12月底以前校教師評審委員會審議。

二、85年8月1日以後新聘助理教授升等為副教授、新聘講師升等為助理教授者，以及以博士學位申請升等講師、助理教授者，可另適用下列預定時間：2月底以前各院向教務處提出著作外審資料；5月15日以前校完成著作外審；5月底以前各院完成複審；6月15日以前校教師評審委員會審議。

第十八條　非屬學院之系（所）、體育室及一級中心（處、館）之教師升等，其初審比照系（所）辦理；複審除微奈米科技研究中心、計算機與網路中心分別由工學院、電機資訊學院教師評審委員會辦理外，餘由非屬學院教師評審委員會辦理。

第十九條　送審人對初審結果有疑義時，得向院教師評審委員會提出書面申復；送審人對複審結果有疑義時，得向校教師評審委員會提出書面申復，其辦法另定之。

第二十條　本辦法未盡事宜，悉依教育部「專科以上學校教師資格審定辦法」及相關法規規定辦理。

第二十一條　本辦法經校務會議通過後施行，修正時亦同。

國立臺灣師範大學教師資格升等審查表

國立臺灣師範大學 第 學年度 第 學期 教師資格升等審查表									
申請人姓名 （身分證統一編號）		性別	出生年月日		聯絡方式	地址： 電話號碼： 手機號碼： e-mail：		申請人 任教單位： 姓名： （簽章） 年 月 日	
			年 月 日						

申請類別	著作升等 送審類別	擬升等 等級	已審定教師 資格 （現職等 級）	等級	證書字號	起資年月

學歷	最高學歷學校名稱 （請填中文）		院系所 （請填中文）		學位名稱 （請填中文）	修業 起迄年月	授予學 位年月	國家或 地區

主要經歷	服務機關學校名稱		職別	專或 兼任	任職起迄年月	合計年資	博士論 文名稱		
							碩士論 文名稱		
							學術 專長		
							外語 專長		
							任教科 目一		時數： 小時／週
							任教科 目二		時數： 小時／週

送審著作名稱	代表著作名稱		合著	所用 語言	字數	所屬學術 領域	出版處所或期 刊名稱	期刊 卷期	出版時間	審查 類科	合著人 姓名 （請依 貢獻度 高低 排序）
									□已出版， 時間： 年 月		

送審著作名稱	參考著作					□已出版，時間：　　年　月		
						□已出版，時間：　　年　月		
						□已出版，時間：　　年　月		
						□已出版，時間：　　年　月		

歷次送審各級教師資格之著作名稱	

教評會審查情形	系級教評會	年　月　日　　學年度第　學期 第　次系級教評會審查通過			系級主管 簽章	人事室會辦意見（資格審查）
		項目	研究	教學	服務	
		審查結果	□符合 □不符合 本校教師評審辦法第12條規定及所屬學院之升等門檻	分	分	
	院級教評會	年　月　日　　學年度第　學期 第　次院教評會審議通過			院長 簽章	
		著作外審結果 （如4B1A，1A5B1C）				
		項目	研究	教學	服務	
		成績	分	分	分	
人事室			副校長		校長	

期刊論文收錄分類或專書審查單位：

送審著作（期刊論文或專書）名稱	期刊論文收錄分類或專書審查單位

參考資料：

```

```

說明：

一、表內各欄請詳實填寫，並檢附學經歷證件影本，及代表參考著作一套，以便審查。

二、學經歷欄請由最高學歷及最近經歷填起依次填寫（學歷請將大學以上之學歷全部填入）。

三、以學位升等者，得以學位論文為代表著作。

四、參考著作欄位如不敷使用，請另附參考著作目錄。

五、審議流程：系所教評會⇨人事室（資格審查）⇨院教評會⇨人事室（提會作業）⇨陳核⇨校教評會。

資料來源：http://hr.ntnu.edu.tw/download/download.html（國立臺灣師範大學人事室網站）

國立臺灣師範大學教師申請升等應繳送資料檢核一覽表

106.1.25

教師姓名： 　　　　（請簽章確認）　服務單位： 　現職職稱：

擬升等等級： 　　　　　　　　　　　　填表日期： 　年　　月　　日

是否檢送		應繳送資料項目（請依順序排放）	說明	
是	否			
		1.「教師資格升等審查表」1份。	該表請至本校校務行政資訊入口網（http://iportal.ntnu.edu.tw/ntnu/）／應用系統／教師學審系統申請端／建立升等資料完成後列印。 請以A4紙列印。	
		2.最高學歷證件影本1份。	請以A4紙影印。（非以學位升等者免附）	請加蓋服務系所承辦人職章及「本件與正本相符」章。
		3.現職教育部教師證書影本1份。	請以A4紙影印。	
		4.前次升等至本次申請期間聘書影本或服務證明正本1份。	請以A4紙影印。	
		5.代表著作、參考著作	1.下載之期刊論文未詳細刊載出版時間年月者，須附著作封面及目錄。 2.相關規定請參閱「教師升等相關規定摘錄一覽表」。	
		6.接受刊登證明	送審著作尚未發表但已被接受者，須附刊物接受函。	
		7.「代表作合著人證明」正本1份	1.合著人均應親自簽名蓋章，若代表作無合著者則免送。 2.請至人事室首頁／人事資訊／表單下載／升等改聘／下載。 3.其他應注意事項請參閱「教師升等相關規定摘錄一覽表」。	

		8.參考資料	自前一等級至申請升等高一等級期間未符合代表著作及參考著作規定之所有個人在專業或學術上之成果，均得列為參考資料。

備註：1.檢核一覽表務請申請升等教師親自簽章確認。

2.檢核一覽表請與表內應繳送之各項資料併同送件審核。惟涉及個人資訊者，如教師資格升等審查表、學歷、教師證書、聘書影本等文件，請與升等著作分開裝訂。

資料來源：http://hr.ntnu.edu.tw/download/download.html（國立臺灣師範大學人事室網站）

國立臺灣師範大學教師評審辦法

八十六年一月十五日第六十四次校務會議通

八十六年一月三十一日八六師大人字第○六九五號函發布

八十八年四月二十一日第七十三次校務會議臨時會議修正通過

八十八年六月十六日第七十四次校務會議通過新增第十三條之一條文

八十八年七月九日八八師大人字第○四三八一號函發布、

八十九年九月二十七日第七十八次校務會議修正通過

第十三條之一、十七、二十三條

八十九年十月十三日師大人字第○八九○○一二二九六號函發布

九十一年十月二十三日第八十四次校務會議修正通過

九十一年十一月十一日師大人字第○九一○○一五六一一號函發布

九十五年一月四日第九十四次校務會議修正通過第二十三條條文

九十五年一月二十六日師大人字第○九五○○○一五一二號函發布

九十六年六月六日第九十八次校務會議修正通過第一條、第三條至第十一

條、第十三條至第十五條、第十七條至第十八條、第十九條之一至第

二十一條、第二十三條及第二十五條

九十六年六月十一日師大人字第○九六○○一一一二六號函發布

九十七年一月三十日第九十九次校務會議臨時會修正通過第五條、第八

條、第十一條、第十三條、第十九條之一及第二十四條

九十七年三月十日師大人字第○九七○○○三八三○號函發布

九十七年六月十八日第一○○次校務會議修正通過第五條、第七條、第

十一條、第十二條、第十三條、第十三條之一及第十九條之一

九十七年七月十五日師大人字第○九七○○一二三五三號函發布

九十八年一月七日第一○一次校務會議修正通過第八條（限期升等）、第

十一條、第十二條、第十三條及第十三條之一

九十八年一月二十三日師大人字第○九八○○○一二四一號函發布
九十八年十二月三十日第一○三次校務會議修正通過第十二條及第十三條
九十九年一月二十日師大人字第○九九○○○一一八一號函發布
九十九年十月二十七日第一○五次校務會議修正通過第四條、第八條及第
　　　　十三條，並自一百年二月一日起實施
九十九年十一月十五日師大人字第○九九○○二○五八七號函發布
一百年六月二十二日第一○六次臨時校務會議修正通過
　　　　第五條、第七條、第十二條及第十三條
一百年七月二十五日師大人字第一○○○○一三一五四號函發布
一百年十一月二十三日第一○七次校務會議修正通過
　　　　第五條、第八條、第十二條、第十三條及第十三條之一
一百年十二月十五日師大人字第一○○○○二四四七三號函發布
一百零三年六月十八日第一一二次校務會議修正通過第五條、第六條、
　　　　第七條、第八條、第十條、第十一條、第十二條、第十三條、
　　　　第十三條之一（含審查意見表七種）、第十四條及第二十條
一百零三年七月九日師大人字第一○三一○一五五一三號函發布
一百零三年十一月十二日第一一三次校務會議修正通過第十一條、
　　　　　　　　　　　　　　　　　　　　　　第十七條之一
一百零三年十二月一日師大人字第一○三一○二九○一八號函發布
一百零四年五月十三日第一一四次校務會議修正通過第五條、
　　　　第八條、第十四條、第二十三條之一
一百零四年六月五日師大人字第一○四一○一三六三三號函發布
一百零四年十一月十八日第一一五次校務會議修正通過第三條、第四條、
　　　　第五條、第六條、第九條、第十二條、第十三條、第十三條之一、
　　　　第十五條、第十七條、第十七條之一、第十九條之一、第十九條之二、
　　　　第二十一條、第二十三條、第二十三條之一
一百零四年十二月十八日師大人字第一○四一○三一五八二號函發布
一百零五年五月二十五日第一一六次校務會議修正通過第十五條、

第十六條

一百零五年六月十七日師大人字第一〇五一〇一四八五三號函發布

一百零五年十一月二十三日第一一七次校務會議修正通過第六條、第十一條、第十二條、第十二條之一、第十三條、第十三條之一、第十四條、第十九條之二一百零五年十二月十三日師大人字第一〇五一〇三一五八九號函發布

一百零六年五月二十四日第一一八次校務會議修正通過第八條、第十二條

一百零六年六月十五日師大人字第一〇六一〇一四九七二號函發布

第一章　總則

第一條　本辦法依據本校教師評審委員會設置辦法第十九條之規定訂定之。

第二條　本辦法以提升本校教師教學、研究、服務之品質爲目的。

第三條　各學院應依據本辦法訂定該學院教師評審準則，經院務會議通過後，報校教評會備查，並報請校長發布施行。

　　　　各系（所、學位學程）應依據本辦法，訂定該系（所、學位學程）教師評審作業要點，經系（所、學位學程）務會議通過後，報院教評會備查後轉校教評會備查，並報請校長核定後發布施行。

第二章　初聘、續聘與聘期

第四條　專任教師之初聘應本公平、公正、公開之原則，並考慮系（所、學位學程）教師學歷背景之多元性。

　　　　新聘專任教師資格條件應符合各學院資格條件規定。各學院新聘專任教師資格條件規定另訂之。

第五條　教師之聘任等級，依下列規定分別辦理：

國立臺灣師範大學教師評審辦法

一、獲有教育部審定頒給之教師證書者，助理教授以上，需經各學院將其三年內專門著作（或作品、展演、成就證明、技術報告相關資料）送請校外三位學者、專家審查，且至少有二名審查人評定B級以上者，得按教師證書之等級聘任。

二、獲有國內外大學碩士學位或相當等級之文憑並有專門著作（或作品、展演、成就證明、技術報告相關資料）者，得聘為講師。

三、獲有國內外大學博士學位或相當等級之文憑並有專門著作（或作品、展演、成就證明、技術報告相關資料）者，需經各學院依第七條第二項規定將其專門著作（或學位論文）辦理著作外審通過後，得聘為助理教授。

四、具有下列資格之一，並經各系（所、學位學程）及學院比照升等相關規定辦理著作外審通過者，得聘為副教授：

　　㈠獲得國內外大學博士學位後，在研究機構繼續研究，或從事與所習學科有關之職業或職務合計四年以上，成績卓著，並有專門著作（或作品、展演、成就證明、技術報告相關資料）者。

　　㈡曾任助理教授三年以上，成績優良，並有專門著作（或作品、展演、成就證明、技術報告相關資料）者。

五、具有下列資格之一，並經各系（所、學位學程）及學院比照升等相關規定辦理著作外審通過者，得聘為教授：

　　㈠獲得國內外大學博士學位後，在研究機構繼續研究，或從事與所習學科有關之職業或職務合計八年以上，有創作或發明，或在學術上有重要貢獻、著作（或作品、展演、成就證明、技術報告相關資料）者。

　　㈡曾任副教授三年以上，成績優良，並有重要專門著作（或作品、展演、成就證明、技術報告相關資料）者。

六、成就傑出之教授，合於本校延攬講座教授辦法之規定者，得

聘爲講座教授。

前述新聘教師之著作（或作品、展演、成就證明、技術報告），應符合各學院新聘門檻規定，其外審審查人之產生及評分方式，比照教師升等之規定辦理。

第六條　專任教師之初聘，應由各系（所、學位學程）依據其經核定之員額或人數及教學、研究之需要，檢具擬聘教師之學經歷證件及著作，提請系（所、學位學程）教評會就其教學、研究、專長、品德及擬任課程等進行初審後，送交各學院教評會複審，再送交校教評會決審，決審通過並經校長核定後始得聘任。但已獲有教育部審定頒給之同等級教師證書並符合本校獎勵學術卓越教師辦法規定之師大講座、研究講座之資格條件者，其著作（或作品、展演、成就證明、技術報告相關資料）免送外審，由各系（所、學位學程）依行政程序簽准後逕送校教評會審議。符合前述師大講座、研究講座之資格條件，但未獲有教育部審定頒給之同等級教師證書者，由各系（所、學位學程）依行政程序簽准，再由各學院將其著作（或作品、展演、成就證明、技術報告相關資料）送請五位校外學者、專家審查後，逕送校教評會審議。

兼任教師之初聘，依前項規定辦理，但提聘程序爲各系（所、學位學程）教評會初審，各學院教評會決審，決審通過並經校長核定後聘任。本校專任教師改聘爲兼任教師時，得免檢具學經歷證件及著作。

與他校或學術機構合聘教師，以本校與該校或學術機構訂有校級合作辦法或合作協議書者爲限，其新聘程序及資格條件，比照專任教師規定辦理，由各系（所、學位學程）教評會初審後，送交各學院教評會複審，再送交校教評會決審，決審通過並經校長核定後始得聘任。

前項合聘教師之續聘程序，比照兼任教師規定辦理。

第七條　初聘專任教師，各級教評會應同時審查其教師資格。

以博士學位送審助理教授資格時，其專門著作（或學位論文）應由學院送請校外三位學者、專家審查，且至少應有二名審查人評定B級以上。

第八條　民國一百年八月一日起新聘之各級專任教師，應依本校教師評鑑準則之規定接受新聘教師評鑑。

新聘專任教師如符合第三章有關升等之規定者，得於通過續聘評鑑後之次學期起申請升等。

民國九十八年二月一日起新聘專任副教授、助理教授、講師到任後六年內未能升等者，再續聘一年，如仍未能升等者，則不予續聘。但因遭逢重大變故、育嬰留職停薪或女性教師因懷孕生產者，得檢具證明經三級教評會審議通過後，延長其限期升等年限，每次最長二年。

師資培育學院之新聘專任副教授、助理教授、講師自到任後六年內通過兩次教師評鑑者，得不受前項限期升等之限制。

第九條　專任教師之不續聘、長期聘任應由各系（所、學位學程）教評會初審，院教評會複審，再經校教評會決審。未經決議不續聘者視為同意續聘。

兼任教師之續聘，應由各系（所、學位學程）、學院教評會評審，並經校長核定後聘任。

第十條　講座教授之初聘、續聘與停聘，依本校延攬講座教授辦法之規定辦理。

第三章　升等

第十一條　專任教師申請升等，需符合下列之基本條件：

　　一、曾任講師四年，並有著作（或作品、展演、成就證明、技術報告相關資料）者，得申請升等為助理教授。

　　二、講師獲得博士學位並有專門著作（或作品、展演、成就證明、技術報告相關資料）者，得申請升等為助理教授。

三、曾任助理教授三年，並有著作（或作品、展演、成就證明、技術報告相關資料）者，得申請升等為副教授。

四、曾任副教授三年，並有著作（或作品、展演、成就證明、技術報告相關資料）者，得申請升等為教授。

前項任教年資之計算，以教育部所發教師證書上記載之起算年月為準，計至申請升等當年一／七月為止，不包括借調、帶職帶薪、留職留薪與留職停薪。申請升等教師職前曾任境外學校同等級專任教師者，該年資得併予採計，但應以教育部編印之國外大專校院參考名冊所列學校或教育部公告之大陸地區、香港及澳門大專校院認可名冊所列學校為限。

第十二條　申請升等教師所提著作（或作品、展演、成就證明、技術報告），應與任教科目性質相關，並符合下列規定：

一、有送審人個人之原創性，且非僅以整理、增刪、組合或編排他人著作而成之編著或其他非研究成果之著作。

二、發表於SCI、SSCI、TSSCI、EI、A&HCI、民國一百零五年新制THCI（原THCICore）等索引收錄之學術性期刊論文，或發表於各學院認可之國內外具審查制度之學術或專業刊物之論文，或在國內外具正式審查程序之研討會發表之論文經集結成冊公開發行者（含以光碟發行或於網路公開發行），或經審查通過並出版之專書。藝術、體育、應用科技類教師得以作品、成就證明或技術報告代替專門著作申請升等，其審查範圍及基準依教育部規定，但各學院有更嚴之規定者，從其規定。前述專書之審查，以下列單位為限：

㈠國內外大學設有審查制度之出版編輯委員會。

㈡國內外學術研究機構設有審查制度之出版編輯委員會。

㈢科技部公告之受理專書書稿審查之期刊編輯委員會。

㈣國內外大學或研究機構彼此合作出版，或與出版社合作

出版，且共同設有出版編輯委員會。

　㈤各學院認可之國內外具有編輯委員會審查機制之出版
　　社，並送校教評會備查者。

三、應為送審人取得前一等級教師資格後所出版或發表者；送
　　審人曾於境外學校擔任專任教師之年資，經採計為升等年
　　資者，其送審專門著作（或作品、展演、成就證明、技術
　　報告）得予併計。

依第十一條第一項第二款申請升等之講師，得以博士學位論文
為代表作。

持第一項第二款所定國內外學術或專業刊物已接受將定期發表
之證明作為代表作送審者，其代表作應自該刊物出具接受證明
之日起一年內發表，並自發表之日起二個月內，將該代表作送
交學校查核並存檔；其因不可歸責於送審人之事由，而未能於
一年內發表者，應於一年期限屆滿前，檢附該刊物出具未能發
表原因及確定發表時間之證明，申請展延，經系（所、學位學
程）、院教評會通過後，報校教評會備查。展延時間，至多以
該刊物出具接受證明之日起三年內為限。

各學院應訂定該學院教師升等著作（或作品、展演、成就證
明、技術報告）基本門檻。

第十二條之一　前條第一項第二款所定代表作係數人合著者，僅得由其
　　　　　　中一人送審；送審時，送審人以外他人應放棄以該專門著
　　　　　　作、作品、展演、成就證明或技術報告作為代表作送審之
　　　　　　權利。送審人應以書面具體說明其參與部分，並由合著人
　　　　　　簽章證明，但有下列情形之一者，不在此限：

　　　　　　一、送審人為中央研究院院士，免繳交合著人簽章證明。

　　　　　　二、送審人為第一作者或通信（訊）作者，免繳交其國外
　　　　　　　　非第一作者或通信（訊）作者之合著人簽章證明。

　　　　　　前項合著人因故無法簽章證明時，送審人應以書面具體說

明其參與部分，及無法取得合著人簽章證明之原因，經校教評會審議同意者，得予免附。

第十三條　教師申請升等審查程序如下：

一、具升等條件之教師申請升等時，應檢具聘書、教師證書影本及符合規定期限內之著作（或作品、展演、成就證明、技術報告相關資料），填具審查表、著作表，並自述歷年之研究、教學、服務（對本校或學界、社會）等狀況，於每年九／三月十日前，送交系（所、學位學程）教評會審議。超過期限者則延至下一學期辦理。

二、系（所、學位學程）教評會應確實就申請升等教師所提著作（或作品、展演、成就證明、技術報告相關資料）是否符合第十二條規定及所屬學院之升等門檻予以審議，並就其教學、服務（對本校或學界、社會）等方面進行審查後，再推薦審查人由學院辦理外審，其辦法由各系（所、學位學程）在其教師評審作業要點中訂定之。如有不同意升等之意見，應提出具體理由。

三、系（所、學位學程）主管應於每年十／四月十日前，將初審通過者之所有資料、著作（或作品、展演、成就證明、技術報告相關資料）及該會審查之結果，及系（所、學位學程）教評會推薦之著作審查人八至十人，一併簽請院長參酌推薦名單圈定人選進行審查。

四、前款推薦之著作（或作品、展演、成就證明、技術報告相關資料）審查人，應為校外學者、專家，並應具有傑出研究成果。

當事人得向系（所、學位學程）教評會提出不欲接受之審查人選一至二人。

著作外審由各學院辦理，承辦人員應簽定保密協定。審查時，著作人姓名得公開，但著作審查人姓名則予以保密。

以專門著作、作品、成就證明或技術報告送審者,均應一次送五位學者專家審查。審查人不得低階高審,其與送審人有配偶、三親等內血親、姻親、學位論文指導或相關利害關係者時,應迴避審查。

五、院長應將著作(或作品、展演、成就證明、技術報告相關資料)審查結果,及系(所、學位學程)教評會提供之有關資料與評審結果,提交院教評會進行複審。

六、院長應於每年十二/六月十日前,將複審通過者之所有資料、著作(或作品、展演、成就證明、技術報告相關資料)及院教評會審查之結果與意見,簽請校教評會召集人提交校教評會審議。

七、各級教評會辦理教師升等之評審過程中,必要時應予申請人以書面或口頭辯明之機會。

八、經校教評會審議通過者,陳請校長核發聘書,並依第二十二條規定報教育部核發教師證書。

符合第十一條第一項第二款升等條件者,得於取得學位證書後向各系(所、學位學程)提出申請,系(所、學位學程)教評會至遲應於升等生效學期開始前完成評審作業。除專門著作(或學位論文)之外審由學院依第七條第二項規定辦理外,其餘審查程序依前項規定辦理。

辦理著作外審時,嚴禁有請託、關說、利誘、威脅或其他干擾審查人或審查程序等情事。

第十三條之一 教師升等評審項目如下:

一、研究:

(一)代表作(或作品、展演、成就證明、技術報告相關資料)。

(二)符合第十二條規定期限內之著作及研究成果。

二、教學:

㈠授課時數是否合乎基本規定時數。

㈡課程意見調查結果。

㈢指導學生學術研究之績效。

㈣其他教學事項。

三、服務：

㈠兼任行政職務情形。

㈡參與系（所、學位學程）、院、校事務之貢獻。

㈢兼任導師或社團、刊物、代表隊指導教師之情形。

㈣產學合作績效。

㈤其他服務事項。

前項評審項目，各系（所、學位學程）得在其教師評審作業要點中增減之。

教師升等評審項目與通過門檻如下：

一、各項目通過門檻如下：

㈠研究項目：至少應有四名審查人評定達B級以上。

㈡教學項目：應達八十分。

㈢服務項目：應達八十分。

二、著作審查評分項目，得依教育部有關規定辦理。

前述著作外審，其評分方式採等級制，分A（傑出）、B（優良）、C（普通）、D（欠佳）四級，審查人應就申請人在同領域同級教師之研究表現評定等級（如附表）。各等級所對應之分數，A級為九十分以上；B級為八十分以上，未達九十分；C級為七十分以上，未達八十分；D級為未達七十分。

三、各學院、系（所、學位學程）辦理教學及服務項目評核時，得自訂細目及計分方式，評核方式得包括申請人自評、教師同儕評鑑、學生評鑑及行政配合評鑑等方面。

四、校教評會評審教師升等案時，對院、系（所、學位學程）教評會評審程序應詳加審查，對於研究、教學、服務評分結果，原則上應予尊重。但院、校教評會發現個別外審委員之意見與評分有明顯歧異、審查意見過於簡略無法判斷或有其他重大瑕疵等疑義時，得經出席委員三分之二以上同意，就該有疑義之審查意見退請原審查人再確認。

經依前述規定再確認結果，原審查意見如仍有疑義，院、校教評會必要時得經出席委員三分之二以上同意，再送其他學者專家審查，前述有疑義之成績不予採計。

五、申請人研究、教學及服務均通過者，升等案即屬通過。

升等不通過通知書，應敘明具體理由、法令依據及請求救濟之管道與期限。

第十四條　教師升等的限制如下：

一、申請升等及升等生效當學期皆需實際在校任教授課。

二、借調其他機關服務者，不得申請升等。

三、升等未通過者，次一學期不得申請升等。

四、最近三年課程意見調查結果，有年平均未達三·五之情形者，不得申請升等。

五、最近一次評鑑不通過者，不得提出升等。

六、升等生效時屆滿退休年齡者，不得申請升等。

第四章　延長服務

第十五條　專任教授年滿六十五歲，各系（所、學位學程）如確有實際需要，得依規定推薦延長服務，經各該教評會審議通過，准予延長服務，最多延至七十歲止，其作業規定另訂之。

第十六條　依前條辦理延長服務之教授，應符合本校辦理教授延長服務案
　　　　　件作業要點有關延長服務之基本條件與特殊條件之規定。

第五章　停聘與解聘

第十七條　獲長期聘任教師之停聘或解聘及資遣原因之認定，需先經系
　　　　　（所、學位學程）教評會及系（所、學位學程）務會議議決後
　　　　　始得提送院、校教評會裁決；未獲長期聘任教師之停聘、解聘
　　　　　或不續聘及資遣原因之認定或有違反本校教師服務規則、教師
　　　　　聘約或其他法令規定之情事等，需經系（所、學位學程）教評
　　　　　會議議決後，始得提送院、校教評會議裁決。
　　　　　前項系（所、學位學程）務會議議決需經全系（所、學位學
　　　　　程）教師總額三分之二以上教師同意。
　　　　　教師停聘、解聘、不續聘或資遣等處分應詳細敘明理由、事
　　　　　實、依據之法令及請求救濟之管道與期限。

第十七條之一　兼任教師在聘約有效期間內，有教師法第十四條第一項各
　　　　　　　款情事之一者，除有第八款及第九款規定情事，由本校逕予
　　　　　　　解聘者外，其餘各款情事應經系（所、學位學程）、院教評
　　　　　　　會審議通過後予以解聘；其有第十三款規定之情事，除情節
　　　　　　　重大者外，系（所、學位學程）、院教評會應併審酌案件情
　　　　　　　節，議決一年至四年不得聘任爲教師，並報教育部核准。

第十八條　解聘、停聘及不續聘或資遣案之當事人得請求於教評會議決
　　　　　時，給予合理之時間以提出說明或辯護，當事人並得提出或請
　　　　　求提出證據。

第六章　附則

第十九條　民國八十六年三月二十一日教育人員任用條例修正公布施行前
　　　　　已取得講師、助教證書之現職人員，如繼續任教而未中斷（包
　　　　　括經核准帶職帶薪或留職停薪），得依本校原「教師升等審查

辦法」第二條規定申請升等。

前項講師、助教於取得較高學歷時，得依本校原「教師獲得較高學歷申請改聘準則」申請改聘。但申請改聘爲副教授者，除該學位需符合認可規定外，其論文及其他著作應辦理實質審查（包括外審），如未通過審查者，得申請改以助理教授送審。

依本條申請升等、改聘者，其評審項目及標準適用第十三條之一規定。

第十九條之一　專（兼）任教師聘任案，應於聘期開始前完成聘任程序。

教師學位升等（改聘）案提出申請後，系（所、學位學程）教評會至遲應於升等生效學期開始前完成評審作業，並於學期開始二個月內提校教評會決審，通過後自提出申請之次學期予以升等。

教師取得較高等級教師證書申請改聘案，其改聘生效日期，由校教評會議決。

專任教師依前項規定申請改聘，應由各學院依第五條第一項第一款規定辦理著作外審。

第十九條之二　各學院依本校組織規程第三十四條第三項遴選出之院長人選非本校專任教授時，學校應另行增給教師員額，由相關學院、系（所、學位學程）依新聘教師聘任程序聘爲專任教授，其已具教育部審定頒給之教授證書者，著作（或作品、展演、成就證明、技術報告相關資料）免送外審，並得依行政程序簽准後逕送校教評會審議。

依本校附屬高級中等學校校長遴選聘任及連任辦法遴選出之附中校長人選如非本校編制內專任教師，學校得另行增給教師員額，由師資培育與就業輔導處依新聘教師聘任程序聘爲專任教師，其已具教育部審定頒給之教師證書者，著作（或作品、展演、成就證明、技術報告相關資料）免送外審，並得依行政程序簽准後逕送校教評會審議。

第二十條　本校研究人員之評審事宜比照教師之相關規定辦理，惟各級教評會僅需就其研究及服務之條件或成績進行審議。

本校各處、部、室、館及中心等單位辦理教師之相關評審事項時，應依本辦法相關規定辦理。

第二十一條　助教之初聘、續聘與不續聘，由各系（所、學位學程）教評會設置要點規定之。

第二十二條　經審定教師資格者，應填具教師資格審查履歷表，並依相關規定檢具證件資料送人事室報請校長核定後，轉請教育部發給證書。

第二十三條　教師調任不同系（所、學位學程），應徵得原服務系（所、學位學程）同意，並經擬調任系（所、學位學程）教評會通過後，簽報校長核定，予以調任。

但教師帶缺調任新設立系（所、學位學程）者，逕依其設立計畫書辦理，新系（所、學位學程）應於其設立計畫書中檢附擬調任教師原服務系（所、學位學程）同意調任之系（所、學位學程）務會議紀錄。

第二十三條之一　採專業學院模式運作之學院，有關本辦法規定應經系（所、學位學程）教評會評審或系（所、學位學程）務會議議決之事項，逕由院教評會評審或院務會議議決。

第二十四條　本辦法如有未盡事宜，悉依相關規定辦理；如有疑義，由校務會議解釋之。

第二十五條　本辦法經校務會議通過後實施，修正時亦同。

資料來源：http://hr.ntnu.edu.tw/rules/rules.html（國立臺灣師範大學人事室網站）

Note

國家圖書館出版品預行編目資料

論文寫作不藏私／林香伶、蔡家和、朱衣仙等
著. －－初版. －－臺北市：五南, 2017.11
　　面；　公分
　　ISBN 978-957-11-9439-4（平裝）

1.論文寫作法

811.4　　　　　　　　　　　106017602

1XDX 論文寫作系列

論文寫作不藏私──
文史哲教授通通告訴你

作　　者 ─ 林香伶　蔡家和　朱衣仙　王政文　李佳蓮
　　　　　　黃繼立　郭章裕　鍾曉峰　陳木青

發 行 人 ─ 楊榮川

總 經 理 ─ 楊士清

副總編輯 ─ 黃惠娟

責任編輯 ─ 蔡佳伶　簡妙如

校對編輯 ─ 周雪伶

封面設計 ─ 黃聖文

出 版 者 ─ 五南圖書出版股份有限公司

地　　址：106台北市大安區和平東路二段339號4樓

電　　話：(02)2705-5066　傳　　真：(02)2706-6100

網　　址：http://www.wunan.com.tw

電子郵件：wunan@wunan.com.tw

劃撥帳號：01068953

戶　　名：五南圖書出版股份有限公司

法律顧問　林勝安律師事務所　林勝安律師

出版日期　2017年11月初版一刷

定　　價　新臺幣520元

※版權所有‧欲利用本書內容，必須徵求本公司同意※